KB119769

[반 월 의   나 라]

반월의 나라

2

[유오디아 지음]

예담
WISDOMHOUSE

국립중앙도서관 출판시도서목록(CIP)

반월의 나라. 2 / 지은이: 유오디아. -- 고양 : 위즈덤하우
스, 2015
    p. ;   cm

ISBN 978-89-5913-900-2 03810 : ₩11900
ISBN 978-89-5913-901-9 (세트) 03810

한국 현대 소설[韓國現代小說]
애정 소설[愛情小說]

813.7-KDC6
895.735-DDC23   CIP2015008704

반월의 나라 2

초판 1쇄 인쇄 2015년 4월 6일 초판 1쇄 발행 2015년 4월 13일

지은이 유오디아
펴낸이 연준혁

출판6분사 분사장 이진영
편집장 정낙정
편집 박지수 최아영 이경희 조현주
디자인 강경신 제작 이재승

펴낸곳 (주)위즈덤하우스 출판등록 2000년 5월 23일 제13-1071호
주소 경기도 고양시 일산동구 정발산로 43-20 센트럴프라자 6층
전화 031)936-4000 팩스 031)903-3893 홈페이지 www.wisdomhouse.co.kr
종이 월드페이퍼 인쇄·제본 (주)현문 후가공 이지앤비

값 11,900원
ISBN 978-89-5913-900-2 03810
     978-89-5913-901-9 (세트)

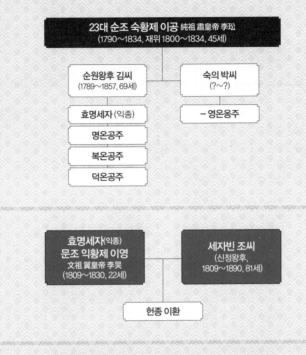

23대 순조 숙황제 이공 純祖 肅皇帝 李玜
(1790~1834, 재위 1800~1834, 45세)

순원왕후 김씨
(1789~1857, 69세)

숙의 박씨
(?~?)

효명세자 (익종)

－영온옹주

명온공주

복온공주

덕온공주

효명세자(익종)
문조 익황제 이영 文祖 翼皇帝 李旲
(1809~1830, 22세)

세자빈 조씨
(신정왕후,
1809~1890, 81세)

헌종 이환

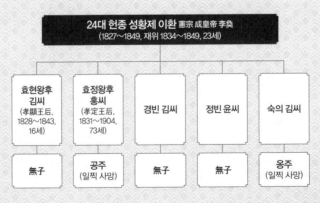

24대 헌종 성황제 이환 憲宗 成皇帝 李烉
(1827~1849, 재위 1834~1849, 23세)

효현왕후
김씨
(孝顯王后,
1828~1843,
16세)

효정왕후
홍씨
(孝定王后,
1831~1904,
73세)

경빈 김씨

정빈 윤씨

숙의 김씨

無子

공주
(일찍 사망)

無子

無子

옹주
(일찍 사망)

• 조선 _____

• 헌종 이환, 19세
조선의 제 24대 임금. 8세에 왕위에 올랐을 때, 안동 김씨의 세도정치가 시작되었다. 기해박해 때, 어머니 조씨를 살리기 위한 선택으로 인해 하나의 원수가 된다.

• 김하나, 19세
기해박해 때 천주교인인 부모님이 처형당한 후 동포와 청국으로 도망쳤다. 그곳에서 만난 프랑스인 페드로 신부의 도움으로 청국 공주로 성장했다. 황제의 어명혼을 피해 10년 만에 조선으로 돌아온다.

• 이동포, 25세
천주교인 부모님을 잃고 하나의 부모님에게 거두어져 하나와 함께 자랐다. 기해박해 때, 하나와 함께 청국으로 간 후 황제의 총애를 받는 어전시위가 된다.

• 김문현, 25세
하나의 사촌 오라버니. 아들이 없는 하나의 집에 대를 잇기 위해 집안에서 들인 양자. 청국으로 간 하나를 찾으러 역관이 된다.

• 애리, 20세
왕의 기생이라고 불리는 '반월'의 우두머리인 '대반월'. 대왕대비의 사람이다. 기해박해 때 부모를 잃고 고아가 된 그녀를 문현이 거두어 여동생으로 길렀다.

• 영온옹주, 32세
순조의 유일한 후궁이었던 궁녀 박씨의 소생으로 태어나자마자 병을 앓아 말을 못한다. 향을 만드는 재주가 있다. 헌종 환의 고모.

• 대비 조씨(효명세자빈, 신정왕후)
환의 어머니. 안동 김씨의 권력에 눌려 궁궐 안에서 죽은 듯이 조용히 지낸다.

• 흥선군
종친으로 안동 김씨를 싫어하며 환을 지지한다.

• 홍재룡

병조참관. 천주교인의 신분을 숨기고 있다.

• 홍아련

홍재룡의 딸, 중전을 뽑는 최종 삼간택에 오른 소녀.

• 대왕대비 김씨(순조 비, 순원왕후)

안동 김씨 세도정치의 핵심이자 중심. 조정 내에서 안동 김씨의 독재를 지키기 위해 정치를 하려는 손자 환을 견제한다.

• 김유근

형조판서, 대왕대비의 오라버니로 안동 김씨의 영수.

• 김민석(금위대장)

김유근의 서자, 대왕대비의 수족.

• 송이

반월정 소속의 노비. 어머니가 대왕대비전 소속의 무수리.

• 청국 ────────────────────────────────

• 유친왕

하나의 양아버지이자 천주교인. 청국 황제와 어머니가 같은 유일한 형제.

• 페드로 신부

프랑스인으로 북경 남천주당의 주임신부로 하나를 물심양면으로 돕는다.

• 청국 황제(도광제)

유친왕의 형. 유친왕이 천주교인이 되자, 그와 모든 인연을 끊는다. 하나를 동포와 강제로 혼인시키려 한다.

content

버드나무 아래에서 • 011

삼간택 • 025

역린, 춤추다 • 076

국혼 • 107

사신연회의 소동 • 159

이별가 • 234

피접을 떠나다 • 279

해무 海霧 • 323

안개가 걷히다 • 351

깊어가는 겨울 • 392

오해의 끝 • 422

반월의 나라 • 483

번외 | 몽중인 夢中人 • 513

버드나무
아래에서

-둥둥둥.

이른 아침부터 내리는 비를 뚫고 천지를 진동하는 듯한 북의 울림이 형장을 가득 채웠다. 이 울림은 다름 아닌 나의 처형을 알리는 북소리였다.

'나는 왜 10년 만에 조선으로 온 것일까?'

이제 그 이유는 중요하지 않다. 알 필요가 사라졌다. 그를 만나게 됨으로써 내가 조선으로 와야 했던 이유를 알게 되었으니까.

"흠흠."

형조판서이자 대왕대비의 오라버니인 김유근이 형장에 등장했다. 그의 등장에 소란스러웠던 형장이 일순간 조용해졌다.

"죄인 김하나는 스스로를 궁인으로 위장하여 궐에 잠입하였으며, 대역무도하게도 감히 전하를 시해하려 하였으므로 그

죄를 물어 왕명으로 참수한다."

'어찌 이리도 가슴이 아픈 걸까……'

사랑이었다. 죽음을 목전에 두고 떠오르는 것은 원망이 아니었다. 망나니가 내게로 다가와 한 손으로 내 머리를 힘껏 눌렀다. 곧이어 망나니의 손이 내 머리 위를 떠났다. 바람을 가르며 망나니의 칼이 하늘 위로 솟구치는 소리가 내 귓가에 들려왔다.

-획!

정윤후, 그리고 국왕 이환. 그를 마음 깊이 품은 채, 내 열여덟의 인생이 끝이 나려던 순간이었다.

"멈추시오! 멈추시오! 형판대감! 김 여인의 형을 중단하라는 전하의 어명이오!"

내관이 형장 위로 뛰어올라와 소리쳤다.

"곧 전하의 교서가 도착할 것이오! 어서 김 여인을 풀어주시오!"

"무어라? 전하의 교서라니? 전하께서 자신을 시해하려한 시해범을 살려주라 명하셨단 말이오? 내가 알기로 전하께서는 오랜 지병으로 침전 밖으로 거동도 하지 못하시며, 수라도 제대로 드시지 못하시는 상태라 들었네. 그런 전하께서 시해범을 살려주라 교서를 쓰셨다니? 난 믿지 않네."

"참말이오! 곧 전하의 교서가 도착할 것이오, 형판대감!"

"미안하네만 상선영감, 난 그저 대왕대비마마의 명을 따를 뿐이네. 어험!"

김유근은 망나니에게 신호를 보냈다. 당장 내 목을 치라는 신호였다. 망나니는 김유근의 지시를 받아 주저 없이 칼을 들어올렸다. 바로 그때였다.

-히이이이잉!

"김유근 네 이놈! 네놈은 지금 과인이 눈에 보이지 않는 것이냐!"

귓가를 울리고 마음을 울리는 목소리였다. 그의 등장에 김유근은 물론 형장에 몰려든 군중들의 시선도 모두 그를 향했다. 병사들과 함께 나타난 그는 윤후, 아니 국왕 이환이었다!

난 믿을 수 없는 눈으로 그를 바라보았다. 그는 백화당을 나올 수 없었다. 왕의 옷차림으로도, 병사들을 이끌고도 나올 수가 없었다. 백화당은 물론이고 창덕궁을 나올 수 없는 몸이었다. 그런 그가 지금 서소문 형장에 모습을 드러낸 것이었다.

"저…… 전하……."

말 위에서 가뿐하게 뛰어내리는 왕의 모습을 본 김유근은 당황하며 바닥에 머리를 조아렸다. 그러나 왕의 시선은 그들을 향하고 있지 않았다. 여전히 두 손이 묶인 채 형장에 꿇어앉혀진 죄인, 내게 향하고 있었다. 발걸음도 마찬가지였다.

한 걸음, 한 걸음. 그가 내게로 천천히 걸어오기 시작한다.

이윽고 내 앞에 다다른 그가 몸을 굽히더니 허리에서 용무늬가 새겨진 단도를 꺼내들었다. 단도를 본 나는 눈을 크게 떴다. 유친왕이 내게 준 단도였다. 반월정에 두었을 그 단도가 지금 그의 손에 들려 있었다. 그는 단도로 나를 묶고 있던 줄을 단번에 끊었다. 그리고 날 잡아 일으켜 세웠다.

"하나야."

그의 손이 내 뺨을 촉촉이 적시고 있는 눈물을 쓸어내렸다. 그제야 나는 내가 눈물을 흘리고 있음을 알아챘다. 비 인줄만 알았더니, 눈물과 비가 섞여 그 양이 배가 되어 있었다. 그는 내 눈물을 닦아주던 손으로 내 손목을 잡았다.

"가자."

조심히 나를 끌고 형장 밖으로 나온 그가 나를 말 위에 태웠다. 곧 우리가 탄 말은 형장을 벗어나, 멀지 않은 곳에 위치한 버드나무 앞에 이르렀다. 그가 이곳에 말을 세우더니 먼저 말 위에서 뛰어내렸다. 나는 그의 움직임을 물끄러미 응시했다. 도포 갓을 쓰고 천주교도를 잡으려던 포졸들로부터 나를 구해낸 그가 데려온 곳이었다. 똑같은 장소, 그리고 똑같은 날씨. 달라진 것이라고는 그의 옷차림뿐이었다. 단지 옷차림뿐이었는데도 그때 그에게서 느꼈던 느낌과 지금 그에게서 느끼는 느낌은 분명 다르다. 그때 나는 그를 사랑하지 않았다. 그와 나에게 얽혀 있는 인연도 알지 못했다. 처음부터, 그를 처음 만난 그 순간부터 그가 누구인지 알았더라면 난 그를……

그가 다가와 손을 뻗었다. 난 의지가 없는 인형처럼 그가 내민 손을 잡고 말 위에서 내려왔다. 하지만 말 위에서 내려온 순간, 그가 지니고 있던 유친왕의 단도를 빼앗아 그의 목에 갖다 대었다.

이런 나의 행동을 전혀 예상 못한 그가 놀란 눈으로 나를 쳐다보았다. 난 그런 그의 눈을 외면하며, 단도를 그의 목 깊숙한 곳에 갖다 댄 채 힘을 주었다. 단도의 날을 피해 뒷걸음치던 그가 버드나무에 등이 닿자 걸음을 멈추었다. 더 이상 그가 도망갈 곳은 없었다. 그도 이를 아는지 짧은 한숨과 함께 두 눈을 천천히 감았다 떴다.

"죽여라."

나를 바라보며 한 치의 흔들림 없는 눈으로 그가 내게 말했다.

"과인은 네 부모를 죽인 원수가 아니더냐. 그러니 어서 과인을 죽여라."

태평하게 자신을 죽이라고 말하는 그를 보면서 나는 울화가 치밀어 올랐다. 하지만 내가 울화가 치미는 것은 다른 이유 때문이었다. 아직…… 어리던 그가 왜 내 부모님을 죽여야 했는지 그 이유를 듣지 못했다. 이유를 듣는다고 해도 돌아가신 부모님이 살아 돌아오시는 것은 아니다. 분명 아니지만…….

"내가 당신을 죽이지 못할 것 같아요?"

"과인은 10년 전, 네 부모뿐만 아니라 많은 이들을 죽였다. 그러니 네가 과인을 죽인다면, 넌 다른 이들의 원수도 갚게 되는 것이다."

"웃기는 소리!"

난 다시 힘주어 칼날을 그의 목에 갖다 대었다. 그의 목이 살짝 베어 붉은 핏자국이 생겼다. 지난밤 내가 그에게 남겼던 상처가 더 크게 벌어지는 것이 눈에 들어왔다.

"하나야."

"내 이름 부르지 말아요!"

나를 위해 해서는 안 될 일을 했던 그였다. 연회장에 왕의 모습으로 나타났던 그였다. 난 그가 내 처형을 알리는 북소리를 들으며 백화당에서 숨죽여 슬퍼하고 있을 것이라 여겼다. 그것이 우리의 마지막이었다. 내 죽음으로 그를 향한 원망도, 10년간 품어왔던 원수도 모두 사라진다고 생각했다. 그러나 그는 이런 내 생각을 모두 뛰어넘었다. 더 큰 위험을 무릅쓰고 나를 구하러 왕이 되어 나타났다. 애리의 예상은 완전히 빗나갔고, 그는 4년 전의 일을 반복하지 않았다.

'이런 그를 어떻게 죽일 수 있을까? 애초부터 불가능한 일이었어.'

-탁!

들고 있던 단도가 바닥으로 떨어졌다.

"하나야."

"당신 못 죽여요. 못 죽여…… 당신을 못 죽인다고요!"

그를 죽이는 것도 살리는 것도 그 어느 것도 선택할 수 없는 내 자신을 자책하며 돌아서는 순간이었다. 그가 두 팔로 나를 끌어안더니 뜨거운 입맞춤을 해왔다.

그를 밀어내야 한다! 떨어뜨려야 한다!

머릿속을 가득 채운 생각 따위는 형식에 가까운 쓸데없는 것이었다. 나는 기다렸다는 듯이 그의 입술을 받아들였다. 지금 이 순간만큼은 아무것도 생각하고 싶지 않았다. 10년간 나를 지배한 슬픔도 악몽도 원한도. 그리고 나를 속여왔고 속여야만 했던 한 사내에 대한 생각도. 모든 것을 잊고 싶었다.

뜨거운 입맞춤 뒤 그가 내 이마에 자신의 이마를 맞댄 채 속삭였다.

"과인의 곁에 있어라. 과인의 목숨은 이미 네 것이다. 그러니 네 마음이 변덕을 부려 다시 과인을 해하려 한다 하여도 오늘과 같이 과인은 네게 목숨을 내어줄 것이다. 그러니 과인의 곁에 있어라."

그는 나를 형장에서 데리고 나온 순간부터 모든 것을 알고 있었다. 우린 함께할 수 없다. 내가 그의 곁에 있으면 많은 아픔을 안고 살아야 한다. 또한 그의 약점이 될 것이다. 그는 여러 모습으로 대왕대비 앞에서 내가 그의 약점이 되었음을 알려왔다. 그러므로 우리는 함께할 수가 없다. 서로를 위해서라도 우린 함께할 수 없다.

"아니요. 이번 생에서 우린 함께할 수 없어요."

'이 조선에 더 이상 두어야 할 미련이 내게 남아 있을까?'

난 고개를 들어 그의 눈을 똑바로 응시하며 말했다.

"북경으로 돌아가겠어요. 그리고 다시는 조선으로 돌아오지 않을 거예요."

"하나야."

"이번 생에 우리의 인연은 여기서 모두 끝이에요."

미움도 사랑도 우리의 이야기는 여기서 모두 끝났다.

모두 다.

***

우습게도 다시 혼자가 되었다. 그리고 당장 갈 수 있는 곳도 폐가가 되어버린 약현골의 고향집 한 곳뿐이었다. 난 아직 그치지 않은 비를 피해 안채 마루에 앉았다. 빗소리에 귀를 기울이고 청국에서의 옛 기억을 떠올리며 혼자 실없이 웃었다.

'술과 당비파가 있으면 좋으련만.'

술이 있다면 비에 젖어 추위를 느끼는 내 몸에 온기를 주었을 것이다.

'그리고 당비파가 있다면……'

난 동포와 합주하던 순간을 떠올렸다. 비가 오는 날이면 우리는 함께 술을 마시고 피리와 당비파를 합주했다. 왕부에서만 지냈던 나는 동포가 왜 비가 오는 날마다 술을 마셨는지 알지 못했다. 아마도 그것은 혁사리와의 추억 때문일 것이다. 동포와 혁사리의 이야기는 북경 내에서 꽤나 오랫동안 화젯거리였다. 나는 하인들을 통해 동포와 혁사리의 사연을 알고 있었지만 동포에게는 단 한 번도 내색하지 않았다.

사실 난 그때의 동포가 부러웠다. 누군가를 좋아한다는 그의 감정도, 사랑을 안주 삼아 술을 마시는 것도 모두 부러웠다. 알 듯 모를 듯한 미소를 지으며 피리를 연주하는 그의 모습까지도. 어쩌면 그런 그를 동경했는지도 모른다. 아직 내가 단 한 번도 가지지 못한 감정들을 겪은 그가 부러웠다. 피리를 연주하는 그의 곁에서 내가 당비파를 연주했던 것도 어쩌면 조금이라도 그를 닮고 싶어서 그랬는지 모른다. 하지만 이제 난 굳이 당비파를 연주하지 않아도 그의 감정을 알 수 있다. 뿐만 아니라 앞으로 비가 내리는 날이면, 동포와 합주하던 추억이 아니라 또 다른 추억을 떠올리게 될 것이다.

'그와 함께한 추억……'

"역시 여기에 있었군!"

누군가 나를 향해 소리쳤다. 놀란 내가 자리에서 벌떡 일어서자, 그곳에는 우산을 쓴 채 급히 안채를 향해 다가오는 형조 참판 홍재룡 영감의 모습이 보였다.

'그가 왜 여기에 있지?'

돌이켜 생각해보니 그는 옥에 갇힌 내게 찾아와 자신이 바로 나의 대부이자 돌아가신 아버지의 오랜 지기라고 말했다. 그랬다면 이 집을 모를 리가 없다. 그렇다면 형장에서 사라진 내가 이곳으로 왔을 것이라 추측하고 찾아온 것일까?

"아가씨!"

홍재룡 영감 뒤 이어서 나타난 이는 진선이었다. 함께 포청에 붙잡혀 간 뒤로 생사를 알 수 없었던 그녀의 등장에 나는 마루에서 내려가 그녀의 손을 잡았다.

"무사했구나!"

그녀는 무척 건강해 보였고 차림새도 말짱했다.

"형장에서의 일을 들었어요. 아가씨도 무사하셔서 다행이에요."

"어떻게 여길 알고 온 거야?"

진선이 홍재룡 영감 쪽을 돌아보며 말했다.

"영감마님께서 아가씨를 찾으러 가자고 하시더니, 절 이리로 데려오셨어요."

"형조참판 영감어른을 네가 알고 있었니?"

"네. 영감마님은 돌아가신 제 할아버님과도 아시는 사이셨어요."

옥사에서 홍재룡 영감은 내게 십자가를 보여주었다. 그가 천주교인이라면 진선의 할아버지를 알고 있다는 사실도 이해된다.

"할아버님은?"

진선은 내가 몰랐던 이야기들을 들려주었다.

홍재룡 영감이 진선과 장씨 노인은 좌포청에 잡혀온 사실을 알고는 그들을 집안 노비로 삼겠다며 빼냈다고 했다. 난 홍재룡 영감을 좌포청에서 처음 보았던 것을 떠올렸다. 그날이 분명했다. 홍재룡 영감은 그날, 장씨 노인과 진선을 구해낸 것이다. 그래서 페드로 신부님도 그들이 안전한 곳에 있다고 내게 말했을 것이다. 그 이후로 진선은 장씨 노인과 함께 계속 홍재룡 영감 댁에서 몸종으로 지내왔다고 했다. 짧지 않은 우리의 대화를 지켜보던 홍재룡 영감이 내게 말했다.

"더 이상 지체할 순 없네. 내 사저로 가세. 이곳으로 오던 길에 보니, 금위군이 자네를 찾고 있더군."

*   *   *

"진선아!"

홍재룡 영감의 사저에 들어서자마자 기다렸다는 듯이 어린 소녀가 뛰어나왔다. 그녀는 홍재룡 영감은 보이지 않는지, 진선의 치마폭에 매달려 귀엽게 징징거렸다. 오방색의 저고리를 입은 포동포동한 살집을 가진 소녀였다.

"영감마님의 첫째 따님이세요."

막 가마에서 내린 내게 진선이 설명했다. 그사이 홍재룡 영감이 소녀를 향해 꾸짖었다.

"아련아, 이 무슨 무례한 언행이냐? 어서 방 안으로 들어가지 못할까?"

"치, 아버님 미워요."

투덜대며 돌아선 소녀는 내게 호기심 어린 눈빛을 반짝이며 사라졌다. 그는 자신의 혀를 차며 내게 말했다.

"아련이는 어미 없이 자라서 버릇이 없네. 허나, 걱정 말게. 곧 삼간택이 열리면 저 아이도 혼인해 집을 떠나겠지."

"삼간택이라니요?"

왕의 병으로 삼간택이 계속 미뤄지고 있다는 사실은 알고 있었다. 하지만 삼간택에 어느 집 딸들이 뽑혔는지는 역시 금시초문이었다.

"아련이는 3년 전 있었던 간택령 때 삼간택까지 올랐지. 전하의 병색이 짙어지지 않았다면, 벌써 삼간택에서 떨어지고 다른 집안으로 시집을 보냈을 거네. 삼간택이 차일피일 미뤄지기만 하다보니, 저리 혼인도 못 하고 지내고 있는 게지."

홍재룡 영감의 딸 '홍아련'은 삼간택까지 오른 규수였던 것이다. 하지만 홍재룡 영감은 자신의 딸이 중전에 뽑힐 것이라고는 기대하지 않는 것 같았다.

"어차피 곧 삼간택이 다시 열릴 듯하지만."

그는 오늘 형장에 있었던 일을 빗대어 말을 하고 있었다. 왕은 아주 건장한 모습으로 형장 앞에 나타났다. 지금까지 삼간택을 미룬 것이 왕의 뜻이었든 대왕대비의 뜻이었든, 이제 한양의 모든 백성들이 아는 이상 더는 삼간택을 미룰 수 없을 것이다. 진선의 도움을 받아 나는 새 옷으로 갈아입고 머리도 단정하게 고친 후 사랑방에 들었다. 그런 나를 홍재룡 영감이 반갑게 맞이했다.

"어서 들어오게."

그는 한 손에 묵주를 쥐고 있었다. 난 묵주의 한가운데에 걸려 있는 십자가를 보았다. 내가 자리에 앉는 것을 본 그가 들고 있던 묵주를 상 위에 조심스레 내려놓으며 말했다.

"오늘 하루 많은 일들이 있었지."

난 형장에 나타난 정윤후, 아니 이환을 떠올렸다. 그는 어떻게 백화당에서 나온 것일까? 또 환은 왕의 사병까지 끌고 나타났다.

"그 말씀은 궐 안에서 무슨 일이 일어났다는 것인가요?"

"그러네."

그가 어두워진 얼굴로 고개를 한 번 끄덕였다.

"전하께서 어떻게 백화당을 나오실 수 있었던 거죠?"

"바로 대비마마 덕분이었지. 자네가 김재청의 여식임을 아시고 대비마마께서 나서주셨네."

'대비마마?'

대왕대비의 그늘에 가려져 존재감 없이 살아간다는 대비는 바로 이환의 어머니다. 그녀는 풍양 조씨 가문의 사람이었고, 죽은 효명세자의 부인이기도 했다. 그녀는 효명세자가 죽은 뒤 줄곧 세자빈이었지만, 이환이 즉위하면서 효명세자가 왕으로 추존되자 대비가 되었다. 그러나 늘 대왕대비 김씨와 안동 김씨의 그늘에 가려진 여인이기도 했다.

"지난밤 석복헌으로 간 대반월이 자네가 김재청의 딸임을 대왕대비마마께 밝혔다고 하네. 사실 10년 전 죽은 김재청과 그의 부인 신씨에 대한 이야기는 대신들 사이에서는 유명한 일화지."

"어째서요?"

"신분의 고하를 떠나 사학죄인으로 붙잡힌 천주쟁이들에게는 모두 배교의 기회가 주어지네. 이는 정조대왕 때부터 내려오는 것이지. 그러나 김재청과 그의 부인 신씨는 달랐네. 어린 주상께서 직접 명을 내려 그해 붙잡힌 천주교인 중 가장 먼저 서소문에서 처형당했지."

부모님의 이야기에 가슴이 부서지는 것처럼 아파왔다. 이는 백화당에서 이환에게 직접 들은 말과 일치했다.

"그 연유를 알고 있는가?"

난 힘없이 고개를 저었다. 홍재룡 영감이 깊은 한숨을 내쉬었다. 그는 다시 상 위에 올려둔 묵주를 움켜잡았다.

"곧 자세한 내막을 알게 될 기회가 올 걸세. 무엇보다 오늘 내가 말해줄 수 있는 사실은 아주 오래전 있었던 일이네. 지금으로부터 20년 전 일이지. 천주님을 전하던 자네의 어머니에게 교우이던 종친가의 부인이 한 귀부인을 모시고 찾아왔었네."

"귀부인이요?"

천주를 믿던 종친의 부인을 따라 약현골까지 왔다던 귀부인. 그 귀부인의 정체가 궁금해졌다. 그러나 홍재룡 영감은 직답을 피했다. 그만큼 그 귀부인의 정체를 쉽사리 말하기 어려운 듯 보였다.

"바로 현 주상전하의 모후이신 대비마마이시네."

오래도록 고심하던 그의 입이 마침내 열린 순간 난 놀라지 않을 수 없었다.

"대비마마가?"

"당시에는 세자빈이셨지. 그리고 두 사람은 종교를 떠나 아주 가까운 동무 사이가 되었지."

왕의 어머니와 내 어머니가 서로 동무였다는 사실은 매우 놀라웠다. 그런데 여기서 한 가지 의문이 들었다. 왕은 백화당에서 내 부모님을 처형한 사람이 다름 아닌 자신이라고 말했었다. 그렇다면 대비마마는 왕이 자신의 동무를 처형시키는 일을 왜 막지 않으셨던 것일까?

삼간택

홍재룡 영감의 사저에서 며칠이 흘렀다. 나는 홍재룡 영감의 배려로 청국으로 떠날 준비를 마친 뒤였다. 들리는 소식에 의하면 아직 금위군이 나를 쫓고 있으므로, 섣불리 떠나는 것은 위험하다고 했다. 나는 그 말을 받아들여 떠날 때까지는 마음을 편히 가지려 했다.

"진선아!"

진선이와 단둘이 방에서 수를 놓고 있는데 아련이 갑자기 문을 열고 들어왔다. 송이 또래인 소녀 아련은 일찍이 사랑만 받고 자라 철이 없었지만, 그런 모습까지도 사랑스러워 보이는 매력을 가진 아이였다.

"아가씨?"

"말해줘! 말해줘!"

"뭘요?"

진선은 조금 전까지 만지작거리던 수틀을 한쪽으로 밀어버리며 모른 척 입을 열었다. 그러자 아련이 배시시 웃으며 입을 열었다.

"전하."

아련의 입에서 나온 전하라는 말에 난 수틀에서 시선을 떼고 고개를 들었다.

"에헴. 전하에 대해서 말이죠?"

진선이 기침소리를 내며 목을 가다듬었다. 아련의 두 눈빛은 반짝이고 있었다. 진선은 종종 물을 길러 우물가를 갔는데, 그곳은 도성 안에 떠도는 모든 소문을 들을 수 있는 곳이었다. 임금에 대한 소문도 그러했다. 며칠 전 임금이 형장 앞에 나타난 후로 백성들 사이에서는 임금의 모습이 많이 회자되고 있었다. 그전까지 임금은 병약하고 여색을 밝히는 모습으로만 알려져 있었다. 안동 김씨인 할머니의 뒤에서 조정 일은 등지고 살던 그런 왕이었다. 그가 어린 나이로 즉위 후 이름뿐인 왕이었다는 사실을 모르는 백성들은 없었다. 그러나 며칠 전 서소문 형장에 나타난 왕은 그들이 알던 모습과 달랐다.

병약하지도 않았으며, 오히려 늠름하고 행동거지에 기백이 있었다. 게다가 백성들을 괴롭히는 안동 김씨의 수장이라고 할 수 있는 김유근에게 호통을 쳤다. 왕을 죽이려다 처형당하는 여인을 구해냈다. 그 뒤 백마를 타고 사라진 왕은 백성들에게 설화 속에나 등장하던 선인처럼 남았다. 이뿐만이 아니었다. 이 소식은 한양의 시전을 통해 각 지방의 시전들은 물론

보부상들을 통해 삽시간에 전국으로 퍼져나갔다. 왕의 등장에 팔도 전체에 논란이 분분한 가운데, 지금까지 안동 김씨들에게 눌려 아무 말도 하지 못하던 낮은 품계의 젊은 관리들이 왕의 조정 등청을 요구하기 시작했다. 이는 성균관에서 먼저 시작되었다. 성균관 유생들이 집단으로 시위를 할 조짐을 보이자, 대왕대비는 왕의 건강이 많이 나아졌다며 첫 등청을 할 것이라고 예고했다. 며칠 후 대왕대비의 말대로 왕은 어제 아침 조회에 처음으로 모습을 드러냈다. 왕이 즉위한 이후 처음 있는 일이었다.

조정에 나타난 왕은 별다른 일은 하지 않았다. 왕은 그저 뒤편에 발을 내리고 앉아 있는 대왕대비의 지시에 따라 순순히 움직이는 모습을 취하며 형식적으로 짤막한 대답만 했을 뿐이다. 그러나 이 일은 마치 왕이 늠름한 모습으로 대신들에게 호령한 모습으로 과장되어 도성 안에 빠르게 퍼져나갔다. 아무래도 백성들의 오랜 염원이 만들어낸 소문일 수도 있었다.

"전하가 하나두 안 아프대?"

올해 열 살.

아련이 두 눈을 반짝이며 진선에게 묻고 있었다. 요즘 들어 아련은 진선에게 하루에도 열 번씩 물을 길러 나가라고 시켰다. 물만 길러 나갔다 오면 왕에 대한 새로운 소식을 들고 온다는 것을 알아서였다. 삼간택까지 오른 이 어린 소녀는 왕에 대한 호기심이 많았다. 홍재룡 영감과 달리 소녀는 자신이 중전이 될 수 있다고 자신하고 있는 것 같았다.

"아프시긴요! 키도 아주 크시대요. 게다가 얼굴은 잘생기기가 그냥…….."

"잘생겨? 얼마나?"

아련이 한 손가락을 아래턱에 가져다대며 얼굴을 붉혔다. 진선은 아련의 기대를 충족시키고자 더욱 과장하며 설명하고 있었다. 아련은 그런 진선의 말을 모두 사실인 양 받아들이는 것 같았다. 마치 자신이 곧 먹게 될 맛깔스러운 과일을 눈앞에 둔 얼굴을 하고 있달까?

"키는 산처럼 아주 크시고요. 어깨도 쩍! 벌어진 것이 높은 산들이 줄지어 늘어선 모양처럼……. 게다가 눈은요! 비단결처럼 길고 가느다란데, 그 사이에 눈동자가 별빛보다 더 반짝거리고, 피부는 아주 우유처럼 뽀얗대요! 거기에 이마의 크기는 도성의 크기만큼 넓은데다가, 얇고 긴 입술은…….."

"풋."

난 나도 모르게 웃음을 터트리고 말았다. 진선은 소문 속의 왕을 그리며 설명하고 있었지만, 그녀는 진짜 왕을 본 적이 있었다. 오래전 나와 함께 진선은 운종가에 나타났던 별감 정윤후와 잠깐 만났었다. 진선은 지금까지도 그때 자신이 보았던 별감 정윤후가 왕이라는 사실을 모르고 있었다. 만약 그때 자신이 본 윤후가 지금 자신이 말하는 왕과 동일인이라는 사실을 알게 된다면 진선은 어떤 반응을 보일까?

'하지만 그런 일은 일어나지 않겠지.'

환은…… 벌써 내가 청국으로 떠났다고 생각하고 있을 것이다. 금위군도 계속 나를 찾고 있지만, 찾았다는 소식을 듣지 못했을 테니까.

* * *

또다시 며칠이 흘렀다. 물가로 나갔던 진선이 더 이상 길에 금위군이 보이지 않는다는 소식과 함께 전해온 사실은 내 가슴을 철렁 내려앉게 만들었다.

"삼간택이 다시 열린대요."

대왕대비도 왕이 건강해졌다고 스스로 인정한 이상, 그동안 왕이 아프다는 핑계로 미뤄왔던 삼간택이 열리는 것은 어찌 보면 당연한 일이었다. 중전의 자리도 계속 비워둘 수는 없을 것이다. 하지만 새로운 중전은 이미 결정되어 있었다. 바로 안동 김씨 가문과 몇 대에 걸쳐 혼인으로 엮인 정기승의 집안이었다. 홍재룡 영감도 이 사실을 알고 있었는지, 아련이 몸이 아프다는 이유로 최종 삼간택에는 참여시키지 않으려 애를 쓰고 있었다. 최종 삼간택에 올랐어도 모습만 보이지 않는다면 중전 선발에 떨어지더라도 후궁이 되지 않을 수 있었다. 그러면 나중에 조용히 시집을 보낼 수 있었다. 그만큼 홍재룡 영감은 자신의 딸을 무슨 험한 일이 벌어질지 모르는 궁궐로 보내고 싶어 하지 않는 것 같았다.

"아가씨."

아련을 재우러 갔던 진선이 나를 찾아왔다.

"영감마님께서 아가씨를 찾으세요."

"지금?"

난 창밖으로 보이는 까만 어둠 속에 놓인 보름달을 한 번 쳐다보며 물었다.

"네, 조금 전에 손님과 함께 돌아오셨거든요."

"손님?"

이 늦은 밤에 홍재룡 영감과 함께 왔다는 손님이 누구인지 궁금해졌다. 난 자리에서 일어나 홍재룡 영감이 있는 사랑채로 향했다. 사랑채에는 불이 환하게 밝혀져 있었다. 홍재룡 영감의 그림자가 보였다. 그러나 또 다른 그림자는 없었다.

홍재룡 영감의 그림자 앞에는 길게 드리워진 발의 그림자가 보였는데, 그 발의 뒤쪽으로는 불을 놓지 않아 어두컴컴했다. 손님이 왔다면 그 발 뒤에 있을 것이라는 생각이 들었을 때였다. 난 사랑채 섬돌 위에서 홍재룡 영감의 신 옆에 가지런히 놓여 있는 여인의 신을 발견했다.

"하나입니다."

"들어오게."

홍재룡 영감의 허락이 떨어지자 나는 천천히 문을 열고 안으로 들어섰다. 밖에서 보았던 대로 홍재룡 영감이 앉아 있는 자리 앞에는 발이 놓여져 있었다. 발 뒤는 어두웠지만 그곳에 사람이 있다는 확신이 들었다. 내가 자리에 앉자 홍재룡 영감이 입을 열었다.

"진선에게 들으니 청국으로 떠날 준비를 모두 마쳤다고 하던데…… 정녕 이대로 떠나려는가?"

그는 발 뒤에 앉아 있는 누군가의 존재를 밝히지 않은 채 평소처럼 내게 말을 했다. 난 여전히 발 뒤에 앉은 누군가의 존재를 의식하며 공손히 대답했다.

"예. 도성의 금위군도 더 이상 보이지 않는다고 하니, 삼간택이 열리기 전에 떠나려 합니다."

삼간택이 열리기 전에 떠난다는 말은 누가 중전이 되는지 상관 않겠다는 뜻이기도 했다. 모든 백성들이 궁금해하는 일을 나는 궁금하지 않았다. 어차피 왕의 의지 따위는 없는 혼인이다. 그러니 누가 그의 옆에서 평생을 함께하게 되던지 난 알고 싶지 않았다. 우습게도 이것은 나의 마지막 자존심이기도 했다.

"삼간택 전에 떠나려는 것이 혹 전하 때문인가?"

갑작스러운 홍재룡 영감의 말에 난 시선을 들었다. 그가 왜 이러한 말을 하는지 알 수 없었다. 홍재룡 영감은 환과 내 사이에 있었던 일을 전혀 모르는 사람이다. 그런데 왜 이런 물음을 내게 던지는 것일까?

홍재룡 영감의 말이 이어졌다.

"연경당에서 열린 연회 날에 나도 그 자리에 있었네. 전하께서 처음으로 대신들 앞에 모습을 드러내신 바로 그날에 말일세. 그때 반월로 그곳에 있었던 자네에게 전하께서는 자네가 승은을 입은 반월이라며 중희당으로 부르셨지. 또한 자네의 처형 직전 이를 막기 위해 백화당을 나서기까지 하셨네. 이때

대비마마의 도움을 일부 받으셨으나, 실상 그 모든 전하의 행동은 오직 자네를 구하기 위함이었네. 하여 나는…….”

나는 그의 마음을 홍재룡 영감의 입을 통해 듣게 될까 두려워졌다. 그의 마음을 재차 확인한다면 겨우 청국으로 떠나기로 결심한 내 마음은 또 다시 흔들리게 될지도 모른다. 난 서둘러 입을 열었다.

“전하는 10년 전의 일을 후회하시는 거예요. 대비마마의 동무이자 제 어머니를 그리고 제 아버지를 처형하셨던 일을요. 그래서 절 구해주신 거예요.”

그러자 홍재룡 영감이 헛웃음을 지었다.

“단지 죄책감 같은 감정 때문에 전하께서 자네를 구하려 그 위험을 무릅쓰셨다?”

홍재룡 영감은 내 말을 믿지 않고 있었다. 난 추궁하는 듯한 홍재룡 영감의 시선을 피해 고개를 숙였다. 그가 그런 나를 물끄러미 쳐다보며 다시 입을 열었다.

“좋네. 어찌 되었든 자네로 인해 전하께서는 삼간택이 열리는 날 큰 화를 당하실 것이니.”

난 고개를 들었다.

“전하께 화라니요? 전하께 무슨 일이 일어났나요?”

바로 그때였다. 발 뒤에서 잠자코 있던 누군가의 입이 열렸다.

“오늘 대왕대비마마의 명으로 창덕궁 나인들의 절반이 경운으로 옮겨졌습니다. 삼간택 당일에는 승정원 당직들은 물론이고 사관들까지 모두 퇴궐하라는 대왕대비마마의 명이 내려졌고요."

맑고 흔들림 없는 젊은 여인의 목소리였다. 난 발이 쳐진 곳으로 시선을 돌렸다. 그러자 내 시선을 느꼈는지 발이 천천히 위로 올라가며 그 뒤에 한 여인이 모습을 드러냈다. 그녀의 한 손에는 묵주가 들려 있었다. 난 그녀도 홍재룡 영감처럼 천주교인이라고 확신했다. 이때, 홍재룡 영감이 그녀가 누구인지 내게 알려주었다.

"종친부 유사당상 자리에 계신 홍선군 이하응의 부인 민씨이시네."

그의 소개가 끝나자 그녀가 자리에서 일어나 내 곁으로 다가왔다. 그녀는 따뜻한 온기가 느껴지는 손으로 내 두 손을 부드럽게 움켜잡았다.

"나 역시 약현골을 드나들던 여인이었답니다. 하나낭자의 어머니를 만나 천주님을 알게 되었지요. 또한……. 세자빈이시던 지금의 대비마마를 낭자의 어머니에게 소개한 사람이 바로 저랍니다."

그녀가 옛일을 회상하듯 얼굴에 잠시 미소를 띄었다. 그러나 곧 미소를 거두며 간절한 목소리로 내 이름을 불렀다.

"하나낭자. 청국으로 떠나려는 의지는 잘 압니다. 대역죄인의 여식 또한 이 땅에서는 대역죄인일 뿐이니까요. 그러니 낭자에게는 청국이 조선보다 더 살기 좋은 곳이 될 수도 있을 겁니다. 허나, 이번 일만큼은 하나낭자가 우리를 도와주길 바랍니다."

"제가요?"

민씨가 홍재룡 영감을 한 번 쳐다보며 말했다.

"우리는 이번 삼간택이 전하를 시해하려는 안동 김씨들의 음모로 보고 있습니다."

난 놀란 눈을 떴다.

"전하를 시해한다니요?"

민씨가 고개를 끄덕였다.

"전하께서 형장에 나타나 그대를 구한 이후로 조정은 급변했습니다. 백성들이 전하의 건재함을 알게 된 것이지요. 대왕대비마마도 어쩔 수 없이 전하의 등청을 허락했습니다. 그렇지만 분명 얼마 가지 않아 이런저런 핑계로 전하의 등청을 막을 것입니다. 허나 전하께서도 이를 예상하셨는지 다른 행보를 보이셨습니다."

"다른 행보라니요?"

"얼마 전 전하께서 다섯 군영 중 금위영만을 놔둔 채, 네 개 군영의 모든 수장을 안동 김씨가 추천한 인물이 아닌 새로운 인물들로 바꾸셨습니다."

조선의 다섯 군영인 오군영(伍軍營)의 우두머리는 오래전부터 안동 김씨가 추천한 사람들이 맡아왔다. 지금 금위영, 즉 금위군의 수장인 금위대장의 자리를 김민석이 맡고 있는 것도 이러한 이유 때문이었다. 그런데 김민석의 금위영만 놔둔 채 다른 네 개의 군영의 수장을 바꾸었다는 것은…….

"전하께서 정사에 뜻을 두기 시작하셨다는 건가요?"

나의 예리한 지적에 민씨도 놀란 듯 잠시 멈칫했다가 천천히 고개를 끄덕였다.

"그러나 노련한 대왕대비마마께서 이를 알아채시지 못할 리가 없지요. 그래서 하루라도 빨리 전하를 조정에서 넘어뜨리려는 것 같습니다."

그리고 그날이 다름 아닌 삼간택이 열리는 날이 된 것이다.

"오랫동안 사용하지 않았던 경운궁 수리가 목적이라지만, 삼간택 같은 중요한 행사를 앞두고 창덕궁 나인들을 절반이나 줄인다는 것은 말이 되지 않습니다. 분명 보는 사람의 눈을 줄이려는 것입니다."

"하지만 창덕궁에는 대비마마가 계시잖아요. 대비마마께서도 이러한 사실을 알고 계실 텐데요? 그러니 대비마마께서도 가만 계시지만은 않으실 겁니다."

"아니요."

민씨가 강하게 부정했다.

"얼마 전부터 대비전에 접근하는 것은 철저히 통제되고 있습니다. 대왕대비마마가 심어둔 대비전 나인들이 저 같은 종친 부인들도 대비마마를 뵙지 못하게 하고 있습니다."

"그럼 대비마마께서 지금 창덕궁에서 일어나는 이 일들을 전혀 모르신다는 말인가요?"

민씨가 고개를 끄덕였다.

"게다가 삼간택 장소가 경희궁 장락전이라고 합니다. 이 때문에 삼간택 당일에 대비마마는 아무것도 모르신 채 대왕대비마마와 함께 경희궁으로 가시게 됩니다."

민씨의 말은 삼간택 당일, 창덕궁에는 오로지 국왕인 환만 남게 된다는 뜻이다.

홍재룡 영감이 끼어들었다.

"오늘 퇴궐 길에 살펴보니 별감이 경계를 서는 자리가 모두 금위군으로 바뀌었더군. 이미 일은 안동 김씨들의 뜻대로 진행되고 있는 듯하네."

나는 몸을 떨며 홍재룡 영감에게 말했다.

"그 말은 삼간택 당일 궁궐에 왕을 지키는 병사는 오로지 금위군뿐이라는 뜻이잖아요."

"그렇네."

금위군은 대왕대비마마의 사람들이다. 여기에 절반으로 줄어든 창덕궁의 나인들, 대왕대비마마의 명으로 당직까지 모두 퇴궐한 궁궐에서 왕은…… 시해당한다? 난 고개를 저었다. 스스로 생각하고도 받아들이기 힘든 결론이었다. 환은 대왕대비에게 친손자였다. 아무리 정치적인 욕심 때문이라지만 친손자를 죽이려고 하는 할머니가 과연 존재할까도 의문이었다. 그러나 다르게 생각하면 말이 안 되는 것도 아니다. 멀지 않은 과거에도 있었다. 정조대왕은 실권을 가지자마자 자신의 외척인 풍산 홍씨 가문을 풍비박산 냈다. 환이 자신만의 정치를 하길 바란다면 제일 먼저 마주하는 것은 다름 아닌 대왕대비와 안동 김씨다. 피할 수 없는 싸움이라는 것을 대왕대비도 알고 있을 것이다.

"과연 '그 일'이 정말로 일어날까요?"

왕을 시해하는 일. 민씨가 내 손을 잡으며 애처롭게 말했다.

"처음이 아닙니다! 처음이 아니에요. 4년 전에도 대왕대비 마마는 한 번 겪으셨습니다. 그때 이후 대왕대비마마께서 반월정을 세우셨지요. 전하의 평판을 대내외적으로 깎아내리기 위함이었습니다. 언제라도 전하를 흠집 내어 폐위시키려 준비하신 것이지요. 하지만 전하는 병을 핑계로 반월들을 가까이 하지 않으셨습니다. 대왕대비마마의 속내를 알고 더 조심히 행동하셨던 것이기도 하지요. 결국 매년 전국에서 뽑아 올린 반월들이 고관의 첩이 되어 궁궐 밖으로 나가는 것을 하나낱자도 보셨을 겁니다."

난 민씨를 보며 고개를 끄덕였다.

그녀의 말대로 환은 반월정은커녕 백화당 밖을 전혀 나서지 않았다. 대왕대비는 그런 그에게 별감의 출입패를 주었다. 별감 정윤후가 된 그는 반월정을 자유롭게 드나들었지만, 그뿐이었다. 애리와 어울렸지만, 다른 반월들은 그가 임금이라는 사실도 몰랐다. 그는 대왕대비가 준 별감의 패를 자신의 작은 자유를 이용하는 데만 사용했을 뿐이었다.

"대왕대비마마는 이번에야말로 전하가 다시는 친정을 할 생각조차 하지 못하게 만드시려는 것이 분명합니다. 그러기 위해서 안동 김씨들이 전하를 살려두지 않더라도 모른 척, 눈 감으시려는 것이고요."

홍재룡 영감도 나섰다.

"오래전부터 백화당에서 숨죽인 채 살아오시던 전하께서

어찌 두 번씩이나 자네를 구하셨는지, 어찌 조정에 뜻을 두시고 움직이시려 하시려는지 나는 알 길이 없네. 허나, 전하께서 친정을 하시겠다고 결심하신다면, 난 신하된 도리로써 목숨을 걸고 전하를 따를 것이네. 종친들도 한뜻이네."

조선 왕조를 개국한 이씨들은 안동 김씨들에게 눌려 이름뿐인 왕족으로 지위가 변한 지 오래였다. 이들은 대왕대비를 등에 업고 하늘 높은 줄 모르고 설치는 안동 김씨들을 향한 불만이 높았다. 종친들이 불만을 제기하면 안동 김씨들은 역모로 몰아 사형시키거나 귀양을 보냈기 때문이었다.

홍재룡 영감이 생각에 잠긴 나를 불안한 시선으로 바라보고 있었다. 그러나 이미 내 안의 답은 정해져 있었다.

이환.

그가 위험에 처했다는 말을 듣는 순간부터 난 이미 마음을 굳혔다. 나를 위해 위험을 무릅쓰고 나섰던 환을 떠올린다면, 무엇이든 돕고 싶은 것이 솔직한 내 심정이었다. 그리고 무엇보다 내가 그를 도와 그가 지금 처한 위험에서 조금이라도 벗어날 수만 있다면……. 난 한결 가벼워진 마음을 안고 청국으로 떠날 수 있을지도 모른다는 생각이 들었다. 마침내 결심한 나는 입을 열었다.

"내가 무엇을 할 수 있나요?"

가마의 문이 열리고 난 천천히 가마 밖으로 걸어 나왔다. 궁중 예법대로 얼굴을 반쯤 흰 천으로 가렸기에, 내 얼굴을 아는 사람이 있다고 하더라도 알아보진 못할 터였다.

"와아."

"어머나."

나와 마찬가지로 얼굴을 가린 두 소녀가 가마에서 내렸다. 그녀들은 생애 처음으로 본 궁궐이 신기한지 이리저리 눈동자를 굴리느라 부산을 떨었다.

"이리 오시지요."

대왕대비가 보낸 상궁이 우리에게 다가와 길을 안내했다. 부산스럽게 움직이던 소녀들도 어느새 얌전한 반가의 규수로 돌아와 있었다. 난 조용히 그녀들 뒤에 서서 상궁을 따라 후원으로 향했다.

경희궁.

예로부터 창덕궁이 동궐이라고 불리었다면, 서궐이라고 불린 곳은 바로 이 경희궁이었다. 광해군 때 정원군의 집터를 빼앗아 지은 이 궁궐은, 인공적으로 만든 후원이 아름다워 많은 왕실 어른들에게 사랑을 받았던 궁궐이기도 했다. 상궁의 걸음은 후원 내 위치한 장악전을 향했다. 후원에서 가장 큰 전각인 이곳에 동궐을 떠난 대왕대비 김씨와 대비 조씨가 삼간택에 오른 소녀들을 기다리고 있었다. 난 3년 전 삼간택에 오른 홍재룡 영감의 여식 아련을 대신해서 그녀가 되어 삼간택에 참여한다. 그것은 모두 이환을 위한 것이었다. 그를 죽이기 위해 조선으로 왔던 내가, 이제는 그를 살리기 위해 위험을 무릅쓰고 궁궐로 들어왔다.

장악전은 입구에서부터 커다란 발이 겹겹이 내려져 있었다. 대왕대비는 물론이고 대비가 평범한 반가의 규수들은 감히 볼 수 없는 지엄한 사람들이라는 것을 보여주기 위함일까? 내려진 발의 수가 평소 궐에서 보던 것의 수 배였다.

"정규수."

상궁이 옷에 달린 아버지의 이름패를 보고 정기승의 딸을 불렀다.

"예."

"이쪽으로."

하지만 이 겹겹이 쳐진 발을 넘고 넘어도 대왕대비와 대비를 볼 수 있도록 선택된 여인은 단 한 사람뿐인 것 같았다. 이미 처음부터 예정되었다는 듯 정기승의 딸 정규수는 나와 신규수를 돌아보며 묘한 눈웃음을 짓고 상궁을 따라 사라졌다. 난 경희궁을 둘러보며 생각에 잠겼다.

대비 조씨는 정치적으로 아무런 소리도 내지 않은 채, 대왕대비의 뒤에서 조용히 지내는 것처럼 보였다. 비록 안동 김씨가 조정의 절반을 장악할 정도로 큰 세력이라고 하지만, 대비의 가문인 풍양 조씨도 그 세력이 만만치 않았다. 이러한 가문 출신인 대비는 환을 호락호락 안동 김씨의 먹잇감으로 내놓을 생각이 없었던 것 같다. 그녀는 선왕이 승하한 이후 안동 김씨들로부터 창덕궁이 좁으니 창경궁으로 옮겨 가라는 끊임없는 상소를 받았다. 그럼에도 불구하고 대비는 창덕궁에서 침묵을 지키며 환의 곁을 조용히 지켜왔다.

"네가 정기승의 여식이구나."

가까운 곳에서 대왕대비의 목소리가 들려왔다. 평소에 들을 수 없는 자상한 목소리였다. 그러나 난생처음 대왕대비를 목전에 둔 정기승의 여식은 기가 죽어 기어들어가는 목소리로 겨우 입을 열어 대답했다.

"예. 대왕대비마마."

"천을 벗어라."

대왕대비가 그녀의 입을 가리고 있던 천을 벗으라고 명을 내렸다. 잠시 후 대왕대비의 입이 열렸다.

"궐 예절도 이만하면 잘 알고 있고……. 안색도 밝으니, 어떠시오, 대비?"

대왕대비가 대비를 부름으로써, 난 대비가 창덕궁을 나와 경희궁으로 온 것을 알았다. 늘 아들이 있는 창덕궁에 머물고 싶은 대비라고 하여도 아들 혼사의 최종 관문인 삼간택에 빠질 수는 없을 터였다.

"대왕대비마마의 뜻에 따라야지요."

상투적이면서도 조금은 퉁명스러운 답변이 돌아왔다. 하지만 대왕대비는 이런 그녀의 말에 웃음을 터트리며 말했다.

"대비도 네가 마음에 드는 모양이구나."

"다른 규수들은 보지 않으십니까?

독단적으로 정기승의 딸을 점찍은 듯한 대왕대비의 발언이 대비를 거슬리게 한 모양이었다. 대비는 시어머니인 대왕대비에게 조금은 신경질적으로 말을 던졌다. 하지만 이런 대비의 태도에 대왕대비가 눈 하나 깜짝할 리 없었다.

"다른 규수들은 보아 무엇 하겠소? 이리 마음에 드는 처자를 보았으니, 다른 처자들을 보아봤자 눈에 들기나 하겠소?"

"들지 안 들지는 봐야 아는 것 아니겠습니까?"

아들의 혼사 문제이니 대비가 이리 완강하게 나올 수도 있을 법하다. 그러나 대왕대비는 애초에 손자의 혼사 문제 때문에 경희궁까지 온 것이 아니었다. 오로지 대비를 경희궁에 붙잡아두기 위해 데려온 것이었다. 그러니 평소와 다르게 대비의 불평을 들어주려는 것 같았다.

"두 처자를 안으로 들이게."

대왕대비의 명이 떨어졌다. 신규수는 마지막 기회라도 잡았다는 듯이 눈이 둥그렇게 휠 정도로 미소를 지었다. 그러나 나는 몸이 덜덜 떨렸다. 만약 대왕대비가 입을 가리고 있는 천을 벗으라고 한다면? 발의 가장 안쪽으로 들어서자 임금을 위해 마련된 옥좌 위에 앉아 있는 대비가 보였다. 난 재빨리 신규수를 따라 고개를 숙였다.

다행히 얼굴을 가리고 있어서인지, 애초에 대왕대비가 나와 신규수에게 관심이 없어서인지 아직까지는 나를 알아보지 못한 것 같았다. 그사이 처음으로 마주한 대비의 싸늘한 시선만

이 나와 신규수를 오갔다. 그러나 대왕대비의 옆에 앉아 있는 그녀는 상석에서 고개를 바짝 숙이고 있는 우리들을 내려다보는 게 영 불편한 모양인지 지레 포기하고 고개를 돌려버렸다. 어차피 세 처자 모두 대왕대비와 안동 김씨들이 골랐지, 그녀가 고른 여인은 없었기 때문이었다.

"볼 처자들이 있소? 대비?"

대비는 입을 굳게 다문 채 대왕대비의 말에 아무런 대꾸도 하지 않았다. 대왕대비는 그럴 줄 알았다는 듯 짧게 웃으며 정규수를 향해 물었다.

"그래, 한 가지만 묻자꾸나. 네가 가장 좋아하는 꽃이 무엇이냐?"

그러자 정규수가 공손히 입을 열었다.

"배꽃이옵니다."

"배꽃? 어허? 어찌 배꽃이라 말하느냐?"

"소녀가 배를 참 좋아하옵니다. 아버님께서 궁중에 가면 배를 사계절 내내 먹을 수 있다고 하셨사옵니다. 참말이옵니까?"

환하게 웃으며 정규수가 대답했다. 하지만 이 대답은 대왕대비는 물론이고 대비도 크게 만족시킨 대답은 아니었던 모양이다. 대왕대비는 헛기침을 했고 대비는 어이없는 웃음을 삼켰다. 그러자 대왕대비가 이번에는 정규수 뒤에 멀찍이 서 있던 신규수와 나를 향해 물었다.

"신태운의 여식에게 묻겠다. 무슨 꽃을 좋아하느냐?"

그러자 야심이 많아 보이는 소녀는 당차게 입을 열었다.

"자두꽃이옵니다."

"자두?"

"예. 자두는 오얏꽃이라 하여, 왕실의 성씨를 뜻하는 꽃이지 않사옵니까? 또한 한 가지에서 꽃이 여러 송이씩 열리니, 자손이 번창하는 길조가 아니겠사옵니까?"

이번 답은 대왕대비는 물론이고 대비도 어느 정도 만족시킨 것 같았다. 의외의 결과였지만, 그만큼 신규수가 오늘 삼간택을 위해 준비를 많이 해온 것 같았다. 마지막으로 대왕대비가 내게 물었다.

"너는 가장 좋아하는 꽃이 무엇이냐?"

나는 최대한 목소리를 낮게 깔며 천천히 입을 열려는 순간이었다.

장악전 밖이 조금 소란스러워졌다. 대왕대비의 시선도 자연히 내가 아닌 발 너머에 보이지 않는 장악전 밖을 응시하고 있었다. 하지만 대왕대비는 이 소란 속에서도 내게 답변을 듣기 위해 침묵을 지키고 있었다. 난 천천히 입을 열어 대답했다.

"저는…… 복사꽃이라고 생각합니다."

-탁.

멀리서 발이 거두어지던 소리가 멈췄다. 밖에서 일어난 소란 때문인지 나인이 들어와 정황을 알리려다가, 내 목소리를 듣고는 걸음을 멈춘 것 같았다.

"복사꽃?"

내 답변이 마음에 들지 않는지 대왕대비의 목소리가 날카로워졌다.

"복숭아를 뜻하는 도화살은 호색과 음란을 뜻한다. 예로부터 사주에 도화살이 있는 여인은 주색으로 집안의 대를 끊고 남편을 단명시킨다 하였다. 이를 정녕 모르느냐?"

여전히 대비는 침묵을 지키고 있다. 난 고민에 빠졌다. 오늘 내가 입궐하게 된 이유는 대비를 만나기 위해서였다. 대비를 만나서 오늘 환에게 일어날 위협을 알리는 것이었다. 그러기 위해서는 대왕대비의 시선을 피해 대비와 단 둘이 만나야 했다. 하지만 일면식도 없는 나를 대비가 따로 만나줄 이유는 없다. 결국 기회를 만들어야 했다. 홍재룡 영감은 대비와 한자리에 있게 되면 약현골의 이야기를 꺼내거나, 시경(詩經, 중국에서 가장 오래된 시집)의 도요(桃夭, 복숭아나무) 시를 읊으라고 했다. 오로지 대비의 눈에 띄기 위한 방법이었지만, 상황은 시를 읊을 기회는커녕 크게 혼쭐이 나고 궁궐 밖으로 쫓겨날 처지가 되어버렸다.

"송구……."

그대로 사죄의 말을 꺼내려던 나는 결심한 듯 말을 바꾸어 시를 읊기 시작했다.

"도지요요桃之夭夭 싱싱한 복숭아나무에
작작기화灼灼其華 붉은 꽃이 화사하네
지자우귀之子于歸 시집가는 아가씨
의기실가宜其室家 그 집안을 화목하게 하리
도지요요桃之夭夭 싱싱한 복숭아나무에

유분기실有賁其實 탐스러운 열매 열렸네

지자우귀之子于歸 시집가는 아가씨

의기가실宜其家室 온 집을 화목하게 하리

도지요요桃之夭夭 싱싱한 복숭아나무에

기엽진진其葉蓁蓁 푸른 그 잎 무성하네

지자우귀之子于歸 시집가는 아가씨

의기가인宜其家人 온 집안을 화목하게 하리"

시를 읊는 동안 장악전 안에는 깊은 침묵이 내려앉았다. 시를 읊는 것이 끝났을 때도 마찬가지였다. 난 죽음을 각오했다. 여기서 대왕대비가 내 얼굴을 보겠다고 한다면……. 대왕대비는 내 얼굴을 알고 있었다. 그러니 난 대비를 만나 환에게 일어날 위험을 알리기도 전에 의금부로 끌려가게 될지도 모른다. 밀려오는 두려움에 두 눈을 질끈 감았을 때였다. 대비의 목소리가 들려왔다.

"시경 주남편에 실린 도요 시로구나. 주나라 문왕의 왕비가 지은 것으로 남녀가 때를 맞추어 혼인의 연을 맺으면, 가정이 평화롭고 나라가 안정된다는 의미를 담은 것이지. 아녀자로 자수나 놓을 것이지 어찌 사내들이나 읽는 시경을 읽었느냐?"

대비의 말은 부드러웠고 나를 꾸짖는 듯하였으나 돌려서 크게 칭찬하고 있었다. 그러자 이젠 반대로 대왕대비의 표정이 어두워졌다. 대왕대비의 입이 열렸다.

"김상궁. 이제 그만 되었으니, 두 처자는 장악전 밖으로 물리게."

바로 그때였다. 발 뒤에서 누군가 내 옆으로 나서며 옥좌에 앉은 대왕대비를 향해 웃으며 말했다.

"물리시려면 세 처자 모두 밖으로 물리셔야지, 어찌 두 처자만 물리시고 한 처자는 그대로 두신단 말씀이시옵니까?"

"주, 주상⋯⋯."

이환이었다.

창덕궁에 머물고 있을 그가 지금 경희궁 장악전에 나타난 것이었다. 당황한 대왕대비를 뒤로하고 대비가 자리에서 일어서 단상 위를 내려왔다.

"주상. 어찌 이곳에 오셨어요?"

"삼간택이 곧 끝날 것 같아, 소자 어마마마를 모시러 왔사옵니다."

"주상도 참⋯⋯."

대비가 자신의 아들을 안쓰럽게 바라보고 있었다. 그런 대비의 뒤에 고개를 숙이고 서 있는 내게로 이환의 시선이 닿았다. 난 바짝 고개를 숙였지만, 그가 입을 가리고 있는 나를 알아봤을지는 의문이었다. 그의 시선이 나를 지나 옥좌에 앉은 대왕대비를 향했다.

"할마마마. 두 처자만 내보내라 하시니, 소손의 비를 이미 정하신 것이옵니까?"

잔뜩 화가 나 있는 대왕대비는 자리에서 일어서며 말했다.

"국왕이 직접 삼간택에 참여하는 전례는 지금껏 없었소. 이 무슨 법도에 어긋나는 일이오?"

"송구하옵니다만 소손은 그저 어마마마를 모시러 왔을 뿐이옵니다. 하온데⋯⋯."

이환이 여유 부리는 목소리로 모여 있는 규수들과 내 쪽을 둘러보며 말했다.

"경희궁 후원의 꽃들이 이처럼 아름다운지 몰랐사옵니다. 하여 소손 오늘은 어마마마와 이 경희궁에서 지내고자 하옵니다. 할마마마께서는 이만 창덕궁으로 돌아가 쉬시는 것이 어떠신지요?"

대왕대비의 얼굴이 분노로 일그러졌다. 젊은 왕과 대왕대비의 팽팽한 기싸움에 잔뜩 긴장한 것은 대비뿐이다. 그녀의 불안한 시선이 대왕대비와 젊은 왕을 오갔다.

"주상⋯⋯."

말리기에는 너무 늦어버린 것일까? 아니면 애초부터 대비는 아들의 편이기에 말리지 않는 것일까? 이 상황을 끝낼 사람이 이곳에 아무도 없는 것 같은 가운데, 정적 속에서 대왕대비가 일어섰다. 그녀가 천천히 옥좌에서 내려오는 동안, 시선은 줄곧 이환을 향해 있었다.

마침내 왕 앞에 마주 선 대왕대비는 피식 짧게 웃더니 왕에게 말했다.

"경희궁도⋯⋯ 왕놀음하기에는 결코 작은 궁은 아니지요, 주상."

이번에는 이환의 얼굴이 차갑게 굳었다. 그러나 아주 잠깐이었다. 다시 본래의 자신만만한 표정으로 돌아온 이환이 웃음으로 화답했다.

"심려치 마시지요, 할마마마. 소손, 때가 되면 창덕궁으로 환궁할 것이옵니다."

이환의 말에 대왕대비가 얼굴에서 웃음을 거두더니, 그를 지나쳐 장락전을 빠져나갔다. 대왕대비가 나가자 대비가 왕의 손을 잡고 옥좌 위로 올라갔다. 그러면서 무슨 지시가 있었는지, 상궁들이 다가와 나를 포함한 규수들에게 속삭였다.

"이만 물러가시지요."

대비가 왕과 단둘이 할 말이 있다고 한 모양이었다. 이미 이환이 이곳에 들어섰을 때부터 대비는 규수들에게 관심이 없었다. 오로지 그녀의 눈은 자신의 아들만을 향해 있었으니 말이다.

규수들은 저마다 왕의 얼굴을 한 번이라도 더 보려 눈을 열심히 움직였지만, 상궁과 나인들에게 막혀 그것도 여의치 않자 포기하고 줄지어 장락전을 빠져나갔다. 나 역시 그녀들의 뒤를 따라 나가려는데, 문득 대비와 옥좌에 나란히 앉은 왕의 시선이 나를 향해 있는 것을 느꼈다.

장락전을 나온 두 규수들은 금천교를 지나 자신들을 기다리는 가마가 있는 홍화문에 이르렀다. 걸어가는 내내 규수들은 잠깐 본 왕에 대한 이야기로 꽃을 피웠다.

"아, 너무 설레. 아직도 가슴이 두근거려. 어쩜 좋아."

정규수는 숨김없이 상궁에게 묻기까지 했다.

"결정된 것인가요? 언제 알 수 있나요?"

"윗전들이 하시는 일을 저희들이 어찌 알겠습니까."

상궁은 통명스럽게 답했지만, 정규수에게만큼은 최대한 공손하게 행동하고 있었다. 아마도 상궁은 대왕대비가 가장 마음에 들어한 정규수가 새로운 중전이 될 것이라는 확신이 있는 듯 보였다. 여전히 붉게 상기된 얼굴로 규수들이 하나씩 가마에 올라타고, 나도 가마에 탈 차례가 되었다. 나는 가마에 올라타기 전, 경희궁 쪽을 돌아보았다.

갑작스러운 왕의 등장에 홍재룡 영감이 지시한 일을 할 수 없었다. 그나마 다행인 것은 왕은 오늘 창덕궁으로 갈 생각이 없어 보였다. 그는 대비와 경희궁에서 머물겠다고 밝힌 것이다. 어차피 내 목적도 오늘 창덕궁에서 일어날 위험에 대해 대비에게 전하는 것, 그까지였다.

'오늘의 위기를 넘겼으니…… 다음에 찾아올 위기도 무사히 넘기기를 바랄 수밖에.'

속으로 무거운 한숨을 쉬며 다시 가마 쪽으로 고개를 돌렸을 때였다.

"잠깐! 기다리시오!"

홍화문 안쪽에서 나이 든 내관이 뛰어나왔다. 그가 내 앞에 도착해 숨을 헐떡거리는 사이, 다른 규수들이 탄 가마는 이미 홍화문을 떠나 멀어지고 있었다.

"대비전 남내관 아니시오."

내관을 알아본 이는 다름 아닌 내 곁에 서 있던 장락전 상궁이었다.

남내관이라고 불린 내관은 상궁에게 간단한 인사를 하더니, 곧바로 나를 보며 물었다.

"홍규수시오?"

그러자 상궁이 남내관에게 대답했다.

"맞소. 이분이 형조참판댁 여식이시오."

그러자 남내관이 내게 말했다.

"대비마마께서 찾으시오. 나와 함께 갑시다."

난 의아한 얼굴로 내관을 응시하며 물었다.

"저를요?"

"그렇소."

대비의 명을 받고 왔다는 내관의 표정은 상당히 무뚝뚝해 보였다. 난 혹시라도 장락전에서 벌인 내 행동을 대비가 불쾌해하진 않았을까 뒤늦은 염려를 했다. 잠시 상궁과 눈을 맞댄 내관이 돌아서서 앞으로 걸어가기 시작하고, 난 바짝 긴장한 상태로 그 뒤를 쫓았다. 내관은 창덕궁에 비해 유독 복잡해 보이는 구조를 가진 경희궁을 요래조래 빨빨거리며 움직였다. 그런데 이상한 점이 하나 있었다. 내관이 나를 데리고 가는 그 길 어디에도 지나다니는 궁인이 단 한 사람도 보이지 않았다. 더욱이 장락전으로 향하는 것 같은데, 지난번 다른 규수들과 함께 걸었던 그 길도 아니었다. 일부러 다른 나인들의 시선을 피해 몰래 나를 대비에게 데리고 간다는 느낌을 받았다. 그렇다면 이것은 대비가 나를 부른 사실을 다른 사람들이 알게 되는 것을 원치 않는다는 뜻이 된다.

하지만 그녀는 다름 아닌 대비였다. 나를 불렀다고 해서 다른 사람 눈치를 볼 이유가 없었다. 굳이 누군가 알지 못하게 해야 한다면, 그것은 그녀보다 신분이 높은 단 한 사람밖에 없었다.

대왕대비.

대비는 지금 대왕대비 모르게 나를 부르고 있는 것이다.

'그렇다면 어째서?'

한참을 가다 보니 어느 순간 커다란 바위가 나타났다. 야트막한 언덕으로 보일 정도로 아주 큰 바위였다. 바위 주변은 마치 후원처럼 거닐기 좋게 꾸며져 있었고 각양각색의 꽃들이 심어져 있었다. 내관은 바위 아래, 꽃길 사이로 난 길을 유유히 걸어가기 시작했다.

내관의 뒤를 쫓으며 난 바위 쪽으로 시선을 주었다. 바위의 크기로 보아하니 사람 힘으로 옮길 수 있는 것 같지는 않았다. 아마도 원래 바위가 있던 자리에 궁궐을 지은 것이 아닌가 하며 짐작하고 있던 찰나였다.

"남내관."

갑자기 들려오는 묵직한 목소리에 남내관이 흠칫 놀라며 걸음을 멈춰 섰다.

"전하?"

남내관의 앞으로 왕이 뒷짐을 진 채 나타났다. 언제부터 서 있었는지 모를 일이지만, 지나가다가 우연히 마주친 것처럼 보이진 않았다. 왜냐하면 남내관은 왕을 보고 놀랐으나, 왕은 남내관을 보고 전혀 놀란 기색이 아니었기 때문이었다.

"어디 가는가."

"그것이……. 대비마마의 명으로 삼간택에 참여한 홍규수를 모셔가는 중이옵니다만."

"그렇군."

왕이 말끝을 흐리며 웃었다. 난 입을 가린 채 고개를 숙이고 있었지만, 나도 모르게 시선이 자꾸 왕의 얼굴로 향했다. 이미 그는 내가 알던 별감 정윤후가 아니었다. 나는 그가 조선의 국왕 이환이라는 사실을 머리로는 받아들이고 있었지만, 마음속으로는 전혀 그렇지 못했다. 그가 입고 있는 곤룡포만 아니었다면, 당장이라도 내게 그 특유의 장난기 가득한 미소를 지어줄 것만 같은데……. 지금 그가 짓는 웃음조차 그저 임금의 웃음으로만 느껴질 뿐이었다. 그렇게 왕의 짧은 웃음이 사라졌다. 침묵만이 흐를 뿐, 왕은 더 이상 아무런 말이 없다. 남내관의 표정이 심각하게 일그러지더니, 앞에 서 있는 왕과 뒤쪽의 내 얼굴을 몇 번 오간다. 뒤늦게 무엇을 깨우친 듯, 남내관이 서둘러 왕에게 아뢰었다.

"소인은 이만 물러가겠나이다."

그러더니 내관이 나와 함께 걸어왔던 방향으로 돌아섰다. 당연히 그런 내관의 뒤를 쫓아가려는데, 내관은 아예 날 버려두고는 순식간에 도망치듯 내 앞에서 사라졌다. 얼떨결에 홀로 남은 나는 대비전으로 스스로 찾아가야 할지, 아니면 남내관이 사라진 방향으로 발길을 옮겨야 할지 고심하고 있었다.

허둥대는 나를 보고 뒤에서 왕이 불렀다.

"홍규수."

난 흠칫 놀라며 걸음을 멈추고 고개를 땅을 쳐다보며 숙였다.

'그가 나를 알아보지 못한 것일까?'

비록 입을 가리고 목소리를 다르게 흉내 내어 말했다고 한들, 또 대왕대비가 나를 알아보지 못했다고 한들, 그 역시 나를 알아보지 못한 것일까? 확신할 수 없었다. 그러나 나는 지금 얼굴의 반을 천으로 가리고 있는 상태다. 왕이 정녕 나를 알아보지 못한 것이라면, 고개를 더욱 더 숙여 얼굴을 다 보이지 않은 채로 조용히 물러가야 한다.

그러나 이 생각은 나를 궁지에 빠트렸다. 애초부터 삼간택에 참여한 이유가 오늘 왕에게 닥칠 위험을 알리기 위해서였다. 홍재룡 영감은 대왕대비와 안동 김씨들에게 가로막혀 왕을 만날 수 없을 거라 했다. 그래서 자신의 딸을 대신해 나를 삼간택에 참여시켜 대비를 만나게 하려 했다. 대비를 통해 왕에게 위험을 알리기 위해서. 그런데 지금 왕이 내 앞에 서 있는 것이다. 그것도 왕과 나 단둘만 있는 상황......

"흠!"

왕이 짧게 헛기침을 하더니 천천히 내 앞으로 걸어온다.

나는 고개를 숙인 채 뒷걸음치려다 멈췄다. 왕이 작정하고 내게 볼일이 있다면, 이곳 경희궁에서 도망칠 곳은 어디에도 없을 거란 사실을 새삼스레 깨달았다. 내 앞에 멈춰선 왕이 한 손을 뻗어왔다. 그리고 내 입을 가리고 있던 천 끝을 살짝 잡아당겼다. 얼굴을 가리고 있는 천을 벗기려는 모양이었다. 그것을 알아차린 나는 고개를 옆으로 슬쩍 치우며 왕의 손을 거부했다. 왕도 이를 알고는 천을 잡아당기던 손을 거두며 말했다.

"과인에게 돌아온 것이냐? 하나야."

난 놀란 얼굴로 고개를 들어 왕의 얼굴을 바라보았다. 그러자 슬픈 미소를 지은 채 나를 바라보고 있는 왕의 두 눈과 마주쳤다.

'알고 있었어? 나라는 걸?'

옷차림을 다르게 하고, 목소리를 변형시키고, 심지어 얼굴을 가렸는데도……. 어쩌면 나에 대해 이미 속속들이 알고 있는 그를 속인다는 것은 애초에 불가능했는지도 모른다. 난 더 이상 숨길 것이 없음을 알고 체념한 채 대답했다.

"돌아온 건 아니에요."

"허면 네가 어찌 이곳에 있는 것이냐? 어찌 홍재룡의 여식이 되어 삼간택에 참여하였느냐?"

기대감이 잔뜩 서린 그의 눈빛이 내게 묻고 있었다. 오늘 창덕궁에서 일어나게 될 일들에 대해 전혀 모르고 있을 그는, 그저 내가 그에게 돌아온 것이라는 대답만을 듣기 위해 간절한 목소리로 묻고 있었다. 난 그가 크게 실망할 것임을 알면서도 애써 고개를 저으며 말했다.

"전 곧 청국으로 떠나요. 오늘 입궐한 것은 절 도와주신 홍 참판 어르신의 부탁 때문이었어요."

내 짐작대로 그의 얼굴에는 크게 실망한 빛이 어렸다. 난 무거운 침을 삼키며, 내가 오늘 입궐한 이유를 그에게 설명했다.

"오늘 창덕궁으로 환궁하지 마세요, 전하. 가시면 위험해지실 거예요. 전 이 사실을 전하려고 홍규수를 대신해서 삼간택에 참여했어요. 대비마마를 뵙고, 전하께 닥칠 위험을 전하려고요. 그래서……."

그의 목숨이 경각에 달렸을지도 모른다는 말을 하고 있는데도, 그는 자신이 위험에 빠졌다는 데에는 전혀 관심이 없는 얼굴이었다. 그저 그는 실망과 슬픔이 뒤섞인 얼굴로 내 얼굴을 뚫어져라 응시하고 있을 뿐이었다. 난 그의 표정에서 그가 입으로 소리 내어 말하지 못했던 질문을 읽을 수 있었다. 그의 위험을 알리기 위해 입궐한 내가 그를 용서했기 때문에 돌아온 것인지 그는 묻고 있었다. 그러나 이미 용서라는 말을 언급하는 것 자체가 우스워졌다. 그가 내게 변함없이 '원수'인 조선국왕이라면, 그를 돕기 위해 삼간택에 참여한 것 자체가 말이 되지 않는다.

어쩌면 나는 말로 정의를 내리지 못했을 뿐.

'이미 그를……'

"네게 지금 임금인 이환은 보여도, 별감인 정윤후는 보이지 않는 모양이로구나."

'에?'

난 그가 한 말을 이해하지 못해 두 눈만 연신 깜빡였다. 그는 이런 나를 보며 씁쓸한 웃음을 지었다. 그 웃음을 본 나는 그제야 그의 말뜻을 알아차렸다.

　지금 우리는 단둘뿐이었다. 그가 별감 정윤후였다면, 나는 지금과 전혀 다른 태도로 그에게 말을 걸었을 것이다. 그러나 지금 내게 그는 용포를 입고 있는 진짜 임금이다. 임금이기에 다를 수밖에 없다. 갑자기 그가 나를 내버려둔 채, 옆쪽에 있는 큰 바위 위를 오르기 시작했다. 가뿐하게 바위 위를 오르는 그의 모습을 나는 멍하니 바라보았다. 바위 위에 올라선 그가 다시 나를 향해 돌아섰다.

　어디선가 불어오는 바람에 그가 입고 있는 용포의 끝자락이 휘날렸다. 그는 바위 위에 늠름하게 서서 나를 내려다보더니, 한 손을 내밀었다. 승화루 지붕 위에서 '반월'이던 나를 향해 손을 내밀었던 별감 정윤후처럼 말이다. 그러나 나는 지금 그를 바라보면서 그때처럼 웃을 수도, 또 그가 내미는 손을 잡을 수도 없었다. 더 이상 별감 정윤후는 이곳에 없었으니까.

　그도 내가 그럴 줄 알았다는 듯 힘없이 내민 손을 거두었다.

　"하나."

　그가 이야기를 시작했다.

　"과거 이 바위가 있던 경희궁 터에는 정원군의 사저가 있었다. 허나 이 바위에 왕기가 서렸다는 소문을 들은 광해군은 정원군에게서 사저를 빼앗아버렸지. 그런데 이 바위 때문이었을까…… 정원군은 죽어서 국왕으로 추숭되었다."

　이 이야기는 워낙 유명해서 경희궁에 대해 이야기할 때 꼭 따라다니는 이야기였다. 그 때문에 나도 이 이야기를 들어서 잘 알고 있었다. 그러나 지금 그가 이 이야기를 하는 이유는 조금은 다른 무언가 때문인 것 같았다.

"정원군이 이 바위에 서린 왕기로 인해 죽어서라도 왕이 될 수 있었다면, 과인은 애초부터 왕기를 가지고 태어나지 못하였으며……. 왕기를 지니지도 못한 채, 어린 나이로 왕이 되어 이름뿐인 군왕으로 살아왔었다."

삼간택에 참여하는 규수가 되어 입궐하는 내게 홍재룡 영감은 말해주었다. 왕권은 선왕 때부터 서서히 안동 김씨에게 빼앗기기 시작했다. 한때, 이환의 부친인 효명세자가 왕권을 되찾으려 시도했다. 이를 반대하던 대왕대비 김씨와 아들 효명세자의 사이가 나빠지는 것은 불 보듯 뻔한 일이었다. 이런 와중에 효명세자가 갑자기 세상을 떠났다. 선왕도 하나뿐인 아들 효명세자를 잃은 슬픔에 병이 악화되어 세상을 떠났다. 그렇게 다시 찾아온 안동 김씨의 천하 그리고 어린 왕, 이환의 즉위. 그런 그에게 왕으로서의 권한과 권리를 주려하는 안동 김씨 사람들은 아무도 없었다. 심지어 그의 할머니인 대왕대비 김씨까지도.

"과인은 즉위한 후 여러 차례 백화당을 벗어나 안동 김씨들에 맞서 조정을 되찾으려 하였으나, 그때마다 무고한 이들이 목숨을 잃는 것을 지켜봐야 했다. 그 때문에 모든 것을 내려놓고 살아가려 하였지. 얻고 싶은 것도 잃고 싶은 것도 없이 살아간다면, 적어도 과인의 곁에 있는 사람들이 억울하게 목숨을 잃는 경우는 없을 테니."

그가 얻고 싶었던 것, 그의 것이었던 왕권. 그가 잃었던 것, 무고한 이들의 목숨.

"허나, 얻고 싶은 것과 잃고 싶지 않은 것이 같은 것이 되자, 더 이상 백화당에 숨어 사는 삶을 살고 싶지 않아졌다."

그가 다시 바위 위에서 내려와 내 앞에 섰다. 난 조금 전 바위 위에 올라서기 전과 달라진 느낌을 그에게서 받았다.

"과인은 더 이상 숨지도 도망치지도 않을 것이다. 하나, 네가……."

바로 앞에 선 그가 다시 내게로 손을 내밀어 잡았다.

"과인의 곁에……."

그러나 난 그의 말이 끝나기도 전에, 그가 날 잡은 손을 뿌리치고는 뒤로 한 발자국 물러섰다.

"안 돼요."

그는 달라졌다. 별감이 왕이 되었으니, 그보다 크게 달라질 것이 무엇이 있을까? 게다가 그도 스스로 인정했다. 10년 전 내 부모님을 처형시킨 사람이 바로 자신이라고 말이다.

차라리 10년 전 그때 자신이 어려 사리분별을 잘하지 못해 실수한 것이라고 말했더라면, 적어도 당시 수렴청정을 하던 대왕대비가 한 짓이라고 말한다면, 그가 내 손을 잡기 전에 내가 먼저 그의 손을 잡았을 것이다. 이제 그는 자신의 과거를 인정하고 앞으로 나아가려고 한다. 새로운 조선을, 새로운 미래를 열려고 준비하고 있었다.

하지만 난 그럴 수 없었다. 난 달라진 것이 없기 때문이다.

10년 전 가족을 모두 잃고 조선을 도망치듯 떠났던 나였다. 10년 전부터 지금에 이르기까지 일어난 모든 불행은 그로 인해 일어난 것이었다. 그래서 난 떠나야 한다. 청국이든 어디든 그의 곁이 아닌 곳이라면 어디든지 말이다.

"우린 안 돼요. 전하."

별감 정윤후였던 사내와 속삭였던 사랑은 지금의 내겐 모두 꿈이고 허상이었다. 애초에 별감 정윤후는 존재하지도 않았던 사람이었다. 나 역시 애초에 조선에 존재해서는 안 될 사람이었던 것처럼.

* * *

장락전에서 나를 맞이한 대비는 주변을 모두 물렸다. 그녀는 얼굴을 천으로 가린 채 고개를 숙이고 앉아 있는 내게 물었다.

"네가 오는 동안 알아보니, 홍재룡의 여식은 올해 10세가 되었다고 하더구나. 허나 너는 그리 되어 보이지 않는다. 말해 보거라. 넌 누구냐?"

홍재룡 영감은 약현골 이야기나 도요 시를 읊는다면 대비가 분명 나를 따로 부를 것이라고 했다. 그의 예상은 적중했다. 그 일이 실제로 일어난 것이다. 도요 시는 복사꽃에 관한 것이고, 대비가 세자빈 시절 찾아왔다는 약현골의 우리 집은 복사꽃이 만연한 곳이었다. 난 이런 생각을 하며 조심스럽게 입을 열었다.

"소녀는 홍참판 어르신의 여식이 아니옵니다."

대비가 놀라는 눈으로 물었다.

"복사꽃을 거론한 것도 그러하고 또한 도요 시를 읊은 것도 의심스럽구나. 홍재룡이 네게 지시하였느냐?"

"예. 그러하옵니다."

"제 여식도 아닌 계집을 삼간택에 들여보내는 위험까지 감수했다면, 필시 그 연유가 있을 터."

대비는 나를 의심스러운 눈길로 바라보며 명했다.

"천을 벗거라. 네 얼굴을 보아야겠다."

홍재룡 영감의 친딸도 아니면서 삼간택에 참여했으니, 응당 내 신분을 밝혀야 했다. 그러나 기껏 오늘 처음 만난 대비에게 밝힐 내 신분이라고 해보았자, 홍재룡 영감이 보냈다는 사실 정도일 것이다. 그 사실을 밝혔음에도 대비는 내 얼굴을 보길 원했다. 여전히 그녀는 나를 의심하고 있는 것 같았다. 난 속으로 한숨을 쉬며 입을 가리고 있던 천을 벗고 고개를 들었다.

그런데 내 얼굴을 바라보던 대비의 눈이 동그랗게 커졌다. 주름 잡힌 그녀의 두 눈에서 모든 주름이 펴질 정도로 아주 크게 말이다. 또 그녀는 떨리는 손으로 자신의 입을 막았다. 그녀도 모르게 새어나오려는 소리를 막으려는 듯 말이다. 대비의 태도가 이상하다고 여겼지만, 난 본래의 목적을 수행하기 위해 천천히 입을 열었다.

"홍참판 어르신께서 소녀를 보내신 이유는 오늘 창덕궁에서……."

내 말이 끝나기도 전이었다. 대비가 내 앞으로 몸을 숙이는가 싶더니, 덥석 내 손을 부여잡았다.

"대비마마?"

"네가…… 네가……."

나를 바라보는 대비의 두 눈에서 굵은 눈물이 뚝뚝 떨어지기 시작했다.

"네가……."

대비는 눈물을 멈추지 않으며 어렵사리 입을 뗐다.

"하나구나. 그렇지? 10년 전 처형당한 김재청과 그의 부인 신씨의 원수를 갚겠다며, 백화당에서 주상을 해하려 했던 그 아이 말이다. 꼭 닮았구나. 신씨를 아주 꼭 닮았어."

이어 대비가 통곡하듯 울음을 쏟아냈다. 그녀는 무언가 말을 하려 하다가 감정이 격해져 차마 말을 잇지 못했다. 나는 이런 대비의 행동을 영문도 모른 채 바라보았다. 여전히 내 두 손은 그녀의 두 손에 꼭 붙들려 있었다. 난 불안한 시선으로 날 보고 한참 울음만 쏟아내는 대비를 바라보았다.

얼마나 시간이 흘렀을까? 그녀가 겨우 마음을 추스른 듯 울음을 그치며 말했다.

"네 부모를 주상이 죽였다 여기고 원망하였느냐?"

'원망?'

원망이라는 단어를 듣는 순간, 조금 전 장락전으로 오던 길에 만난 이환이 나를 바라보던 두 눈이 떠올랐다. 슬픔, 그 단어 자체를 품고 있던 그의 눈동자가.

"홍재룡이 말하지 않더냐? 나를 살리고자 주상이 김재청 부부를 죽음으로 내몬 것이었다. 모두 나로 인해 벌어진 일들이었다. 그러니 주상을 원망 말고 나를 용서해다오."

"대비마마로 인해 벌어진 일이라니요?"

내 부모님이 처형된 이유는 천주를 믿기 때문이라고 알고 있었다. 그렇기 때문에 지금 대비가 하는 말은 처음 듣는 이야기였다. 홍재룡 영감도 내게 이처럼 세세하게 사실을 들려주지 않았었다. 혼란스러움에 두통이 날 지경이었다. 난 대비에게 잡힌 손을 놓고는 바닥에 몸을 납작 엎드렸다. 그러자 피가 고개 숙인 머리 쪽으로 모이며 머리가 아파왔다. 아무런 생각도 할 수가 없었다.

대비는 엎드린 내 팔을 잡아 상체를 일으켜 세웠다. 촉촉하게 젖은 두 눈이 내 두 눈을 응시하고 있었다.

"저하께서 갑작스레 세상을 떠나시고, 그 충격으로 선왕께서도 병이 깊어 승하하셨다. 그 때문에 어린 주상이 갑작스레 등극하였지. 우리 모자의 비극은 바로 그때부터 시작되었단다."

'비극?'

"대왕대비마마께서는 혹시라도 나의 친가인 풍양 조씨들이 어린 주상을 내세워 안동 김씨들을 조정에서 내쫓을 것을 염려하셨다. 이 때문에……. 나를 없애려 하셨지. 그때 나는 아직 세자빈의 신분이었단다. 허나 내 아들인 주상이 등극을 하였으니, 나도 곧 대비가 되어야 하였지. 허나 대왕대비마마께서는 그 전에 나를 사학죄인으로 몰아, 나를 폐빈시키고 죽인 후 내 집안사람들까지 모두 숙청하려 하셨다. 그러기 위해서는 신씨가 내가 사학죄인이라는 사실을 실토하여야만 했지."

대비가 무거운 한숨을 내셨다.

"헌데 이 사실을 어린 주상이 알게 되었다."

이번에는 대비를 바라보던 내 두 눈이 크게 떠졌다.

"그럼 전하께서 제 부모님을 잡아들여 처형하신 이유 가……."

"그래. 사학죄인이라는 죄명이 있었으나, 문초도 없이, 배교 의 권유도 없이, 즉결로 처형하라는 명을 내린 것이다. 어미인 나를 살리기 위하여, 네 부모를 잡아 죽인 것이지."

갑자기 난 반월정의 송이가 떠올랐다. 송이는 단지 무수리 인 어머니와 함께 있고 싶어서 궁궐로 들어와 궂은일을 하며 살던 소녀였다. 일이 힘들고 고되어도 혹 들키면 궐에서 쫓겨 나 어머니를 보지 못하게 될까 두려워하던 아이였다.

그 아이의 나이가 10년 전 내 나이와 비슷했고 왕도 마찬가 지였다. 난 어린 왕 이환이 내 부모님을 잡아들여 바로 처형시 켜야 했던 이유를, 그 진짜 이유를 이제야 알게 되었다. 그는 자신의 어머니인 대비를 살리기 위해, 많은 이들을 희생시켰 던 것이었다.

"대왕대비는 어린 주상이 내린 명을 그대로 받게 대신들 에게 명을 내렸지. 허나 어린 주상이 무엇을 얼마나 알았겠느 냐? 대왕대비는 보란 듯이 김재청과 그의 부인 신씨 외에도 많 은 이들을 처형시키게 하였다. 그 후 어린 주상은 알게 되었다.

나를 살리기 위해, 자신이 벌인 일이 얼마나 끔찍하고 잔인한 일이었는지 말이다."

대비가 다시 흐느끼기 시작했다.

"10년 전 기해년 그날 이후로 어린 주상은 오랫동안 악몽에 시달렸지. 그 악몽에서 벗어난 뒤에는 어느 날부터인가 자수정 안경을 밤낮 가리지 않고 쓰더구나."

'자수정 안경?'

"내가 그 연유를 묻자 주상이 말하기를, 자신이 억울하게 죽음으로 내몬 백성들이 하늘에 있으니, 하늘을 올곧은 색으로 바라볼 용기가 나지 않는다 하였다. 억울하게 죽은 백성들의 원혼을 임금인 자신이 이렇게라도 위로할 수밖에 없다고 하더구나. 그래서 난 그 안경을 벗으라고 말하지 못하였다. 벗으라고 말할 수 있는 자격 또한 없었지. 허나 그 안경을 쓰고 있을 때만큼 주상에게 큰 위로가 되었는지, 안경을 쓴 뒤로는 종종 웃는 모습을 볼 수 있었다."

난 윤후를 처음 만난 날을 떠올렸다. 안경을 쓴 그는 웃고 있었다. 두 번째에도 그는 웃고 있었다. 그래서 난 그가 장난 기 많은 부잣집 도련님일 거라 생각했다. 그는 그때 이미 스스로 벗을 수 없는 안경을 쓰고 있었다. 그런데 안경은 순전히 나로 인해 벗겨졌다. 하지만 안경을 잃은 뒤 그는 다시는 비슷하거나 똑같은 안경을 구해 쓰지 않았다. 무거운 죄책감에 사로잡혀 스스로는 결코 벗을 수 없었던 안경을 벗겨낸 사람이 바로 나였기 때문인 걸까? 분명한 사실은 그 안경을 잃어버린

지 얼마 되지 않아서 그는 왕의 모습으로 다시 내 앞에 섰다는 것이다.

"어미가 되어 아들에게 죄책감이라는 굴레를 씌운 원흉이 되다니……. 주상이 저지른 모든 죄는 모두 이 몸이 저지른 것이나 마찬가지라는 것도 바로 그 때문이다."

하지만 왕은 단 한 번도 자신의 어머니를 살리기 위한 어쩔 수 없는 일이었다고 변명하지 않았다. 오롯이 자신이 모든 책임을 안고 가려 했다. 희생된 사람들 모두 자신의 백성이고, 자신의 결정으로 인해 그렇게 된 것이라는 사실을 인정했기에. 그는 경희궁의 바위 위에서 스스로 왕기가 없는 군왕이라고 말했지만, 그는 태어나는 순간부터 왕기를 지닌 진짜 군왕이었던 것이다.

"이제 모두 알겠어요. 전하께서 소녀의 부모님을 처형하신 이유를……."

대비가 다시 내 손을 잡았다.

"허나 하나야, 또한 이것도 알아야 한다. 신씨는 스스로 도망가기를 포기하였다."

"어머니가 도망가는 것을 스스로 포기하셨다고요?"

어머니가 도망을 포기하셨다는 말은 처음 듣는 사실이다.

"그래. 주상이 사학죄인들을 잡아들이라는 명을 내리자마자, 난 사람을 보내어 신씨에게 도망갈 것을 권했다. 허나 신씨는 도망가지 않을 것이라면서, 내가 보낸 사람에게 어떤 말을 전하게 하였지."

잠시 대비가 두 눈을 감았다.

그것은 어머니가 한 말을 잊어서가 아니었다. 10년이라는 시간이 지났지만, 다시 꺼내게 되는 이 순간에도 대비는 어머니가 이 말을 꺼낸 순간의 감정을 되새기는 것이 분명했다. 다시 대비가 눈을 뜨며 내게 말했다.

"복사꽃의 꽃말을 기억해달라고……."

"복사꽃의 꽃말……."

어린 시절.

남들이 다 흉을 보는 복사나무를 집 안뜰에 심은 연유를 어머니에게 물은 적이 있었다. 그때 어머니는 내게 복사꽃의 꽃말을 직접 알려주시며 그 연유를 설명해주셨다. 복사꽃은 세상 사람들이 보는 것처럼 나쁘고 옳지 않은 뜻이 있는 게 아니라면서.

"신씨는 스스로 죽음을 택했다. 허나 그 책임은 남겨진 모든 이들이 나눠 갖게 되었지."

바로 그때 밖에서 나인의 목소리가 들려왔다.

"대비마마, 주상전하께서 드셨사옵니다."

왕이 왔다는 말에 대비가 서둘러 눈가의 눈물을 훔쳤다. 난 그대로 자리에서 일어서려고 했다. 장락전에 들기 전, 바위 앞에서 만난 왕의 손을 뿌리친 것이 못내 마음에 걸려서였다. 그러나 이 사실을 모르는 대비가 나를 붙잡았다.

"상관없으니 그대로 있거라. 아직 홍재룡이 내게 전하라는 말도 다 전하지 못했지 않느냐."

난 대비의 말에 고개를 숙이며 한쪽으로 물러나 조용히 앉았다. 곧 장락전 안으로 왕이 들어왔다. 하필 장락전 안에는 대비와 나, 단둘뿐이었다. 그러나 왕이 내 존재를 알아차리지 못할 리 없었다. 그런데도 왕은 힘찬 걸음으로 들어와 내게는 시선도 주지 않은 채, 대비의 앞에 마주 앉았다.

"어마마마."

"주상……."

그는 여전히 물기로 촉촉한 대비의 얼굴을 걱정스레 쳐다보며 말했다.

"무슨 일이 있으셨사옵니까?"

"아무것도 아니오. 그저 옛이야기에 잠시 마음이 시렸을 뿐이오."

모자간의 대화가 오가는 사이 은연중에 내 시선은 계속 그의 얼굴을 향하고 있었다. 이제 나는 그가 내게 밝히지 않았던, 아니 말하려 하지 않았던 진실을 알게 되었다. 내 부모님을 처형시킨 이유, 단지 어린 국왕이었던 그가 그래야만 했던 진짜이유를 말이다.

난 그가 대비를 진심으로 걱정하는 얼굴을 보는 것만으로도 10년 전 이름뿐인 왕으로서 어리기만 했던 그가 처한 상황을 알 수 있었다. 그는 어린 나이에 자신의 어머니를 살리기 위해 모험을 해야 했다. 바로 그 모험이 조금 전 바위 앞에서 내게 말한 여러 번의 시도 중 하나였는지도 모른다. 그러나 그는 어머니를 살리고 내 부모님을 포함한 많은 백성들을 잃어야 했다.

"한데 무슨 일이죠, 주상."

왕이 웃으며 대답했다.

"소자. 오늘은 이만 창덕궁으로 돌아갈까 하옵니다."

"지금 말이오?"

"예, 어마마마."

아직 대비는 오늘 창덕궁에서 벌어질 일들에 대한 경고를 내게 듣지 못했다. 그랬기에 별 의심 없이 왕을 향해 물었다.

"오늘은 이 어미와 경희궁에서 머물겠다면서요?"

"허나 급히 돌아가야 할 일이 생겼사옵니다."

"혹 조금 전 창덕궁으로 돌아가신 대왕대비마마와 관련이 있는 것입니까?"

대왕대비의 이름을 꺼내는 대비의 목소리가 차가워져 있었다. 그러나 왕은 대비를 걱정시키지 않으려는 듯 웃음소리를 내며 말했다.

"소자가 원하는 것이옵니다. 경복궁이 폐허가 된 지금 이 조선의 법궁은 창덕궁이 아니겠사옵니까? 헌데 임금이 어찌 법궁을 비우겠나이까."

그러나 대비는 그를 창덕궁으로 홀로 보내는 것이 걱정인 기색이었다.

"주상, 그러지 말고 이참에 경희궁으로 옮겨와 정무를 보세요. 궐내각사도 창덕궁에서 경희궁으로 옮겨오라 하시고요. 지금 창덕궁에는 온통 대왕대비마마의 수족들과 안동 김씨들이 심어놓은 세작들만 득실거리니, 경희궁이 더 나을 겁니다."

왕이 고개를 끄덕였다.

"예, 어마마마의 말씀은 잘 알겠사옵니다. 허나 오늘은 아니지요."

난 왕을 불안한 시선으로 바라봤다. 그는 오늘 창덕궁에서 벌어질 일의 심각성을 전혀 눈치채지 못한 것일까? 조금 전 난 그에게 창덕궁으로 돌아가지 말 것을 경고했다. 자세하게 말하진 못했지만, 내가 아는 똑똑한 그라면 분명 눈치를 어느 정도 챘을 것이다. 그렇다면 당장은 경희궁에서 지내며 몸을 사리는 것도 하나의 방편이 될 수 있을 텐데……

"이 어미도 함께 가지요."

"아닙니다. 어마마마께서는 오늘 경희궁에서 쉬시지요. 오랜만에 경희궁에 오시지 않으셨사옵니까?"

대비의 한 손이 왕의 뺨에 닿았다.

"다 못난 주상 때문이지요."

왕이 고개를 갸웃거렸다.

"소자 때문이라니요?"

"주상. 지난번 간택 때는 대왕대비마마의 뜻으로 안동 김가에서 중전을 간택했지요. 허나 이번 간택까지도 안동 김가와 관련된 가문에서 뽑긴 싫었어요."

"어마마마도 참."

그제야 대비의 말뜻을 알아차린 왕이 얼굴을 붉히며 짧은 웃음을 내보였다.

"주상. 왕과 왕비라 하여 민가의 부부와 다를 게 무어가 있단 말입니까? 부부란 자고로 몸과 마음을 나누는 사이입니다. 평생에 걸쳐 죽는 순간까지 희로애락을 나누는 사이란 말입니다. 이 어미에게 저하가 그런 분이었듯, 주상에게도 그런 여인이 비가 되길 바라요. 허나 죽은 중전은 그리 되지 못했지요."

죽은 중전의 이야기가 나와서인지 왕의 표정이 삽시간에 굳어버렸다.

"어마마마. 왕실의 혼인이란 자고로 백성의 혼인과 같을 수 없는 것이옵니다."

"아니요. 난 그렇게 생각하지 않습니다."

대비가 엷은 미소를 지으며 말을 이었다.

"저하께서도 오래 사셨다면 후궁을 여럿 두셨을는지도 모르지요. 허나 나는 믿습니다. 그리되었다 하더라도 저하와 평생을 함께하고, 마지막에 함께 묻히게 될 유일한 사람은 나입니다. 내가 죽었을 때 저승에서 나를 맞이하러 나올 분은 저하세요. 부부란 그런 겁니다. 주상도 그런 여인을 분명 만나게 될 겁니다."

***

"전하."

장락전을 나서려던 왕의 뒤를 따라 나온 내가 소리 냈다. 왕은 장락전 밖 후원 한가운데에 멈춰 서서 나를 돌아보았다. 내가 그에게로 다가가자, 그가 주변에 서 있던 나인들을 멀찍이 물러가라 지시했다. 나인들이 물러가고 우리 두 사람만 남았는데도 나는 쉽사리 입을 열지 못했다. 그런 우리 두 사람 사이로 노란 나비 두 쌍이 짝을 지어 날아다녔다.

마치 서로에게 장난을 치듯 부대끼며 날아가자, 그와 나의 시선이 동시에 나비를 향했다가 허공에서 얽혀 들어갔다. 이제 나비들이 떠난 자리에 서로를 말없이 바라보는 우리 두 사람의 시선만이 남아 있었다.

"전하께 묻고 싶은 것이 있어요."

그가 굳게 다물었던 입을 약간 열어 한숨부터 내보내고는 말했다.

"묻거라."

난 안경을 쓰지 않은 뒤부터 어딘가 허전해진 그의 두 눈을 똑바로 응시하며 말했다.

"자수정 안경. 전하께는 어떤 의미가 있는 안경이었나요?"

답을 이미 알고 있는 질문이었다. 그런데도 난 꼭 그에게 묻고 싶었다. 내가 처음 이 물음을 그에게 던졌을 때, 그는 무언가 말하고 싶으면서도 끝내 말을 돌려 진짜 답을 꼭꼭 숨겨버렸다. 어쩌면 그때는 내가 그의 진짜 신분을 알지 못했기에, 진짜 답을 듣는 것 자체가 애초에 불가능했던 것일 수도 있었다. 그러나 이제는 다르다. 그도 달라진 우리의 상황을 그 누구보다도 잘 알고 있다. 마침내 그의 입이 열렸다.

"과인으로 인해 억울하게 목숨을 잃은 백성들로 인해 쓰게 된 것이었다."

진실이다. 이번에는 진실이야.

"그렇다면 평생 벗지 않고 사실 작정이셨나요?"

진지하게 물어본 내 물음에 그가 이번에는 쓸쓸한 웃음을 되돌려주며 말했다.

"그러나 그대가 과인에게서 빼앗아가지 않았느냐."

잠시 우리 두 사람 사이에 공통된 그날의 추억이 스쳐 지나갔다. 그러나 그는 곧 말없이 내게서 돌아섰다. 그대로 나를 두고 창덕궁으로 가버리려는 것 같았다. 난 그런 그를 불러 세웠다.

"대비마마께 모두 들었어요."

그의 걸음이 멈췄다.

"10년 전 그 일이 일어났을 때요. 대비마마께서 어머니께 떠나라고 하셨대요. 위험을 미리 알리셨던 거죠. 하지만 어머니는 떠나지 않으셨어요. 대신 복사꽃의 꽃말을 기억해달라는 말씀을 전하셨대요."

이 사실은 그도 모르는 일이었던 것 같았다. 멈춰선 그는 여전히 나를 돌아보지 않고 있었지만, 자리를 떠나려고도 하지 않았다.

"전하. 복사꽃의 꽃말을 아세요?"

이 물음에서 그가 다시 내게로 돌아섰다. 난 그의 얼굴을 바라보며 입을 열었다.

"'용서'예요."

그는 꽃말의 속뜻을 몰랐던지 눈을 천천히 치켜 올리며 나를 바라보았다.

"어머니는 자신이 죽을 수도 있다는 것을 아셨어요. 하지만 도망치지 않고 죽음을 받아들이셨어요. 또 이미 자신을 죽음으로 내몬 모든 상황과 사람들을 용서하셨고요."

"하나……."

"그런데 제가 어떻게 전하를……."

나는 숨을 깊게 들이마시며 말을 이었다.

"당신을 어떻게 원망할 수 있겠어요?"

아무 말 없이 가만히 내 말을 듣던 그가 두 눈을 감았다. 그가 다시 눈을 떴을 때, 그의 시선은 하늘을 향해 있었다. 그가 서 있는 곳. 바로 위에 있는 하늘은 어제와 같은 하늘이었고 내일과 같은 하늘일 것이다. 그러나 그가 지금 바라보고 있는 하늘은 다른 하늘이다. 그는 하늘 위를 자유롭게 날아야 하는 용이었다. 그러나 그는 아주 오래전 하늘을 날아야 할 명분을 잃어버렸다. 날 수 있는 용이었음에도 날지 못하는 용이 되어버렸던 것이다. 그러나 지금 이 순간 그는 잃어버린 명분을 한 가지 되찾았다.

이처럼 한 가지, 한 가지씩 되찾다보면 어느새 그는 하늘 위를 날아다니고 있을 것이다. 그러나 용의 옆자리에는 내 자리가 없다. 그가 다시 내 얼굴을 돌아보았을 때, 난 그가 내게 무언가 하고 싶은 말이 있다는 것을 알았다. 그리고 그 말이 이미 내가 그에게서 여러 번 들었던 말이었음을 알았다. 그러나 나는 그가 그 말을 입 밖에 꺼내기도 전에 먼저 입을 열었다.

"무사하세요. 그래야 제가 청국으로 마음 편히 떠날 수 있을 테니까요."

　나는 그에게서 돌아섰다. 그리고 한 걸음, 한 걸음씩 그에게서 멀어져갔다. 당연하게도 그는 나를 붙잡지도 나를 불러세우지도 않는다. 당연한 것이었다. 내 스스로 그를 뿌리치고 돌아선 것이기 때문이었다. 그런데 왜 내 얼굴에서는 웃음과 눈물이 뒤섞여 복잡하게 엉켜버린 것일까.

　동포의 말이 옳았다. 난 조선에 와서야 지난 10년간 나를 괴롭힌 악몽에서 자유로워졌다. 그것도 내가 그동안 원수라고 여겨왔던 사내의 따스한 손길로 인해서 말이다. 그리고 난 그 사내가 쓰고 있던 안경을 벗겨냈다. 오직 나만 벗겨낼 수 있었던 안경 그리고 오직 그만 사라지게 할 수 있었던 나의 악몽.

　우리는 서로에게 하나씩 무언가를 주고받았다. 그것은 공평했다. 남는 것도 모자란 것도 없었던 만남이었다. 그런데도 왜 눈물은 멈추지 않는 걸까…….

역 린 ,

춤 추 다

　어둠이 내려앉기 시작한 홍재룡 영감의 집은 몰래 드나들기 시작한 관리들로 분주했다. 대다수가 젊은 관리들로 안동 김씨에 대한 불만을 가지고 있던 이들이었다. 그들의 움직임은 조심스러웠고 또한 신중해 보였다. 하인들도 홍재룡 영감에게 무언가를 지시받았는지, 주변을 살피며 대문을 열고 닫았다.

　"오셨어요?"

　어디에 있었는지 진선이 큰 대야와 수건을 들고서 내 앞으로 다가왔다.

　"별일 없었니?"

　진선의 말 없는 시선이 사랑채로 들어서는 관리들을 향해 있었다. 그녀 역시 자세히는 알지 못해도 오늘 밤 무언가 일이 벌어지려 한다는 것은 짐작하는 것 같았다.

　"아련은?"

나는 진선에게 물었다. 오늘은 한양 사람들이라면 다 아는 삼간택이 열린 날이었다. 이날만을 손꼽아 기다리고 기다리던 아련은 삼간택에 참여하지 못했다. 내가 대신 참여했기 때문이었다.

오늘 아침에 홍재룡 영감은 딸 아련에게 삼간택에 참여할 수 없다고 말했다. 아련은 크게 충격을 받아 울고불며 내가 가마에 오르는 순간까지 난리법석을 피웠다.

"지금은 주무세요."

진선이 씁쓸한 미소를 지으며 말했다. 난 진선과 함께 아련의 방으로 갔다. 아련은 옷도 갈아입지 않은 채 잠들어 있었다. 진선은 아련의 곁으로 다가가 그녀의 이마에 손을 올렸다.

"너무 우서서 열이 났어요. 다행히도 지금은 열이 내린 것 같지만요."

"미안해서 어떡한담. 이날만 기다렸는데……."

"심려치 마세요. 영감마님께서도 아련 아가씨를 궁궐에 보내고 싶지 않아 하셨어요. 차라리 잘 되었죠. 궁궐의 여인이 되는 건 매우 위험해요. 요즘 같은 세상에 안동 김씨와 무관한 가문의 아련 아가씨가 중전마마가 된다 한들, 어찌 버텨나가겠어요? 아련 아가씨도 철이 들면 아실 거예요. 영감마님의 결정이 옳았다는 사실을요."

"그럴까?"

"그럼요."

진선이 확고한 눈으로 나를 돌아보았다.

"아가씨, 저는 이 집에 와서 아련 아가씨를 만나고 깨달았어요. 때로는 저를 동무처럼 어미처럼 의지해주시고 필요로 해주시는 아련 아가씨를 곁에서 평생 모시기로요."

"하지만 너도 언젠간 혼인을 해야 하지 않아?"

진선이 해맑은 미소를 지었다.

"천주님을 믿고 나서 동정을 지키기로 결심했어요. 혼인은 하지 않을 거예요."

조선에서만 자랐다면 이런 진선을 이해하지 못했겠지만, 내가 자랐던 북경에는 불란서 수녀들이 있었다. 하지만 적어도 그녀들은 수녀원이라는 보호 속에서 동정을 지킬 수 있었다. 그러나 이 조선에서 진선이 하고자 하는 것이 과연 지켜질 수 있을까?

차라리 나와 함께 청국으로 가자는 말을 꺼내고 싶었다. 청국이라면 진선의 의지가 지켜질 수 있도록 울타리가 되어줄 곳이 있을 것이다. 조선과 달리 말이다. 그런데 이 말이 차마 입 밖으로 나오질 않았다. 내 스스로 청국으로 간다는 말을 인정하기 어려운 것이었다.

진선이 이런 내 마음을 알아차리기라도 했는지, 먼저 입을 열었다.

"아가씨는요?"

"응?"

"아가씨는 청국으로 가실 건가요?"

"가야지. 이제 갈 거야. 영감 어르신이 부탁하신 일도 모두 끝냈어. 그러니 오늘 밤만 지나면 상황을 보고……."

"아가씨."

진선이 내 말을 끊으며 나를 불렀다.

"아가씨는 천주님을 믿지 않으시지만, 아가씨의 모든 삶에는 천주님과 연관된 사람들이 있어요. 제 짧은 생각으로는요. 아가씨가 10년 만에 살아서 조선으로 돌아온 이유가 있다면, 분명 그 이유도 천주님의 뜻이 있어서라고 생각해요."

"무슨 말을 하는 거야. 대체……."

나는 진선이 하는 말을 이해하지 못해 고개를 가로저었다.

"아가씨, 조선에 온 뒤로 누군가에게 아가씨가 삶의 의미이고 이유가 된 적이 있었나요? 저와 아련 아가씨처럼요. 어쩌면 아가씨는 그 사람을 위해 세상에 태어나신 것일 수도 있어요."

진선의 말에 난 그의 모습을 떠올렸다. 누군가 그를 언급한 것도 아닌데 아주 자연스러운 대답인 것처럼 그의 모습이 내 머릿속을 가득 채웠다.

['과인은 더 이상 숨지도 도망치지도 않을 것이다. 하나 네가 과인의 곁에…….']

백화당의 이름뿐인 임금으로 살지 않겠다며, 왕의 모습으로 세상에 나온 그는 내게 함께해줄 것을 바랐다. 처음 형장에서 나를 구해냈을 때도, 그가 바란 것은 자신의 곁에 내가 함께 있어주는 것이었다. 쉽사리 이길 수도 없고, 단번에 맞서 싸울 수도 없는 상대와 싸우려 결심한 순간에. 그러나 나는 그런 그를 거절하고 돌아섰다. 홀로 남겨두고 돌아섰다. 부모님의 은

원도 모두 정리되었으니, 그 어떤 미련도 조선에 남지 않았다 며 말이다. 오늘 밤 그가 이긴다면, 그에게 말한 대로 난 정말 홀가분하게 청국으로 떠날 수 있을까? 그러나 그가 진다면? 그는 살아남아도 산 것이 아닌 것처럼 패배하게 될 것이다.

'김하나, 어리석구나.'

난 스스로를 비웃었다. 처음부터 그가 별감 정윤후든 임금 이환이든 중요한 것은 이름이 아니었다. 난 그와 나 사이를 가리고 있던 마지막 장막이 거둬진 것을 깨달았다.

"가야겠어."

"네?"

"지금 가야겠다고."

"어디를요? 어디를 가시게요?"

진선이 걱정스러운 목소리로 나를 불렀다. 난 문 쪽을 돌아서며 중얼거리듯 대답했다.

"나를…… 필요로 하는 사람에게."

* * *

홍재룡 영감의 집을 나온 나는 곧장 창덕궁으로 향했다. 깊은 밤, 평상시라면 등불 없이는 한 걸음도 떼기 어려웠을 밤늦은 시간이었다. 그러나 시기가 마침 대월(大月, 큰달)이었다. 달빛이 길잡이가 되어 창덕궁으로 향하는 길을 열어주고 있었다.

"비키지 못하겠소! 감히 어느 안전이라고 무엄하게 길을 막는 것이오!"

한참을 달려 도착한 창덕궁 정문, 돈화문 앞이 시끄러웠다. 가마를 든 가마꾼들을 중심으로 스무 명이 넘는 나인들이 돈화문 앞에 서 있었다. 이들은 돈화문 앞을 지키고 있는 금위군들과 대치 중이었다.

"오늘은 그 누구도 창덕궁 안으로 들여서는 아니 된다는 대왕대비전의 지엄한 명이 계셨소."

검을 들고 돈화문을 막아선 열댓 명의 금위군 중 한 군사가 나서서 말했다.

"대비마마이시오! 대비마마께서 어찌 창덕궁으로 들어가실 수 없단 말이오?"

난 그제야 금위군을 향해 소리치는 내관이 오늘 낮, 대비의 부름을 받고 나를 데리러 왔던 남내관임을 알아보았다. 그렇다면 그의 말대로 가마 안에 있는 이는 대비 조씨가 분명했다.

해가 지기 전까지 왕의 말대로 경희궁에 머물러야 할 대비였다. 그녀가 무리하게 이 늦은 시간에 창덕궁에 왔다면 이유는 하나뿐이었다.

'왕이 위급하다?'

"남내관, 가마를 열게."

"대비마마?"

"어서."

가마 안에서 대비의 목소리가 들려오자, 궁녀들이 서둘러 가마의 문을 열었다. 남내관이 서둘러 가마 안의 대비에게 다가가 손을 내밀었다. 대비가 남내관의 부축을 받아 가마 안에서 걸어 나오자, 금위군들도 조금 당황한 듯 한 걸음 뒤로 물러섰다. 그러나 들고 있는 검을 치우지는 않았다.

"비켜라."

남내관의 부축을 받은 대비가 금위군들을 향해 엄한 목소리를 냈다. 오늘 낮에 내 손을 붙잡으며 울먹이던 대비와는 또 다른 모습이었다. 나는 이렇게까지 그녀가 강한 모습으로 금위군들 앞에 나서는 것은 그와 관련되어 있는 일임이 분명하다고 확신했다.

"오늘은 경희궁으로 돌아가시지요."

"어서 문을 열지 못하겠느냐!"

대비가 금위군들을 향해 큰 소리로 꾸짖었다. 일이 이렇게 되자, 금위군들이 서로의 눈치를 살피며 약간은 당황한 기색을 보였다. 대왕대비의 명을 받고 이렇게 행동하고 있다지만, 이쪽은 대비였다. 대비에게 함부로 대하는 것에도 한계가 있었다.

"열지 못하겠다면, 내가 직접 열고 들어갈 것이다."

대비가 남내관의 부축을 받아 돈화문 앞으로 한 걸음씩 내딛었을 때였다.

"대비마마께서 이리 체통을 잃으셔서야……."

금위군 사이에서 한 관리가 걸어 나왔다. 그러자 대비가 그를 보며 놀란 눈이 되었다.

"국구!"

국구(國舅)는 왕의 장인, 중전의 아버지를 이르는 말이다. 하지만 지금 중전은 없다. 중전은 4년 전에 죽었다. 그렇다면 대비가 부른 국구라는 이는 4년 전에 죽은 중전의 아버지라는 말일까?

"대비마마. 이만 경희궁으로 돌아가시지요."

그러자 대비가 몸을 부르르 떨며 국구를 향해 소리쳤다.

"국구. 아니지, 너 같은 자가 국구라니 당치도 않다! 김조근! 내가 오늘 밤 이 창덕궁에서 안동 김씨들이 벌이는 사악한 짓들을 모를 것이라 여기느냐? 어서 길을 열어라. 주상에게 갈 것이니라! 길을 열어라!"

김조근이 싸늘한 웃음을 지으며 말했다.

"대왕대비마마께서 말씀하시기를, 오늘 밤 창덕궁으로 들어가려는 이는 신분고하를 막론하고 모두 살려두지 말라 하셨사옵니다."

"자네가 감히……! 나를 해하기라도 하겠다는 것이냐?"

"신이 어찌 감히 대비마마를 해할 수 있겠사옵니까? 허나, 다른 이들이라면……."

"악!"

순식간에 일이 벌어졌다! 김조근이 자신의 옆에 서 있던 금위군의 검을 빼앗아 들더니, 대비를 부축하고 있던 남내관을 향해 내리쳤다. 남내관은 비명을 지르며 그대로 쓰러졌다. 대비의 주변에 선 나인들은 비명을 지르며 서로의 몸을 붙잡고 바들바들 떨었다. 대비는 이미 숨이 끊어진 듯 보이는 남내관을 내려다보다가, 김조근을 돌아보며 그를 노려보았다.

"감히!"

"설마 이것이 끝이라 여기시옵니까? 여보아라."

김조근이 자신의 주변에 서 있는 금위군들을 향해 명을 내렸다.

"대비마마를 경희궁으로 모시어야겠다. 길을 막는 이들이 있다면, 누구든지 이처럼……."

김조근이 아직 피가 묻어 있는 검으로 죽어 있는 남내관의 목을 툭툭 치며 말을 이었다.

"살려두어서는 안될 것이다."

"예!"

금위군들이 한 목소리를 내며 검을 뽑아들었다. 그러자 대비의 주변에 선 나인들이 서로의 손을 붙잡으며 대비의 앞을 가로막았다.

"이얏!"

제일 먼저 대비를 위해 앞으로 나선 이들은 검을 들고 있는 별감들이었다. 이들은 대비 앞의 나인들을 향해 검을 드는 금위군들에게 맞서 자신의 검을 들었다. 그러나 수적으로 열세인 별감들은 고작 넷뿐이었다. 이들은 얼마 가지 않아 금위군들의 검에 쓰러져 목숨을 잃었다. 그러자 대비를 보호하기 위해 둘러싼 나인들도 같은 신세가 되었다.

"이놈들! 하늘이 두렵지 않느냐!"

나이 많은 상궁이 금위군이 무자비하게 휘두르는 검을 맞고 쓰러졌다. 울먹이는 어린 나인들에게도 금위군의 싸늘한 검은 주저함이 없었다.

"역시 효명세자를 모시던 나인들이라 충심이 깊구나. 허나 진작 주인을 뒤따랐어야 할 것을, 이제야 뒤따르는구나."

죽어가는 나인들을 향해 김조근이 웃으며 말했다. 그러자 대비가 자신을 보호하던 나인들을 헤치며 금위군의 검 앞에 나섰다.

"어디 나를 죽여보거라! 나도 저하를 따라갈 것이니!"

금위군이 당황하며 뒤로 물러서자, 대비는 김조근의 앞으로 다가가 소리쳤다.

"못 죽이겠느냐? 대왕대비마마의 명이라면 네 안사람도 죽이고, 자식이 죽어도 모른 체하면서 나는 죽이지 못하느냐?"

웃던 김조근의 눈이 싸늘한 한기를 머금은 순간이었다. 내 눈에 그가 여전히 들고 있던 검의 손잡이를 힘주어 잡는 것이 들어왔다. 조금 전 대비가 한 어떤 말이 그를 이처럼 분노케 만든 것일까? 정말로 그가 대비를 해칠 것이라고 생각되지는 않았지만, 여전히 금위군들은 대비의 주변에 선 나인들을 무차별적으로 죽이고 있었다.

"대비마마!"

멀리 있던 나는 대비의 곁으로 달려나갔다. 그리고 대비의 앞에 나서며 김조근을 향해 소리쳤다.

"하늘이 두렵지 않습니까? 어서 그 검을 치우세요!"

"하나야?"

대비가 나를 알아보고는 놀란 표정을 지었을 때였다.

"국구!"

그때, 누군가 김조근을 부르는 외침이 들려왔다. 김조근은 자신을 부르는 누군가를 향해 고개를 돌렸다. 누군가의 얼굴을 확인한 김조근의 얼굴에 당황한 기색이 스치더니, 그가 들었던 검의 끝을 다시 땅을 향하도록 내려놓으며 입을 열었다.

"흥선군?"

나도 대비와 함께 흥선군에게로 고개를 돌렸다. 자주색 관복을 입은 흥선군은 자신과 똑같은 관복색을 입은 10여 명의 사내들 앞에 서 있었다. 자주색 관복은 왕족의 색이다. 흥선군과 함께 나타난 이들은 모두 왕족이었던 것이다. 그들은 모두 말을 타고 있었는데, 그들 뒤로 노비로 보이는 수십여 명의 사내들이 횃불을 들고 뒤따라 나타났다.

"대비마마?"

흥선군이 나와 함께 있는 대비를 보고는 급히 말에서 뛰어내려와 우리에게 다가왔다. 그런데 그의 표정에는 놀란 기색이 전혀 없었다. 나와 대비의 주변에는 이미 목숨을 잃은 나인들의 시신이 한두 구가 아니었다. 여기에 국구라는 김조근과 금위군 병사들은 모두 피가 묻은 검을 들고 있다. 누가 보더라도 이 상황에서 살인을 저지른 이들이 누구인지 알아내는 건 쉬웠다. 그런데도 흥선군은 이 상황이 이해되지 않는다는 얼굴로 김조근에게 물었다.

"이게 어찌 된 일이오?"

김조근은 대답하지 않았다. 그런데 이와 반대로 흥선군과 함께 나타난 왕족들은 잔뜩 겁을 집어먹은 얼굴들이었다. 그들은 이미 상황이 어떻게 돌아가는지 다 파악한 것 같았다. 여전히 이 상황을 이해하지 못하겠다는 얼굴을 한 흥선군과는 분명 대조적인 얼굴들을 하고 있었다.

갓 서른 살이 넘었을까? 흥선군은 이제 대답하지 못하는 김조근을 보며 자신의 가느다랗고 긴 콧수염을 살며시 쓰다듬었다. 그는 대범하고도 여유로운 모습으로 김조근의 대답, 아니 변명을 기다리고 있는 것 같았다. 대비가 그런 흥선군을 불렀다.

"흥선군."

"예. 대비마마."

기다렸다는 듯이 흥선군이 두 손을 모으며 대비에게로 돌아섰다.

"전하를 시해하려는 사특한 이들이 지금 창덕궁 안에 있다고 하네."

"전하를 시해하다니요?"

흥선군이 김조근을 흘겨보며 놀란 목소리로 말했다. 대비는 흥선군뿐만 아니라 그와 함께 온 다른 왕족들에게도 모두 들으라는 듯이 더욱 목소리를 높였다.

"그러네. 내 그 사특한 이들을 결단코 가만두지 않을 것이네. 오늘 그 뿌리를 뽑아, 대왕대비마마 앞에 끌어내 엄벌에 처하라 명할 것이야. 그러니 자네가 길을 열게."

"예. 대비마마!"

홍선군이 돈화문 쪽으로 돌아섰다. 그러자 검을 든 금위군들이 돈화문 쪽으로 모이기 시작했다. 그들은 대왕대비의 명에 따라, 그 누구도 창덕궁으로 들어가지 못하도록 길을 막으려는 것 같았다. 홍선군도 이런 금위군들의 움직임을 보더니, 한 손을 번쩍 들어올리며 소리쳤다.

"사수!"

그러자 노비들 뒤에서 활을 든 병사들이 달려 나왔다. 병사들은 돈화문 앞을 가로막고 선 금위군들을 압박하듯 그들을 둘러쌌다. 활의 등장에 금위군들도 위축된 듯 서로의 등을 기대며 우왕좌왕하기 시작했다. 수적으로도 금위군이 이기기는 쉽지 않아 보였다.

여기에 홍선군이 또 한 번 손을 들었다.

"살수!"

이번에는 검을 든 병사들이 노비들 뒤에서 나타났다. 대비는 조금 놀란 얼굴이었지만, 난 이 모든 것이 이미 준비되어 있었다는 걸 깨달았다. 그러나 홍선군이 독단적으로 할 수 있는 일이 아니었다. 함부로 군사들을 움직였다가는 안동 김씨들에 의해 역모자로 몰려 귀양 내지는 처형을 당할 위험이 크기 때문이었다.

'이환이야! 그가 준비한 거야!'

이환은 모든 것을 준비하고 창덕궁으로 돌아간 것이었다. 적들은 그가 아무것도 모른 채, 홀로 창덕궁이라는 함정으로 걸어 들어왔다고 생각했다. 그러나 그는 준비를 마치고 스스로 함정으로 들어갔다.

언제부터일까? 홍재룡 영감은 오늘 나를 삼간택에 참여시켜 그에게 위험을 알리려고 했다. 그런데 홍선군의 준비는 오늘 당장 이뤄졌다고 보기에는 너무나도 재빨랐다.

'그는 이미 모든 걸 예상하고 미리 준비했었던 것일까?'

금위군들이 하나둘씩 들고 있던 검을 내던지듯 버리기 시작했다. 이를 보는 홍선군의 입가에 만족스러운 미소가 걸렸다. 그는 금위군들이 모두 항복한 것을 보고는 김조근의 앞을 가로 막아섰다. 그리고 돈화문 쪽을 향해 한 손을 내밀며 대비를 향해 공손한 어조로 말했다.

"드시지요. 대비마마."

대비가 굳은 결심을 한 표정으로 허리를 곧게 펴고 섰다. 살아남은 나인들이 대비에게 다가와 그녀를 부축했다. 이제 대비는 홍선군을 앞세워 천천히 돈화문을 향해 걸어가기 시작했다. 대비의 움직임에 다른 이들도 바빠졌다. 홍선군과 함께 나타난 병사들이 우르르 돈화문으로 달려가 육중한 성문을 열어젖혔다. 성문 뒤에 있던 몇몇 금위군 병사들도 홍선군이 데려온 병사들이 성문을 향해 활시위를 겨누자, 꼼짝달싹하지 못했다. 홍선군이 먼저 돈화문을 넘고 그 뒤를 대비가 따랐다. 왕족들도 말 위에서 내려 앞다퉈 돈화문 안으로 들어섰다. 돈화문을 넘어서 인정문에 이르자 금위군들이 쏟아져 나왔다. 그러자 홍선군이 데려온 병사들과 금위군들 간의 전투가 벌어졌다.

"대비마마를 보호하라!"

홍선군의 외침에 나인과 왕족들이 대비마마를 인정문 왼편에 위치한 궐내각사 안쪽으로 이끌었다. 대비가 피신하자 홍선군의 지시에 따라 즉시 사수들이 화살을 쏘았다. 화살들은 밤하늘을 가르며 금위군들의 머리 위로 비처럼 쏟아져 내렸다. 나는 궐내각사 안으로 사라진 대비의 뒤를 따라 피신하려다가, 어둠에 잠긴 궐내각사 옆길을 발견했다. 그 길을 따라 계속 가다보면 후원이 나온다는 것을 나는 알고 있었다. 그리고 후원에는 백화당이 있었다.

난 왠지 모르게 그가 백화당에 있을 것이라는 확신이 들었다.

궐내각사 옆길을 따라 한참을 걸어가자 인공적인 길이 끊기며 후원 구역에 도달했다. 빛이 있다면 달빛뿐이었다. 그런데 후원에는 빛이 없었다. 오로지 나무로 가득한 후원 구석구석까지 빛이 닿지 않았다. 후원 사이로 난 자연적인 길들은 나무에 가려 눈으로 확인하는 것이 어려웠다.

후원의 정자들에는 모두 불이 꺼져 있었다. 평상시 임금이 머물지 않으면 화재 위험을 피하기 위해서라도 정자에는 불을 켜두지 않는다. 그러나 후원 길은 다르다. 후원 길에는 늘 당직을 서는 내금위군과 훈련도감의 병사들을 위해 곳곳에 화롯불을 놓는다. 그런데 오늘은 달랐다. 그 누구도 오늘 창덕궁에서 일어나는 일들을 알지 못하게 하려는 듯 불이 들어온 곳이 한 곳도 없었다. 난 기억을 더듬어 백화당을 찾아가야만 했다. 길이 아닌 곳을 헤매기도 했고, 잘못된 곳으로 갔다가 되돌아 나오기도 했다. 내 마음은 조급해졌다. 혹시라도 백화당에 도착했을 때, 내가 발견해야 하는 결과가 돈화문 앞에서 보았던 모습과 똑같을까 두려워졌다.

'제발……!'

후원 어딘가의 숲에서 길을 잃어버린 나는 바닥에 털썩 주저앉았다. 평소에도 다른 이들의 눈에 띄지 않도록 숨겨져 있던 백화당이었다. 그 어떤 빛도 없는 캄캄한 후원 속에서 찾는 것은 불가능했다. 눈물이 왈칵 솟아오르려는 것을 애써 참으며, 시끄러운 풀벌레 소리에 귀를 빼앗겼을 때였다.

-챙! 챙!

멀지 않은 곳에서 검과 검이 부딪히는 소리가 들렸다. 나는 자리에서 벌떡 일어섰다. 여전히 어둠은 나의 두 눈을 가리고 있었다. 나는 눈물을 흘리는 대신 두 눈을 감았다. 그리고 소리가 나는 방향을 알아내려 들려오는 소리에 집중했다.

-챙! 챙!

그리고 마침내 소리가 나는 정확한 방향을 알아낸 순간, 나는 두 눈을 번쩍 떴다.

여전히 어둠은 내 눈을 가리고 있었지만, 이제는 소리가 나는 방향을 따라 백화당으로 가던 길을 확연하게 느낄 수 있었다. 가는 길을 깨닫자, 나는 숲 사이를 정신없이 걷기 시작했다. 너무 빨리 걷다보니 나무와 부딪힐 뻔했고, 옷은 가지에 걸려 찢어졌다. 아차 하는 순간 옷이 덮지 못한 피부에 따끔한 상처들이 생겨났지만 전혀 개의치 않았다.

그렇게 얼마나 빠르게 걸었을까? 대나무 숲 사이로 난 공터가 나타났다. 그 공터에는 달빛이 머물고 있었다. 난 여전히 어두운 숲 속에 있었지만, 그 공터에 있는 이들을 두 눈으로 알아볼 수 있었다. 공터에는 검은 복면을 한 채 죽어 있는 시신여러 구가 쓰러져 있었다. 그 위로 마찬가지로 검은 복면을 하고 자신의 정체를 가린 이들이 검을 들고 한 사내를 둘러싼 채일방적인 공격을 시도하고 있었다. 그 사내는 다름 아닌 붉은융복을 입은 조선의 국왕 이환이었다. 난 그를 발견하자마자그에게로 달려가려고 했다. 바로 그때, 그의 뒤로 검을 든 금위군이 조심스럽게 다가가는 것이 보였다. 그들 중 가장 맨 앞에검을 들고 선 이는 바로 금위대장 김민석이었다.

난 어둠 속에서 움직이는 금위군들을 보며 환에게 소리쳤다.

"조심해요!"

내 외침에 그가 고개를 돌렸다. 나를 발견한 그의 두 눈이 크게 떠졌다. 자신을 향해 검을 들고 달려드는 민석을 발견한 것이었다.

-챙! 챙!

이미 10여 명의 살수들을 혼자 쓰러뜨린 그는 상당히 지쳐있었다. 이 상태에서 환은 무자비하게 검을 휘두르는 민석과금위군들을 힘겹게 막아내고 있었다. 공격은 어림도 없어 보였다. 그는 지쳐 보였고 이대로라면 오래 버티지 못할 듯했다.이런 상황에서 환의 눈이 나를 응시했다. 그는 걱정스러운 얼굴로 자신을 바라보는 나를 보자마자 미소를 지어보였다. 미소 따위는 지을 수 없는 상황이었다. 그런데도 그는 나를 위해 작은 여유를 부렸다. 목숨이 왔다 갔다 하는 상황임에도 걱정하는 나를 안도시키려 미소를 지은 것이다.

그러나 그의 미소를 바라보는 내 가슴은 더욱 조마조마해지고 아파왔다. 말 그대로 웃을 수 없는, 그에게는 아주 참담한 상황이었다. 이 나라의 국왕인 이환은 지금 내부의 적과 홀로 싸우고 있었다. 왜군 같은 다른 나라의 적군이 아니라, 자신을 지키기 위해 존재하는 이들과 싸우는 것이다.

'홍선군은 어떻게 되었을까? 홍선군이 데려온 병사들은 인정문의 금위군들을 물리쳤을까? 그렇다면 왜 이곳 백화당으로 오지 않는 것일까?'

"하아!"

자신에게 달려드는 또 한 명의 금위군을 쓰러뜨린 환은 거친 숨을 내뱉었다.

환은 쓰러진 금위군이 미동도 하지 않는 것을 확인하고 나서야, 넘어지듯 앞으로 고개를 숙였다. 난 그가 그대로 쓰러지려는 것이라고 생각했다. 다행히 그는 자신이 들고 있던 검을 바닥에 내리꽂으며 간신히 쓰러지지 않고 버텼다. 하지만 한 번 숙여진 그의 몸은 다시 일어서는 것이 불가능해 보였다. 이 상황에서 그의 상처에서 흐르는 피와 땀이 뒤섞여 땅으로 뚝뚝 떨어졌다.

그가 지쳤다는 모습을 드러내고 있는 이 순간이 적들에게는 최고의 기회였다. 민석은 자신의 뒤를 따르는 금위군들로 하여금 환의 주위를 점점 위협하며 좁혀오게 했다. 덫 안에 그를 몰아넣어 단칼에 베어버리려는 속셈이었다. 이를 알아차린 나는 더 이상 지켜보고만 있을 수 없었다. 난 환에게 달려가 그를 공격하려는 민석의 앞에 섰다.

"하나?"

환이 놀란 얼굴로 나를 불렀다. 나는 민석을 노려보며 금위군들을 향해 소리쳤다.

"금위대장 영감의 말을 따르지 말아요! 이분은 진짜 주상전하시라고요!"

그러자 금위군들이 당황하며 민석의 눈치를 보기 시작했다. 민석은 이 틈을 허락하지 않았다.

"죽어라! 계집!"

민석이 검을 들고 날 향해 내려쳤다. 그 순간 환이 한 팔로 내 허리를 감아 뒤에 있는 자신의 품으로 꽉 끌어안았다. 동시에 아래에서부터 검으로 민석의 몸을 깊숙히 찔렀다.

"아악!"

아무런 무기도 없는 나를 손쉽게 죽일 수 있다고 여겼던 민석이 보인 틈을 환이 정면으로 공격한 것이다. 민석은 그대로 검을 바닥에 떨어뜨리며 주저앉았다. 이 광경을 본 금위군들도 우왕좌왕했다. 때마침 궐 숲 속에서 횃불을 든 수십 명의 병사들이 나타났다.

"이 역도들! 당장 그 검을 거두지 못하겠느냐!"

병사들과 함께 나타난 이는 다름 아닌 흥선군 이하응이었다. 그와 함께 나타난 병사들이 금위군들을 향해 활을 겨누었다. 이미 수적으로도 줄어 있던 금위군들은 금위대장이 쓰러진 것을 보자 반항할 기력을 잃었다.

-탁. 타탁.

그들은 들고 있던 검들을 바닥으로 내던졌다. 흥선군은 재빨리 명을 내려 검을 버린 금위군들과 쓰러진 금위대장 김민석을 포박하라고 명을 내리고 환에게 달려왔다.

"전하, 무사하시옵니까?"

그때까지도 난 환의 품에 안겨 있었다. 난 다가온 흥선군을 보고 그의 품에서 벗어나와 그의 옆으로 섰다. 환은 그런 나를 흘깃 쳐다보더니, 흥선군을 향해 고개를 한 번 끄덕이며 검을 검집에 집어넣었다.

"지금 대왕대비전에 형조판서 김유근과 국구 김조근이 들었다 하옵니다."

복잡한 생각으로 혼란스러워진 나를 붙잡은 것은 환의 말없는 눈길이었다. 그는 내게 무언가 말을 건네고 싶어 하는 것 같았다. 하지만 아직 모든 것이 끝나지 않았다. 나와 소소한 대화를 주고받는 일조차도 지금은 미뤄져야 했다. 내게 어렵사리 눈길을 거둔 환이 이곳에 모인 병사들을 둘러보며 입을 열었다.

"대왕대비전으로 간다."

***

　대왕대비전 앞에는 홍재룡 영감이 기다리고 있었다. 그는 자신과 뜻을 같이하는 젊은 관리들과 환을 맞이했다. 그와 함께 온 관리들은 대부분 안동 김씨들에게 불만을 가지고 있던 사람들이었다. 홍재룡 영감은 무사히 나타난 환을 보고 나이도 잊은 채 눈시울을 붉혔다.

　"전하……"

　환은 진심 어린 말로 홍재룡 영감을 위로했다.

　"수고하시었소."

　단지 시기만 알 수 없었을 뿐, 환이 공식 석상에 나타난 이후 오늘과 같은 일은 피할 수 없는 일이었다.

　"대왕대비마마는 어디에 계시느냐?"

　환의 옆에 서 있는 흥선군이 대왕대비전 나인을 다그쳤다. 나인은 겁에 질린 얼굴로 고개만 숙인 채 말이 없었다. 이들을 지켜보던 환이 대왕대비전 뜰로 성큼 발을 내딛었다. 흥선군을 뒤따르던 병사들이 대왕대비전 나인들을 뒤로 밀어냈다.

　"자네가 여기에 있었군!"

　환을 뒤따르려던 홍재룡 영감이 나를 발견하고는 다가왔다.

　"전하가 걱정되어서……"

　왕을 걱정해서 창덕궁으로 왔다는 말에 홍재룡 영감의 얼굴에 인자한 미소가 그려졌다.

　"무엇보다 오늘의 일이 여기까지 올 수 있었던 것은 모두 자네의 공이네. 자네가 아니었으면 일이 어찌 되었을지……. 자네가 내 여식을 대신하여 삼간택에 참여한 덕에, 전하께서는 오늘이 그날임을 아시고 서둘러 홍선군에게 사람을 보내어 조치를 취하실 수 있었네. 아 물론, 홍선군이 올 때까지는 오롯이 홀로 버티셔야 하였지만."

그때 홍재룡 영감의 시선이 피를 흘리며 대왕대비전으로 끌려가는 민석을 향했다.

"서둘러 가보아야겠군."

홍재룡 영감이 움직이자 나도 그 뒤를 따랐다. 대왕대비가 머무는 전각의 불은 보란 듯이 모두 꺼져 있었다. 그러나 환을 따라 들어선 병사들의 횃불로 인해서 주변은 대낮만큼 환해졌다. 환은 모든 사람들 앞에 서서 아무 말도 하지 않은 채 불 꺼진 대왕대비전을 응시했다.

그 안에는 분명 사람들이 있었다. 그러나 그들은 아직 반응하지 않았다. 환은 이에 맞추어 대응해야 했다. 그는 지금 자신을 따르는 이들과 함께 있었다. 자신을 따르는 모든 이들이 함께 승리를 누리려면, 그는 반드시 이 싸움에서 이겨야 했다.

호랑이굴. 하지만 대왕대비전은 국왕인 환에게 호랑이굴이다. 꼭 그 굴에 들어가야만 호랑이를 잡을 수 있는 것도 아니다. 고심하던 환이 대왕대비전을 등지고 돌아섰다. 그의 앞으로 꿇어 앉혀진 민석과 금위군들이 있었다. 그 뒤로는 홍선군과 종친들이 또 홍재룡과 관리들이 그의 입이 열리기만을 기다리고 있었다. 그들을 둘러보던 왕의 시선이 가장 뒤쪽에 홀로 서 있는 내게 다다랐다. 그리고 마침내 왕의 입이 열렸다.

"오늘 금위군이 과인을 암살하려 하였소. 주모자는 밝혀지지 않았으나, 그 죄는 결코 목숨으로도 씻을 수 없을 만큼 중죄이오. 홍선군."

환이 홍선군을 불렀다.

"예, 전하."

홍선군이 앞으로 나왔다.

"금위대장 김민석과 금위군을 어찌해야 하겠소?"

"역당이옵니다. 이들의 역당짓거리는 신을 비롯한 많은 이들이 두 눈으로 똑똑히 보았나이다. 하오니 국문 없이 즉결로 처리하셔야 하옵니다, 전하."

환이 홍선군을 보며 말했다.

"잡아들인 금위군들을 모두 처형하시오. 또한 김민석."

환은 금위대장 김민석을 직접 호명해 불렀다. 그러나 그는 대답하지 않았다. 시선조차 왕인 환을 바라보고 있지 않았다. 피를 뚝뚝 흘리는 와중에도 그는 고개를 빳빳이 든 채, 왕의 부름을 외면하고 있었다. 이러한 민석의 태도는 환도 예상한 듯 무표정으로 그를 바라보았다. 그러나 홍선군과 홍재룡을 비롯한 환의 편인 대신들의 눈에는 아니었다. 그들은 당장이라도 민석의 숨통을 끊어놓을 준비가 되어 있었다.

마침내 환은 결단한 듯 숨을 강하고 짧게 내뱉으며 말했다.

"네 스스로 주모자가 누구인지 끝까지 입을 열지 않겠다면……. 좋다. 오늘 밤 과인을 시해하려한 죄를 네게 묻겠다.

당장 이 자리에서 김민석을 처형하라."

－끼이익!

"어찌 무고한 이에게 죄를 물으려는 것이오, 주상."

굳게 닫혀 있던 대왕대비전의 문이 열리며 대왕대비가 모습을 드러냈다. 그 뒤를 따라 김유근과 김조근도 걸어 나왔다. 대왕대비가 대청마루 위에 서자 그때까지 기세등등하던 많은 이들이 꼬리를 내린 듯 조용해졌다. 대왕대비의 기운에 종친과 관리들, 무기를 든 병사들까지도 대왕대비와 눈을 마주치지 않으려 시선을 이리저리 돌렸다. 오직 국왕인 환만 당당한 시선으로 대왕대비를 바라보고 있었다.

"이게 어찌 된 일이더냐!"

노쇠한 김유근이 대청마루 위에서 뛰어내려오더니 민석에게 달려갔다. 그는 대왕대비의 명이 떨어지면 당장이라도 손수 민석을 풀어줄 기세였다.

"할마마마께서 보시는 그대로이옵니다. 증인을 데려올까요, 증좌를 대령할까요."

"주상!"

환은 흔들림 없는 모습으로 말을 또박또박 이어나갔다.

"할마마마, 금위대장은 과인을 해하려 하였사옵니다. 그가 주모자가 아니라면, 그 주모자가 누구라 여기시옵니까?"

대왕대비가 눈을 무섭게 치켜뜨며 환을 응시했다. 사실 진짜 주모자는 대왕대비다. 아무것도 모르는 궐 밖 백성들이야 대왕대비가 친손자를 죽이려 했다는 사실을 믿지 못할지라도,

궐내를 오가던 신하들은 모두 알고 있을 것이었다.

'그는 대체 무슨 생각일까?'

난 대왕대비를 바라보는 환의 얼굴을 쳐다보았다. 금위대장이 모든 일의 주모자가 대왕대비라고 밝힐 리가 없다. 그렇다고 해서 이름을 거론할 만한 다른 사람도 없다. 왕에게 도전하는 세력이 지금 이 조선에는 안동 김씨 하나뿐이라는 사실을 모르는 사람이 없으니 말이다. 그렇다고 해도 한번 주모자로 낙인찍힌 이상, 비록 주모자는 아니라 할지라도 임금을 시해하려했던 죄를 피할 길 없는 금위대장은 죽어야 한다.

"금위대장."

대왕대비가 민석을 불렀다. 피를 많이 흘려 파리해진 얼굴로 민석이 대왕대비를 향해 대답했다.

"예. 대왕대비마마."

왕의 부름에도 응답하지 않던 민석이 대왕대비의 부름에 응답했다. 환의 냉랭한 시선이 민석을 향했다. 이러한 민석의 행동만으로도 진짜 주모자가 누구인지 명명백백히 드러난 것과 마찬가지였다. 처음부터 민석의 마음 속 진짜 임금은 환이 아니라 대왕대비였던 것이다.

"주상의 말대로 정녕 주상을 시해하려 하였느냐?"

민석이 환의 얼굴을 흘끗 쳐다보더니, 다시 대왕대비를 향해 대답했다.

"신은 절대 그런 일이 없사옵니다."

"아니, 저, 저……!"

홍분한 홍선군이 민석에게 손가락질을 해댔다. 그의 주변에선 종친들도 웅성거렸다. 그들은 조금 전 후원 숲 속에서 왕을 공격하던 금위군들과 그곳에 있던 금위대장을 두 눈으로 똑똑히 보았기 때문이었다. 민석의 대답에 대왕대비가 음흉한 미소를 지으며 말했다.

"그래? 그렇다면 어찌 주상이 오해를 하는 것이냐?"

이 물음에도 민석은 능청스럽게 답을 했다.

"신은 지금껏 백화당에서만 머무시는 주상전하의 용안을 뵌 일이 없사옵니다. 하여 전하를 자객으로 오인하여 공격하라 명을 내렸을 뿐, 결단코 전하를 시해하고자 한 것이 아니옵니다."

대왕대비가 만족스러운 얼굴로 환에게 말했다.

"들었소 주상? 오해였다는구려. 주상도 무사하니, 내 얼굴을 보아서라도 금위대장을 이만 놓아주시지요."

환은 입을 굳게 다문 채 가만히 서 있었다. 사실 민석의 죄를 입증할 증거들은 많았다. 앞서 환도 증거가 있다고 말했으니까. 그러나 지금 대왕대비는 그 모든 증거들을 무시하고 오로지 민석의 말만 듣고 있었다. 그것은 그가 대왕대비의 오라버니인 김유근의 하나뿐인 아들이기 때문일 것이다. 그때, 홍선군이 나섰다.

"대왕대비마마. 정녕 금위대장의 말이 사실이라면 이것은 그의 간계이옵니다. 어찌 용포를 입으신 전하를 자객으로 오인할 수 있사오며, 금위군 역시 그 일부가 궁중에서 복면을 하고 있단 말이옵니까? 통촉하여 주시옵소서!"

흥선군의 예리한 지적에 대왕대비가 화가 난 얼굴로 소리쳤다.

"듣기 싫소!"

"대왕대비마마……."

"흥선군, 종친부 유사당상의 자리에 있는 그대가 어찌 이 밤중에 종친들을 비롯하여 병사들까지 이끌고 궐에 나타났단 말이오? 그대가 한 짓이야말로 역적들이나 할 짓거리가 아니오? 또한 형조참판."

이번에 대왕대비는 흥재룡 영감을 가리켰다.

"보아하니 그대와 입궐한 대신들이 모두 평소 안동 김씨 가문에 불만을 가진 자들뿐이군. 이야말로 조정의 공신들이자 이 나라의 기둥인 안동 김씨들을 뿌리째 뽑아내려는 흥선군과 작당모의를 한 것이 아니오?"

역시 대왕대비는 만만한 사람이 아니었다. 흥재룡 영감도 잠시 할 말을 잃은 듯 어찌하지 못하고 있었다. 이대로라면 진짜 주모자인 대왕대비를 밝혀내기는커녕, 대왕대비의 수족 김민석을 제거할 기회조차 모두 잃게 될 상황에 처하고 말았다. 대왕대비는 모두가 조용해지는 것을 보고는 더욱 기고만장해져 소리쳤다.

"설사 주상의 말대로 금위대장이 주상을 시해하려 했다 칩시다. 그 목적이 무엇이오? 그가 주상을 시해하고 왕이라도 되려 한 것이겠소? 내 금위대장을 아끼는 것은 사실이나, 그는 서자일 뿐이오. 누가 서자를 왕으로 받든단 말이오?"

대왕대비가 하는 말은 구구절절 모두 옳았다. 증좌가 칼이 되어 환의 목을 죄는 실정에 처한 순간이었다. 환이 앞으로 나서 침착한 어조로 말했다.

"할마마마. 소손이 누구이옵니까?"

"무슨 말이오, 주상."

"소손이 누구냔 말이옵니다."

대왕대비의 곁에는 김유근과 김조근이 있다. 환의 곁에는 그를 지지하는 흥선군을 비롯한 종친들과 홍재룡을 비롯한 신하들이 서 있었다. 대왕대비는 그들을 한번 둘러보더니 억지로 운을 뗐다.

"이 조선의 국왕이시오."

그러자 환이 말했다.

"할마마마, 바로 이 조선의 국법에는 용서를 할 수 없는 죄가 있사옵니다. 바로 군왕을 모독한 죄, 반역을 꾀한 죄."

오해라며 민석을 구명하려던 대왕대비의 얼굴이 차갑게 식어가기 시작했다.

"이들 죄는 어떤 형벌로 다스리는지 아시옵니까?"

대왕대비가 떨리는 목소리로 환을 불렀다.

"주상…… 내 분명 오해라 하지 않았소? 이 일은 없던 일로 해주시오."

그러나 환은 대왕대비의 말을 듣지 않았다. 그는 자신이 던진 물음에 자신이 대답했다.

"죄인의 목숨과 더불어 그 죄인의 삼족을 멸한다."

"주상!"

대왕대비의 외침에도 환이 무섭게 소리쳤다.

"그러니 선택하시지오, 할마마마!"

"서, 선택이라니?"

환의 시선이 대청마루 아래에 서 있는 김유근을 향했다.

"형조판서 김유근을 포박하라."

"예!"

환의 명령을 받은 병사들이 달려가 김유근을 붙잡았다. 그러자 대왕대비가 당황하며 마루에서 내려왔다.

"놓거라! 형판을 놓지 못하느냐! 주상, 명을 거두시오!"

대왕대비의 외침에 환이 한 손을 들었다. 김유근을 포박하려던 병사들이 잠시 김유근에게서 떨어진 사이, 대왕대비가 김유근의 팔을 붙잡으며 고래고래 소리를 질렀다.

"내 형제들이 늙어서 모두 죽고 남은 건 이제 형판 하나요. 형판을 포박하려거든 나를 포박하시오!"

"그렇다면 금위대장을 어찌하시겠사옵니까?"

민석이 떨리는 두 눈으로 대왕대비의 얼굴을 쳐다보았다. 이곳에서 자신을 살릴 수 있는 사람은 오직 대왕대비 한 사람뿐이라는 것을 잘 알기 때문이었다. 그러나 대왕대비는 민석을 바라보던 시선을 거두었다. 그리고 자신이 붙잡고 있는 김유근의 팔을 더욱 힘주어 잡으며 환에게 말했다.

"그는 말했듯이 서자요. 서자는 집안에서 내치면 성씨도 쓰지 못하게 하지. 그러니 주상이…… 알아서 하시오."

"대왕대비마마!"

김유근이 당황하며 대왕대비를 돌아보았다. 아무리 서자라고 해도 김민석은 그의 유일한 아들이었다. 그러나 대왕대비는 김유근을 쳐다보며 고개를 저었다. 이를 본 환이 대왕대비에게서 돌아섰다. 그리고 병사들을 향해 명을 내렸다.

"처형하라."

환의 명이 떨어지자마자 김유근이 가슴을 쥐어 잡으며 바닥으로 쓰러졌다. 대왕대비는 김유근이 쓰러지는 것을 보자마자 그대로 무너지고 말았다.

"대감! 정신 차리시오! 대감! 아니다, 의관을 불러라! 의관을……!"

대왕대비는 실신한 김유근을 끌어안고 의관을 불러오라며 소리쳤다. 하지만 의관이 오기까지 지체할 시간이 없다고 여겼는지, 내관에게 김유근을 들쳐 업게 하고는 내의원으로 향했다. 민석은 대왕대비와 아버지 김유근까지 눈앞에서 떠나는 것을 보자 망연자실했다. 그는 더 이상 아무 말도 못한 채 병사들에게 끌려나갔다.

조금 뒤, 멀지 않은 곳에서 민석의 짧은 외마디 비명이 들렸다. 그리고 그것이 끝이었다. 병사가 달려와 금위대장을 처형했음을 알렸다.

환은 모여 있는 신하들을 향해 소리쳤다.

"오늘 일과 관련되어 살아남은 금위군들을 모두 의금부에 하옥하라! 차후에 과인이 직접 친국할 것이다.”

　이제 조선의 중앙군은 모두 환의 수중에 들어왔다. 자칫했다가 금위대장의 죄와 연관될 것을 두려워해서라도 당분간 안동 김씨들은 감히 환에게 도전하지 못할 것이다. 환은 다시 한번 조정을 되찾을 기회를 얻었다.

　“주상전하 만세!”

　흥선군이 제일 먼저 두 손을 번쩍 들며 환호했다. 그를 따라 많은 사람들이 주상전하 만세를 외쳤다. 환의 얼굴에도 조금씩 미소가 피어오르고 있었다.

국혼

그날 밤 이후로 여러 날이 흘렀다. 조정에서는 대대적인 개편이 있었다. 안동 김씨 출신의 관리들이 대거 교체된 것이었다. 형조판서 김유근은 그날 밤 이후로 몸져누워 형조판서 직분에서 물러나야 했다. 대왕대비는 이 모든 상황을 지켜보면서도, 아무 말도 없이 수강재로 침전을 옮겼다.

수강재는 석복헌과 함께 낙선재의 부속 건물이다. 왕이 죽으면 비빈들이 소박한 옷을 입고 삼년상을 치르며 지내는 곳이기도 하다. 대왕대비가 이곳으로 침전을 옮겼다는 것은, 왕의 행동이 그가 죽었다고 치부하고 싶을 만큼 아주 마음에 들지 않는다는 것을 의미했다.

일종의 시위인 셈이었다. 왕은 이러한 대왕대비의 행동을 예상했다는 듯 별다른 반응을 보이지 않았다. 어쩌면 예상했다기보다 왕의 행보가 그만큼 바빠 무관심으로 일관한 것인지도 모른다.

왕은 여전히 편전인 중희당이 아닌 백화당에서 지내고 있었다. 그러나 늘 후원에 감춰져 있던 비밀스러운 공간 백화당은 이제 예전과 많이 달라졌다. 왕은 매일 같이 백화당에서 경연을 열었다. 많은 신하들이 백화당을 드나들었다. 왕을 알현하려는 신하들이 수시로 백화당을 드나들었다. 들려오는 소문에는 이제 궐에서 백화당의 정확한 위치를 모르는 나인은 찾아보기 힘들다고 했다. 이처럼 왕이 발 빠른 행보를 보이는 가운데, 왕은 아침부터 늦은 밤까지 조정일은 물론이고 소소한 내명부의 일들까지 살폈다. 사실 그동안 내명부의 일은 대왕대비가 주관해왔다. 하지만 대왕대비가 수강재로 들어간 이후, 이 일은 대비 조씨의 소관이 되어야 했다. 하지만 아직까지 건재한 대왕대비의 눈치를 살피느라 내명부의 나인들은 대비의 명을 잘 따르지 않았다. 왕이 언제까지 내명부의 일에 관여할 수도 없는 법이었다. 결국 대비 조씨에게 힘을 실어주기 위해서라도 새로운 중전의 필요성이 절실해졌다. 이 때문인지 궐 안팎에서는 새로운 중전이 간택될 것이라는 소문이 빠르게 돌았다.

"전하께서 영감마님께 금위대장직을 제수하셨대요."

청국으로 떠나려고 싸둔 짐을 물끄러미 바라보던 내게 진선이 다가와 말했다.

"금위대장 자리를?"

김인수가 물러난 뒤로 새로운 형조판서 자리에 홍재룡 영감이 올랐다. 이제 품계가 한 단계 높아진 그는 대감으로 불렸다.

"예. 그럼 형조판서 직분은 어찌 되나요?"

"겸직이겠지."

환이 홍재룡 대감을 상당히 총애한다는 것을 알 수 있는 부분이었다. 금위대장은 궁궐의 수비를 책임지는 중책이다. 예로부터 금위대장의 자리는 왕이 가장 신임할 수 있는 외척들이 맡아왔다. 이번에 형조판서직에 금위대장직까지 홍재룡 대감에게 몰아주었다는 것은 그만큼 왕이 홍재룡 대감을 신임한다는 뜻이었다. 하지만 역으로 보면 홍재룡 영감에게 금위대장 자리를 준 것은 임금의 숨은 뜻이 드러났다고 해석할 수도 있다.

'그건 아마도······.'

"제가 듣기로는 금위대장의 자리는 주로 국구가 맡으신대요. 혹시 아련 아가씨가 중전마마로 간택된 것일까요?"

내 눈에 힘이 실렸다. 진선의 말대로 지금으로서는 아련이 중전이 될 가능성이 높았다. 아련은 삼간택에 오른 규수들 중에서 유일하게 안동 김씨와 전혀 상관없는 집안의 여인이었다. 게다가 그녀의 아버지 홍재룡 대감은 이번 사건으로 사실상 일등공신에 올랐다. 왕의 오른팔이 되었다는 말은 소문이 아니라 사실로 드러나고 있다.

'그녀만큼 새로운 중전의 자리에 어울리는 사람이 어디에 있을까?'

중전의 자리는 정치적인 자리다. 청국에서도 보지 않았던가? 황제는 정치적인 이유로 황후를 선택한다. 황후가 아닌 여인은 그저 다음 황위를 이을 후계자를 낳은 경우에만 황후의 이름을 가질 수 있다. 조선이라고 해서 다를 건 없다. 게다가 어렵게 기회를 얻은 이환은 분명 새로운 중전의 자리를 더욱더 신중하게 고를 수밖에 없을 것이다.

천주쟁이로 처형당한 부모를 둔 나는 대역 죄인이다. 다시 말해 후궁으로도 임금인 그의 곁에 있을 수 없는 존재였다. 난 착잡한 마음을 가라앉히려고 싸놓은 짐을 다시 풀기 시작했다.

"또 짐을 다시 싸시게요?"

"뭔가 빠트린 게 없나 싶어서……."

"그러지 말고 떠나지 마세요. 아가씨를 보면 이미 몸도 마음도 조선에 있으신 게 느껴져요. 도승지 나으리께 돌아가시는 건 어때요? 그나마 가장 가까운 친족이시잖아요."

난 짧은 웃음으로 대답을 대신했다. 진선에게는 페드로 신부님을 관아에 고발한 사람이 문현 오라버니라는 사실을 말하지 못했다.

"흠흠."

그때 방문 밖에서 홍재룡 대감의 기침 소리가 들렸다. 나는 문을 열고 밖으로 나갔다. 막 퇴궐했는지 아직 관복 차림의 홍재룡 대감이 서 있었다.

"무슨 일이세요?"

홍재룡 대감은 뒤따라 나오는 진선을 향해 먼저 입을 열었다.

"사랑채 누마루에 손님이 오셨다. 가서 차를 끓여오렴."

"아…… 예, 대감마님."

진선이 자리를 떠나자 홍재룡 대감이 내게 말했다.

"자네는 어서 사랑채 누마루로 가보게."

"손님이 오셨다는 그곳이요?"

홍재룡 대감이 고개를 끄덕였다.

"그 손님이 제가 아시는 분인가요?"

그러자 홍재룡 대감이 빙그레 미소를 지으며 대답했다.

"전하께서 오셨네."

* * *

바람이 불 때마다 누마루에 드리워진 발들이 소리 없이 흔들렸다. 그 틈으로 사내 하나가 부채질을 휘젓고 있는 것이 보였다. 그의 앞에 어린 아련이 턱을 괴고 앉아 그의 이야기를 경청하고 있었다. 나는 누마루에서 얼마 떨어지지 않은 곳에 서 있었다. 그곳에선 사내의 얼굴이 발에 가리어 보이지 않았다.

"그래서요?"

턱을 괸 아련이 그의 앞에 앉아 귀여운 목소리로 물었다. 그가 아련의 애교 짓에 웃음을 터트리며 말했다.

"숲 속에 숨어 있던 병사들이 전하를 향해 검을 뽑아들고 맹렬한 기세로 달려들었지."

"히익! 전하는요?"

긴장한 아련을 두고 그가 손가락을 튕겨 '딱!' 소리를 냈다.

"한 여인이 나타났단다."

"여인?"

아련이 고개를 갸웃거린 바로 그 순간이었다.

"아련아."

누마루의 반대편에서 홍재룡 대감이 나타났다. 그의 등장에 놀란 아련이 자리에서 벌떡 일어섰다.

"아, 아버지!"

"네가 어찌 여기에 있는 것이냐?"

"여기 이 나으리가 전하의 이야기를 해주셨어요."

"나으리?"

홍재룡 대감이 당황한 듯 아련의 앞에 앉은 왕을 쳐다보았다. 미복 차림의 왕은 그저 껄껄 웃을 뿐이다.

"송구하옵니다. 소신의 여식이 아직 어려 사리분간을 잘하지 못하옵니다."

"아니오. 과인도 간만에 즐거웠소."

"과인?"

익숙지 않은 단어에 아련이 고개를 갸웃거린다. 그러나 홍재룡 대감은 그 작은 틈도 용납하지 않을 기세였다.

"어서 그분께 인사를 올리고 내려오너라."

홍재룡 대감의 목소리가 평소와 다르게 차갑게 굳어져 있어서일까? 아련은 재빨리 두 손을 모아 공손히 왕에게 인사를 올렸다. 아련은 아직 자신의 앞에 있는 사내가 그토록 보고 싶어 하던 왕이라는 사실을 모르고 있었다. 단지 부친을 찾아온 손님 정도로 생각하는 것 같았다. 인사를 올린 아련은 홍재룡 대감 쪽이 아닌 내가 서 있는 반대쪽으로 걸어 내려왔다. 괜히 홍재룡 대감 쪽으로 갔다가 혼이 날까 겁이 난 모양이었다.

"하나 언니다!"

아련이 나를 발견하고는 반갑게 소리쳤다. 그녀의 외침에 누마루에 앉아 있던 왕의 시선이 나를 향했다. 나와 눈이 마주친 그의 입가에 옅은 미소가 그려졌다. 그러나 난 웃을 수 없었다.

* * *

"발을 내릴까요?"

마주 앉은 우리 두 사람 사이에 침묵을 깬 것은 진선이었다. 홍재룡 대감의 부탁으로 차 시중을 들러 온 진선은 조심히 내게 말을 건넸다. 숨김없이 나를 바라보는 환의 태도가 신경 쓰이는 모양이었다. 나는 고개를 끄덕였다. 진선은 기다렸다는 듯이 서둘러 우리 두 사람 사이에 짙은 흑발을 내렸다. 곧바로 그의 얼굴은 발 너머로 사라졌다. 그제야 숨통이 조금 트이는 것 같았지만, 동시에 말로 표현할 수 없는 허전함이 내 마음 안에 가득 차올랐다.

"전하."

내 입에서 전하라는 말이 나온 순간이었다.

"저, 전하?"

진선이 놀라며 따르던 찻주전자를 놓치고 말았다. 그녀는

찻물이 누마루 아래로 흘러내리는 것도 모른 채, 어찌할 줄을
몰랐다.

"저, 전하시라고요? 이 나으리가요?"

"흠!"

그가 어색한 헛기침을 내뱉으며 부채질을 시작했다. 나는 진
선을 보며 짧게 고갯짓했다. 진선은 서둘러 머리를 조아렸다.

"저, 저, 전하……."

"흠!"

환이 또 한 번의 헛기침 소리를 냈다. 난 그 뜻이 그만 물러
가라고 지시한 것임을 알았다. 그러나 여기는 궁중이 아니었
다. 게다가 임금을 처음 만나 당황한 진선이 그의 소리 없는
지시를 깨닫는 것은 불가능했다. 결국 그가 부채를 접어, 그 끝
으로 빈 찻잔을 두 번 두드렸다.

"다, 다시 끓여오겠습니다."

진선이 쏟아버린 찻주전자를 쟁반에 담아 급히 누마루를 떠
났다. 이렇게까지 당황한 진선의 얼굴을 본 적이 없는 나는 짧
게 웃음을 터트렸다. 그러자 발 뒤에 앉은 환의 갓이 흔들린다.
그가 웃음을 터트린 내 쪽을 바라보는 것 같았다.

"잘 지내었느냐?"

그의 입이 열렸고, 동시에 내 웃음도 그쳤다.

"예."

"종종 형판에게 네 소식을 물었다. 허나 오늘 와서 보니, 열
번 묻는 것보다 한 번 보는 것이 낫다는 생각이 드는구나."

임금이었다. 미복 차림이어도 왕의 말투를 쓰고 왕의 행동을 한다. 그럼에도 나는 왜 별감 정윤후와 앉아 있다는 착각이 드는 걸까? 예전처럼 그의 이름을 부르고 싶고, 그와 얼굴을 마주 대하고 웃고 싶었다. 그러나 그것은 이제 영영 불가능하겠지.

"어찌 청국으로 떠나지 않았느냐?"

충분히 예상했던 질문이 그의 입에서 나오자, 난 서둘러 대답했다.

"고마움을 전할 사람들이 많아서 늦춰졌을 뿐이에요. 수일 내로 떠날 거예요."

"기어코 청국에 아니 간다는 말은 하지 않는구나."

그가 섭섭한 목소리를 냈다. 그러나 이어서 답이 돌아오지 않자 다시 내게 물었다.

"그 고마움을 전할 사람들 중에 과인도 있느냐?"

이번에도 내 입은 꿀 먹은 벙어리처럼 열릴 기미가 보이지 않았다.

"하나."

그가 긴 숨을 들이마시더니 침착한 어조로 말을 꺼냈다.

"과인은 너를 중전으로 맞이하고자 한다."

나는 귀를 의심했다. 발 뒤에 가려진 그의 얼굴을 마주하고 이 말을 들었더라면, 난 그의 말을 의심하는 짓 따위는 하지 않았을까? 난 고개를 저으며 말했다.

"중전이라니요? 제가요? 저는 대역죄인의……."

"알고 있다. 넌 전 훈련원 관원인 김재청의 무남독녀이지. 김재청이 무고하다고 하여도 이제 와 중전으로 입궐하는 것은 불가능할 것이다. 허나 이에 대해 어마마마께서 묘안을 내셨다. 네가 형판대감의 여식으로 삼간택에 참여했던 전례를 들어, 널 홍아련으로 삼아 중전으로 간택하는 것이다. 형판대감도 이에 동의하였다."

'그게 아니잖아요.'

그가 갑작스레 찾아와 중전으로 맞이하겠다는 말에 나는 크게 놀랐다. 그러나 내가 그에게 듣고 싶은 말은 그것이 아니었다. 그를 다시 만난 순간 그에게 듣고 싶었던 말은······.

그 말을 떠올리자 왈칵, 눈물이 쏟아졌다. 환은····· 내가 처음으로 마음을 모두 내어준 사내였다. 그가 별감이어도 상관없다고 여기는 순간 그는 임금이 되었다. 임금은 나를 키워주신 부모님을 죽인 원수였다. 그가 원수라는 사실을 알고도 용서하기까지 많은 우여곡절이 있었다. 이제 와 그와 함께하고 싶은 마음을 품었지만, 조선에서의 내 신분으로는 임금인 그의 곁에 무수리로라도 함께할 수 없음을 깨달아야 했다. 우리는 그렇게 얽히고설켰다. 이 복잡하게 엉킨 실타래를 단번에 풀어버리기란 너무나도 어려웠다. 마치 그것은 꼭대기가 구름에 가려 보이지 않을 만큼 높은 산을 올려다보는 심정이었다. 그런데 지금 내게 중전이 되어 달라며 말하는 그는 내 안의 갑갑했던 모든 산들이 마치 아무것도 아닌 양, 그렇게 쉽게 말한다. 쉽게····· 내 안의 모든 벽들을 단숨에 허물어버렸다.

나는 눈물을 닦고 고개를 들었다.

"제가……."

발 너머에 보이지 않는 그를 향해 애써 미소를 지으려 했지만 힘이 들었다. 한번 흐르기 시작한 눈물은 아무리 닦아도 그칠 기미가 보이지 않았다. 결국 눈물을 멈추기를 포기한 나는, 애꿎은 입술만 깨문 채, 발 너머의 그에게 들키지 않으려 애를 썼다. 그러나 가장 가까운 곳에 있는 그가 나의 눈물을 알아채지 못할 리 없었다.

"하나."

그가 내 이름을 불렀다.

"발을 거두어도 되겠느냐? 네 얼굴을 보고 싶구나."

그가 청하고 있었다. 난 고개를 저으며 어렵사리 대답했다.

"안 돼요. 지금은 안 돼요."

그러자 그가 한숨 섞인 목소리로 중얼거리듯 말했다.

"역시…… 발을 치워야겠군."

그의 말이 끝나자마자, 그가 한 손으로 발을 들어올렸다. 발이 올려지며 드러난 그의 얼굴에 당황한 나는 몸을 뒤로 뺐다. 그러나 앉아 있는 상태에서 뒤로 갈 곳이 없었다. 그는 그것을 알아차렸다. 발을 들어 치워버린 그가 내 앞으로 성큼 다가섰다. 그의 한 손은 울고 있던 내 뺨을 쓸었고, 다른 손은 그의 손보다도 작은 나의 턱을 부드럽게 움켜잡았다.

곧바로 그의 입술이 내 입술에 닿았다. 그 순간 내 뺨에 흐르던 눈물은 모두 차갑게 식어버렸다. 난 두 눈을 감은 채, 그의 입술에서 전해지는 온기에 매달렸다. 지금 이 순간 내 몸에 흐르는 자그마한 온기라도 있다면, 그것은 오로지 그의 입술을 통해서 전해지는 온기뿐이었다.

잠시 후, 어렵사리 내 입술에서 입을 떼어낸 그가 턱을 잡았던 손으로 내 목을 살며시 감싸 쥐었다. 그와 눈을 맞댄 내 얼굴이 뜨거워지며 덩달아 가슴도 빠르게 뛰었다. 그 속도는 그가 쥐고 있는 내 목에도 전해졌다. 목이 점점 작아지는 듯, 숨을 쉬기 어려울 정도로 내 숨은 그를 바라보는 것만으로도 가빠졌다.

"전하……."

"과인이 지금 네게 중전이 되어달라 말했다. 허나 과인이 듣고 싶은 말은 중전이 되어달라는 물음에 대한 네 답이 아니다. 하나, 너는 중전이기 전에 과인의 사람이 되길 원하느냐?"

그를 올려다보는 내 뺨에서 뜨거운 한 줄기의 눈물이 흘렀다.

"저는 오래전부터 전하의 여인이에요. 전하의…… 여인이었어요."

그 무엇보다도 간절히 바라는 것, 결코 이루어질 수 없는 욕심이 청국으로 떠나려 하는 내 발을 붙잡았다. 이런 내 마음을 모두 그에게 내어주고 떠난다면, 청국에 가서 살아도 사는 것 같지 않은 삶을 살게 될까 봐 두려웠다. 그러나 더 큰 두려움은 혹시라도 그에게 외면받게 되지는 않을까 하는 것이었다.

환이 나를 두 팔로 끌어안으며 내 귓가에 속삭였다.

"김하나, 과인은 너를 은애하고 그리고 사랑한다."

***

그해 가을.

"빙보국(聘輔國) 숭록대부(崇祿大夫) 영돈녕부사(領敦寧府事) 익
풍부원군(益豊府院君) 홍재룡의 여식을 왕비로 하니, 경들은 국
혼을 행하라."

왕의 어명이 내려졌다. 명이 내려진 당일, 흥선군 이하응이
홍재룡 대감의 사가로 찾아와 납징례(納徵禮, 간택된 규수에게 교명
문과 예물을 전함)를 행했다. 이후에도 예식은 차질 없이 진행되
어, 열흘 뒤 고기례(告期禮, 혼인 날짜를 정함)가 열려 난 본격적인
국혼 준비를 위해 어의동 별궁으로 옮겨갔다. 인조대왕이 능
양군 시절 머물던 사저인 어의궁에서 난 책비례(冊妃禮, 왕비로
책봉함)와 친영례(親迎禮, 왕이 왕비를 궁궐로 데려가는 것)를 치른 후
에야 창덕궁에 입성했다.

"이상하네……. 어찌 이리 늦으실까?"

창덕궁의 중궁전인 대조전. 대조전 상궁 강씨가 내 눈치를
살피며 중얼댄다. 그것도 그럴 것이 어느새 석양이 지고 땅거
미가 내려앉았다. 이제 국혼의 남은 순서는 마지막인 동뢰(同牢,
왕과 왕비의 합방)뿐이었다. 왕은 진작 인정전에서 열린 연회를 마
치고 중희당에서 종친들을 만난 후 대조전으로 와야 했다.

인정전에서의 연회는 중전인 나와 함께 마쳤다. 그 뒤 왕은
중희당으로, 나는 대조전으로 왔다. 중희당의 연회는 인정전
에 이은 형식적인 예에 지나지 않기 때문에, 종친들이 올리는

술잔만 받고 대조전으로 물러난다.

그런데 중희당에서의 연회가 길어지는 모양이었다. 그래도 왕비는 혼자 대조전에 들어설 수 없다. 왕이 오고, 왕과 함께 대조전으로 들어가야 하는 것이 예법이다. 왕의 도착이 늦어지면서 몇 겹에 이르는 대례복 적의를 입은 나는 머리에 무거운 가체까지 얹은 채, 하릴없이 왕을 기다리며 서 있어야 했다.

"오십니다, 오세요!"

상궁이 심어놓은 나인이 급하게 뛰어오며 소리쳤다. 그 즉시 대조전 앞 나인들이 일사분란하게 움직였다. 나인들 중 몇몇은 흐트러진 내 옷매무새를 다듬어주고, 두 손을 모아 잡을 수 있도록 했다. 그때, 왕이 탄 가마가 대조전 앞으로 모습을 드러냈다. 가마의 바로 앞에는 흥선군이 서고, 흥선군 앞으로는 등을 든 네 명의 나인들이 섰다. 이외에도 스무 명이 넘는 내관과 상궁, 나인들이 가마의 뒤를 따라 대조전에 나타났다.

"에헴."

흥선군이 신이 난 듯 콧소리를 냈다. 그는 종친 대표의 자격으로 이번 국혼을 처음부터 끝까지 주관한 사람이었다. 동뢰가 열리는 대조전까지 왕을 모시고 나면 그의 역할도 모두 끝이 난다. 그래서 기분이 좋았던 것일까? 반면 가마 위 환의 표정은 좋지 않았다. 심통이 났는지 잘생긴 얼굴을 잔뜩 찌푸린 채, 콧소리를 내는 흥선군의 뒤통수를 불만스러운 얼굴로 내려다보고 있었다. 하지만 대조전 앞에 서 있는 나를 발견하자, 그의 표정이 다시 밝아졌다. 난 그와 눈을 맞추며 수줍게 웃었다.

"고개를 숙이시고 전하와 눈을 맞추셔서는 아니 되옵니다."

앞으로 중궁전 상궁이 되어 나를 모시게 된 상궁 강씨의 말에 난 어색한 숨고르기를 하며 고개를 숙였다. 어느덧 대조전 앞에 도착한 가마에서 환이 내렸다. 환은 누가 지시하기도 전에 재빠르게 내 옆으로 다가와 손을 내밀었다.

"중전, 오래 기다렸소?"

"전하도 참⋯⋯."

환이 건네는 따스한 위로에 그를 기다려온 시간들이 오랜 옛일인 듯 잊혀졌다. 난 얼굴을 붉히며 그가 내민 손을 잡으려 했다. 바로 그때였다.

"잠깐!"

흥선군의 목소리에 나를 보며 웃던 환의 표정이 일순간 싸늘하게 식었다. 환은 붉으락푸르락 얼굴로 흥선군을 돌아보며 말했다.

"또 무슨 일이오, 흥선군."

'또?'

"전하. 예(禮)가 남았사옵니다."

환이 길게 한숨을 내셨다.

"이번에는 무슨 예(禮)요?"

"두 분께서 대조전에 오르시기 전, 교배(交拜, 맞절)를 하셔야 하옵니다."

환은 그럴 줄 알았다는 듯이 차갑게 응수했다.

"그 예(禮)는 과인도 알고 있소. 허나 너무 늦었으니, 동뢰에

121

서 생략해도 되는 예는 제외토록 하시오."

그러더니 그가 내 손을 잡았다. 하지만 이번에도 홍선군이 환을 붙잡았다.

"전하! 예의 근원이란 위로는 하늘의 복을 받고, 아래로는 땅의 복을 받기 위함인데, 어찌 생략하시려는 것이옵니까? 혹 두 분께서 받지 못한 복으로 인해 화를 받으실까, 신은 그것이 염려되옵니다."

환이 홍선군을 한 번 노려보더니, 날 잡았던 손을 억지로 내려놓았다.

"좋소. 어서 행하도록 하시오."

"예, 전하."

홍선군이 싱글벙글하며 대조전 상궁들에게 눈짓을 보냈다. 대조전 상궁들이 서둘러 나의 양옆으로 들러붙어 부축했다. 곧 환과 나는 서로를 마주 보았다.

"전하. 중전마마께 읍배(揖拜) 하시옵소서."

무언가…… 홍선군을 얄미운 듯 쳐다보는 환이었지만, 나와 마주 서자 그가 내게 미소를 지어 보였다. 나는 미소로 화답하고 상궁들의 부축을 받아 환의 절을 받았다. 그 뒤에는 재배(再拜)했다. 절을 마치자마자 환은 내 손을 잡았다.

"중전, 들어갑시다."

"예, 전하."

하지만 문제는 다음에 또 일어났다.

"잠깐!"

또다시 홍선군이 환의 걸음을 잡았다.

이제 환은 얼굴에서 화를 숨기지 못했다. 그는 화가 난 얼굴로 눈을 한 번 질끈 감았다 떴다. 난 환의 눈치를 살폈다. 그가 홍선군에게 화를 낼까 염려되기도 했다. 환이 코로 길게 숨을 내쉬며 화를 삭이더니, 홍선군에게로 돌아섰다.

"중희당에서도 과인이 듣도 보도 못한 예를 거들먹거리며 모두 행하게 하여 동뢰를 지체케 하더니, 이번에는 또 무슨 예가 남았소, 홍선군."

환이 화가 났다는 것을 깨달은 홍선군이 뒤늦게 후회하는 얼굴로 그의 시선을 피했다.

"어디 말해보시오. 오늘 밤을 새서라도 과인이 그 예를 모두 끝마쳐주리다."

"에…… 그것이……."

홍선군이 당황하며 어쩔 줄을 모르다가 천천히 고개를 들어 환과 그의 옆에 서 있는 나를 바라보았다. 우리는 대조전 앞에 서서 서로의 손을 잡은 채 홍선군을 내려다보고 있었다. 이 모습을 바라보던 홍선군의 얼굴이 자랑스러움으로 바뀌었다. 그는 뿌듯한 미소를 지으며 우리를 바라보았다. 하지만 환에게는 이런 홍선군의 행동이 그의 화를 돋우는 것밖에 되지 못했다. 홍선군도 이를 깨달았는지, 두 손을 모으며 우리를 향해 말했다.

"두 분 마마. 앞으로 조선의 안녕을 부탁드리옵니다."

충심에서 우러나오는 홍선군의 말에 환의 표정이 밝아졌다.

그는 잡고 있던 내 손을 더욱 힘주어 잡더니 웃으며 말했다.

"내일 조회에서 봅시다. 흥선군."

* * *

왕과 왕비의 합방. 왕실의 가장 큰 행사 중 하나이다. 합방을 하는 방 주위로 여러 개의 작은 방들이 있는데 그곳에서 적게 는 세 명, 많게는 다섯 명의 상궁들이 밤새 당직을 선다. 전각 바깥에서도 20여 명의 나인과 무관 들이 밤새워 지킨다.

그만큼 중요하고 또 중요한 의식이라는 것은 잘 알겠는 데……

"그게 무슨 말이냐?"

날이 잔뜩 선 환의 말을 듣고서도 대조전 상궁 강씨는 조금 의 흔들림도 없는 목소리로 답했다.

"오늘 중전마마와의 합궁은 불가로 아뢰옵니다. 주상전하."

강상궁은 합방보다도 더 의미가 짙은 합궁이라는 단어를 아 무렇지도 않게 내뱉으며 환의 화를 돋우었다. 환은 자신의 손 에 들린 합환주 잔을 잊은 채 그녀를 매섭게 노려보며 다시 물 었다.

"그게 무슨 말인지 물었다."

그러자 강상궁 뒤로 서 있는 나인들이 당황하며 서로의 눈 치를 살폈다. 분명 왕은 지금 화가 아주 단단히 났다. 그런 왕 과 대치 중인 강상궁은 보통 대단한 사람이 아닌 것 같았다.

대조전 밖에 흥선군이 있었다면, 이제 대조전 안에는 강상궁이 있었다.

"동뢰연 절차에 따라 합환주를 나누셨사오니, 식은 모두 끝났사옵니다. 하오니 이제 그만 편전으로 돌아가셔야 할 시각인 줄 아뢰옵니다."

기분 좋게 합환주를 나누고 막 술잔을 내려놓으려는 찰나인 환의 기분을 상하게 한 말이 바로 이 말이었다. 화가 난 환의 얼굴이 붉게 물들었다. 만약 강상궁이 대비가 나를 위해 보낸 사람이라는 사실을 환이 몰랐다면, 그녀를 당장이라도 궐 밖으로 내쫓았을 것이다.

강상궁은 화가 난 환의 얼굴을 일부러 피해 시선을 땅에 고정시킨 채 말을 이어나갔다.

"전하. 올해 중전마마의 춘추가 10세인 줄 아옵니다. 국혼으로 관례를 치르셨사오나, 아직 옥체는 성년에 이르지 못하셨사옵니다. 하오니 합궁은 불가하옵니다."

인상을 찌푸린 채 강상궁의 설명을 듣던 환이 화를 삭이려는 듯 숨을 길게 내쉬었다. 아마도 그의 머릿속에는 이런 상황이 일어나도록 만든 장본인이 누구인지 파악하려 애를 쓰고 있을 것이다. 아직 그는 깨닫지 못한 것 같았다.

그와 나의 신혼 첫날밤을 이렇게 만든 이는 다름 아닌 이환, 그였다. 나를 홍재룡 대감의 여식 홍아련으로 둔갑시켜 중전으로 들게 한 것이 바로 그였으니까. 모든 조선의 백성들은 내 나이가 열 살이라고 알고 있다. 여인은 사내와 달리 관례를 혼인으로 대신한다. 그러나 초경 전이라면 혼인했다고 하더라도 15세가 되기 전까지는 합방하지 않는다. 이렇다보니 오늘 합방이 일어난다면, 조선 백성 그 누구도 스무 살의 왕과 열 살 먹은 왕비의 합궁을 받아들이지 못할 것이다.

'5년을 기다려야 한다는 건가.'

왕이 반월정을 없애는 등 정신을 차린 듯 보이더니, 실제로는 아직 다 자라지도 않은 어린 중전과 노닥거림에 빠졌다는 소문이 돌 수도 있는 상황이었다. 게다가 김민석의 일로 잠시나마 잠잠해진 조정 내 안동 김씨 세력들에게는 이만큼 좋은 먹잇감이 될 소문도 없을 터였다. 난 그제야 대비가 하필 '강상궁'을 대조전으로 보낸 이유를 알 수 있을 것 같았다. 당장 혈기왕성한 왕을 막을 수 있는 사람으로 그녀만 한 인물이 없는 것처럼 보였다.

"중전이 어딜 보아 10세로 보인단 말이냐."

환이 항변하듯 중얼거렸다. 늦었지만 자신이 벌여놓은 사태를 제대로 읽은 것 같았다. 하지만 강상궁은 흔들림 없는 자세로 환이 대조전을 떠나주기를 기다렸다. 결국 환은 힘없이 자리에서 일어섰다. 그는 떨어지지 않는 발걸음을 억지로 옮기려 했다. 그러나 다소곳이 앉아서, 고개를 들고 그를 올려다보는 내 눈을 보고는 차마 걸음을 떼지 못했다. 어쩌면 그에게는 지금이 마치 잘 차려진 수랏상을 눈앞에 두고 수저 한번 들어보지 못하고 떠나야 하는 심정일지도 모른다. 나는 애써 웃음 지으며 환을 위로하는 표정을 지어보였다.

"에잇!"

계속 망설이던 환이 나를 두고 돌아섰다. 그러자 강상궁과 나인들은 기다렸다는 듯이 뒤로 물러서 환이 지나갈 길을 내어주었다. 환은 괜히 강상궁이 원망스러운지 그녀를 한 번 노려보더니 대조전을 떠났다.

"이제 옷을 갈아입으시지요."

환이 떠나자마자 강상궁이 내게 말했다. 나는 환이 떠나버린 자리를 보며 가슴 한켠이 먹먹해짐을 느꼈다.

'혼인하고서도 함께할 수가 없다니…….'

그의 아쉬움이 나의 아쉬움이 되어 돌아왔지만 온전히 이해되지 않는 것도 아니었다. 강상궁의 행동은 대비의 뜻에서 나온 것이었고, 궁극적으로는 왕인 환을 위한 것이다. 나도 동참해야 했다.

'그것이…… 중전의 마음가짐이겠지.'

나인들의 도움을 받아 옷을 갈아입는 사이, 방은 깨끗이 정리되고 이부자리도 깔렸다. 그러나 베개는 하나뿐이었다.

* * *

그날 밤이었다. 아직은 낯선 대조전에서의 첫날밤에 쉽사리 잠 못 이루던 나를 나지막이 부르는 소리가 들려왔다.

"중전, 중전……."

'뭐지?'

"여기요. 중전⋯⋯."

나는 소리가 나는 방향을 찾아 고개를 두리번거렸다. 내가 누워 있는 방을 중심으로 총 여덟 개의 방이 둘러싸고 있었다. 왕이 머물지 않는 이상, 모든 방에 상궁이 머물진 않는다. 난 불이 켜지지 않는 오른편 방 쪽으로 천천히 다가가 창문을 열었다.

"전하?"

곧바로 나타난 것은 야장의로 갈아입은 환이었다. 분명 편전인 중희당으로 돌아가 잠을 청했어야 할 그가 남몰래 대조전으로 온 것이었다.

"쉿."

그가 장난스러운 미소를 지르며 주변에 눈길을 준다. 몇몇 불이 들어온 방에 꾸벅꾸벅 졸고 있는 상궁들의 고갯짓이 비쳤다.

"어떻게 오셨어요?"

난 그의 몸에 바짝 다가서 귓가에 속삭였다. 그러자 환도 이번에는 내 귓가에 그의 숨소리와 함께 답을 주었다.

"과인이 백화당 시절부터 궁인들 모르게 돌아다니는 데 도가 텄소."

"그럼 편전 나인들도 전하가 여기 계시는지 모르는 거예요?"

"아마 깊게 잠이 든 줄 알 거요."

환은 문지방을 사이에 두고 대화하는 것이 불편한지 방 안으로 들어오려 했다. 순간적으로 나는 손을 뻗어 그가 방 안으로 들어오려는 것을 막았다. 그러자 환이 의아한 눈길로 나를 응시했다.

"안 돼요. 편전으로 돌아가셔야 해요."

환이 어이없다는 듯 짧게 숨소리를 냈다.

"그게 무슨 말이오?"

"전하시잖아요. 전하답게 행동하셔야죠. 아직도 백화당 전하 노릇을 하려고 하시다니요."

"중전. 오늘은 과인과 중전의……."

"국혼 날이죠. 하지만 오늘은 안 돼요. 강상궁도 안 된다고 했잖아요."

왕과 왕비의 합방일은 기록에 남긴다. 골치 아프고 복잡하게 보이지만, 그것은 왕비에게서 태어난 소생의 적통성을 보증하기 위한 것이다. 후궁의 경우 따로 기록을 남기지 않는다. 왕의 총애가 모든 것을 증명하는 후궁에게는 왕과의 합방도 번거로울 게 없는 것이다.

그러나 중전은……

"하나, 어찌 이토록 나를 애가 닳게 하는 것이냐."

그가 마지막 수단을 부리듯 내 이름을 불렀다. 살짝, 아주 살짝이지만 내 마음도 흔들리고 있었다. 중전이 된 이유는 그와 함께하기 위해서이기도 했다. 그런데 이런 예상치 못한 장애물이 기다리고 있을 줄이야.

"오늘은 안 돼요. 전하."

설마 내가 그럴 줄 몰랐다는 얼굴로 쳐다보는 환을 보며, 난 살짝 눈웃음을 지었다. 그리고 그대로 문을 닫으려고 했다. 하지만 환의 동작이 더 빨랐다. 그가 손을 뻗어 문을 닫으려는 내 두 손목을 강하게 움켜잡은 것이다.

"하나."

난 그의 행동에 놀라 두 눈을 크게 뜨고 그를 바라보았다가, 다시 웃음을 지어보이고는 그의 뺨에 짧게 입 맞추며 속삭였다.

"송구하옵니다. 전하."

그리고 난 큰 목소리로 말을 이었다.

"강상궁."

-드르륵.

곧바로 옆방의 문이 열리며 강상궁이 나타났다. 그녀는 내 손목을 붙잡고 있는 환을 무뚝뚝한 얼굴로 바라보며 입을 열었다.

"전하."

그러자 환이 잡고 있던 내 손목을 놓아주었다. 난 바로 강상궁을 향해 말했다.

"전하께서 편전으로 돌아가신다 하니 옥교를 준비하게."

"예, 중전마마."

강상궁은 대답하고도 자리를 떠나지 않았다. 환이 내 곁에서 떨어져 대조전을 나서는 순간까지 한 발짝도 움직이지 않을 것이란 표현이었다. 결국 또 한 번 환이 강상궁을 노려보더니 밖으로 나갔다. 환이 나가는 모습을 물끄러미 바라보는 내 곁으로 강상궁이 다가와 속삭였다.

"송구하옵니다. 중전마마."

"아닐세. 나 역시도 대비마마의 염려를 잘 알고 있으니."

사실 환과의 합방을 걱정하고 반대한 것은 대비였다. 국혼까지는 무사히 마쳤지만 아직 청국으로부터 왕비 책봉서가 도착하지 않았다. 청국으로부터 왕비 책봉서가 도착하기도 전에 대왕대비와 안동 김씨에게 불온한 움직임을 보일거리를 던져주지 않는 것이 좋았다.

'자숙(自肅).'

중전으로서 제일 먼저 보여야 하는 행동.

모든 것은 환을 위한 것이라고 스스로를 위로해보지만, 그를 한 번도 아닌 두 번이나 대조전에서 내쫓아야 하는 심정은 이루 말할 수 없을 정도로 가슴이 아팠다.

'난 이제 그의 아내야.'

그를 위하는 행동을 해야 한다. 그것이 어떨 때는 내 마음 혹은 그의 마음보다도 앞서야 했다. 난 그것을 배우는 중이었다. 하지만 조금 전 그가 잡았던 내 손목이 따끔거리는 것은 왜일까?

***

다음 날 아침 의복을 갖춰 입고 대비전으로 향했다. 첫날밤을 보낸 후 시부모님께 인사를 올리는 의식 때문이었다. 편전인 중희당과 중궁전인 대조전에서 갈라져 따로 잠들었던 환을 처음으로 만나는 곳도 바로 이 대비전에서였다. 이미 대비전에 도착해 있는 환을 만난 나는 미소를 지어보였지만, 웬일인지 환은 웃지 않는 얼굴로 나와 마주 섰다.

우리가 준비하는 사이, 대비전 상궁이 모습을 드러냈다.

"전하, 중전마마. 대비마마께서 들라 하시옵니다."

환이 앞장서서 먼저 안으로 들어서고 내가 그 뒤를 따랐다. 대비는 방에 앉아 들어서는 우리들을 보며 환한 미소를 감추지 못했다. 곧 상궁의 안내에 따라 나란히 선 우리들은 대비를 향해 예를 올렸다.

예를 올린 후 환과 나는 대비 앞에 나란히 앉았다. 대비가 그런 우리를 흐뭇한 얼굴로 바라보다가 환을 향해 입을 열었다.

"주상. 어제 국혼으로 많은 행사를 치르느라 노곤하셨지요? 푹 쉬셨습니까?"

그러자 환이 딱딱한 목소리로 대답했다.

"예. 허나 소자는 푹 쉬지 못하였사옵니다."

"푹 쉬지 못하였다니? 혹 옥체가 상하기라도 한 것입니까?"

대비가 걱정하며 물었다. 환은 고개를 저으며 불만스러운 목소리로 투정 부리듯 대비에게 말했다.

"어마마마. 소자 지난밤 독수공방으로 인해 잠을 이루지 못하였다는 말씀을 드리는 것이옵니다."

환의 입에서 독수공방이라는 말이 나오자마자 대비전에 있던 상궁과 나인들이 얼굴을 붉혔다.

"독수공방이라니요, 주상."

대비가 모르는 척 말을 돌리려 하는데도 환은 꿋꿋이 자신의 말을 이어나갔다.

"소자. 지금껏 여인이 독수공방한다는 말은 들어보았어도, 사내가 독수공방한다는 말은 들어본 적이 없었사옵니다. 헌데 지난밤 처음으로 독수공방이라는 것을 해보았사옵니다."

"흠흠."

대비가 얼굴을 붉히며 헛기침을 했다.

"그, 그래서요?"

"다시는 해볼 것이 못 되었사옵니다. 어마마마, 언제까지 소자와 중전의 합방을 막으시려는지요?"

딱히 별다른 이유 없이 자신을 밀어내는 나의 행동이 대비때문인 것을 밝혀내기까지, 환은 지난밤 얼마나 많이 머리를 굴려보았을까? 대비가 또 한 번의 헛기침 소리를 내자, 방 안에 있던 모든 상궁과 나인들이 밖으로 물러나갔다. 주변이 조용해진 것을 확인한 대비가 조용조용한 목소리로 입을 열었다.

"곧 청국에서 중전의 책봉서를 가진 사신이 올 것입니다. 그 사신이 돌아갈 때까지 합방은 불가합니다."

그러자 환이 불쾌한 듯 입을 열었다.

"어마마마. 소자가 청국에서 오는 책봉서 따위가 없으면 중전을 지키지 못하리라 여기십니까?"

"그것이 아니에요, 주상. 단지 조심할 수 있는 것은 되도록 조심하자는 것이지요. 그래서 중전에게도 양해를 구했고요."

대비의 시선이 나를 향하자, 환도 잠시 내 얼굴을 돌아보았다. 난 그를 바라보며 고개를 한 번 끄덕였다. 그러자 환의 딱딱한 표정이 금세 풀어졌다. 하지만 그는 못내 속상한 듯 다시 대비를 향해 말했다.

"야속하시옵니다."

대비가 한 손으로 입을 가리며 웃었다.

"허나 주상, 그렇다고 중전을 미워하진 마세요. 중전 역시 지난밤을 고대하였을 터인데, 주상이 중전까지 미워하면, 중전은 이 어미를 미워하지 않겠습니까?"

그러자 환이 다시 고개를 돌려 나와 얼굴을 마주 보았다.

그사이 슬그머니 내 긴 옷자락 사이로, 환의 손이 들어와 내 손을 따스하게 움켜잡았다. 환은 나를 향해 부드러운 미소를 지으며 대비에게 말했다.

"미워하지 않습니다. 중전을 처음 만난 후로부터 지금까지 단 한 번도요. 허나……."

환이 다시 대비를 돌아보며 말했다.

"어제 국혼에서 흥선군이 한 행동들도 어마마마께서 지시하신 것이라면……."

"그 일에 대해서 들었습니다만, 이 어미는 아니에요. 주상."

대비가 웃으며 부인하자 환이 곰곰이 생각하는 듯한 표정으로 중얼거렸다.

"그렇다면 오늘 조회가 재미있어지겠군요."

* * *

대비마마께 인사를 올린 나는 환과 함께 대비전을 나섰다.

환은 대비전 전각을 내려오자마자 주변의 나인들을 모두 물리라고 내관에게 명했다. 내관은 주변에 선 나인들을 멀찍이 세움과 동시에 지나다니는 나인들에게도 멀리 돌아가라며 계속해서 손짓했다. 그 덕분에 우리 둘은 손을 잡고 나란히 걸으며 편하게 이야기를 나눌 수 있었다.

"흥선군께서 큰 죄를 지으실 리도 없고, 어제 무슨 일이 있었나요?"

흥선군의 이야기에 환이 짧게 웃었다.

"중전을 보러 대조전으로 가려는 과인의 발걸음을 끝도 없이 막아섰소. 그 때문에 괘씸해서 그러오."

"하지만 마지막에 전하를 대조전에서 밀어낸 것은 신첩인걸요. 흥선군을 너무 미워하지 마세요. 그분이 아니었다면 그날 밤에 종친들과 병사들을 이끌고 그리 빨리 나타날 수 있는 사람은 없었어요."

"알고 있소."

환을 타이르듯 말하며 걸음을 멈춰 섰다. 이제 나의 다른 쪽 손도 그의 손에 잡혀 있었다. 환은 나를 바라보며 빙그레 미소 지었다.

"서둘러야 조회에 늦지 않을 것이지만, 한 번 잡은 중전의 손을 놓고 싶지 않소."

그는 내 손을 힘주어 잡았다 놓기를 반복하다가 어렵사리 손을 놓았다.

"중전."

"네, 전하."

나는 생글생글 웃으며 그의 얼굴을 올려다 보았다.

"어마마마께서 무엇을 걱정하시는지는 과인도 잘 알고 있소. 허나, 과인의 생각에 그 이유로 중전과 함께 하는 시간을 더는 미루고 싶지 않구려."

그의 말뜻을 알아차린 내 얼굴이 달아올랐다. 난 더 이상 그의 얼굴을 제대로 바라보지 못하고 고개를 살짝 숙였다. 환이 한 손으로 고개 숙인 내 턱을 슬쩍 들어올렸다. 난 천천히 눈을 들어 그의 얼굴을 응시했다.

"그래서 말이오. 오늘 밤 과인이……."

"전하. 옹주마마께서 오시옵니다."

환이 내 턱에 가져다댄 손을 놓고 돌아서며 작게 투덜거렸다.

"궐 안에만 훼방꾼이 있는 것이 아니었군."

난 짧게 웃었다. 그사이 연분홍빛의 당의를 입은 옹주가 활짝 웃으며 우리에게로 다가오는 것이 보였다. 난 옹주의 얼굴을 보고 깜짝 놀랐다. 그녀의 얼굴이 낯익었기 때문이었다. 그뿐 아니라 나는 그녀를 만난 적이 있었다.

'환의 고모!'

지금 그녀가 입고 있는 차림새와 과거 환과 있었던 일들을 떠올리며, 난 그녀가 그의 하나뿐인 고모인 영온옹주라고 확신했다.

"고모님."

그가 웃으며 영온옹주에게 인사를 건넸다. 영온옹주는 공손

히 고개를 숙여 환에게 인사를 올리더니, 곧장 내 옆으로 다가
와 나의 두 손을 잡으며 반가워했다.

"으……."

그녀는 무언가 소리 내려 노력하다가, 서둘러 내 손바닥을
펴서 글자를 적었다.

[나를 알아보겠어요?]

나는 힘차게 고개를 끄덕이며 대답했다.

"네. 물론이지요. 고모님, 아니 영온옹주님이시지요?"

그녀도 나를 따라 고개를 끄덕였다. 그런 우리들의 모습을
흐뭇하게 쳐다보던 환의 옆으로 내관이 다가와 조회에 참석하
는 신하들이 속속 입궐 중이라는 사실을 알렸다. 환은 더 이상
아침 조회에 지체할 수 없는 상황이었다. 그는 아쉬운 웃음을
지으며 우리 두 사람 뒤로 조용히 물러섰다.

[그간 소식이 많이 궁금했어요. 하지만 중전마마가 되셨을
줄은 몰랐어요.]

나는 입을 열어 대답하려다가, 그녀의 손바닥을 펴서 답을
글로 적었다.

[저도 마찬가지예요. 윤후의 고모님이 옹주마마이신 줄은
몰랐으니까요.]

글을 이해한 후 그녀는 나와 눈을 맞추며 환하게 웃었다.

"응?"

그때였다. 난 환이 이미 사라졌다는 것을 깨달았다.

* * *

영온옹주가 돌아간 후, 오전 내내 바쁜 일과가 이어졌다.

입궐 전, 미리 어느 정도는 내명부에 대해 공부를 했었다. 하지만 진짜 중전이 된 이후의 상황은 공부할 때와는 전혀 달랐다. 이제는 배움에 실수도 허락되지 않기 때문이었다. 더욱이 얼마 전까지 대왕대비가 통솔하던 내명부였다. 대왕대비의 사람들이 대부분 내명부 주요 요직에 앉아 있는 상황에서, 대비의 말도 잘 듣지 않는 궁인들이 이제 막 궁궐생활을 시작한 젊은 중전의 말을 잘 따를 리가 없었다. 입으로는 당장 명을 받들 것처럼 말하며 행동으로는 고개를 숙이고 다녀도 그것은 보이는 것일 뿐, 속마음은 그렇지 않다는 것쯤은 나도 잘 알았다.

난 오전에 제조상궁, 부제조상궁 그리고 수라간상궁을 불러 그들이 맡고 있는 일들을 하나서부터 끝까지 모두 점검하고 확인하는 일부터 시작했다. 사실 말이 확인이지 궁중에서만 쓰이는 어려운 말들로 빼곡히 채워진 글들은 이해하는 것부터 어려웠다. 강상궁이 옆에서 도와주었지만 분명 한계가 있었다. 나는 모르는 부분들은 따로 분리해 대비께 여쭤보기로 했다. 어려운 부분들을 다시 한 번 살펴보느라 일만 쌓여갈 뿐 크게 진척이 되지 않는 듯했다. 하지만 눈에 쉽게 들어오는 문제들도 있었다.

왕실의 곳간을 관리하는 부제조상궁이 기록한 문서에는 예상외로 안동 김씨 가문의 추천으로 궐에 들어온 궁인들에게 따로 제공되는 물품들이 상당히 많았다. 이들이 모두 대왕대비의 심복으로 궁궐 안에서 움직였음을 여실히 보여주는 자료들이었다. 나는 강상궁에게 명령해 이들에게 과다 지급된 물품들을 모두 회수하고, 정당한 이유 없이 품을 받은 궁인들은 모두 감봉하도록 조치했다. 얼추 이 일이 마무리되었을 무렵, 해가 뉘엿뉘엿 지고 있었다. 나는 오늘 마지막으로 보았던 환의 모습을 떠올렸다. 대비전 앞에서였다. 돌이켜 생각해보면 방금 전에 있었던 일 같은데, 벌써 밤이 찾아오고 있었다.

"전하께서는?"

내 옆에 앉아 하루 종일 문서들을 살피고 또 살피던 강상궁이 고개를 들었다.

"석강(夕講, 저녁공부)을 마치셨을 것이옵니다."

"그래⋯⋯."

왕과 왕비라 하여도 부부임에는 틀림없었다. 그런데도 하루에 얼굴 한 번 본 것이 전부인데다가 밥상에 한 번 같이 앉아보지도 못했다. 물론 이것도 청국 황실에 비하면 나은 편일지도 모른다. 청국에서 황후는 황제의 얼굴을 한 달에 한 번도 못 볼 때가 부지기수라는 걸 잘 아니까 말이다.

"석강을 마치시면 편전으로 바로 가시는가?"

"예, 그곳에서 점호를 하시고 쉬시는 줄 아뢰옵니다."

"그럼 내가⋯⋯."

나와 마찬가지로 하루 종일 바빴을 그를 걱정하며 이부자리라도 준비해야겠다는 생각이 들었을 때였다. 나는 바로 포기

해야 했다. 걱정은 마음대로 할 수 있어도 행동은 마음대로 할
수 없었다.

"…… 자네가 직접 편전으로 가서 전하를 맞을 준비가 잘 되
었는지 확인해보게."

"예, 중전마마."

강상궁이 보던 문서를 덮고 자리에서 일어섰다. 내가 여기
에서 할 수 있는 일이라고는 그저 그녀가 나가는 뒷모습을 바
라보는 것이 전부였다. 그리고 내가 그녀를 신뢰하는 만큼, 그
녀가 들고 오는 답에 만족해야 할 것이다.

'그리고 이런 일상은 앞으로 당연해지겠지.'

짧은 시간이라도 나와 함께 밤을 보내지 못한다며 투덜대던
환의 심정이 이제는 내 마음이 되어 돌아왔다. 입궐하기 전 배
웠던 궁중 법도에 따르면, 중전인 왕비는 특별한 이유가 있지
않는 이상 대조전을 벗어나 잠들 수 없었다. 왕과의 합방도 늘
대조전에서만, 각 방에 당직상궁들이 대기하고 있는 가운데에
서만 이루어진다. 왕비는 왕의 침전인 편전에 찾아갈 수는 있
어도 그곳에서 묵을 수는 없었다. 오히려 후궁은 왕의 부름에
편전으로 불려가 동침할 수 있다. 그러나 왕비는 다르다.

'왕비는……'

예상하지 못했던 것은 아니다. 다만 그와 나의 사이에 늘 가
림막이 놓이는 기분을 지울 수가 없었다. 하나의 가림막을 치
우면 늘 새로운 가림막이 계속해서 놓이는 기분이었다. 지금
그의 아내가 된 순간까지도.

"휴우."

짧은 한숨을 내쉬며 쌓인 문서들로 고개를 돌리려던 바로 그때였다.

"중전마마!"

강상궁이 큰 목소리로 나를 부르며 밖에서 안으로 들어왔다. 그녀가 편전에 다녀오기에는 아직 이른 시간이어서 나는 놀란 눈으로 물었다.

"무슨 일인가?"

"전하께서, 전하께서 편전에서 사라지셨다 하옵니다!"

***

석강을 마치고 편전으로 돌아와 휴식을 취하던 환이 사라졌다고 했다. 편전의 나인들 그 누구 하나 환이 빠져나가는 모습을 보지 못했다고 했다. 나는 지난밤 편전 나인들 몰래 대조전으로 나를 찾아온 환의 모습이 아니었다면, 혹시라도 그에게 큰 사고가 났을까 걱정했을 것이다. 난 환이 몰래 편전을 빠져나갔을 거라고 짐작했다. 하지만 내가 있는 대조전으로 오지 않았다. 그렇다면 그는 어디로 갔을까? 편전 나인들 몰래 그가 갈 곳이 딱히 떠오르지 않았다.

'대비전?'

대비전이라면 굳이 몰래 찾아갈 이유가 없다. 게다가 날이 이미 어두웠다. 나인들을 혼비백산하게 놔둔 채로 갑자기 궐 밖으로 나갔을 리는 없을 것이란 생각이 들었다.

난 백화당을 떠올리고는 자리에서 벌떡 일어섰다.

"백화당으로 가겠네."

예전과 달리 백화당으로 가는 길은 새로 만들어져 곳곳에 불이 켜져 있었다. 더 이상 금위군들이 왕을 감시하듯 길목을 지키고 서 있는 것은 아니었지만, 순찰을 도는 몇몇의 병사들이 눈에 띄었다.

그들은 중전인 나의 등장에 몸을 깊게 숙인 채 눈을 맞추지 않았다. 나는 그들을 지나쳐 백화당으로 들어가는 온실까지 걸어갔다. 예전처럼 온실 앞에 금위군이 보초를 서고 있지 않았기 때문에, 환이 이곳을 지나갔는지 물어볼 사람이 딱히 없었다. 온실을 지나자 활짝 열려 있는 백화당의 대문과 마주했다. 그 안에는 곳곳에 불이 켜져 환했다. 나와 함께 백화당 안으로 들어온 나인들은 저마다 환을 찾아 백화당을 돌아다니기 시작했다. 그사이 나는 예전에 환이 머물던 침소가 있던 전각 안으로 올라섰다.

"전하!"

내 기억 속에 백화당에서의 일들은 좋지만은 않았다. 환이 마지막 위기에 처했던 곳도 바로 이 백화당 앞에서였다. 지금 당장 그의 적이 될 만한 자들은 궁궐에 없다. 금위군은 홍재룡 대감의 통솔하에 놓였고, 대왕대비도 수강재에서 조용히 지내는 중이었다. 하지만 혹시라도 백화당에 홀로 있었을 왕을 암살하려는 자객들이 들이닥쳤다면? 내부에 적이 없다고 해서 외부에서 적이 들어오지 말라는 법은 없다.

"전하!"

난 환을 찾아 백화당의 이곳저곳을 정신없이 헤맸다. 갑자기 벽으로 여겼던 곳이 뱅그르르 돌더니, 문처럼 통과할 수 있는 공간이 나타났다. 그 안에서 그가 고개를 빠끔히 내밀더니 나를 불렀다.

"여기오."

"여기서 대체 뭐하세요?"

환은 내 물음에 대답 대신 주변을 살피더니, 나인들이 아직 자신의 존재를 알아차리지 못한 것을 알고는 내게 손짓했다.

"이리 오시오, 어서."

"하지만……."

"어서."

그가 단호하게 내게 말했다. 난 잠시 주저하다 나인들의 시선을 피해 벽이 사라지고 나타난 좁은 공간으로 들어섰다. 그러자 다시 벽이 뱅그르르 돌더니 내가 지나온 문이 사라졌다.

-탁!

심지 타는 소리가 들리는가 싶더니, 환이 불을 켰다. 그는 한 손에 작은 촛대를 들고는 나를 안쪽 깊숙한 곳으로 이끌었다. 그 안에는 성인 세 사람이 겨우 누울 만한 아주 작은 방이 나타났다. 사방이 단단한 벽으로 가로막힌 곳에 단출한 이부자리가 깔려 있었다. 환은 방구석에 촛대를 놓고 이불 위에 털썩 앉았다. 그는 익숙한 듯 자리에 누웠고, 난 주변을 살피며 그의 옆에 앉았다. 벽에는 갓과 도포가 걸려 있었다. 부채 같은 간단한 소지품부터 원통형의 죽부인까지 자잘한 생활용품들도 여럿 보였다.

"여기가 어디에요?"

내 물음에 그가 한 팔로 머리를 짚으며 고개를 들었다.

"과인의 침소요."

"여기가 전하의 침소라고요? 이렇게 작은 곳이요?"

"과인과 어마마마밖에 모르는 아주 비밀스러운 곳이오. 과인이 어린 나이로 처음 이곳에 들어왔을 때, 혹시 모를 자객에 대비하여 어마마마께서 마련해주신 곳이오."

그가 아주 어린 시절부터 백화당에서 자랐다는 것은 알고 있었다. 하지만 백성들이 사는 초가집보다 비좁은 공간에 몸을 숨기고 잠들었을 모습을 생각하니 가슴 한구석이 아려왔다.

"불편하진 않으세요?"

그가 내 얼굴에서 시선을 떼고는 좁은 방 안을 둘러보며 작게 말했다.

"아주 오래전 어마마마께서도 그런 말씀을 하신 적이 있었소. 허나 불편해도 참아야 한다고 하셨지. 이 불편함이 과인의 목숨을 살리게 될지도 모른다고 하셨으니."

"이제는 이곳에 머물지 않으셔도 되잖아요. 혹 중희당이 불편하신 건가요? 그럼 대조전으로 오세요. 전하께 신첩의 방을 내어드리고, 신첩은 옆방에서……."

"중전."

144

그가 다시 내 얼굴을 바라보며 말했다.

"합방의 이유가 없다면 임금은 함부로 중궁전에 가서 머물 수 없소. 그게……"

"궁중 법도겠죠. 하지만 신첩에게는 전하가 편히 잠드시는 게 궁중법도보다도 중요해요."

그를 위하는 마음에서 나온 진심 어린 내 말을 잠자코 듣고 있던 이환이 몸을 일으켜 세웠다. 그는 내 두 손을 잡으며 작은 목소리로 속삭였다.

"중전, 이제 과인이 가장 편안히 잠들 수 있는 곳은 바로 그대가 내어주는 곁뿐이오. 그리고 그곳이 바로 과인의 침전이 될 것이오. 그러니……."

그가 나를 부드럽게 끌어안으며 내 귓가에 속삭였다.

"오늘 밤 그대가 과인의 침전이 되어주지 않겠소?"

그의 속삭임은 내 몸에 잔잔한 전율을 일으켰다.

'넘어가면 안 돼. 정신 차려야 해, 김하나!'

그러나 머릿속과 달리 몸은 그의 품 안에서 벗어나고 싶지 않았다. 우리 두 사람만 있는 이곳, 우리가 여기 있다는 사실은 아무도 모른다. 청국 사신이 책봉서를 가지고 올 때까지 합방은 절대로 불가하다는 대비의 말씀은 이미 저 먼 곳으로 잊힌 지 오래였다. 가깝다고 느끼는 건 오직 하나, 내 귓가에 속삭이는 매력적인 환의 목소리뿐이었다.

그와 함께 있고 싶다. 더 많이 그를 알고 싶고, 더 깊게 그를 알아가고 싶다. 이러한 감정은 내 안에 또 다른 나의 존재를

일깨운다. 이렇게…… 이대로 조금만 더 그의 품 안에 있다가
는 유혹적인 속삭임에 무너지고 말 것이다.

"전하."

"응?"

"안 돼요."

그와 눈을 마주치지 못한 상태로 난 그를 겨우 밀어냈다. 만
약 그가 조금만 더 힘주어 나를 놓지 않았다면, 난 더 이상 그
를 밀어낼 의지를 갖지 못했을 것이다. 그런데 의외로 그는 쉽
게 밀렸다. 그는 애초부터 내가 이렇게 나올 줄 알았다는 듯
토라진 얼굴로 투덜댔다.

"어마마마보다 고집 센 여인은 처음 보았소. 심지어 그 여인
이 중전일 줄이야."

그는 내 마음이 흔들렸다는 사실을 전혀 알아차리지 못한
것 같았다. 나는 애써 그의 시선을 피하려고 고개를 숙였다. 그
리고 천천히 자리에서 일어섰다. 지금 내 얼굴은 그가 본다면
단박에 내가 그에게 흔들렸다는 사실을 알아차릴 정도로 불에
덴 듯 화끈거렸다.

"신첩은…… 이만 물러가옵니다."

어렵사리 입을 열어 물러가겠다는 말을 하고 돌아섰을 때
였다.

"특별상궁에게나 가야겠군. 그곳은 과인을 내쫓진 않겠지."

그가 투덜거리며 말했다.

'특별상궁? 애리?'

이 좁디좁은 방에 그를 홀로 두고 돌아서야 하는 내 심정도 모르고…… 혼자 토라진 그의 불만 소리에 내 몸이 움찔했다. 현재 그에게 후궁은 한 명도 없었다. 대왕대비가 특별상궁으로 삼은 애리라면 별다른 눈치 없이 환이 찾아갈 수 있는 여인이기는 하다. 하지만 그녀가 특별상궁이 된 뒤로 그가 단 한 번도 찾아가지 않았다는 사실을 나는 알고 있다. 무엇보다 애리는 대왕대비의 사람이고, 환이 이를 모를 리가 없으니 애리에게 간다는 것은 거짓말이었다.

하지만 아무리 내가 그를 밀어냈다고 해서 애리의 이름을 언급한 것은 그의 실수였다. 그런데 그는 내가 움직임을 멈추자, 자신의 말이 나를 움직였다고 여겼는지 한 술 더 뜬다.

"아니면 오늘 승은후궁감이나 만들어볼까?"

나는 안다. 그저 토라져서 던지는 말이라는 걸. 어서 마음을 돌리고 자신을 좀 더 봐달라는 의도로 나에게 던진 말이라는 것은 알았다. 하지만 여인에게 절대 해서는 안 되는 말을 그는 내뱉고 만 것이다.

나는 그에게로 돌아섰다. 그가 방에 앉은 채 나를 올려다보며 빙그레 미소를 짓는다. 나의 마음을 자극하는 말로써 나의 걸음을 붙잡았다고 생각하며 승리의 미소를 짓고 있는 것인지도 모른다. 그러나 그의 말로 인해 조금 전 뜨겁게 달아올랐던 나의 얼굴은 이미 차갑게 굳어버린 뒤였다. 그도 단단히 화가 난 내 얼굴을 보더니 뒤늦게 당황한 기색이었다.

"칫! 전하 마음대로 하세요. 특별상궁에게 가시든지, 새 후궁을 만드시든지요!"

"참말이오? 정녕 중전이 허락한 것이오."

그가 내 눈치를 살피며 말한다. 내가 허락만 한다면 후궁을
만들겠노라는 그의 대답에 속이 부글부글 끓어오르기 시작
했다.

"중전으로서 어찌 투기를 하겠어요. 전하의 뜻대로 하세요.
신첩은 이만 물러가옵니다!"

나는 다시 그에게서 돌아서고는 문고리를 움켜잡았다. 동시
에 울컥하면서 눈가가 따끔거렸다. 말은 이렇게 던져놓고도
속상함에 눈물이 나오려 했다. 속상하고 화가 났다. 뭐라고 설
명할 수 없는 내 마음도, 그에게 이런 내 마음을 전할 수 없는
상황도 모두 마음에 들지 않았다.

'단지 내가 바란 건…….'

따뜻한 말 한마디였다. 중전이라는 무게에 짓눌려 마음에도
없는 소리를 해야 하는 이러한 상황에서 내가 그에게서 가장
듣고 싶었던 바로 그 말.

그때, 뒤에서 그가 두 팔로 나를 끌어안았다. 말보다 앞서는
그의 행동에 얼음처럼 단단히 굳었던 내 마음이 순식간에 녹
아내리는 순간이었다. 환이 내 귓가에 다정히 속삭였다.

"혹 성년도 맞이하지 않은 중전이 덜컥 회임이라도 했다는
소문이 걱정되어 그렇다면, 그 문제는 과인이 걱정하지 않게
해주리다."

하지만 이 말 또한 그의 실수였다. 단단하게 얼어 있던 내 마

음이 녹기는커녕 순식간에 날카로운 비수로 돌변해 내 속을 가득 채웠다.

"흥!"

난 또 한 번 그의 손길을 밀어냈다. 그리고는 벽에 걸린 죽부인을 그의 품 안으로 던지며 소리쳤다.

"여기 이 죽부인이 오늘밤 전하의 중전이에요. 전하에게 곁을 내어줄 여인이 되어줄 거예요!"

"혹시 화라도 난 것이오?"

"화요? 신첩이 어찌 감히요!"

난 일부러 눈을 매섭게 부릅뜨며 죽부인을 받아든 그를 쳐다보았다.

"그 중전도 싫으시면 전하의 바람대로 새 후궁을 들이시든지요!"

환이 난처한 웃음을 지으며 내게 말했다.

"그리하면 과인의 얼굴을 다신 안 볼 거잖소."

"잘 아시네요!"

난 더 이상 그와 말하고 싶지 않아 문을 열고 밖으로 나왔다. 이런 내 모습 뒤로 무언가 체념한 듯 환이 내쉬는 긴 한숨 소리가 들려왔다.

* * *

소문은 빨랐다.

"주상과 중전의 사이가 좋지 못하다는 소문은 무엇이오?"

대비가 아무것도 모르는 얼굴로 내게 물었다. 그 옆에 앉아 있는 영온옹주도 걱정스러운 얼굴로 나를 바라보았다.

"네?"

나는 괜한 걱정을 드리고 싶지 않아 모르는 척했다. 그러나 이 궐 안에서 늘 촉각을 곤두세우고 살아온 대비였다. 내가 모른 척한다고 해서 그대로 받아들여줄 것 같진 않았다.

"뜬소문이라 하기에는 말들이 너무 많아 그러오."

"말 그대로 뜬소문이옵니다. 마음에 담아두지 마소서."

대비가 영온옹주 쪽을 쳐다보며 서로 눈짓을 교환한다. 두 사람이 무슨 생각을 하는지 알 수 없지만, 분명 내 말을 믿는 것 같진 않았다. 사실 나도 두 사람 다 그럴 거라 생각하고 있었다. 왕은 아침 조회나 경연 중에도, 심지어 수라를 들 때도 우연히 중궁전 쪽으로 눈길이 갔다 하면 긴 한숨을 내쉰다고 했다. 눈치로 사는 궐 나인들이 이를 모를 리가 없었다. 물론 모두들 왕의 속내까지는 알 수 없었고 그것은 다행이었다. 만약 실상이 알려졌다가는 듣기에도 민망한 소문이 돌았을지 모를 일이니까.

"하기는 중전이 궐에 들어온 이후로 내명부 일들을 척척 해나가고 있거늘. 이런 중전을 주상이 치하하지 못할망정 사이가 나빠질 일이 무에 있겠소."

대비가 입가에 미소를 짓자, 영온옹주도 안도의 미소를 지으며 나를 바라봤다. 난 고개를 숙이며 생각했다.

'있어요. 나빠질 일.'

단지 속으로만.

"중전?"

대비가 자신의 말에 동의하냐는 뜻으로 나를 바라보았다. 난 최대한 어색함을 감추며 웃어보였다. 그때였다.

"대비마마. 최상궁이옵니다."

"들어오게."

최상궁이 안으로 들어와 고개를 숙이며 말했다.

"청국 사신께서 해질 무렵 모화관(慕華館, 청국 사신 숙소)에 당도하실 듯하옵니다. 이 때문에 전하께서 정식 알현은 내일 아침에 하시겠다고 명을 내리셨사옵니다."

최상궁의 말에 대비가 나를 보며 물었다.

"중전. 내명부에서 준비해야 할 것들은 모두 마치었소?"

난 고개를 숙이며 자신 있게 대답했다.

"예, 대비마마. 모화관으로 청국 사신을 맞이할 자들을 보내었고, 내일 저녁에 있을 사신연회도 차질 없이 준비되고 있사옵니다."

대비가 만족한 미소를 지으며 영온옹주에게 말했다.

"올해도 궐 밖에는 연등이 아주 예쁘게 걸렸겠구려. 옹주는 보았소?"

영온옹주가 입가에 엷은 미소를 지은 채 고개를 저었다. 대비가 의아하다는 얼굴로 물었다.

"어찌하여? 10여 년에 한 번 볼까 말까 한 좋은 구경거리를 놓칠 셈이요? 더욱이 올해는 중전의 책봉서를 가지고 오는 청국 사신이라, 더욱 볼거리가 많을 터인데."

옹주는 그저 웃기만 한 채 답을 피했다. 굳이 대답을 하자면 손바닥에 글을 적거나, 아니면 종이를 가져와 글을 쓰면 된다. 그러나 대답을 회피한다는 것은 그만한 이유가 있기 마련이었다. 대비는 이런 옹주의 태도에 숨은 뜻을 알아챈 모양이었다.

"부마 때문이오? 부마가 허락지 않는 것이오?"

옹주의 입가에서 미소가 사라졌다. 옹주는 그대로 고개를 숙인 채 대비와 시선을 맞추지 못했다. 대비가 그런 옹주를 보며 길게 한숨을 내쉬었다.

난 분위기가 좋지 않은 듯싶어 말을 돌렸다.

"연등이 걸리다니요?"

대비가 옹주에게서 시선을 거두며 내게 대답했다.

"사신이 조선을 방문하는 기간 동안 환영의 의미로 한양 곳곳에 청국 연등이 걸리고 시전이 밤늦게까지 닫지 않는다오. 그야말로 볼거리가 즐비해지지. 나는 저하께서 살아계실 적에 저하와 함께 미복을 하고 나가 보았다오. 그다음 해에도 함께 가기를 약조하였건만……. 저하께서 그다음 해를 넘기지 못하셨지."

옛 생각에 눈시울이 붉어진 대비가 눈물을 삼키며 멋쩍게 웃었다.

"늙은이가 주책없이…… 옹주는 주상께 허락을 받고 가시오. 주상이 허락하면 부마도 다른 말을 못 할 터이니."

옹주가 고개를 저으며 괜찮다는 의사를 표현했다. 난 청국에서나 볼 수 있었던 연등이 걸린다는 말에 궁금증이 일었다. 조선에서의 삶이 안정되어가자 반대로 청국에서의 생활이 그리워졌다. 그러나 이제 막 조정에서 자신의 뜻을 펼치려는 환에게 그의 부모님처럼 저잣거리 구경이나 가자고 말할 수도 없는 노릇이었다.

'될 일이었으면 대비께서도 내게 나가보라 권하셨겠지.'

이제 단순한 저잣거리 구경도 중전인 나에겐 허락되지 않는 일이었다.

* * *

영온옹주와 대비전을 나온 나는 후원으로 향했다. 후원의 가장 큰 연못인 부용지, 규장각 아래로 펼쳐진 잔잔한 연못 주변에는 계절을 맞이한 꽃들이 한창이었다. 나는 대비전에서 들은 말이 신경 쓰여 말수가 줄었다. 다행인 것은 옹주가 꽃에 관심을 보이느라 내 말수가 줄어들었다는 사실을 눈치채지 못했다는 것이다.

그러나 꼬리가 길면 잡히는 법. 꽃구경에 빠져 있던 옹주가 한 걸음 뒤쳐져 있는 나를 발견하고는 다가왔다. 그녀는 꽃처럼 활짝 웃어 보였고, 나는 그 의미를 알고 내 한쪽 손바닥을 내밀었다. 옹주는 그곳에 짤막한 단어를 적었다.

[일.]

난 대비전에서 있었던 일을 다시금 꺼내는 것을 알아차리고는 고개를 가로저었다.

"아무 일도 없답니다."

그러나 입으로는 아무 일 없다고 말하더라도 근심 어린 표정까진 감출 수 없었다. 중전이 된다고 해서 그와 함께이기에 마냥 행복할 것이라고 생각한 적은 없었다. 그러나 무언가 점점 꼬여가는 기분을 지울 수 없었다. 더욱이 중전이 된 다음 내가 하는 행동들은 모두 내가 아닌 것만 같다. 나 자신을 점점 잃어버리는 느낌이랄까?

이환.

그를 사랑하는 김하나는 그와 가장 가까운 곳에 있는데, 그를 사랑하기에 그의 곁에 남기를 바랐던 김하나의 존재는 사라진 것만 같았다.

'그 하나는 대체 어디에 있는 걸까?'

골똘히 생각에 빠진 내 팔을 옹주가 살짝 흔든다. 그제야 난 규장각 쪽에서 홍재룡 대감과 진지한 얼굴로 대화하며 걸어 내려오는 환의 모습을 발견했다. 환을 보자 옹주는 잔뜩 기쁜 얼굴이었다. 과거 그녀는 이처럼 궁궐에서 환을 마주치는 일 따위는 상상조차 못했을 것이다. 백화당을 벗어나 따로 옹주를 만나러 환이 나와야 만날 수 있었을 테니까. 그러니 지금처럼 우연히 마주친다는 사실이 얼마나 기쁠까? 하지만 웃는 옹주와는 달리, 나는 그를 보고도 웃음이 지어지지 않았다.

"전하."

옹주와 함께 있던 나를 발견한 홍재룡 대감이 환에게 귀띔

했다. 그제야 환은 눈을 돌려 옹주와 내가 있는 쪽을 쳐다보았다. 그의 시선에 옹주가 제일 먼저 반응했다. 옹주는 재빨리 그에게로 다가가 웃음으로 인사를 대신했다. 옹주를 바라보는 환의 얼굴에도 살짝 미소가 잡히는 듯싶더니, 내게로 시선을 옮긴 얼굴에는 어느새 웃음이 사라져 있었다. 며칠 전 백화당에서 토라졌던 그 얼굴로 바뀌어버린 것이다.

홍재룡 대감과 영온옹주 사이에 난처한 표정이 오갔다. 며칠 만에 입궐한 영온옹주는 궐내 파다한 소문을 오늘 들었을 것이다. 그러나 매일 입궐하는 홍재룡 대감은 이미 알고 있는지도 몰랐다.

"중전마마."

홍재룡 대감이 내게 말을 걸어왔다.

"이번 청국에서 온 사신이 중전마마의 책봉서를 가져왔기에 전하께서 특별히 신경을 쓰고 계시옵니다. 특히 오늘 저녁 영은문(사신이 묵는 숙소 모화관의 대문)에 도착하는 사신 일행을 마중하는 일에는 소신이 나가게 되었나이다."

나는 어색해진 분위기를 풀어보고자 홍재룡 대감의 말에 맞장구를 쳤다.

"대감께서는 국구이시니 청국 사신을 맞이하러 나가시는데 부족함이 없겠지요. 그나저나 대비마마께서 말씀하시기로 청국 사신이 오는 일로 볼거리가 많다 들었습니다."

"예. 영은문 주변도 벌써 청국 사신을 맞이하느라 들떠 있사옵니다. 무엇보다 책봉서를 가져오는 사신인 만큼, 이후에도 양국의 우호관계에 큰 도움이 될 것이옵니다."

그러나 이쯤 되면 한마디 말이라도 건넸을 법한 환이 왠지 조용했다. 난 영온옹주를 살짝 돌아보며 환에게 말했다.

"전하."

그제야 환이 내게 시선을 주었다.

"옹주께서 이번 사신행차에 구경 나갈 수 있도록 윤허해주시지요."

"그것은 부마에게 허락을 받으면 되는 일이 아니오."

내 말에 쌀쌀맞게 대꾸하던 환이 어두워지는 영온옹주의 표정을 보더니, 자신이 무언가 실수했다고 느꼈는지 서둘러 말을 바꾸었다.

"윤허하겠소. 다녀오시지요, 고모님."

옹주가 미소로 환에게 화답했다. 하지만 나는 이런 분위기에서 그와 대화를 이어나갈 자신이 없었다. 토라질 대로 토라져 있는 그에게 남들의 시선이 모여 있는 곳에서 말을 꺼내보았자, 지금처럼 쌀쌀맞은 반응만 돌아올 게 뻔했다. 그렇다면 주변 사람들은 더욱 우리를 걱정하고 신경 쓸 것이다. 난 옹주와 함께 환에게 인사를 올리고 조용히 물러나려 했다. 그런데 갑자기 그가 나를 불러 세웠다.

"중전."

"예?"

"중전도 이번 사신행차를 보고 싶소?"

나는 중전다운 답이 무엇인지 곰곰이 생각한 다음 대답했다.

"보고 싶지만 신첩은 중전이니까요. 함부로 궐을 떠날 수 없지 않습니까."

이 대답이 환을 기분 나쁘게 한 것일까? 환은 내게서 돌아서며 역시나 쌀쌀맞게 대답했다.

"옹주와 함께라면 중전에게도 윤허하리다. 함께 가시오."

이 말에 가장 크게 놀란 건 내가 아니라 홍재룡 대감과 영온 옹주였다.

"전하, 어찌 중전마마께서 사신행차에 나가신단 말씀이시옵니까?"

"미복차림이라면 불가할 것도 없지 않소? 아바마마와 어마마마의 전례가 있으니 문제될 것도 없소."

홍재룡 대감도 환을 설득하는 데 실패하자 이번에는 내가 나섰다.

"전례가 있다 하여도 어마마마께서 허락하시지 않을 것이옵니다."

환의 눈에 힘이 실렸다. 그의 잘생긴 미간에 주름이 잡혔다.

"어마마마는 과인이 알아서 하리다."

그는 홍재룡 대감을 향해 말했다.

"별감 여럿을 미복시켜 중전을 호위케 하시오."

"내금위에서도 사람을 여럿 뽑아 중전마마를 호위토록 하겠나이다."

홍재룡 대감이 눈치 빠르게 대답하자 그도 만족한 눈치를 보이며 내게서 돌아섰다. 나는 내게서 멀어지는 그를 향해 나도 모르게 소리를 냈다.

"전하는……."

뒤늦게 입을 막았지만 이미 그는 내게로 돌아선 뒤였다.

'안 가세요?'

목구멍까지 올라온 이 말이 차마 소리가 되어 나오려 하지 않았다. 예전의 김하나였다면…… 분명 주저 없이 그대로 내뱉었을 말들이었다. 그런데 대역죄인의 여식이었던 신분을 벗어나 중전이 되어 있는 지금, 하고 싶은 말을 다 할 수가 없다. 할 말 못 할 말 가리느라 정작 진짜 하고픈 말들은 도무지 입밖으로 소리가 되어 나오려 하지 않았다.

"과인에게 할 말이 더 남아 있소?"

그가 조금은 풀어진 얼굴로 내게 묻는다. 하지만 난 또다시 하고 싶은 말을 하지 못했다.

"아무것도…… 아니옵니다."

환은 그대로 힘없이 고개를 숙이는 나를 물끄러미 바라보다가 그대로 자리를 떠났다. 그리고 난 깨달았다. 예전과 다른 점. 그것은 마음이 가는 대로 행동하지 못하고, 마음이 가는 대로 말하지 못한다는 것이었다.

그는 사실 대비께 화난 것이 아니라 나에게 화가 난 것이 아닐까?

사신 연회의
소동

해질 무렵 한양 돈의문(敦義門, 서대문) 방향으로 세워진 영은문에 많은 사람들이 모여들었다. 몇 년 만에 오는 외국 사신 행차에 도성 곳곳에 재미거리가 널려 있었지만, 특히 사신이 머무는 모화관 앞 영은문 주변이 가장 성행했다. 영은문으로 이어지는 큰 길에는 청국식 연등이 줄지어 걸렸다. 조선과 달리 모두 붉은색의 연등이었다. 여기에 홍제원을 출발한 사신 일행이 영은문 쪽에서도 보이기 시작하자 하늘에서는 다섯 가지 복을 상징하는 색을 담은 색종이가 나부꼈다. 이번 청국 사신은 나를 새 중전으로 봉하는 책봉서를 가지고 오는 것이다. 그러나 지금껏 주기적으로 오갔던 사신들은 모두 대왕대비가 맞이했다. 이번 청국 사신은 환이 정권을 잡은 후 처음으로 맞는 사신이기도 했다. 그만큼 중요한 행사가 될 터였다.

"와요! 옵니다!"

언덕 위에서 말을 탄 청국 병사의 모습이 제일 먼저 보이자, 언덕 위에서 미리 대기하고 있던 조선군 병사가 깃발을 흔들었다. 그때까지 영은문 앞에서 앉아서 기다리던 홍재룡 대감이 일어섰다. 그는 줄지어 언덕을 내려오는 청국 사신 일행을 쳐다보다가, 내가 있는 쪽으로 잠시 고개를 돌렸다. 난 영은문 옆에 설치된 정사각형의 가림막 안에 진선과 함께 앉아 있었다.

가림막은 은은한 하늘색이라, 안에서도 밖을 내다보는 것이 용이했다. 이런 가림막은 왕의 행차나 국가적인 행사가 있을 때, 사대부 여인들이 밖에서 삼삼오오 모여 구경하기 위한 용도로 설치되는 것이었다. 오늘 나는 평범한 사대부 여인의 옷차림을 하고 있었다. 홍재룡 대감은 비록 내가 미복 차림을 하고 있다 해도 중전인 만큼 가림막 안에 있어야 한다고 못을 박았다. 그뿐만 아니라 가림막 안에는 미복 차림의 별감 두 명을, 가림막 밖에는 네 명의 내금위군을 호위로 세웠다. 꽤나 불편한 외출이었지만 오랜만에 진선과 함께하게 된 나는 상당히 신이 나 있었다.

"헌데 중전마마, 옹주께서도 오신다고 하셨다면서요?"

줄지어 영은문을 통과하는 청국 병사들을 바라보던 진선이 내게 물었다. 그제야 나는 지금쯤 도착했어야 할 옹주가 도착하지 않았음을 깨달았다.

'혹시 무슨 일이 생긴 걸까?'

슬슬 옹주의 안부가 걱정되던 차였다.

"중전마마, 헌데 청국 사신은 어디에 계시나요?"

"행렬의 끝일 거야. 행렬도 곧 끝나갈 것 같은데…….

영은문 앞에 사신이 탄 가마가 도착하면 모습이 보일 것이다. 그러고 나면 마중 나온 홍재룡 대감과 사신이 간단한 인사를 주고받는 예식이 치러진다. 식이 끝난 이후에는 홍재룡 대감이 사신을 숙소인 모화관으로 안내하는 것으로 모든 일정이 끝난다.

"청국 사내들은 다 변발을 하지요? 사신도 변발을 할까요?"

"물론이지."

"그럼 청국 황제도 변발을 하나요?"

진선의 물음에 난 청국에 있는 황제를 떠올렸다. 그는 동포의 연인 혁사리를 빼앗아갔고, 우리를 혼인시키려고 했다. 이제 와서 하는 말이지만 그 일이 없었더라면 난 조선에서 중전의 자리에 오르지 못했을 것이다.

'이래서 인생은 한 치 앞도 내다보지 못한다는 것일까?'

"응. 황제도 변발을 해."

"낯설어서 그런가, 상투를 틀지 않은 모습이 신기하네요."

진선이 호기심 어린 눈빛을 반짝이며 행렬의 맨 끝을 주시했다. 그곳에는 화려한 청국식 가마가 오고 있었다. 그 안에는 책봉서를 가지고 오는 청국 사신이 타고 있을 터였다.

바로 그때였다.

"중전마마! 중전마마!"

사신 행차에 음악이 연주되는 터라 영은문 주변은 매우 시끄러웠다. 그러나 그 가운데에서도 나를 부르는 가녀린 소녀의 목소리를 또렷이 들을 수 있었다.

"중전마마!"

내 옆에 앉아 있던 진선뿐 아니라 가림막 안에 있던 별감들도 그 소리를 들었는지 좌우로 고개를 움직였다. 그사이 가림막 밖에 서 있던 내금위군이 소리를 내지른 소녀를 붙잡아 끌고 왔다. 난 주변을 살폈다. 다행히 영은문을 통과하는 사신 행차를 구경하는 백성들은 소녀의 외침을 헛소리로 치부했는지 별다른 관심을 두지 않고 있었다. 나는 손을 들어 그 소녀를 가림막 안으로 데려오게 했다. 내금위군에게 이끌려 가림막 안으로 들어온 소녀를 보고 나는 깜짝 놀랐다. 그녀는 내가 오래전 본 적이 있는 얼굴이기 때문이었다. 바로 영온옹주 사저의 하녀였다.

"검을 치워라."

하녀가 들어오자마자 그녀의 목에 검을 겨누었던 별감을 향해 내가 명을 내렸다. 별감이 검을 치우고 꿇어앉힌 소녀를 강제로 일으켜 세워 붙잡았다. 소녀는 의자에 앉아 있는 나를 보고 놀란 눈을 떴다.

"중전…… 마마?"

난 고개를 한 번 끄덕인 후 입을 열었다.

"넌 분명 옹주의 하인이렷다."

"그러하옵니다."

옹주에게 설명을 들었겠지만, 오래전 옹주의 집을 손님으로 방문했던 내가 중전이 되어 나타나자 하녀는 조금 당황한 얼굴이다.

"옹주는 어디에 계시느냐? 어찌 큰 소리로 나를 찾았느냔
말이다."

"그것이……."

하녀가 무언가 설명하려는 순간, 가림막 바깥이 소란스러워
졌다. 영은문 안으로 들어오던 사신 행렬이 갑자기 멈췄다. 이
상황에서 홍재룡 대감도 놀란 얼굴로 사신 행렬을 비집고 영
은문 밖으로 빠르게 걸어가기 시작했다. 이 광경을 보던 나는
다시 하녀를 돌아보았다. 그때 내 눈에 하녀의 얼굴에 일어난
푸른 멍 자국이 보였다.

"혹시 부마의 짓이냐?"

내 말에 하녀가 눈물을 뚝뚝 흘리며 대답했다.

"예, 그러하옵니다. 부마께서, 부마께서 전하의 윤허로 옹주
께서 중전마마를 뵈러 나가신다 하였는데도 믿지 아니하시더
니……."

나는 의자에서 벌떡 일어서며 하녀를 다그쳤다.

"옹주께서 지금 어디에 계시냐? 어디에 계시느냔 말이다!"

하녀가 입을 뻐끔거리며 무언가를 말하려 할 때였다.

"아악! 아아악!"

사내의 무겁고 고통스러운 비명소리가 영은문 주변에 울려
퍼지며 악공들의 음악소리도 멎었다. 나는 그 소리가 부마의
목소리라는 것을 알고는 가림막을 치우고 밖으로 나갔다. 그러
자 가림막 밖에 서 있던 내금위군이 나서서 내 앞길을 막았다.

"형판대감의 허락 없이는 가림막 밖을 나서서는 아니 되시옵니다."

"비켜라. 옹주의 일이다."

내가 단호하게 나서자 내금위군도 더 이상 나를 막지 못했다. 난 곧바로 소리가 나는 방향을 향해 뛰어가기 시작했다. 나를 따라 미복 차림의 별감들과 내금위군도 뒤따랐다.

그리고 보았다. 청국 관리의 옷차림을 한 사내가 부마의 한쪽 팔을 가볍게 뒤로 꺾어 비틀고 있는 모습을 말이다. 그 옆에서 홍재룡 대감이 어쩔 줄을 몰라 했다.

그리고 청국 관리의 다른 쪽 팔에는 쓰러져 정신을 잃은 듯 보이는 옹주가 안겨 있었다.

"옹주!"

나는 옹주를 부르며 청국 관리가 있는 곳으로 뛰어갔다. 그리고 청국 관리의 단단한 팔 안에서 옹주를 두 팔로 끌어안으며 소리쳤다.

"놔줘요!"

내가 외치는 청국 말에 관리가 당황한 듯 옹주를 끌어안고 있는 팔의 힘을 풀었다. 옹주는 힘없이 내 품으로 쓰러졌다.

"옹주님! 옹주님, 정신 차리세요!"

"으…… 으으."

옹주의 머리는 쥐어뜯긴 듯 풀어헤쳐져 있었다. 겉으로 보기에는 멀쩡했지만, 부마에게 얼마나 맞았는지 몸 상태는 상당히 나빠 보였다. 곧 옹주의 하녀가 다가와 내 손에 있는 옹주를 부축해 안았다. 그제야 어느 정도 사태를 파악한 나는 청국 사신과 옹주의 부마가 있는 쪽을 돌아보며 소리쳤다.

"이 일이 대체 어떻게 된……!"

그러나 나는 차마 말을 잊지 못했다. 청국 사신은 한 눈에 보더라도, 아니 10년이 지나도 알아볼 수 있는 얼굴을 하고 있었다. 나는 놀란 입을 다물지 못했다.

"도…… 동포?"

그도 나를 알아보고는 놀란 눈으로 입을 열었다.

"하나? 하나야!"

산해관에서 헤어진 후 꿈에서나 볼 수 있었던 그리운 얼굴이었다. 나 때문에 감옥에 갇혔다는 말을 듣고서도 구해줄 수 없다는 사실에 얼마나 마음 아파했었는지……. 오직 그가 무사히 풀려나기만을 바랐었다. 그런데 지금 그가 청국 관리가 되어 조선에 나타난 것이었다.

"정말…… 동포야? 동포 맞아?"

나는 청국 말로 동포에게 계속 되물었다. 그러자 익숙한 미소가 그의 입가에 지어졌다.

"아직도 모르겠어? 공주님. 나야, 이동포. 동포라고."

동포는 꺾은 채로 잡고 있던 부마의 팔을 내치더니, 두 손을 내밀어 나를 잡아 일으켜 세웠다.

"무사했구나!"

나는 눈물을 쏟아내며 두 팔로 그를 끌어안았다. 그 역시 단단한 두 팔로 나를 꽉 끌어안았다. 정말 동포였다! 익숙한 향기와 익숙한 느낌! 평생에 둘도 없는 나의 하나뿐인 친구, 바로 동포였다.

* * *

"넌? 잘 지냈어? 문현은? 문현은 만난 거야? 옷차림이 청국에 있을 때보다도 더 좋은데? 잘 지내는 거 맞는 거야? 근데…… 머리가 왜 이래?"

동포가 머리를 틀어 올려 비녀를 꽂은 내 머리 모양을 보고 조금 당황한 표정을 지었다. 그도 그럴 것이 나는 혼인한 부인의 모습을 하고 있었으니까 말이다.

"그게…… 나 혼인했어, 동포야."

어차피 숨긴다고 숨겨질 사실도 아니었다. 그리고 역시나…… 내 말에 동포는 상당히 충격을 받은 얼굴로 한동안 말을 잊지 못했다.

"혼인? 언제? 그래서 연락이 없었던 거야?"

더 이상 나를 끌어안지는 않았지만, 그 누구보다도 가까운 곳에 서서 내 손을 잡은 동포가 놀란 얼굴로 묻고 있었다. 난 주변의 시선이 슬슬 신경 쓰이기 시작했다.

위기에 빠졌다는 소식 이후 다시 만난 동포이기에 반가움이 컸다. 하지만 지금 이 상황, 청국 말을 유창하게 떠드는 사대부 부인과 그녀를 끌어안은 채 손을 붙잡고 있는 청국 사신의 모습은 누가 보더라도 이상한 상황이었다.

"여기서 이러면 안 될 것 같아."

동포도 뒤늦게 상황을 깨달았는지 고개를 끄덕이며 말했다.

"그래! 그럼 내 숙소로 가자. 이 근방이라고 들었어. 거기 가서 내가 널 못 본 사이에 있었던 일을 죄다 들어야겠어!"

여전히 나를 만난 반가움을 숨기지 못하는 동포가 흥분한 채로 내 팔을 잡아끌었다. 그리고 멀지 않은 곳에 서서 멀뚱멀뚱 우리들을 바라보고 있는 병사에게 소리쳤다.

"숙소가 어디지?"

"그, 그게……."

그는 다시 옆에 있는 역관에게 물었다.

"당장 이대인께서 머무르실 숙소가 어디인지 알아보거라!"

"예!"

청국 통역관이 조선인 통역관을 쳐다보며 조선 말로 입을 열었다.

"사신께서 머무실 숙소가 어디오?"

이 상황을 지켜보던 동포와 내가 웃음을 터뜨렸다. 결국 동포가 어쩔 수 없다는 얼굴로 스스로 직접 조선 말로 입을 열었다.

"당장 내 숙소로 가야겠소. 그곳이 어디오?"

청국 사신의 입에서 나온 능숙한 조선 말에 주변에 있는 모두가 다 놀란 표정을 지었다. 모두들 그가 조선인이라는 사실을 모르고 있었다. 난 일부러 동포가 사람들을 놀라게 하기 위해 조선 말로 유창하게 말했다는 것을 알고 소리 내어 웃었다. 그러다 어느 순간, 놀란 백성들 사이에 날 바라보고 있는 싸늘한 시선의 사내와 눈을 마주쳤다.

'전하?'

그는 바로 이환이었다. 그런데 나를 바라보는 그의 표정이 전혀 밝지 않았다. 그리고 난 여전히 동포와 손을 잡고 서 있었다. 그제야 난 내 실수를 깨달았다. 오랜만에 무사히 돌아온 동포와 만났다는 사실에 기뻐, 조선에서 조심했어야 할 행동을 잊어버렸다는 것을 알게 된 것이다. 난 뒤늦게 동포를 잡은 손을 놓았지만, 환은 이미 싸늘한 표정으로 돌아서 어디론가 걸어가기 시작했다.

"하나야, 여기서 멀지 않대. 거기 가서……."

내 시선이 머무는 곳에 동포의 시선도 자연히 따라왔다.

"아는 사내야?"

난 멀어지는 환을 바라보며 동포에게 대답했다.

"내 서방님이야."

그제야 동포도 한 손으로 자신의 입을 살짝 가렸다가 내렸다. 우리가 한 실수가 무엇인지 단단히 깨달은 모양이었다. 동포가 무거운 침을 삼키며 내게 말했다.

"내가 지금 널 보내줘야 하는 거 맞지?"

난 멀어지는 환에게서 잠시 눈을 떼고 동포를 향해 말했다.

"미안해."

동포가 굳게 입을 다문 채 길게 숨을 내셨다. 다시 입을 연 그가 힘 빠진 목소리로 내게 말했다.

"어쩔 수 없지. 난 사신 숙소에서 머물 거야. 내일은 조선의 국왕전하를 뵈어야 하니, 그다음 날부터는 널 만날 수 있을 거야. 그러니 언제든지 찾아와. 기다리고 있을게."

"미안해. 정말 미안해, 동포야."

동포는 부모님이 돌아가신 이후 세상 누구보다 가장 가까웠던 친구였다. 이런 동포보다도 더 먼저이고 우선이 될 사람이 생길 것이라고는 산해관에서 동포와 헤어질 때까지만 해도 결코 상상하지 못했다. 난 쓰러진 영온옹주를 끌어안고 있는 하녀를 향해 말했다.

"어서 옹주님을 의원에게 보이거라."

"예!"

하녀가 손짓하며 사람을 불렀다. 그러나 정신을 차린 옹주는 스스로 일어나겠다며 하녀의 손을 붙잡고 간신히 일어섰다. 하지만 곧 제대로 몸을 가누지 못하고 비틀거렸다. 그런 옹주의 손을 동포가 붙잡았다. 당황한 옹주가 동포의 손에 붙잡힌 자신의 손을 서둘러 빼내며 얼굴을 붉혔다. 그러자 동포가 자신의 입술을 잘근잘근 깨물며 중얼거렸다.

"이쪽도 실수인가……."

* * *

"전하!"

사람이 드문 한적한 곳에서 말 위에 올라타던 환을 향해 내가 소리쳤다. 환의 주위로 이미 말을 탄 내관과 내금위군이 나를 발견하고 환의 눈치를 살폈다. 환의 명으로 이곳에서 대기하고 있었던 그들은 조금 전 일어난 일들에 대해서 전혀 모르는 표정이었다. 그저 그들은 환이 그에게 다가가는 나를 보고도 외면한 채, 당장이라도 말을 타고 달려갈 것처럼 말고삐를 움켜잡는 것만 보았을 뿐이었다.

"전하! 잠시만요!"

환은 말의 자연스러운 움직임을 따라 원 모양으로 한 바퀴 돌고는 말고삐를 강하게 붙들었다. 그제야 말의 움직임이 완전히 멎었다. 난 그가 떠나지 않는 것을 보고 안심했다.

"전하, 할 말이 있어요. 신첩의 말을 들어주세요."

환은 아무 말도 하지 않았고, 눈치 빠른 내관이 내금위군과 말을 타고 자리를 떠났다. 그 뒤에도 환은 말 위에서 내려오지 않았다. 나는 서서 말 위에 탄 그를 바라보며 다시 한 번 간청하듯 입을 열었다.

"신첩의 말을……!"

그때 그가 내게로 한 손을 내밀었다.

"타시오."

놀란 눈으로 그의 얼굴을 바라보았다. 그는 여전히 화가 난 듯한 차가운 얼굴로 나를 가만히 내려다보고 있었다. 잠시 망설이다가 그가 내미는 손을 잡았다. 잡은 손에서 느껴지는 건 따뜻한 온기였다. 차가워진 그의 얼굴과 전혀 다른 온기. 그 온기를 느끼고 나서야 나는 조금 안심할 수 있었다. 나는 그의 뒤에 올라탔다. 자연히 내 두 손은 그의 단단한 허리에 머물렀다. 마음 같아서는 꽉 끌어안고 싶었다. 하지만 지금은 그의 기분이 어떤지 알 수가 없다. 이런 상황에서 괜히 그의 허리를 힘주어 잡았다가 그의 기분만 나빠질까 봐 그럴 수 없었다.

"이럇."

다행히 그는 말을 느리게 몰았다. 곧장 돈의문으로 향했는데, 그곳의 대문은 활짝 열려 있었으나 경비하는 병사들은 우리를 막지 않았다. 왕보다 먼저 움직인 내관이 미리 길을 열어놓았다고 짐작할 뿐이었다. 돈의문을 지나면 바로 경희궁으로 이어지는 대로가 나타난다. 청국 사신 맞이로 인해 경희궁으로 가는 대로에는 청국식 붉은 연등이 줄지어 걸려 있었다. 밤이라 지나다니는 사람이 거의 없었고, 그의 뒤편에 앉아서인지 간간히 지나다니는 사람들의 시선도 피할 수 있었다. 환은 경희궁을 지나 육조 거리 쪽으로 말을 몰았다. 그때까지도 그는 아무 말도 하지 않았는데, 내가 먼저 간신히 용기를 내어 입을 열었다.

"어린 시절 친구예요. 약현골에서 함께 자랐어요. 10년 전 부모님이 돌아가셨을 때 함께 청국으로 가서……."

"그래서?"

난 내 귀를 의심했다. 환의 입에서 나온 말은 분명 청국 말이었기 때문이었다.

"청국 말을 할 줄 아세요?"

말을 몰며 앞만 보고 가는 환의 입에서 짧은 실소가 터져 나왔다. 그가 청국 말로 다시 입을 열었다.

"청국 사신이라면 사신답게 모화관으로 먼저 가는 것이 순서이고, 과인을 만나기 전까지는 모화관 내에서만 머무는 것이 방문한 조선국에 대한 예의요."

청국 사람이 말하는 것처럼 들리진 않지만 또렷한 발음이었다. 그 발음에도 차갑게 식어버린 그의 감정이 담겨 있는 것 같아서 절로 내 목소리가 작아졌다.

"화나셨어요?"

"화?"

되묻는 그의 말에 짧은 웃음이 담긴다. 절대 기분 좋아서 내는 웃음소리가 아니었다. 기가 막혀 나오는 웃음소리에 가깝게 들렸다.

"네. 신첩에게요……."

"화라…… 그렇소. 과인은 화가 났소. 과인 스스로에게."

"전하?"

환이 길게 한숨을 내쉬며 말했다.

"그대와 사신이 주고받는 대화는 다 알아들었소. 두 사람이 무슨 사이인지도 짐작할 수 있었지. 단지 과인이 화가 난 것은…… 과인이 모르던 시기의 중전의 모습을 알고 있는 그 사신에게 질투가 난 과인이 싫었을 뿐이오. 그래서 화가 났소."

"그럼 신첩도 화가 나요!"

내 외침에 그가 말을 잠시 멈추고 나를 돌아보았다. 아주 가까운 거리에서 그의 얼굴과 마주한 나는 부끄러움에 고개를 천천히 숙이며 말을 이어나갔다.

"신첩도 신첩이 모르던 시기의 전하를 알고 싶은걸요. 말로 전해 듣는다고 해서, 그때의 전하를 모두 알 순 없겠지만요."

"……."

어린 내 앞에서 부모님이 처형당해 죽는 끔찍했던 순간이 있었다. 친척들에게 버려져 목숨을 걸고 한겨울에 압록강을 넘어야 했던 순간도 있었다. 청국에서 슬프고 기뻤던 하루하루도 있었다. 난 이 모든 이야기를 환에게 들려줄 수 있다.

마찬가지로 그에게도 나와 같은 시기에 순간순간이 있었다. 어머니를 지키기 위해 어린 그는 백성을 처형하라는 명을 내렸다. 그 일은 아주 오랫동안 그의 마음속에 깊은 상처와 아픔으로 남았다. 그는 자수정 안경을 쓰고 백화당 안에 틀어박혀 세상과 멀어져갔다.

그의 몸은 백화당에 있었으며 그의 세상은 오로지 자수정 안경을 통해서만 볼 수 있었다. 소녀에서 여인이 되어 그의 앞에 나타난 누군가를 만나기 전까지…… 환은 대답 대신 다시 앞으로 고개를 돌렸다. 그는 광화문 쪽을 향해 천천히 말을 몰았다. 나는 그런 그의 뒷모습을 말없이 바라보다가 얼굴을 기댔다.

우리는 서로의 과거에 대해, 상처에 대해 깊게 이야기를 나눈 적은 없다. 그러나 그 누구보다도 서로에게 있었던 일에 대해 공감한다. 그래서인지 나는 상처는 꼭 나누어야만 치유될 수 있다고 생각진 않는다.

말을 몰던 그가 한 손을 고삐에서 떼어 옆으로 내렸다. 난 슬그머니 웃으며 그가 내민 손을 깍지를 껴 힘껏 잡았다. 그러자 내 마음 안에 잔잔한 평안이 찾아왔다.

***

환은 광화문 앞에서 말을 멈춰 세웠다. 먼저 말에서 내린 그는 내가 내려오는 것을 도왔다. 그는 말을 광화문 앞에 그대로 둔 채 광화문을 지나 경복궁 안으로 들어섰다. 왜란 이후 불타 버린 경복궁은 수백 년째 재건되지 못했다. 때문에 경복궁은 여전히 폐허로 남아 있었다. 환은 돌무더기만 남아 있는 궁 안을 묵묵히 걸었다. 어찌 보면 허허벌판과도 다름없는 그곳에서 빛이라곤 달빛과 별빛뿐이었다. 사람의 움직임을 전혀 찾아볼 수 없는 고요한 궁 안.

환은 커다란 인공 연못 앞에서 걸음을 멈췄다. 연못 오른편에는 연못 한가운데 자리한 공터로 연결되는 넓고 하얀 돌다리가 놓여 있었다. 돌다리는 달빛을 만나 구름 빛의 길을 만들었다.

다리를 지나자 건물이 들어선 흔적이 있는 커다란 터가 나타났다. 아마도 이곳에 연못이 있으니 연못에 걸맞은 커다란 정자가 있었을 것이라고 추측했다. 그때, 환이 물가 가까운 곳으로 다가가 자리를 잡고 앉는 것이 내 눈에 들어왔다. 나도 그의 곁으로 가서 나란히 앉았다. 고요한 침묵만이 흐르는 가운데, 나는 이 세상에 오로지 우리 두 사람만 남겨진 듯한 기

174

분에 사로잡혔다. 그리고 이 같은 기분이라면 중전이 된 이후로 그에게 단 한 번도 꺼내지 못했던 마음속 진심을 속 시원히 털어놓을 수 있을 것 같았다.

달도 고요히 경복궁 연못 속에 잠긴 밤이었다. 연못 주변으로 가득한 능수버들이 밤바람에 살랑이며 몽환적인 분위기를 만들어냈다. 덕분에 나는 우리 두 사람이 마치 신선세계에 온 것만 같은 착각에 빠져들었다.

"청국 말은 언제 배우셨어요?"

고요한 침묵을 깨고 내가 먼저 입을 열었다. 연못에 잠긴 달을 응시하던 환이 슬쩍 나를 돌아보며 답했다.

"도승지 김문현에게 배웠소. 검을 배울 적에 청국 말도 함께 배웠지."

"그럼 들으셨겠네요, 그때."

혹시나 하는 마음에 슬그머니 꺼내보았는데, 그는 단번에 내가 무슨 말을 하는지 알아차렸다.

"이양인에게 과인을 만나면 반드시 죽이겠다고 한 일을 말이오?"

지난 일에 부끄러움이 밀려와 내 얼굴을 뜨겁게 달궜다.

"지금은 그때와 달라요. 그땐 전하를 몰랐으니까요."

"과인도 그랬소. 허나 그 당시 과인은 이미 중전에게 마음이 끌리고 있었지. 그런 중전이 과인을 만나면 죽이겠다고 하는 말을 들었으니……."

"지금은 아니에요! 절대로요!"

"알고 있소."

흥분하는 나를 보며 그가 피식 웃음을 터트린다.

'다행이다.'

그의 기분이 많이 풀린 것 같아 마음이 놓였다. 나는 다시 연못으로 시선을 돌렸다. 그리고 한 손으로 연못에 은은하게 퍼져 있는 달빛을 휘저어 작은 파동을 만들었다. 이런 나의 행동을 그가 미소를 지으며 바라보았다.

그러던 어느 순간이었다. 물에 반쯤 잠긴 내 손 위로 그의 손이 올라와 살며시 움켜쥐었다. 영문을 모르는 나는 고개를 돌려 내 옆에 앉은 그를 똑바로 바라보았다. 방금 전까지도 미소를 지니고 있던 그의 얼굴에서 어느덧 미소가 사라져 있었다.

"전하?"

그러자 환은 잡은 내 손을 들어올리더니 손등에 살며시 입을 맞췄다. 짧지만 강렬하고 짜릿한 느낌이 손등에서 시작되어 내 가슴에 닿았을 때였다. 그때까지도 내 눈에서 시선을 떼지 않고 있던 그의 입이 열렸다.

"중전. 궐로 돌아가면 과인은 오늘 밤 그대를 안을 것이오."

이렇게 말하는 그의 그림자가 연못 위에서 물 흐르듯 흔들렸다. 그 흔들림은 나의 마음속까지 전해져 강하게 뒤흔들고 있었다.

"대비마마께서……."

"그 이야기라면 더는 듣지 않겠소."

환이 단호하게 내 말을 끊었다.

"하지만……."

"대체 그대답지 않게 어찌 그러는 것이오, 중전!"

'나답지 않다고? 무엇이?'

왠지 모를 속상함에 가슴이 울컥한다.

"과인이 보기에 그대는, 그대는……."

그는 무언가 말을 내뱉기 전, 그 말이 내게 상처가 될지도 모른다고 생각했는지 잠시 머뭇거렸다. 하지만 더 이상 미룰 수도 없었기에 끝내 입을 열었다.

"중전이 된 이후로 변했소. 과인은 궁궐법도에 사로잡힌 여인을 중전의 자리에, 과인의 곁에 둔 것이 아니란 말이오. 과인은……! 그대를 택했소. 하나, 과인의 곁에, 과인의 마음속에 일평생 함께할 유일한 여인의 자리에 그대를 두었단 말이오."

그의 호소력 짙은 말에 나는 무어라 대답해야 할지 몰랐다. 나는 자리에서 일어나 그에게 돌아섰다.

"너무 늦었어요. 궐로…… 돌아가야 해요, 전하."

"하나."

몸을 일으킨 그가 내 등 뒤에 대고 나를 불렀다. 나는 걸음을 멈췄다. 그러나 돌아서서 환을 볼 용기가 나지 않았다. 하고 싶은 말이 목구멍까지 올라왔지만 소리가 되어 나오지 않았다. 바로 그 순간이었다.

"하나, 그대는 왕실 어른들의 말은 들으면서, 어찌 지아비의 말에는 귀를 기울이지 않으시오?"

'그게 아닌데, 그게 아닌데…….'

난 그에게 돌아서며 왈칵 울음을 터트렸다.

"당신을 위해서요. 모두 당신을 위해서였다고요! 당신을 위하는 일이라면 대비마마의 말씀을 하늘처럼 따를 거예요. 전그렇게 결심했어요."

"날 위하는 일? 무엇이 말이오?"

'정녕 모르는 것일까?'

그는 울음을 터트린 나를 보며 당황한 얼굴로 묻고 있었다. 난 두 눈을 질끈 감았다. 캄캄한 어둠이 눈앞을 뒤덮으며, 떠올리고 싶지 않은 날의 기억이 새록새록 되살아났다. 나는 다시눈을 뜨고 환을 바라보았다. 그리고 눈물이 범벅된 얼굴로 그를 향해 입을 열었다.

"그때 그 밤처럼, 당신이 위험에 빠지는 건 다시는 못 봐요."

삼간택이 있었던 날 밤. 그는 임금임에도, 이 나라의 지존임에도 백화당 앞에서 홀로 싸우고 있었다. 바로 자신을 해하려는 자신의 병사들에게 둘러싸여서……

난 똑똑히 기억했다. 그를 찾아 빛도 스며들지 않던 후원의숲 속을 헤매던 순간을 말이다. 그때 가장 두려웠던 것은 어둠이 아니었다. 그 어둠 끝에서 그의 죽음을 보게 되는 것이 아닐까 두려웠다. 난 침착했지만, 언제라도 무너지고 바스러질 마음을 안고 그렇게 후원을 헤매고 있었던 것이다.

"다시는…… 당신을 잃을 것 같은 두려움을 겪고 싶지 않다고요."

눈물이 끊임없이 내 얼굴을 타고 흐른다.

"그러기 위해서 한 달에 한 번만 전하를 뵈어야 한다면, 좋아요. 당신이 싫어해도, 당신이 원치 않아도 난…… 난, 당신을 위하는 일이라면 그 누구의 말에도 귀를 기울일 거예요. 당신을 보지 못하고 단지 그리워하며 지내야만 하더라도 난……!"

내 말이 끝나기도 전이었다. 그가 내 앞으로 빠르게 다가오더니, 내 왼쪽 손목을 잡아 자신의 몸으로 바짝 끌어당겼다. 울고 있던 나는 힘없이 그의 품으로 끌려갔다. 바로 그 순간, 그의 뜨거운 입술이 내 입술에 닿으며 내 울음에 찬 숨을 모두 삼켜버렸다. 그가 거칠게 내뱉는 뜨거운 숨이 내 얼굴을 덮었다. 동시에 숨을 내쉴 수 없었던 나는 그를 밀어내려 했다. 하지만 그는 두 팔로 더욱 강하게 나를 끌어안았다.

'아아…….'

나는 그의 품을 벗어날 수 없다는 걸 알아차리고는 단념했다. 스르륵 눈이 감겼다. 몸에서 모든 힘을 놓아버린 채, 그의 숨결에 내 몸을 내맡겼다. 그제야 모든 것이 자유로워지는 느낌이었다. 잠시 후, 그의 뜨거운 입술이 떠나자 나는 감았던 눈을 떴다. 나의 두 눈 앞에, 그의 두 눈이 나를 또렷이 응시하고 있었다.

환이 입을 열었다.

"과인을 위해 안 보겠다고 하는 것, 이젠 과인이 허락 못 하오. 그것이…… 과인의 숨통을 가장 고통스럽게 죄고 있는 것이니."

그러더니 그가 두 팔로 나를 번쩍 안아들었다.

"전하……!"

놀란 나의 두 눈을 쳐다보며 그가 시원한 눈웃음을 지었다.

"무엇보다 오늘 밤, 그대는 결단코 과인의 곁을 떠나지 못할 것이오."

* * *

한밤중 환이 나를 안고 창덕궁으로 돌아오자 나인들은 모두 아연실색했다. 그들은 내가 크게 다쳤거나 아파서 환이 나를 안은 채 나타난 것이라고 여긴 모양이었다. 특히 대조전 나인들은 의원을 불러야 한다며 한차례 소동을 일으켰다.

"중전은 아픈 것이 아니다."

나를 안고서 대조전에 나타난 환이 분명한 어조로 말했다. 그러나 그 말을 곧이곧대로 듣는 이들은 아무도 없었다. 대조전 강상궁은 내관을 앞세워 나를 환의 품에서 떼어놓으려 했다.

"중전마마는 저희들이 모시겠나이다."

환은 강상궁을 뿌리치며 나를 안은 채로 대조전의 침전으로 들어갔다. 이미 침전에는 나를 위한 이부자리가 마련되어 있었다. 그리고 당연하게도 베개는 한 개뿐이었다. 환은 베개가 하나뿐인 이부자리를 물끄러미 내려다보며 움직이지 않았다.

"전하, 그만 내려주셔도 돼요."

그러나 환은 여전히 나를 내려놓지 않았다. 그는 짧은 헛기침을 하며 강상궁을 불렀다.

"강상궁."

"예, 전하."

강상궁은 우리 두 사람을 따라 침전 안으로 들어오며 고개를 숙였다.

"오늘 과인은 대조전에서 중전과 함께 머물 것이다. 그러니 모두 물러가거라."

"예?"

환의 말에 나도 모르게 얼굴이 붉어졌다. 그러나 강상궁과 그녀의 뒤를 따라 들어온 대조전의 나인들은 상황을 파악하지 못한 얼굴이었다. 적어도 공식적으로 왕과 왕비의 합방은 5년 후로 미뤄진 상황이었으니 더욱 그러했다.

그러나 벌게진 내 얼굴을 본 강상궁은 무슨 일이 일어난 것인지 깨달은 모양이었다.

"중전마마와의 합방이시라면 아직은 불가하옵니다. 전하."

역시나 예상했던 답변이 강상궁에게서 돌아왔다. 그러자 환은 나를 안은 채로 강상궁을 돌아보며 화난 목소리로 말했다.

"별감들을 불러 끌어내야만 나갈 것이냐!"

강상궁이 움찔하며 몸을 뒤로 뺐다. 그 순간 나는 환의 가슴에 살짝 손을 올렸다. 나 역시 그가 정말 화가 났다고 생각했다. 그러나 내 손길을 느낀 그가 고개를 돌려 나를 바라보았을 때 그의 화가 거짓이라는 걸 알았다. 그가 장난스러운 미소를 지어 보인 것이다. 지금 환은 진짜로 화를 내는 것이 아니라, 단호하게 나오는 강상궁을 내쫓기 위해 일부러 화난 척 연기를 하고 있었다. 그러나 궐 안에서 잔뼈가 오래 굵은 강상궁 또한 만만찮았다.

"중전마마와의 합방은 우선 내명부 웃전의 허락이 있으셔야 하옵니다. 그 후에는 길일을 택해 날을 잡아야 하옵고, 그 다음에는 승정원에 알려……."

"밖에 내관 없느냐?"

환이 강상궁의 말을 자르며 내관을 찾았다. 곧 밖에서 대조전 내관이 뛰어 들어와 머리를 조아렸다.

"예, 전하. 부르셨나이까."

"너는 지금 가서 승정원 당직에게 오늘 밤 과인이 중전과 합방한다 전하여라."

"예? 그, 그것이……."

환의 명에 내관은 바로 움직이지 못하고 가만히 서서 말끝만 흐렸다. 아무래도 대조전 나인들의 우두머리가 강상궁이다 보니 내관은 왕의 눈치와 강상궁의 눈치를 동시에 보고 있었다. 그러나 이 싸움에서 져야 하는 사람은 이미 정해져 있다. 강상궁이 깊은 한숨을 내쉬며 내관을 향해 물었다.

"오늘 승정원 당직이 누구신가?"

"소인이 알기로는 도승지 김문현 영감인 줄 압니다만."

내관의 입에서 문현 오라버니의 이름이 나오자 순간 내 몸이 움찔했다. 그도 내 움찔함을 느꼈는지 자신의 품에 안긴 나를 내려다보았다. 그의 눈빛이 무언가를 생각하는 것 같았다.

아무래도 환에게는 내가 한때는 문헌 오라버니의 아끼는 사촌 누이였다는 사실을 떠올리지 않을 수 없을 것이다.

"전하의 뜻대로 승정원에 가서 전하시게."

강상궁의 말을 들은 내관이 서둘러 밖으로 사라졌다. 그 뒤에야 강상궁은 환을 돌아보며 조심스레 물었다.

"전하. 예를 모두 갖출 수 없다 하여도 합방이옵니다. 합방 전에 갖추어야 할 것이 많사오니, 그 전에 의관부터 갈아입으시지요."

그제야 환이 나와 자신의 옷차림을 살폈다. 여전히 우린 궐 밖을 나가기 위한 미복 차림을 하고 있었다. 왕손으로 궐에서 태어나 궐 안에서 자란 환이었다. 그는 태어나면서부터 지금까지 모든 의관을 입고 벗을 때마다 나인들의 도움을 받았을 것이다. 청국에서 공주로 자라던 시절의 나도 마찬가지였다. 귀한 혈통의 아가씨가 홀로 의관을 갈아입는다는 것은 예법에 맞지 않았다.

하지만 한 번의 예외가 있었다. 환은 기억하지 못하겠지만, 내가 기억하고 있는 한 가지 예외가. 환이 딱히 반박할 거리를 찾지 못했는지 순순히 나를 내려놓았을 때였다. 나는 강상궁을 향해 용기 내어 말했다.

"도움은 필요 없네. 전하의 의관은 내가 도울 것이니."

중전이 된 이후 처음으로, 해서는 안 될 말을 지금 내뱉었다. 나 역시 언제나 강상궁이 가르치는 궁중법도를 지키려 노력해 왔지, 단 한 번도 그것에 도전하려 한 적은 없었다.

오로지 이환, 그 한 사람을 위해서 그렇게 하는 것이 옳다고 여겨왔고 믿어왔다.

"하오나 중전마마. 중전마마께서는 여염집 여인들과는 다르시옵니다!"

강상궁이 나의 말을 바로잡으려 뒤늦게 수습에 나섰지만, 그녀가 모르는 사실이 하나 있었다. 나 역시 고집이 만만찮은 여인이라는 것을.

"허나 나는 중전이기 전에 전하의 아내이지 않은가."

강상궁의 입이 떡하니 벌어졌다. 그리고 한 번 벌어진 그녀의 입은 쉽사리 닫힐 것처럼 보이지 않았다. 그러나 반대로 나를 내려다보는 환의 입가에는 미소가 번졌다.

나의 결심에 환도 지지를 보내려는지 입을 열었다.

"강상궁."

"예, 전하."

"오늘 밤 이곳 침전에 그림자 하나라도 얼씬거리는 것이 보인다면, 과인은 자네를 엄히 문초할 것이니 그리 알게."

강상궁이 무거운 얼굴로 고개를 푹 숙이더니 조용히 뒷걸음치며 침전을 나갔다. 그녀를 따라 들어온 다른 나인들도 마찬가지였다. 침전에 있던 모든 이들이 물러가자 이제 완전히 우리 두 사람만 남게 되었다.

"풋."

그제야 환이 참았던 웃음을 터트렸다. 나도 그의 웃음에 맞추어 함께 소리 내어 웃었다. 한동안 우리 둘의 웃음소리가 침전 안을 가득 메웠다. 환이 엄포를 놓은 덕인지 침전 밖에서는 아무런 소리도 들리지 않았다. 그림자 하나 보이지 않았다. 뭐, 불을 꺼봐야 확실히 알 수 있겠지만 말이다.

난 간신히 웃음을 그치며 그의 허리끈 위에 손을 가져다 대었다.

"자, 이제 신첩이 전하의 의관을 갈아입으시는 것을 도와드릴게요."

"그러시지요. 부인."

그가 웃으며 두 팔을 활짝 벌렸다. 나는 천천히 그의 허리끈을 풀었다. 허리끈이 풀어지자 단정하던 그의 도포자락이 흐트러졌다. 그 덕에 나는 손쉽게 그의 도포를 벗겨냈다. 도포를 벗길 때까지는 그러지 않았는데, 그 안에 있는 저고리를 벗긴 다음 속적삼이 드러나자 내 손이 느려지기 시작했다. 그의 살빛이 비치는 속적삼의 옷고름을 잡은 채로 내 손은 더 이상 움직이지 않았다.

"응?"

환이 움직이지 않는 나를 쳐다보며 의아한 표정을 지었다.

"무슨 문제가 있소, 부인?"

'알면서……'

얼굴에서 장작 타는 소리가 나는 것만 같았다. 나는 잘 데워진 온돌방처럼 뜨끈뜨끈해진 얼굴을 겨우 들어올렸다. 하지만 두 눈은 환의 얼굴을 똑바로 쳐다볼 수가 없다. 갑자기 그가 속적삼 옷고름을 잡고 있는 내 손을 감싸 쥐었다. 나는 놀란 눈으로 그를 바라보았다. 그는 지긋이 웃고 있었다. 이윽고 내 손을 잡고 있는 그의 손이 천천히 움직이더니 자신의 옷고름을 풀도록 이끌어주었다.

점점…… 그의 손에 잡힌 내 손이 달궈지는 기분이다. 더 이상 그의 손에 내 손을 맡길 수 없었다. 이러다가 내 의지가 아닌 그의 의지로 모든 일이 흘러갈 것 같은 생각이 들어서였다. 마침내 그의 손에서 내 손을 빼냈다. 나는 그에게 당황스러워할 틈도 주지 않은 채 단숨에 그가 입고 있던 속적삼을 벗겨냈다. 어느새 맨몸이 되어버린 그의 상체가 눈앞에 드러났다. 검술로 다져진 단단한 그의 몸과 딱 벌어진 어깨는 완벽한 조화를 이루며 사내다운 모습을 보여주고 있었다. 넋을 잃고 바라보는 내게 그가 고개를 숙여왔다.

"중전, 아직 끝나지 않은 것 같소."

상체를 모두 벗었으니 다음 차례는……. 그의 말에 나도 모르게 시선이 점점 아래를 향했다. 뒤늦게 급히 고개를 돌린 나는 서둘러 대꾸했다.

"강상궁에게 전하의 야장의를 가져오라 해야겠어요."

그러자 그가 내 행동을 제지하려는 듯 손목을 움켜잡았다.

"오늘 밤 과인에게 야장의는 필요 없소."

나는 어렵사리 그와 눈을 맞추며 작은 목소리로 대답했다.

"그럼 신첩의 옷은 신첩이 벗어야 할까요? 아니면 나인을 불러 도우라 할까요?"

"그것은 과인의 즐거움을 위해 남겨둬야지."

"네?"

그의 말뜻을 바로 알아차리지 못해 고개를 갸웃거렸다. 그때 환이 나를 번쩍 안아들더니 이부자리로 데리고 가서 조심스레 눕혔다. 나는 나머지 옷을 벗고 이불 위로 올라오는 그의 두 눈을 잔뜩 굳은 얼굴로 쳐다보았다. 그는 서서히 내 몸 위에 올라오더니 한 손으로 나의 턱을 부드럽게 움켜잡으며 속삭였다.

"중전, 오늘 밤 과인은 그대와 하나가 될 것이오. 그것이 무슨 뜻인지 아시오?"

난 붉어진 얼굴로 고개를 가로저었다. 그런 나를 만족스러운 눈길로 내려다보며 환이 말을 이었다.

"아무런 실오라기 없이, 임금과 중전이라는 자리도 모두 내려놓은 채, 하나가 된다는 말이오."

"허면……."

"응?"

"동곶은 어찌하실 건가요?"

나는 그의 상투 위에 꽂힌 동곶(상투가 풀리지 않게 꽂는 물건)을 쳐다보며 말했다. 옥으로 만들어진 동곶은 사대부 중에서도 오직 임금만 착용할 수 있는 귀한 물건이었다. 내 말뜻을 알아차린 환이 나를 바라보며 고개를 한 번 까딱였다. 내 손으로 직접 동곶을 벗겨달라는 의미였다. 나는 이불 속에 감춰져 있던 한 손을 조심스레 꺼내들었다. 그리고 그의 상투 위에 꽂혀 있던 동곶을 조심스럽게 빼냈다.

툭.

옥으로 만들어진 동곳이 이불 위로 떨어졌다. 곧바로 그의 상투가 풀리며 머리가 길게 풀려 내려왔다. 아무런 제지 없이 아래로 길게 흘러내린 머리가 어색한지, 환은 한 손으로 자신의 머리를 쓸어 넘겼다.

"하아……."

한숨 같은 신음을 흘리며 머리를 넘기는 그를 바라보며 나는 침을 꼴깍 삼켰다. 그러다 어느 순간 그와 눈이 딱 마주쳤다. 환이 묘한 웃음을 지으며 말했다.

"중전, 오래전 중전은 과인을 만나면 과인을 죽일 것이라 말했었소."

"그 말은 또 어찌 꺼내세요."

"과인이 중전에게 한 가지 알려줄 것이 있어서 그러오."

"그게 무엇이죠?"

"여인이 사내를 죽이는 방법 말이오. 그 방법에는 비단 무기를 사용하는 것만 있지 않다오."

영문을 모르겠다는 표정의 나를 내려다보며 환이 덧붙였다.

"여인이 사내를 죽이는 방법에는 여러 가지가 있다는 말이오. 그리고 오늘 그중 하나를 과인이 가르쳐주리다."

곧 대조전 안의 불이 모두 꺼졌다. 아직 바깥은 환했기에 스멀스멀 빛이 새어 들어왔다. 운 좋게도 사람의 그림자는 하나도 보이지 않았다. 중궁전에서 밤을 맞이하며 이토록 아무 기척도 없는 어둠 속에 잠겨보는 것이 얼마 만이던가?

난 요상하고도 야릇한 느낌에 사로잡혔다.

* * *

다음 날 청국 사신 동포의 일정이 아침부터 시작되었다.

제일 먼저 공자의 위패를 모신 문묘에 참배한 동포는 입궐해 인정전에서 공식적으로 환을 처음 만났다. 이때 동포는 환에게 청국 황제가 보내온 책봉서를 전하는 예식을 치렀다. 물론 이 자리에 중전인 나는 여인이기에 참석할 수 없었다.

예식이 끝나면 자리는 연회장으로 옮겨진다. 이번 사신연회가 열리는 장소는 연경당이었다. 사신연회에는 삼정승을 비롯한 당상관들이 주로 참석하고 왕실 여인들도 이 자리에는 함께한다. 대왕대비는 이번 연회에는 반드시 참석하겠다는 의사를 전달했고, 대비는 대왕대비가 참석하므로 자신은 참석하지 않겠다고 했다. 왕실 어른이 둘씩이나 참석하는 것은 보기에 좋지 않다는 것이 그 이유였다.

"문현이지? 문현 맞지!"

연회가 열리는 연경당으로 향하던 나는 동포의 목소리에 화들짝 놀라며, 뒤따라오는 나인들을 뒤로 물러나게 했다. 소리가 나는 곳으로 다가가니 사람이 지나다니지 않는 한적한 곳에서 동포와 문현 오라버니가 서 있는 것이 보였다.

"그래."

문현 오라버니는 주변에 아무도 없을 거라 생각했는지 한숨과 함께 입을 열었다.

"야아! 연회에 참석하는 관리들의 명부에서 네 이름을 보고 한눈에 딱 알았어. 너도 나를 첫눈에 알아본 거야?"

매우 반가워하는 동포와 달리 문현 오라버니의 표정은 무거웠다.

"잘 지냈어?"

동포가 문현의 어깨를 한 손으로 두드리며 친근하게 말을 건넸다. 그러나 동포의 손이 닿자 문현 오라버니의 표정이 바짝 굳었다.

"이동포, 넌 청국 사신이야. 네가 어떻게 청국 사신이 되어 나타났는지 모르겠지만, 공적인 자리에서 이처럼 행동해서는 안 될 거다."

"그래서 이렇게 따로 불러내지 않았냐. 아, 그리고 물어볼 게 있는데 말이야."

"뭘 말이지?"

"하나."

내 이름이 동포의 입에서 나오자 문현 오라버니가 인상을 썼다.

"영은문 앞에서 잠깐 만났어. 혼인했다고 하던데……. 모화관으로 찾아오라고 했는데도 오지 않더라고. 하나, 지금 어디에 있냐? 넌 알고 있지? 그렇지?"

문현 오라버니의 입이 굳게 닫혔다.

"조선이 어떤 나라인지 잘 알아. 혼인했다면 나와 함부로 만날 수 없겠지. 하지만 넌 그 아이의 사촌오라버니잖아. 그러니까 분명 알고 있을 거야. 만날 수도 있을 거고. 그래서 내가 너에게 하나를 보낸 거였는데……."

동포는 멋쩍은 웃음을 지었다.

어쩌면 자신이 문현 오라버니를 선택해 나를 보냈다는 사실을 자랑스러워하는지도 모른다. 적어도 지난밤 나는 귀부인의 옷을 입고 있었고 혼인도 했으니, 어느 정도 조선에서 잘 자리 잡고 있는 것으로 그에게 비쳤을 것이다.

"하나를 만날 수 없다면, 내가 하나에게 전할 것이 있는데 이거라도 네가 꼭 좀 전해줘. 이 부탁, 들어줄 수 있지?"

난 문현 오라버니가 대충이라도 그렇게 하겠다며 말을 얼버무릴 줄 알았다. 그런데 이어진 문현 오라버니의 대답이 다소 의외였다.

"아니, 그럴 수 없다."

"그럴 수 없다니?"

"이동포, 하나는 잊어라. 하나는 이제 네가 함부로 만날 수 있는 사람이 아니니까."

"뭐? 뭐라고?"

동포는 여전히 이해하지 못하는 얼굴로 문현 오라버니에게 되물었다.

"무슨 말을 하는 거야? 단지 혼인한 여인이라서 함부로 만날 수 없다는 말이야?"

"일일이 네게 모든 것을 설명할 여유 따위는 없다. 그저 하나는 더 이상 네가 함부로 만날 수 있는 여인이 아니야."

이 말이 동포를 화나게 만든 것 같았다. 동포가 흥분한 목소리로 문현 오라버니에게 소리쳤다.

"나는 청국의 흠차대신(欽差大臣, 황제가 직접 파견한 신하)으로 왔어. 이 신분으로도 하나를 마음대로 만날 수 없다고 말하는 거냐?"

문현 오라버니는 동포를 향해 한 치의 흔들림 없는 목소리로 대답했다.

"그래. 그러니 포기해."

말을 마친 문현 오라버니는 더 이상 동포와 이야기할 이유가 없다는 듯 돌아서려 했다. 그러자 동포가 한 손으로 문현 오라버니의 어깨를 붙잡아 세웠다.

"김문현! 너, 왜 이렇게 변한 거냐?"

"……."

"도승지라는 관직이 그렇게 대단한 거야? 적어도 약현골에서 함께 살던 시절에는 친구였다고 생각했는데."

"친구?"

문현 오라버니의 목소리에 비웃음이 담겼다.

"네가 청국 황제가 보낸 흠차대신일지는 몰라도, 내 눈에 넌 그저 나라를 배신한 변절자일 뿐이야. 지금의 너를 보라고. 네 말대로 청국 황제의 신하가 되어 청국 관리의 옷을 입고 청국 말을 하며 나타난 너를! 지금 네가 조선 말을 하고 있을지 몰라도 조선에서 너는 이양인과 다를 바 없는 존재니까."

충격을 받은 얼굴로 말을 잇지 못하는 동포를 놔둔 채 문현 오라버니는 자리를 떴다. 홀로 남겨진 동포는 한동안 제자리를 서성이며 어찌할 줄 몰라 했다. 나는 그런 동포를 보고 앞으로 나서려 했다. 그때, 그런 나를 붙잡는 손길이 있었다. 돌아보니 어느새 환이 와 있었다. 환은 언제부터 이 모든 것을 엿듣고 있었던 것일까? 당황한 나를 보며 환은 입가에 손가락을 대며 조용히 하라 신호하더니, 나를 두고 동포가 있는 곳으로 천천히 걸어나갔다.

뒤늦게 임금인 환을 본 동포가 손을 모으며 인사를 올렸다.

"전하."

그런데 동포는 자신이 큰 실수를 했다는 사실을 모르고 있었다. 문현과 조선 말로 대화하다가 갑자기 나타난 환의 존재에, 조선 말로 입을 열었던 것이다. 적어도 동포는 임금인 환이 자신이 조선 말을 할 줄 안다는 사실을 전혀 모른다고 생각했기에 더욱 당황한 얼굴이 되었다. 환은 그런 동포를 바라보며 빙그레 미소 지었다.

"청국 사신이 조선 말을 할 줄 아는군."

환의 말에 동포가 잠시 망설이다가 입을 열었다.

"사실…… 신은 원래 조선 사람이었나이다."

"오오, 어찌 조선 사람이 청국의 흠차대신이 되었는가?"

실은 이미 나에게서 동포에 대해 모두 들었기에 그는 익히 알고 있는 사실이었다. 그러나 환이 모르는 척 놀랍다는 얼굴로 되묻자 동포가 고개를 숙이며 대답했다.

"신은 원래 홍주 사람으로 어미 된 자가 천주쟁이라는 이유로 집안에서 내쫓겼나이다. 내쫓긴 어미를 따라 한양까지 오게 되었는데, 그만 신의 어미가 길에서 병으로 죽게 되었지요. 그때, 신을 거둬준 이가 있었습니다. 그러나 그 역시 기해년에 천주쟁이라는 이유로 잡혀가 처형을 당하게 되어, 오갈 곳 없는 신은 청국으로 가서 살게 되었지요."

담담하게 자신의 이야기를 털어놓는 동포를 보며 환의 표정이 어두워졌다. 기해년, 이미 그에게는 아픈 상처로 남은 해였다.

"그 뒤에는?"

"무예를 익혔고 황궁의 어전시위가 될 수 있었지요. 그 뒤 황제폐하의 총애를 받아 이번에 흠차대신으로 조선에 오게 되었나이다."

"도승지 김문현과는 어찌 아는 사이인가?"

동포가 놀란 얼굴로 고개를 들었다. 조금 전 문현과 자신의 대화를 환이 들었다는 사실을 알게 된 것이다. 동포가 당황하며 말을 더듬거렸다.

"어미가 죽고 거둬진 집안에 양자가 하나 있었는데 그가 바로 도승지 김문현이었사온데……."

"그럼 찾는다는 그 '하나'라는 여인은 또 누구인가?"

문현 오라버니에 이어 내 이름까지 거론되자 동포의 얼굴이 사색이 되었다. 점점 동포를 놀리는 환의 짓궂음이 지나쳐갈 때쯤이었다. 환이 짧은 한숨을 내쉬며 입을 열었다.

"이대인은 몰랐겠지만 과인은 이대인을 오래전부터 알고 있었네."

"예?"

"과인의 중전이 종종 사신을 걱정하여 밤잠을 설쳤다고 말해주더군."

"전하의…… 아니, 조선의 중전께서 말씀이십니까?"

그때, 환이 뒤쪽에 숨어 있던 나를 향해 한 손을 내밀며 말했다.

"중전, 이리 나와서 이대인에게 밤잠을 설친 연유에 대해 직접 알려주시오."

환의 짓궂은 장난도 이제 끝이 났다. 난 천천히 어둠 속에서 나와 환한 빛이 있는 곳으로 걸어나왔다. 홍원삼을 입고 한 발한 발 천천히 걸음을 내딛으며 다가오는 나를 발견하는 동포의 눈이 커지기 시작했다.

"전하."

난 환의 앞으로 다가가 그가 내미는 손을 잡았다. 그리고 그 옆에 선 동포를 향해 환한 미소를 지어보였다. 내 손을 잡은 환이 동포에게 말했다.

"과인의 중전을 소개하도록 하지."

나를 본 동포가 저도 모르게 중얼거렸다.

"공주님?"

그러자 환이 동포를 흘겨보며 장난스럽게 다그친다.

"여기 공주는 없네. 과인의 중전만 있을 뿐이지."

"전하아."

난 장난치는 환을 얄밉다는 듯 쳐다보았다. 환은 곧 큰 소리로 웃음을 터트렸고, 동포는 여전히 어리둥절한 얼굴로 우리 두 사람을 번갈아 쳐다보았다.

"자, 이제 중전이 밤잠을 설친 연유에 대해 이대인에게 설명해보시오."

나는 잡았던 환의 손을 놓고 동포를 향해 돌아섰다. 동포가 나를 향해 입을 열었다.

"하나 네가…… 조선의 중전이라고?"

내가 웃으며 동포에게 대답했다.

"그래. 난 조선에서 왕비가 되었어, 동포야."

* * *

연경당.

아직 사신으로 온 동포의 자리는 비워져 있었다. 동포가 오기를 모두 기다리는 가운데 연회에 참석한 대왕대비의 얼굴은 그 어느 때보다 밝았다. 환이 즉위한 이후로 줄곧 청국에서 오는 사신을 접견한 것은 대왕대비였다. 청국에서도 조선의 권력은 대왕대비가 틀어쥐고 있었다는 사실을 익히 잘 알고 있었다.

올해부터 국왕인 환이 직접 나서서 사신을 맞이하게 되었지만, 여전히 대왕대비는 연회에 참석해 자신의 건재함을 과시

할 요량인 듯싶었다. 또한 청국의 사신이 지난해 조선을 방문했던 이와 동일한 인물이라면 왕보다도 자신을 우선시하여 대접해줄 것이라는 확신도 있는 것 같았다.

"전하."

대왕대비 뒤쪽에 서 있던 애리가 천천히 걸어나와 환을 향해 고개를 숙였다. 환이 고개를 들어 애리를 바라보고는 짧게 웃었다.

"김숙의."

애리는 반월정을 떠난 후 대왕대비가 내린 첩지를 받고 '숙의(淑儀, 종이품)'가 되어 있었다. 비록 대왕대비가 내린 첩지였으나, 환이 명확하게 자신의 품계를 불러주자 애리의 얼굴에도 웃음기가 돌았다. 자신을 기억해준다 여긴 것이었다. 그러나 반대로 내 마음속에선 질투가 일었다. 환이 애리를 기억하는 자체가 싫었다. 물론 애리가 숙의가 된 뒤에도 환은 한 번도 애리를 찾지 않았다는 사실은 알고 있었다. 도승지의 누이동생이자 과거 대반월이었던 애리를 궐 밖으로 내보낼 수가 없었던 환은 대왕대비가 내린 '숙의' 품계를 인정했다.

그뿐이었다. 단지 그뿐이었는데…….

환이 웃는 얼굴로 애리의 인사를 받는 것이 싫어 애써 고개를 돌리려 할 때였다. 인사를 마치고 제자리로 돌아가려는 애리를 향해 환이 입을 열었다.

"숙의는 과인만 보이오?"

"네?"

애리가 당황한 얼굴로 환과 나의 얼굴을 번갈아 쳐다보았다.

"중전은 보이지 않느냔 말이오."

그제야 말뜻을 알아차린 애리가 아랫입술을 살짝 깨물었다.

"중전마마."

억지스러움이 묻어난 인사였지만, 과거 애리의 성격을 떠올린다면 순순히 말을 따르는 애리가 신기할 따름이었다. 환은 애리가 내게 인사하는 것을 지켜보더니 이내 자리에서 일어섰다. 그리고는 연경당에 모인 대신들을 향해 엄히 입을 열었다.

"내명부에는 대왕대비마마와 대비마마께서 계시나, 내명부를 통솔하는 일은 엄연히 중전의 일이자 권한이오. 이 권한에 위배되는 행동을 하는 이에게는 반드시 그 대가를 치르게 할 것이오."

"명을 받잡겠나이다."

환의 훈화에 대신들이 한목소리로 대답했다. 그러자 연경당에 있는 모든 나인들도 땅에 엎드렸다. 대신들을 향한 말이었지만 사실상 이 자리에 있는 모든 나인들에게 전하려는 뜻이라는 것을 그녀들도 알기 때문이었다. 하지만 엎드리지 않는 나인들도 있었다. 바로 대왕대비를 따르는 대왕대비전 나인들이었다. 그녀들은 대왕대비의 눈치만 살핀 채, 엎드려야 할지 말지를 고민하며 어쩔 줄 몰라 하고 있었다. 환의 시선이 대왕대비가 앉아 있는 곳을 향했다. 나는 대왕대비가 분노에 찬 눈으로 우리 두 사람을 바라보고 있는 것을 보았다. 간담을 서늘하게 할 정도로 무서운 눈빛이었다.

'권력에는 부모와 자식도 없다지만 정녕 대왕대비는 환의 친할머니가 맞긴 한 것일까?'

쓸쓸한 마음이 드는 순간이었다. 환이 이런 내 마음을 알아차리기라도 한 것일까? 환은 연회상 밑에 손을 뻗어 상 아래로 감춰진 내 손을 천천히 움켜잡았다. 나는 고개를 들고 환의 얼굴을 쳐다보았다. 그는 여전히 꼿꼿한 자세로 서서 대왕대비를 바라보고 있었다.

"흠차대인께서 오셨사옵니다!"

때마침 동포가 도착했다는 소식이 전해졌다. 환은 대왕대비에게서 시선을 거두고 다시 자리에 앉았다. 연경당이 침묵 속에 가라앉은 순간, 동포가 걸어 들어오는 것이 눈에 들어왔다. 청국 황제가 직접 임명해 조선에 파견하는 흠차대신은 황제를 대변한다. 이를 모르지 않는 조선의 대신들이 모두 앉아 있던 자리에서 일어섰다. 대왕대비도 마찬가지였다. 국왕인 환도 일어서서 맞이하는 것이 관례였다. 그러나 환은 자리에서 일어서지 않았다. 또한 일어서려는 내 손을 잡아 제지시켰다. 난 영문을 모르는 얼굴로 환을 바라보았지만, 환은 빙그레 웃은 채 동포를 가만히 바라보고 있었다. 상황이 이쯤 되면 동포도 당황해야 옳았다. 그런데 동포는 환을 바라보며 여유로운 미소를 지어 보였다. 오히려 당황한 것은 대왕대비를 비롯한 다른 사람들이었다. 이윽고 한과 내가 앉아 있는 자리 앞쪽까지 다가온 동포가 두 손을 정중히 모으며 말했다.

"사신단을 대표하여 아름다운 왕비마마를 맞이하신 것을

진심으로 경하드립니다."

"고맙소. 이대인."

놀란 대왕대비의 쩍 벌어졌다. 지금껏 없었던 일이 일어났다. 청국 사신인 동포의 행동은 이례적인 일이었다. 청국 사신과 조선 국왕의 대면에는 모두 절차가 있었고 지켜야 할 관례가 있었다. 먼저 조선 국왕이 사신을 맞이해 축사를 올린다. 이에 사신은 형식적인 답례를 한다. 형식적이지만 반드시 지켜야 하는 관례를 청국 사신인 동포가 먼저 깨트린 것이었다. 무엇보다 여기서 이환이 당당하게 동포의 인사를 받았다는 사실이 좌중에게 더욱 충격적으로 다가왔다.

조금 전 환과 함께 동포를 만났던 순간을 떠올렸다. 나는 동포와 인사한 후 일찍 연경당으로 돌아갔지만, 환은 그 이후에도 동포와 한동안 이야기를 나누는 것 같았다. 아마도 그때 두 사람은 이 순간에 관한 밀약을 서로 주고받은 것이 틀림없었다. 그러나 이를 전혀 모르는 이들에게는 크나큰 충격으로 다가올 수밖에 없었다. 두 번의 호란을 겪은 뒤 조선은 삼전도에서 청국과 성하지맹(城下之盟, 전쟁에 진 나라가 적국과 맺는 굴욕적인 강화의 맹약)을 맺었다. 그 이후 조선은 청국과 군신관계가 되었기 때문이었다. 동포가 내게 한쪽 눈을 찡긋하더니 자신의 자리로 가 앉았다.

그때까지도 연경당의 신하들은 놀란 얼굴로 제자리에 앉는 것도 잊은 채 당황한 얼굴로 서로를 바라보고만 있었다. 그들 중에는 도승지인 문현 오라버니도 있었으며, 전 국구인 김조근도 있었다.

***

연회가 다시 시작되었다.

여령들이 나와 춤을 추고 이에 맞추어 악공들의 연주가 빛을 발하는 가운데, 환과 동포는 나란히 자리하여 대화를 주고받았다. 그들은 간간히 귓속말을 나누거나 소리 내어 웃기도 해 화기애애한 분위기를 만들어나갔다. 이 둘과는 달리, 대왕대비 쪽은 어두운 분위기가 잔뜩 내려앉아 있었다. 그때 나는 동포가 환에게 이야기를 건넬 때마다 언급하는 익숙한 단어를 듣게 되었다.

"구츄전하."

'구츄(Gucu)?'

나는 내 귀를 의심했다. 그러나 모두가 모인 자리에서 조선의 왕비가 청국 사신에게 사사로이 말을 걸 수는 없었다. 난 환에게 말을 걸었다.

"전하, '구츄전하'라니요?"

자신의 오른편에 앉아 있던 동포와 이야기를 주고받던 환이 왼편에 앉은 나를 돌아보며 말했다.

"무어라 했소, 중전?"

"동포…… 아니 사신께서 조금 전 전하를 '구츄'라고 부르는 것을 들었어요."

'구츄'는 만주어다. 청국에서 널리 쓰이는 말이 아닌, 청국 황실에서만 쓰이는 황실 언어인 만주어로 동포가 환을 호칭한 것이다. 친근함의 뜻이라고 할 수 있겠지만 다름 아닌 '구츄'의 뜻은…….

"언제 그리 가까워지신 거죠?"

오랜 벗, 사내들이 서로를 호칭할 때 가족이 아닌 남을 가장 가깝게 부르는 말이다.

"중전의 지기는 과인의 지기이기도 하오. 그리 말했더니 '구츄'라 부를 수 있게 윤허해 달라더군. 그래서 그리하였소."

동포와 친해진 환의 얼굴이 밝다. 그러고 보니 청국에서부터 동포는 그 누구와도 쉽사리 어울리고 가까워지는 호탕한 성격을 가졌었다. 이 때문에 조선인이라는 출신성분에도 불구하고 많은 사람들에게 덕망을 받았고 궁중 여인들도 그를 마음에 품었던 것이다.

'심지어 황제까지도 그를 총애했으니.'

그나저나 동포는 어떻게 풀려난 것일까? 그에게 묻고 싶고 궁금한 것들이 아주 많은데, 중전이라는 신분은 그에게 말 한 마디 건네는 것조차 불가능하게 만든다. 나는 할 말 가득한 눈으로 동포 쪽을 쳐다보았다가, 동포의 시선이 문현 오라버니를 향하고 있다는 것을 알아차렸다. 문현 오라버니는 제자리에 앉아 조용히 술만 마시고 있었다. 웃는 얼굴도 아니고 그렇다고 연회를 즐기고 있지도 않았다. 여령들의 화려한 춤도, 지금 문현 오라버니의 눈에는 전혀 보이지 않는 것 같았다.

"중전."

환이 나를 불렀다.

"연회 후 이대인과 따로 사석에서 술잔을 나눌 생각이오."

"네."

"그 자리에 도승지 김문현을 합석시켜도 되겠소?"

분명히 환은 나와 마찬가지로 문현과 동포의 대화를 엿들었었다. 그런데도 두 사람을 합석시키겠다는 것은…… 설마 화해를 시키겠다는 건가? 그사이 문현 오라버니는 대왕대비의 곁으로 자리를 옮긴 상태였다. 대왕대비가 그를 가까이 불러 동포를 쳐다보며 무언가를 말하는 중이었다. 나는 그 모습을 바라보며 환에게 속삭였다.

"전하."

"말해보시오. 중전."

"문현 오라버니를 믿으세요?"

그 말에 어떠한 뜻이 담겨 있다고 여겼는지, 환도 내 시선을 따라 고개를 돌렸다. 그 역시 대왕대비의 곁에 가 있는 문현을 힐끔 보고는 다시 나를 돌아보았다.

"믿소. 전부는 아닐지라도."

"전부가 아니라는 건 어떤 부분을 말씀하시는 거죠?"

환이 짧게 한숨을 내쉬었다.

"그가 할마마마가 보낸 사람이라는 것을 알면서도 백화당에 들인 것은 과인이오. 그는 나의 검 스승이기도 하지. 과인은 그가 할마마마의 사람이라는 것을 제외한 전부를 믿소. 그도 그것을 알 것이라 여기고."

"그 말씀은…… 언젠간 문현 오라버니가 전하의 진심을 알고 따르리라 믿으시는 건가요?"

환이 짧게 웃었다. 난 그의 웃음이 내 물음에 대한 답변임을 알았다.

"전하."

대전 지밀상궁이 환과 나 사이로 작은 쟁반을 내밀었다. 쟁반 위에는 나비 모양의 자수가 박힌 향낭이 놓여 있었다. 향낭을 확인한 환이 잠시 잊었던 무언가를 떠올렸는지 눈을 크게 떴다.

"아, 잊을 뻔했군."

나는 향낭에서 풍기는 향기를 맡고는 그 향을 알아차렸다.

"나비향이군요."

"고모님이 보내신 것이오."

환은 향낭을 한 번 들어올리며 주변을 살폈다. 옹주를 찾는 것 같았다. 그러나 옹주는 보이지 않았다.

"옹주께서 오신 것은 못 보았는데."

"몸은 다 나았으나, 마음의 병은 쉽사리 낫지 못하겠지."

난 영은문 앞에서의 소란을 떠올렸다.

"부마에게 이번 일에 대한 엄중한 처분을 물으셔야 해요. 한두 번이 아니라는 것을 전하도 아시잖아요."

"물론이오. 부마와 옹주는 지금 별거시켰소. 사신이 돌아간 뒤에 부마를 옹주와 이혼시키고 종친록에서도 제외토록 할 것이오."

"이혼시킨다고요?"

환이 부마를 불러다가 따끔히 혼을 낸다고 해서, 부마가 이를 들을 리가 없다. 분명 다음번에 또다시 옹주를 괴롭힐 것이다. 그리고 마냥 착한 옹주는 아무 소리도 내지 못한 채, 부마의 괴롭힘을 당하기만 할 것이다.

"그렇소. 귀양을 보내려 하였으나, 그리되면 고모님은 이혼하라는 명을 따르지 않으시려 하겠지."

옹주는 마음이 여리고 착한 사람이다. 그렇게 당하고서도 스스로 먼저 입을 열어 도움을 구한 적이 없었으니 말이다. 만약 부마가 자신 때문에 귀양까지 가게 된다는 것을 안다면, 끝까지 끌어안으려 할지 모른다. 환도 그것을 알기에 귀양을 보내지 않고, 이혼하는 선에서 옹주와 부마를 떼어놓으려고 하는 것 같았다.

"그런데 이 향낭은?"

환이 씩 웃으며 동포 쪽을 돌아보았다.

"이대인."

그러더니 상궁에게 향낭을 동포에게 전해주라 손짓한다. 상궁이 쟁반을 들고 가 동포의 앞에 내밀었다. 동포가 향낭을 들어올리며 환을 쳐다보았다.

"향낭 아닙니까?"

"옹주가 자네에게 전해주라 한 것이네. 받아두게."

"옹주?"

"어제 네가 구해준 여인. 전하의 고모님이셔."

내 설명에 동포가 기억났다는 듯 고개를 끄덕인다. 그러더니 향낭을 들어 코끝에 갖다 대고 향을 맡았다. 동포도 그 향이 좋았는지 얼굴에 미소가 피어올랐다.

"훌륭한 향이군요. 배합하기가 까다로웠을 것 같습니다."

"조선에서 오직 옹주만 만들 수 있는 향이네. '나비향'이지."

"나비향이라……."

동포의 만족스러운 얼굴을 바라보던 나는 멀지 않은 곳에서 옹주의 모습을 발견했다. 옹주는 연경당 전각 뒤에 숨어서 향낭의 향기를 맡는 동포를 몰래 바라보고 있었다.

* * *

"중전마마. '구츄'가 무슨 뜻이옵니까?"

"쉿."

대조전의 어린 나인의 말에 강상궁이 쉿 소리를 내며 엄한 주의를 준다. 연경당에서의 연회가 끝나고 대조전으로 돌아온 나는 옷을 갈아입다 말고 어린 나인을 쳐다보았다.

"방금 무어라 하였느냐?"

어린 나인은 강상궁의 눈치를 보면서도 제 할 말을 다 하고야 만다.

"구츄요."

나는 입을 다물었고, 강상궁은 어린 나인을 침전 밖으로 내

쫓았다. 대례복을 벗고 당의로 갈아입은 나는 흐트러진 머리를 매만지며 자리에 앉았다.

"강상궁."

"예, 중전마마."

나는 잠시 뜸을 들인 후 입을 열었다.

"혹 '구츄'가 부용정에서 나온 말이오?"

난 후원의 부용지 연못 옆 부용정을 지적하며 말했다. 지금 부용정에서는 연과 동포, 문현 오라버니 셋이 모여 사적인 술자리를 갖고 있었다. 이 사실을 모르는 창덕궁의 나인은 단 한 명도 없을 것이다. 물론 대왕대비까지도 알고 있었다.

"예, 그런 듯하옵니다."

왕이 사석이라고 말했으나, 이를 진짜 사석으로 보는 이들은 없다. 그 자리에서 주고받은 말들이 대조전 바깥으로 일체 나가지 않는 어린 나인의 귀에까지 들어갔다는 얘기는 이미 대왕대비도 알고 있다는 것을 의미한다. 뿐만 아니라 문현 오라버니는 아직까지 대왕대비의 사람이다. 그 자리에서 나눈 말들의 전부는 아니더라도 일부는 대왕대비에게 전해질 것이다.

"지금 부용정으로 가서 그곳 지밀상궁에게 이 사실을 알리게. 전하께서 사석에서 나누는 말들을 대조전 나인들까지 알고 있……."

나는 하던 말을 멈추고 입을 다물었다. 말을 꺼내기 전에는 부용정에 함께 있을 지밀상궁에게 알리면 알아서 단속할 것이라 여겼다. 그런데 정말로 환이 이 사실을 모를 것 같지 않았다. 그 스스로도 대왕대비의 사람이라고 말했던 문현 오라버니가 함께 있는데 말이다.

'그렇다면 일부러?'

지금 왕이 청국 사신과 갖고 있는 술자리를 모르는 대신은 없을 것이니, 환은 이를 역으로 이용하고 있었다. 청국 사신과 친밀해 보이는 왕의 모습은 정적들을 움츠러들게 하는 데 좋은 방법일 테니까. 오히려 나는 환을 '구츄전하'라 부르며 친근함을 표하던 동포의 모습이 신경 쓰였다. 환은 동포를 이용하는 걸까? 동포도 이 사실을 알고 있을까? 적어도 두 사람이 정치적으로 엮이는 일은 없었으면 하는데 말이다.

"부용정으로 가겠다."

나는 대조전을 나와 부용정으로 향했다. 규장각에서 내려다보이는 곳에 위치한 부용지에는 곳곳에 등이 띄워져 있어 한껏 멋스러운 분위기를 내고 있었다. 부용정에 이르니 정문은 닫혀 있는 상태였다. 부용지 쪽으로 나 있는 창문만 일부 열린 채 인기척도 전혀 느껴지지 않았다.

그러나 부용정 주변으로 스무 명이 넘는 나인들이 조용히 대기하고 있었다.

"중전마마."

나를 알아본 나인들이 모두 고개를 숙여 인사를 올렸다. 그들의 인사를 받은 나는 부용정 앞에 놓인 두 켤레의 신을 보고 지밀상궁에게 물었다.

"지금 안에 누가 계시느냐?"

"주상전하와 사신께서 계시옵니다."

"도승지는?"

"조금 전 대왕대비전 상궁이 와서 모셔갔나이다."

"전하께서도 아시는가?"

"그것이……."

난처한 듯 말끝을 흐리는 지밀상궁을 뒤로하고 굳게 닫힌 부용정의 문 앞으로 다가가 섰다. 그리고 문 앞을 지키고 선 나인들에게 말했다.

"열거라."

그때 안에서 먼저 문이 열리며 누군가 모습을 드러냈다. 바로 동포였다. 동포는 씩 웃으며, 신을 신고 부용정 밖으로 나왔다. 문은 다시 닫혔다.

난 동포에게 청국 말로 물었다.

"전하께서는?"

"문현이 돌아올 때까지 기다리신대. 그리고 허락해주셨어."

"뭘?"

"이 나라의 왕비님과 잠시 대화할 수 있도록 말이야. 물론 공짜는 아니었지만."

동포와 나의 대화를 알아듣는 나인은 한 사람도 없었다. 그녀들은 내가 능숙한 청국 말로 동포와 대화를 주고받는 것을 그저 놀란 눈으로 바라볼 뿐이었다. 동포를 보며 다시 물었다.

"정말이야?"

"정말이지."

동포가 예전과 다름없는 태도로 내 말을 장난스럽게 받아쳤다. 나는 길게 한숨을 내쉬며 부용지를 따라 걷기 시작했다. 동포가 내 옆을 따라왔고, 등을 들고 있는 나인들도 강상궁과 함께 뒤를 따랐다. 나는 걸음을 멈추고 그녀들이 알아듣지 못하는 청국 말로 동포에게 말했다.

"공짜가 아니라는 건 무슨 뜻이야?"

"아, 그건…… 오늘 연회에서 봤잖아. 내가 하는 행동."

연회에서 지금까지 청국과 조선의 관례를 깨는 행동을 했던 동포의 모습이 떠오르자 나는 깜짝 놀란 눈을 했다.

"그럼 그게 모두?"

동포가 웃으며 말했다.

"그래. 물론 '구츄전하'의 청이라면 조건 없이 들어줄 생각이었어. 하지만 널 눈치 보듯 숨어서 만나고 싶진 않았어. 조선의 법이 청국의 법보다 더 까다롭고 엄중하다는 것을 아니까. 적어도 이렇게 당당하게 말을 주고받고 싶었을 뿐이야."

"그럼 전하께서 왜 그런 청을 너에게 한 건지는 알고?"

동포의 얼굴에서 웃음기가 사라졌다.

"알아."

"안다고?"

"물론이지. 나는 아주 오래전부터 알고 있었어. 어린 나이에 즉위한 임금에게는 아무런 힘이 없다는 걸. 왕은 감금되듯이 오래전부터 궁궐에서 모습을 감췄고, 실제 조선을 통치하는 건 안동 김씨와 그들의 수장이나 다름없는 대왕대비라는 것도 말이지. 이 사실을 왕비인 네가 모른다고 생각하지는 않는데 말이야."

난 곧바로 대꾸하지 못했다. 과거에 난 지금의 국왕인 '이환' 때문에 악몽에 시달려왔다. 그런 내 곁을 지켜준 것은 동포였다. 동포는 그 누구보다도 왕을 향한 나의 복수심에 대해 잘 알고 있었다.

"도대체 어떻게 된 거야? 네가 구츄전하의 왕비가 되다니?"

나는 천천히 입을 열었다.

"오해는 모두 풀렸어. 복수심은 용서로 대신했고. 이게 대답이 될까?"

"그럼 그때 그 악몽은?"

"악몽?"

"지난 10년간 너를 괴롭혔던 악몽 말이야."

나는 동포를 향해 환한 웃음을 지으며 말했다.

"이제 더 이상 악몽을 꾸지 않아. 동포야."

그제야 동포도 나만큼 환한 미소를 지었다.

"그럼 됐어. 게다가 넌 지금 행복해 보이니까 뭐……."

"그런데 동포야. 넌 처음부터 조선에서 일어난 이 모든 상황들에 대해 알고 있었던 거야?"

"어느 정도는. 적어도 너보다는 많이 알고 있었지. 아무래도 황궁에서 일했던 데다가 내가 조선인이라는 이유 때문에 저절로 알게 되었던 정보도 많았고. 그런데 나도 모르는 사실이 있었어."

"뭔데?"

"역변(逆變). 구츄전하가 죽을 뻔했었다며?"

"맞아."

"주범은 왕실의 가장 웃어른인 대왕대비와 그녀의 가문인 것 같고……. 하지만 처벌된 사람은 없다던데. 그럼 이 역변은 아직 끝나지 않은 건가?"

"그럴지도 몰라."

"그럼 구츄전하와 네가 계속 궁궐 안에 있어선 안 되는 거 아니야?"

동포가 걱정하며 물었다. 그러나 그런 걱정이 내게는 기우처럼 보였다. 예전 같으면 겁에 질린 목소리로 동포에게 도움을 구하거나 그의 조언부터 구했을 텐데.

"큰 위험은 사라졌어. 또 다른 위험이 찾아온다면 물리치면 돼. 그건 걱정하지 않아."

내 대답에 동포가 두 눈을 깜빡였다. 그러더니 내 머리부터 발끝까지 훑어보며 다시 미소를 지었다.

"그렇게 말하니 정말 왕비님 같은걸?"

"나 진짜 왕비거든!"

"강해졌어, 김하나. 널 이렇게 강하게 바꾼 건 대체 무엇이지? 조선으로 너를 떠나보내고 걱정을 정말 많이 했는데 말이야. 대체 그간 무슨 일이 있었던 거야?"

난 기억을 더듬으며 말했다.

"너와 헤어지고 나서 조선 국경을 넘기 전, 필요 없는 건 모두 버려야 했어. 심지어 남장도 했지. 귀중품을 몸에 지니고 있으면 더 위험할 수 있다고 그랬어. 국경 주변에 도적이 많았거든. 그래서 네가 챙겨준 재물들을 모두 압록강에 버려야 했어."

"맙소사! 그게 내 몇 달치 급여인 줄 알고나 그런 거야?"

동포가 장난스럽게 외치며 두 손으로 자신의 관모를 붙잡았다. 그러자 내 곁에 서 있던 나인들이 당황한 듯 비명을 지르며 뒤로 물러섰다. 난 곧바로 동포에게 눈치를 줬다.

"사신이 청국 말을 하면서 소리 지르면 다들 놀란다고."

동포가 일부러 내 눈길을 피하며 중얼거렸다.

"하지만 한 가지는 버리지 않았어."

난 그가 내게 주었던 단추옥을 내밀었다. 그것을 본 동포의 얼굴에 미소가 번졌다.

"잃어버리지 않았구나."

"가끔 단추옥 덕분에 위기를 넘겼다는 생각을 한 적도 있어."

"내 생각 많이 했어?"

동포가 조심스레 묻는다. 나는 머리를 긁적거리며 연못 가까이로 자리를 옮기며 말했다.

"많이. 자주는 아니어도."

"그랬구나……."

어느덧 동포의 시선이 부용지 위에 둥둥 떠 있는 연등을 향했다. 다시 동포에게 말을 걸었다.

"내가 떠난 뒤 옥에 갇혔다는 소식을 들었어. 정말이니?"

"응."

"어떻게 풀려났어? 또 어떻게 사신으로 오게 된 거야?"

동포의 부드러운 눈길이 나를 향했다.

"알고 싶어?"

"알고 싶지."

"얼마만큼?"

난 동포의 말을 이해하지 못했다. 동포도 이를 아는지 긴 한숨과 함께 말을 이었다.

"폐하께서 화가 나 내게 널 어디로 빼돌렸는지 물으셨지. 난 한마디도 하지 않았고……. 그래서 결국 옥에 갇혔어."

"그게 다야?"

"다야."

동포의 얼굴을 가만히 올려다보았다. 두 눈은 진지했지만 그의 말까지 진지하게 받아들여야 할지 고민이 되었다. 황제의 성정으로 볼 때 옥에 가둔 것으로 끝났을 것 같지 않았기 때문이었다.

'고문?'

하지만 지금 동포는 이렇게 건강한 모습으로 내 앞에 서 있다. 나도 모르게 동포의 안색을 살폈다. 혹시나 몸에 남아 있을지도 모르는 흉터를 찾으려 했던 것이다. 동포도 이를 알아차렸는지 나를 바라보며 말없이 웃었다.

"그 뒤에는?"

"최근 외국함대 문제로 폐하가 골머리를 앓고 계셔. 나를 부르셔서 해결하라 하셨지. 그래서 잠깐 오문(澳門, 마카오)에 가 있었어."

"외국함대와 싸운 거야?"

"싸우기는……. 조선인에게 군권을 줄 것 같아? 통역사로 간 거지. 아마도 폐하께서 나를 풀어줄 묘책으로 내놓으셨던 것 같아. 여하튼 그 일로 풀려났어. 폐하께서 너를 용서하신다는 확답을 받고 나서야 네가 조선으로 떠났다는 사실을 말씀 드렸고. 그래서 날 이번 사신으로 보내시면서 널 찾아 데려오라고 하셨어."

"어명혼은?"

동포가 흐뭇한 미소를 지으며 대답했다.

"네가 조선의 왕비가 되었다는 사실을 더 기뻐하실 것 같은데? 너도 알잖아. 폐하께 유친왕이 어떤 아우였는지. 넌 그 유친왕이 남긴 유일한 딸이라고. 비록 양녀라 해도 말이지."

나는 동포에게 그간 내게 일어난 모든 사실을 들려줘도 될지 고민했다. 그러나 쓸데없는 일이었다. 나는 지금 환의 곁에 있어서 행복하다. 그리고 그 행복을 지켜나갈 것이다.

"아 참! 페드로 신부님은? 잘 지내셔?"

페드로 신부님 이야기에 난 무거운 침을 삼켰다.

"그게……."

"널 만나면 페드로 신부님도 함께 계실 줄 알았는데. 지금 어디 계셔? 궐 밖에 계시니?"

"그게 말이지 동포야……."

바로 그 때, 멀지 않은 곳에서 문현 오라버니가 부용정을 향해 걸어오는 것이 보였다.

'페드로 신부님이 처형당하신 사실을 이야기하게 되면, 문현 오라버니에 대해서도 말해야 해.'

동포는 곧 떠난다. 그런 그에게 기쁨이 아닌 슬픔을 주고 싶지 않았다.

"조선을 떠나셨어."

"뭐? 조선에 안 계신다고?"

"응. 내 국혼 전에 불란서로 떠나셨어."

"그럼 청국을 거쳐 가셨을 텐데? 혹시 내가 옥사에 갇혔을 때…… 아니, 오문에 가 있을 때 오셨던 건가?"

불란서로 떠나셨다는 페드로 신부님의 소식에 동포가 매우 아쉬워하며 말했다.

"네가 조선의 왕비가 되었다는 것도 모르고 떠나신 거야?"

"으응…….."

"아셨으면 엄청 기뻐하셨을 텐데. 늘 네가 악몽을 꾸며 힘들어하는 것을 안타까워하셨으니까. 어쨌든 대단해, 김하나. 정말 넌 대단해."

동포의 칭찬에도 전혀 기쁜 마음이 들지 않았다. 그런데 부용정으로 걸어오던 문현 오라버니가 우리를 보고 가만히 서 있는 것이 눈에 들어왔다. 난 잠시 연못 쪽으로 고개를 돌렸다가, 다시 동포를 향해 말했다.

"너무 늦었지. 퇴궐해야지."

동포도 문현 오라버니를 발견하고는 고개를 끄덕였다.

"그래야지."

동포는 부용정 쪽으로 돌아서며 내게 말했다.

"아 참, 그리고 구츄전하. 잠드셨다."

"뭐?"

"술이 약하신 것 같던데? 아니면 나보다 술이 약하신 것인지도. 큭."

나는 눈을 크게 뜨고 동포를 향해 말했다.

"네가 엄청 드시게 만든 건 아니겠지?"

"글쎄."

동포가 소리 내어 웃더니 문현 오라버니가 있는 쪽으로 걸어갔다. 하지만 문현 오라버니는 동포를 보고도 다른 사람들을 의식한 듯 두 손을 모아 공손히 인사를 했을 뿐, 다른 말은 하지 않았다. 이런 문현 오라버니의 행동에 동포는 무거운 표정으로 한숨을 내쉬더니 자리를 떠났다. 동포가 떠난 뒤에도 문현 오라버니는 한동안 그 자리에 계속 서 있었다. 아무래도 중전인 나를 보고도 무시한 채 부용정으로 들어갈 수 없었던 모양이었다. 난 문현 오라버니에게로 다가갔다.

"중전마마."

조금 전 동포에게 한 것과 같이 문현 오라버니는 내게 공손히 인사를 올렸다. 나는 그런 오라버니를 한참동안 뚫어져라 쳐다보다가 입을 열었다.

"동포는 다시 청국으로 돌아가겠죠. 그런 동포에게 페드로 신부님에 관해 아무 말도 하지 않을 거예요. 그건 도승지 영감을 위해서 그런 게 아니에요. 동포를 위해서예요. 내가 겪은 슬픔을 동포가 느끼지 않길 바라니까, 내가 도승지 영감에 느꼈던 분노를 그가 알지 않길 바라니까."

나는 숨을 크게 돌린 후 다시 입을 열었다.

"동포에게 잘해주세요. 동포가 도승지 영감에게 바라는 것이 무엇인지 잘 아시잖아요. 동포는 단지 10년 만에 다시 만난 지기와 우정을 확인하고 싶은 것일 테니까."

그러나 오라버니에게서는 아무런 대답이 돌아오지 않았다.

* * *

부용정 안으로 들어서자 문이 하나 더 나타났다. 두 문의 사이는 한 사람이 서면 다 찰 정도로 좁아서 안쪽에서 주고받는 말소리가 문 밖까지 확연하게 들려왔다.

"어쩜, 우리 전하. 이리도 잘생기셨을까?"

"꿈 깨. 네 주제에 전하의 눈에 들 수 있을 것 같니? 게다가 석복헌 김숙의를 봐봐. 숙의가 된 뒤로도 전하의 침전에 한 번도 불려간 적이 없잖니. 빼어난 미모를 지녔다던 대반월도 한평생 숙의로 인생을 종치게 생겼는데, 네 얼굴로 어딜."

나와 함께 부용정 안으로 들어섰던 강상궁이 젊은 나인들이 주고받는 말에 눈살을 찌푸렸다. 강상궁은 당장이라도 문을 부수고 들어갈 기세였다.

"소인이 당장 이것들을……!"

나는 한 손으로 강상궁의 행동을 막았다. 대신 그녀에게 내가 왔음을 알리라고 고갯짓을 보냈다.

"중전마마 드시옵니다."

"어머!"

"어머머!"

강상궁의 목소리에 당황한 나인들의 목소리가 내 귀에 들려왔다. 곧바로 그녀들이 안쪽에서 문을 열었다. 나를 제대로 바라보지도 못한 채 고개를 푹 숙이고 있는 그녀들의 뒤로 넓은 탁자가 보였다. 조금 전 세 사람이 앉아 있었을 그 자리에 환이 홀로 앉아 있었다. 그는 술기운이 많이 오른 듯 부용정 벽에 고개를 살짝 기댄 채 눈을 감고 있었다.

조금 전 나인들의 소란스러움으로 보건대 환은 술에 취해 잠들어 있는 것 같았다. 나인들이 그런 환을 앞에 두고 그의 잘생긴 얼굴을 감상하느라 소란스러웠던 것이다. 그렇게 작은 목소리도 아니었다. 아무리 사석이었다고는 해도 자신의 몸도 가누지 못할 정도로 술을 마시는 환의 모습은 상상하기 어려웠다. 만약 방금 전 나인들의 소란이 아니었다면, 나는 그가 술에 취해 잠들어 있다는 생각조차 못했을 것이다.

'혹시…….'

나는 상궁과 나인 들을 모두 물리고 나서 그의 곁으로 다가갔다. 그리고 조금은 삐뚤어진 그의 익선관을 바로 세워주기 위해 손을 뻗었다. 그때, 그의 손이 위로 들리더니 내 손목을 붙잡았다. 동시에 두 눈을 뜬 환이 나를 올려다보며 빙그레 미소를 지었다. 나도 모르게 그를 따라 웃으려다가, 조금 전 나인들이 일으킨 소동을 떠올리고는 애써 웃음을 참으며 담담히 말했다.

"안 주무셨나요?"

"과인은 여왕벌을 기다렸지."

"여왕벌이요?"

"여왕벌을 기다리며 꽃잎을 닫으려 하였으나, 벌들이 하도 윙윙대기에 그럴 수 없었소."

나인들을 벌에 비유하는 그를 보며 슬쩍 웃음이 나오려 했지만, 이번에도 나는 간신히 웃음을 참을 수 있었다. 나는 계속해서 태연함을 유지하려 애쓰며 말했다.

"사내는 꽃이 될 수 없사옵니다. 전하."

환은 여전히 나를 향해 방긋 웃으며 말했다.

"허나 군자는 꽃이 될 수 있지. 연꽃 말이오."

연꽃은 군자의 꽃이다. 그의 비유가 옳아 나는 더 이상 마땅한 답을 찾지 못했다. 그런 나를 향해 환이 말했다.

"중전. 오늘 밤 중전에게 과인의 꿀물을 내어 주리다. 어찌 받으시겠소?"

나는 환의 얼굴을 빤히 쳐다보며 말했다.

"어찌 받긴요."

"으응?"

그가 알아챌 틈도 주지 않고 그의 무릎 위에 털썩 앉았다. 당황한 그의 눈이 커지는 것이 보였다. 놀라서 커진 그의 눈동자를 바라보며 말했다.

"잘 보시어요, 전하."

나는 두 손으로 그의 단단한 턱을 붙잡고는 내 얼굴 쪽으로 잡아당겼다. 이쯤 되면 그도 내가 하려는 행동이 무엇인지 모를 리 없었다. 아니나 다를까, 점점 내 얼굴과 가까워지는 그의 얼굴에 이유 모를 미소가 번져나간다. 나 역시 그의 미소에 맞추어 입꼬리를 살짝 당겨 웃었다. 그리곤 그의 입술에 내 입술을 맞대었다. 잔향처럼 남아 있는 알싸한 술의 향기가 그의 입술을 통해 내 입술에도 전해져 왔다. 그의 취기가 내게도 전해지는 것만 같았다. 맞닿은 내 입술이 자연스레 벌어지며 닫혀 있던 환의 입술도 벌어졌다. 그 순간 나는 그의 윗입술을 살짝 깨물었다. 그리고는 두 손으로 그의 양 어깨를 잡으며 고개를 들었다.

"중전?"

"이 다음은…… 여기선 안 돼요, 전하."

환이 아쉬운 목소리로 말했다.

"대조전에 가야 이어지는 것인가."

"그것은 전하께서 정하실 일이지요."

그가 한 팔로 내 허리를 감싸며 귓가에 속삭였다.

"오늘밤 과인은 중희당이 아닌, 대조전으로 가야겠군."

그때 드르륵 소리와 함께 문이 열렸다.

"주상전하, 중전마마."

나인들과 함께 밖으로 나갔던 강상궁이 다시 들어왔다. 그녀는 대범하게 왕의 무릎 위에 앉아 있는 나를 보고도 담담히 말을 이어나갔다.

"도승지 영감께옵서 전하께서 허락하시오면 이만 퇴궐하시겠다 청하셨사옵니다."

여전히 내 허리에 한 팔을 두르고 있는 환은 짧은 헛기침을 하며 강상궁에게 대답했다.

"그리하라 이르게."

"예, 전하."

분명 우리의 상황을 뻔히 보고도 전혀 못 본 척 대답하는 강상궁의 태도에 당황한 것은 오히려 나였다. 나는 내 허리를 감고 있는 환의 팔을 밀어내고 자리에서 일어서려 했다. 그러나 환은 내 허리에 감은 팔에 더욱 더 힘을 주었다. 아마도 이미 우리의 모습을 보고도 못 본 척하는 강상궁의 태도 때문인 듯싶었다.

"전하……."

난 그에게 눈치를 주었지만, 환은 태연스럽게 돌아서는 강상궁을 불러 세웠다.

"강상궁."

"예, 전하."

나가려던 강상궁이 다시 돌아와 고개를 숙였다.

"과인은 오늘밤 대조전에서 머물 것이니 가서 준비하라 이르게."

이 말을 들은 강상궁은 조금 전과 달리 곧바로 나가지 않고 아뢰었다.

"전하, 오늘은 합방 날이 아니옵니다. 하오니…….."

"강상궁, 대조전에 침소가 하나뿐이던가?"

"예?"

"중전이 서온돌에 묵겠다면, 과인은 동온돌에 묵을 것이고. 중전이 동온돌이 묵겠다면, 과인은 서온돌에 묵을 것이네. 합방이 아니라."

강상궁은 합방이 아니라 각방을 쓰겠다고 말하는 환의 얼굴을 살폈다. 환이 나를 두고 각방을 쓸 위인이 아니란 걸 잘 알기 때문이었다. 그러나 왕이 한 입 갖고 두말할 리는 없었다.

"명, 받잡겠나이다."

끝까지 의심의 눈초리를 숨긴 채 강상궁이 밖으로 나갔다. 나는 곧바로 그에게로 고개를 돌리며 물었다.

"정녕 대조전에서 신첩과 각방을 쓰실 것이옵니까?"

한 전각 안에서 대 놓고 따로따로 자겠다는 그의 말에 갑자기 섭섭해졌다. 목소리에 아쉬움이 묻어나왔고, 그도 이를 알아차렸는지 피식하고 웃음을 터트렸다.

"중전도 알다시피 궁궐에는 법도가 있으니…….."

"언제부터 그렇게 궐 법도를 따르셨다고요? 전하께서 원하시면 상궁 나인들도 어찌하지 못한다는 걸 아시잖아요. 헌데도 정녕 법도를 지키실 것이옵니까?"

당장이라도 토라질 듯 말하는 나를 보며 환이 말했다.

"그렇소. 과인은 대조전에서 죽부인을 안고 잘 것이오."

백화당에서 그에게 죽부인을 내던졌던 일이 떠올라 얼굴이 화끈거렸다.

"아직도 그 일을 마음에 담아두고 계시옵니까?"

"과인은 보기보다 속이 옹졸한 임금이거든. 특히 중전이 과인에게 저지른 일들에 대해서는 더욱 그렇소."

하나씩 되갚아 주겠다는 말처럼 들려서일까? 난 그의 손길을 거부하고 일어섰다.

"허면 전하께서는 대조전으로 가시지요. 신첩은 중희당으로 가겠나이다."

"중희당으로? 어찌하여?"

"전하께서 죽부인마마와 머무시는데 방해가 되지 않도록, 신첩은 오늘 밤 중희당에 가서 머물 것이옵니다."

"죽부인마마? 하하!"

내 앞에서 삐친 척을 하려다 도리어 나를 삐치게 만든 환은 너털웃음을 터트렸다. 하지만 나는 그런 웃음을 터트린 그가 얄미워 쳐다보고 싶지 않았다. 그대로 돌아서 나가려는데, 뒤에서 환이 내 팔을 잡아끌었다. 그는 조금 전과 똑같이 나를 무릎 위로 잡아 앉히고는 자신의 얼굴을 마주 보게 했다.

"중전."

나는 여전히 웃고 있는 그의 얼굴을 보기 싫어서 옆으로 고개를 돌렸다.

"치."

"하나."

그가 내 이름을 불렀지만, 한 번 돌아간 내 얼굴은 다시 그의 얼굴이 있는 쪽으로 향할 생각을 하지 않고 있었다. 바로 그때였다.

쪽.

그의 입술이 돌린 내 얼굴의 한쪽 뺨에 닿았다. 깜짝 놀란 나는 눈을 크게 뜨고 그에게로 고개를 돌렸다.

"지금……."

놀란 나의 얼굴을 보며 그가 생글생글 웃는다. 그리고 이 웃음도 잠시였다. 이번에는 마주하고 있는 내 얼굴로 그의 입술이 다가와 다시 한 번 뺨에 소리가 나도록 입을 맞췄다.

쪽.

두 번째에 이르러서야 나는 잘 익은 사과처럼 빨갛게 변해버렸을 얼굴을 가리기 위해 두 손을 얼굴에 갖다 대었다. 그러나 이미 내 얼굴은 만지기만 해도 화끈거림이 전해질 정도로 후끈거리는 상황이었다. 환은 이런 나를 보며 장난스러운 목소리로 말했다.

"두 번 만에 풀린 거라면, 너무 쉬운데?"

"안 풀렸사옵니다."

"으흠. 그렇소?"

고민하는 소리를 내며 그가 또 다시 내 뺨으로 자신의 입술을 가져왔다. 그러나 양쪽 뺨은 내가 모두 손으로 가리고 있는 상태였다. 그는 몇 번 소리 없는 시도로 내게 접근했다. 내 손이 저절로 내려지기를 기대하는 눈빛이었다. 그러나 나는 완강하게 끝까지 손을 뺨에서 떼어놓지 않았다. 그는 이러한 행동이 아직까지 내 기분이 완전히 풀리지 않았기 때문이라고 여긴 것 같았다. 결국 그는 내 뺨에 닿지 못한 입술 사이로 짧은 한숨을 내셨다. 나는 내 입술을 청둥오리마냥 삐쭉 앞으로 내밀며 작은 목소리로 중얼댔다.

"전하. 신첩의 얼굴에는 뺨만 있는 것이 아니옵니다."

"……!"

그제야 내 마음을 알아차린 그의 얼굴에 미소가 감돌았다. 잠시 후, 그의 입술이 나의 뺨과 뺨 사이에 난 앵두 빛의 두툼한 언덕 위에 닿았다.

* * *

부용정 창문을 통해 부용지가 바로 보였다. 내관들이 하나둘씩 꺼지기 시작한 연등을 긴 막대기로 휘휘 저으며 건져내고 있었다. 그중 몇몇은 배를 띄워 연못 한가운데까지 흘러간 연등을 수거했다. 연등 불빛이 모두 사라진 부용지에는 오로지 자연의 빛만 남아 있었다. 하늘을 가득 채운 수많은 별들이 그 자리를 대신하고 있었다. 나는 환의 무릎에 앉아 그의 가슴에 등을 기댔다. 그가 등 뒤에서 나를 두 팔로 끌어안았다. 차가워진 밤공기로부터 나를 감싸주겠다는 듯이 따뜻하게.

"과인의 할바마마이시던 순조대왕께서는 병을 핑계로 중궁전에서 머물며 정사를 돌보셨소."

고개를 돌려 부용지를 바라보는 그의 눈을 바라보았다. 옛 생각에 빠진 듯 흔들림 없이 앞만 바라보는 그의 눈을 물끄러미 응시하다가, 살며시 그의 이마에 내 이마를 부딪쳤다.

"응?"

이런 나의 행동에 놀란 그가 연못에서 눈을 떼고 나를 올려다보았다.

"설마 전하께서도 병을 핑계로 대조전에 머무시려는 것은 아니지요?"

환이 짧게 웃으며 대답했다.

"할바마마께서 중궁전에서 머무신 이유는 정치적인 이유였소. 당시에는 힘이 강력하지 않았던 안동 김씨에게 힘을 주기 위한 것이었지. 당시 중전은…… 할마마마이신 대왕대비마마이셨으니."

"두 분 사이가 엄청 좋아서가 아니라요?"

순조대왕과 대왕대비 김씨 사이에서는 한 명의 왕자와 네 명의 공주가 태어났다. 이만큼 금실이 좋아 보이는 부부가 어디에 있을까?

"임금의 모든 행동은 정치적이오. 중전."

그가 덧붙였다.

"합방까지도."

또 그는 대비마마께 들었던 이야기도 내게 들려주었다.

"할바마마의 눈에 들었던 나인들은 며칠 안으로 모두 궁궐에서 사라졌소. 그게 무슨 뜻인지 아시오?"

나는 곰곰이 생각하다가 대답했다.

"청국 황실에서도 비슷한 일이 있었어요. 그런 경우는 보통 황후가……."

나는 청국에서 들었던 얘기들을 차마 끝까지 말할 수 없었다. 모두 잔인하고 끔찍한 결말로 막을 내린 이야기들이기 때문이었다. 이를 아는지 그가 내 말을 이어받았다.

"그렇소. 할마마마에 의해 사라진 것이지. 그중 운이 좋았던 것인지, 단 한 명의 나인이 승은을 입고도 목숨을 건졌소."

"영온옹주의 어머니죠?"

환이 고개를 끄덕였다.

"박숙의. 편전 나인이었소. 이 때문에 할마마마도 함부로 어찌할 수가 없었지. 허나, 끊임없이 박숙의의 뱃속 아이를 유산시키려고 하셨소. 결국 태어난 아이는 말을 하지 못하게 되었지만……."

말을 못 하는데다 원치 않는 혼인으로 부마에게 맞고 사는 옹주가 떠오르자 내 기분은 침울해졌다. 그것은 연도 마찬가지인 듯싶었다. 그는 한숨으로 말을 돌렸다.

"곧 칠석이군."

그의 시선은 연못 위, 별들이 가득한 하늘을 향해 있었다.

"견우성과 직녀성이 보이는 것을 보니 말이오."

그가 내 몸을 감싸고 있던 팔 하나를 풀었다. 그리고 한 손을 들어 손바닥이 하늘을 향하도록 펼치고는 내 앞으로 내밀었다. 나는 주저 없이 내 한쪽 손을 펼쳐진 그의 손바닥 위에 올려놓았다. 그러자 기다렸다는 듯이 그의 손바닥이 살짝 오므리며 내 손을 감싸 쥐었다. 그의 행동에 내가 활짝 웃었을 때였다. 웃는 내 얼굴을 보며 그가 물었다.

"이대인은 잘 만났소?"

"아, 전하를 구츄전하라 부르는 그 이대인이요? 그 이대인이라면 조금 전에 만났죠."

장난스럽게 대답하는 나를 보며 환이 껄껄 웃어댔다.

"전하. 언제 그렇게 동포와 가까워지신 거예요?"

"사내들이 신분의 지위고하를 떠나 가까워지는 때가 언제라 여기시오?"

"술을 마실 때?"

나의 짐작에 환이 수긍하듯 천천히 고개를 두 번 끄덕였다.

"그것도 틀린 말은 아니지만, 이번에 과인과 이대인의 경우는 조금 특별했소."

"특별하다니요?"

"조선에 온 청국 공주님에 대한 이야기를 나누었거든."

지금까지 그는 알지 못했다. 아는 것이라고는 내가 기해년에 청국으로 떠나, 10년 만에 조선으로 돌아왔다는 것이 전부였다. 어떻게 보면 나는 청국 공주라는 신분을 스스로 버리고 떠나왔다. 다시 동포를 만나기 전까지는 그 신분을 되찾을 가능성이 있다는 사실조차 몰랐다. 그러니 내게 중요한 것이 아니었다.

'하지만……'

"이대인이 말하기를, 청국 황제가 그대가 돌아오기를 기다리는 것 같은데……."

나는 당황해 소리쳤다.

"그, 그 폐하는 변덕이 심한 분이세요!"

"심하다고?"

"하나뿐인 아우라며 신첩의 양부이신 유친왕을 그렇게 아낄 때는 언제고, 천주를 믿는다고 내쫓지 않나……. 돌아가실 때도 얼굴 한 번 비추지 않으시더니, 뜬금없이 신첩을 입궁시켜 공주라며 동포와 혼인시키려 하시고……."

"이대인과 혼인이라니?"

환이 모른다는 얼굴로 나를 쳐다보았다.

"에?"

"그 이야기는 이대인에게도 전혀 듣지 못하였소. 내가 이대인에게 들은 말이라고는 '이름을 밝히지 않은' 어떤 왈가닥 청국 공주님의 이야기였을 뿐인데 말이오."

'아차……!'

동포는 내 이름을 밝히지 않은 채 환에게 내 이야기를 한 것이다. 생각해보니 동포는 입이 가벼운 사람이 아니다. 아마도 술자리에서 환이 내가 청국 공주였다는 사실을 모른다는 것을 눈치 채고는 일부러 돌려서 내 이야기를 했을 것이다. 물론 눈치 빠른 환이 이 사실을 못 알아챘을 리가 없다. 그러나 들으면서도 짐짓 모르는 척, 그리 행동하며 내 이야기를 들었을 것이다.

"이대인이 말한 그 '왈가닥' 공주님이 바로 중전이었소?"

환은 겉으로는 놀란 행세였지만 전혀 놀라지 않은 얼굴로 내게 묻고 있었다. 나는 지금이 아니면 모든 사실을 털어놓을 수 없다고 판단하고 힘없이 입을 열었다.

"네. '왈가닥'만 빼면요."

아무렇지 않은 척하던 그의 얼굴이 점점 일그러지더니, 결국 참고 있던 웃음이 터져 나왔다.

"푸하하!"

"웃지 마세요. 전하."

그러나 그의 웃음은 쉽게 그칠 것 같지 않았다. 난 그의 곤룡포 옷깃을 잡고 흔들며 사정했다.

"웃지 마시라고요. 웃을 일은 아니잖아요."

그가 간신히 웃음을 그치며 내게 물었다.

"어찌 웃을 일이 아니오?"

"동포가 한 말이라면 뻔해요. 신첩이 청국에서 사고 친 이야기만 했겠죠. 덕분에 북경의 황족들은 조선 출신의 공주에 대해 모르는 이야기가 없었고요."

"황제의 어명혼까지 뿌리치고 조선으로 도망친 그 공주를?"

난 기어들어가는 목소리로 대답했다.

"네……."

환이 내 손을 힘주어 잡았다.

"하나."

"네?"

"그래서 그토록 과인이 붙잡으려 하여도 청국으로 돌아가려 하였던 것이오? 과인이 그대에게 줄 수 있는 것은 오직 중전 자리 하나뿐이지만, 청국에서는 그보다 더한 것도 그대에게 줄 수 있으니 말이오."

그의 눈빛이 퍽이나 슬프게 다가왔다. 나는 강하게 부정하며 말했다.

"그건 아니에요. 신첩은 돌아가면 죽을 수도 있었다고요. 공주라는 신분은 오래전에 잃어버렸다고 생각했으니까요. 신첩이 돌아가려고 한 것은, 신첩 때문에 위험에 빠진 친구 동포를 구하기 위해서였어요. 신첩이 가면 폐하께서 동포를 살려주실 것 같아서……."

"그럼 어찌 가지 않았소?"

나는 서소문으로 나를 구하러 왔던 환에게 청국으로 돌아가겠다며 헤어질 것을 통보했었다. 그때의 일을 상기시키며 묻는 그의 눈이 내 반응을 쫓고 있었다. 내게서 나올 대답을 잔뜩 기대하는 눈치였다. 부담스러울 정도로 내 얼굴을 빤히 쳐다보는 그의 시선을 피해 작은 목소리로 중얼거렸다.

"전하께서…… 위험에 빠지셨으니까요. 그런 전하를 두고 떠날 수 없었어요."

나를 바라보는 그의 표정이 무겁게 가라앉았다. 나는 내가 무언가 말실수를 했는지 돌이켜 생각해보았지만, 딱히 실수는 느껴지지는 않았다. 그 순간 그가 나를 두 팔로 번쩍 들어안았다. 갑작스러운 그의 행동에 놀란 나는 두 눈을 크게 힘주어 뜨고는 그를 쳐다보았다. 그는 무표정에 가까운 얼굴로 나를 바라보더니 바로 옆에 있던 탁자 위에 나를 눕혔다. 곧 그의 상체가 눕혀진 내 상체 위로 천천히 포개어졌다. 이미 오래전 별빛을 보기 위해 모든 불을 끈 부용정 안에는 짙고 푸르른 어둠만이 있었다. 그리고 그 어둠을 비집고 환의 얼굴에 닿은 빛은 그의 얼굴을 푸른색으로 물들였다. 나도 모르게 내 두 손이 그의 얼굴을 감쌌다. 그 순간, 그의 입에서 한 번에 몰아쉬듯 무거운 숨이 나왔다.

"중전."

조금은 거칠어진 목소리로 그가 나를 불렀다.

"대조전은…… 조금 늦게 돌아갈 듯싶소만."

나는 두 팔로 그의 목을 끌어안으며 소리 내어 웃었다.

이별가 離別歌

마침내 동포가 청국으로 돌아가는 날이 왔다. 이날 아침 입궐한 동포는 환을 만나 작별 예식을 치렀다. 뒤이어 열린 연회에도 참석했다. 그런데 이 연회에 대왕대비는 참석하지 않았다. 대왕대비의 빈 자리를 대신하는 왕실 어른은 대비였다.

연회의 분위기는 화기애애했다. 그러나 이러한 분위기 속에서도 안동 김씨 신하들의 표정은 밝지 못했다.

"옹주마마는?"

연회장을 두리번거리던 동포가 내게 꺼낸 말에 당황한 내가 청국 말로 대답했다.

"옹주마마라니? 영온옹주를 말하는 거야?"

"내게 이 향낭을 선물해주신 옹주 말이야."

동포가 옹주에게 받은 나비향을 꺼내들며 내게 말했다.

"고마움의 인사라도 전하려고?"

"응, 그러려고. 청국 사신이 어떻게 개인적으로 옹주를 만나서 고마움을 전할 수 있겠어? 이런 공적인 자리에서는 가능하리라 싶었는데……."

"그러고 보니 옹주가 안 왔네."

난 반대편에 앉은 환에게 조선 말로 물었다.

"전하. 옹주께서는 왜 연회에 참석하지 않으셨사옵니까?"

그제야 옹주가 오지 않은 것을 알아챈 환도 연회장을 살피며 말했다.

"초대는 하였으나 오고 안 오는 것은 옹주의 자유이니……. 혹 안 왔다면 부마와 관련된 일 때문일 것이오."

그러고 보니 환은 동포가 돌아간 뒤, 옹주와 부마를 이혼시키고 종친록에서도 제외하겠다고 말했다. 이런 상황에서 옹주가 연회에 참석해 생글생글 웃을 수는 없을 것이다. 난 다시 동포를 돌아보며 청국 말로 말했다.

"아마 못 오실 거야."

"못 온다고?"

동포가 의아한 표정을 지었다.

"응. 아마 사가에 계시겠지. 인사는 내가 대신 전해줄게."

"그럴 리가 없을 텐데."

"그럴 리가 없다니? 그게 무슨 말이야?"

"궁에 입궐할 때, 분명 멀리서 보았던 것 같거든."

나는 고개를 갸웃거리다가 강상궁을 불러 옹주가 오늘 입궐했는지 알아오라 시켰다. 그사이 동포의 시선은 연회장을 두

리번거리고 있었다.

"옹주가 신경 쓰여?"

동포는 별 대수롭지 않다는 듯 순순히 인정했다.

"조금은."

"어째서?"

"너도 알잖아. 내 어머님이 어떻게 돌아가셨는지를."

"아……."

동포의 어머니는 천주교인이라는 이유로 남편에게 상습적인 폭행을 당하다 집에서 내쫓겼다. 동포는 그런 어머니를 따라 집을 나왔다. 결국 그의 어머니는 길에서 죽었고, 동포는 신씨에게 거두어져 나와 함께 약현골에서 자랐다.

"어머니가 생각났나 봐. 단지 그뿐이야."

그때, 환이 내관을 시켜 무언가를 가져오라고 말했다. 그것은 내가 준비한 것이었다. 그러나 중전인 내가 청국 사신인 동포에게 직접 무언가를 줄 수가 없기에, 환이 대신 동포에게 전해주려는 것이었다.

"평안옥?"

동포가 내관이 들고 온 옥을 알아보고는 반갑게 받아들었다. 환이 동포에게 청국 말로 말했다.

"중전에게 들었네. 과인은 이대인이 과거 이 옥을 중전에게 선물해주었기에, 중전이 무사히 조선에 올 수 있었다고 여기고 있네. 이는 중전도 같은 생각이고. 하여, 중전은 이 옥을 먼 길을 떠나는 이대인에게 돌려주기를 원하였네."

동포가 씁쓸한 웃음을 지으며 입을 열었다.

"그 말씀은…… 중전마마께서 다시는 먼 길을 떠나실 일이 없다는 뜻이겠군요."

은유적이기는 하나, 나는 평안옥을 동포에게 돌려줌으로써 청국으로 돌아가지 않음을 암시했다. 나는 이제 내 진짜 자리를 찾았다. 그것은 그의 곁, 바로 조선의 임금인 이환의 곁이다. 나는 중전이 되었고, 그의 아내로서 평생토록 그와 함께할 것이다.

"내가 돌아가지 못하는 이유를 폐하께 잘 말씀드려줄 거지?"

"그건 걱정 마. 그리고……."

동포가 환의 얼굴을 한 번 쳐다보며 말했다.

"나도 다시 조선으로 돌아올 생각이니까."

"조선으로 돌아온다고?"

"물론이지. 나도 조선인인걸."

"청국에서의 관직을 모두 내려놓고 오겠다는 말이야?"

"그 부분에 대해서는 구츄전하와 모두 이야기를 나눴다고. 청국으로 돌아가 모든 일을 마무리 짓고, 폐하께서 허락하시면 관직에서 물러나 조선으로 돌아올 거야."

동포의 말을 환이 받았다.

"과거 흠차대인이었던 자에게 걸맞은 자리를 찾으려면 시간이 꽤나 걸리겠군."

"정말이에요? 정말 동포를 받아주실 거예요?"

기뻐하는 내 얼굴을 보며 환이 시원스럽게 웃었다.

"이처럼 뛰어난 인재를 등용하지 않을 순 없지 않소, 중전."

동포가 조선으로 돌아오는 것도 모자라 환이 가까이 두고 등용하겠다는 의사를 내비치자, 난 기뻐 어쩔 줄 몰랐다. 주변의 시선만 아니라면 기쁨의 탄성이라도 내지르고 싶은 심정이었다. 환은 웃으며 동포에게 술을 내렸다. 동포는 환이 내리는 술을 환한 얼굴로 받더니, 어느 순간 어딘가에 시선을 고정시키며 표정이 급속도록 어두워졌다. 이를 알아챈 환과 내가 돌아본 그곳에는 홀로 앉아 조용히 술을 마시고 있는 문현 오라버니가 있었다.

환이 작은 소리로 내게 말했다.

"지난번 술자리에서도 동포와 단 한 마디도 나누려하지 않더군."

"10년 전 약현골에서도 그랬어요. 처음 동포가 약현골에 왔을 때, 부모도 없는 아이라며 어울리지 않으려 했죠. 나중에야 친하게 어울렸지만…… 그땐 어렸고 지금은 어리지 않으니까요."

"그 말은 두 사람이 다시 가까워지기 더 어렵다는 뜻이오?"

환의 물음에 난 정확한 답을 줄 수 없었다. 그때, 우리의 시선이 자신에게 닿아 있다는 것을 알아챈 것일까? 문현 오라버니가 자리에서 일어서서 우리가 있는 곳으로 다가왔다.

"전하. 신 김문현, 전하께 청하고자 하는 것이 있사옵니다."

"말해보시오, 도승지."

"이번 청국으로 돌아가실 흠차대인을 의주까지 신이 배웅

할 수 있도록 허락하여 주시옵소서."

예상외의 발언에 환은 물론이고 동포와 나도 놀란 얼굴로 문현 오라버니를 쳐다보았다.

"도승지가 직접 말이오?"

"예, 전하."

"안 될 것은 없지만……."

환은 동포의 의사를 보려는 듯 동포를 쳐다보았다. 동포는 문현 오라버니가 자신과 함께 의주까지 가준다는 사실에 매우 기뻐하는 얼굴이었다. 그것도 그럴 것이 환이 마련한 술자리에서도 말을 거의 나누지 않았다던 두 사람이었다. 어쩌면 동포는 지금 문현 오라버니가 자신에게 마음을 열려고 노력한다고 여기는지도 모른다.

"과인은 사신만 좋다면 허락하겠소."

환의 말에 동포가 기다렸다는 듯 감사의 인사를 환에게 올렸다.

"국왕전하께서 허락만 하신다면 신은 진심으로 기쁘겠나이다."

그러나 즐거워 보이는 두 사람과 달리, 문현 오라버니의 표정은 어두웠다. 나는 그런 오라버니의 얼굴을 의구심 가득한 눈으로 주시했다.

* * *

연회가 끝나고 대조전으로 돌아가는 길에 난 홍재룡 대감을 만났다.

"중전마마."

"대감."

"주변을 잠시 물러주시겠사옵니까?"

홍재룡 대감은 내게 무언가 긴히 할 말이 있는 것 같았다. 나는 내 아버지와 긴히 할 말이 있다는 이유로 주변의 나인들을 모두 멀찍이 물러서게 했다. 나인들이 모두 물러가자 홍재룡 대감이 아주 작은 목소리로 내게 말했다.

"중전마마께서는 청국 사신으로 온 흠차대인과 아시는 사이이신지요?"

홍재룡 대감의 말투가 퍽이나 걱정스럽게 들려서, 오히려 난 웃으며 말을 받았다.

"벌써 소문이 대감의 귀에까지 들어갔는지요?"

"중전마마께서 흠차대인과 청국 말을 주고받는다는 말이 파다하옵니다."

"저뿐만 아니라 전하께서도 그리하셨는데요."

나는 대수롭지 않다는 듯 말했지만, 홍재룡 대감에게는 대수롭지 않은 일이 아닌 것 같았다.

"중전마마. 전하께서 청국 말을 할 줄 아시는 것을 아는 대신은 많사옵니다. 허나 중전마마는 아니지요. 대신들이 중전마마에 대해 아는 것이라고는 그저 국혼 전까지 소신의 사가에서 단 한 발자국도 나선 적이 없다는 것뿐이옵니다."

"그럼 혹 제가 청국 말을 했다는 것 때문에, 대감을 난처하게 만들었나요?"

"난처하지는 않사옵니다. 그저 어찌 제 여식이 청국 말을 할 줄 아는지 물어오는 대신들은 몇몇 있었지요. 소신도 청국 말은 할 줄 모르니 말이옵니다."

"헌데요?"

난 그가 주변을 물리면서까지 내게 묻고자 하는 말이 단순히 내가 청국 말을 할 줄 안다는 소문 때문만은 아니라고 여기고 물었다.

"대왕대비마마와 안동 김씨들은 이번 청국 사신을 기다렸사옵니다. 다시 한 번 조정을 되찾는 기회로 삼으려 했던 것이지요. 헌데 예상외의 일이 벌어졌지요. 사신으로 온 흠차대인이 대왕대비마마께서도 전혀 모르는 인물인데다가, 전하뿐만 아니라 중전마마와도 가까운 사이로 보였으니 말이옵니다. 그러니 이대로 흠차대인이 청국으로 돌아간다면, 이제 청국에서도 조선의 조정은 대왕대비마마와 안동 김씨에게 휘둘리지 않는다는 것을 알게 될 것이옵니다."

"전하께 좋은 것이 아닌가요?"

"좋은 일이지요. 헌데 이 좋은 일이 별다른 어려움 없이 척척 진행되고 있다는 점이 의심스럽사옵니다."

*　*　*

"중전마마. 주상전하께서 오셨사옵니다."

나는 서둘러 자리에서 일어서며 환을 맞이했다. 환은 나를 향해 방긋 웃으며 자리에 앉았다.

"이대인과 도승지가 조금 전 숭례문을 나섰다 하오."

환의 말에 자연히 내 시선이 열어둔 창문 밖으로 향했다. 연회 때는 보지 못했던 흐린 구름이 하늘에 잔뜩 끼어 있었다. 얼핏 보기에도 곧 비가 올 것만 같았다.

"금방이라도 비가 올 것 같은데, 너무 서둘러 떠난 것이 아닌지 염려되옵니다."

"이대인이? 아니면 도승지가?"

질투 섞인 환의 목소리에 난 창문에서 고개를 돌렸다.

"전하……."

"농이오. 허나, 지아비 앞에서 다른 사내를 걱정하니 질투가 아니 날 수 없구려."

그때 내관 두 명이 직사각형 모양의 상자를 들고 안으로 들어왔다. 화려한 금박이 입혀진 상자는 한눈에 보더라도 조선에서 만든 것이 아니었다. 나는 한눈에 그것이 청국에서 온 물건임을 알고는 환에게 물었다.

"이것은 무엇이옵니까?"

환이 웃으며 내게 말했다.

"다른 사내가 전해달라는 물건을 부인에게 전해주는 지아

242

비는 이 세상에 과인뿐일 거요."

"설마 동포가요?"

"그렇소. 이대인이 중전에게 전해달라며 과인에게 준 것이
오. 어서 열어보시오."

내가 상자로 고개를 돌리자, 내관들이 나를 대신하여 상자
를 열어 보였다. 이윽고 상자 안에서 나온 물건을 확인한 나는
두 눈이 휘둥그레졌다.

"아니 이건……."

상자 안에 있는 물건은 당비파였다. 나는 그것을 상자에서
꺼내 두 손으로 어루만졌다. 오랫동안 사람 손을 타지 않은 티
가 역력했지만, 분명 내가 동포와 합주할 때 쓰던 바로 그 당
비파였다.

비파 줄도 새 것으로 교체되어 있었다. 동포는 내게 이 당비
파를 보내면서 당장이라도 내가 연주할 수 있도록 모든 준비
를 마친 것 같았다. 나는 당장 비파의 줄을 튕겨보고 싶어졌다.
하지만 주변에는 당비파를 받아들고 기뻐하는 내 모습을 바라
보는 많은 나인들의 시선이 있었다.

'그래, 그랬지.'

조선에서 사대부 여인은 음악을 연주하지 않는다. 단지 감
상만 할 뿐이다. 음악을 연주하고 춤을 추는 것은 천한 신분의
여인들만 가능한 일이었다. 나인들을 다 물리고 연주를 한다
고 하더라도, 금세 중전이 음악 연주를 했다는 소문이 궁궐 안
팎으로 파다하게 퍼질 것이었다.

"중전?"

그가 나를 불렀다. 나는 당비파를 쓰다듬던 손길을 멈추고는 다시 상자에 넣으며 미소 지었다.

"진귀한 선물이군요. 나중에라도 꼭 고마움을 전하고 싶사옵니다."

환이 의구심 가득한 눈으로 나를 쳐다보았다. 그는 내가 당비파를 능숙하게 연주한다는 사실은 모른다. 그러나 동포가 내게 이 당비파를 선물했다면 분명 내가 연주할 줄 알기에 보냈다는 것을 눈치 못 챘을 리가 없다. 그런데 내 입에서 나온 말이라고는 중전다운 형식적인 인사뿐이었으니.

"전하, 경연에 가실 시간이옵니다."

"벌써 그리되었나."

환이 아쉬운 듯 자리에서 일어섰다. 그가 떠난 이후에도 내 시선은 내관들이 중궁전 한쪽에 놓아둔 상자 쪽을 향했다. 비가 올 듯한 날씨 탓이었을까? 가만히 앉아 있는데도 손이 비파 줄을 튕기는 모양으로 움직였다. 나와 가장 가까운 곳에 앉아 있던 강상궁이 이를 놓칠 리 없었다.

"혹시라도 사신께서 선물하신 그 당악기 때문이라면, 절대로 불가하다는 말씀을 올리옵니다. 중전마마."

강상궁의 지적에 난 멋쩍은 웃음을 지었다.

"알고 있네. 무엇보다 연주한 지 오래되어 감을 잃었으니……. 연주한다 해도 좋은 소리를 내지 못할 것이네."

연주하지 못하는 섭섭함이 묻어나는 내 목소리에 강상궁이

244

고개를 들었다. 그리고 당비파가 들어 있는 상자를 슬쩍 흘겨보더니 내게 말했다.

"감히 한 말씀 여쭙겠사옵니다."

"무엇을 말인가?"

강상궁이 잠시 뜸을 들이더니 물었다.

"이번에 청국 사신으로 오신 흠차대인 말이옵니다. 중전마마께서도 아시는 분이시옵니까?"

강상궁은 내가 동포와 청국 말로 대화하는 것을 보았다. 그녀가 나에 대해 얼마나 알고 있는지 몰라도, 적어도 사대부가의 규수이기에 중전의 자리에 올랐다고 알고 있을 것이다. 사대부가의 여인이 청국 사신과 청국 말로 말을 주고받는다……

어떻게 보나 충분히 의심스럽고 궁금한 상황이었다. 무엇보다 중전인 내 곁에, 가장 가까운 궁인으로 있는 그녀에게는 더더욱 말이다. 아니면 이미 궐내에 파다한 소문을 들은 대비가 그녀에게 알아오라고 시킨 것일지도 모른다.

"대비마마께서 궁금하신 것인가? 아니면 강상궁 자네가 궁금한 것인가?"

강상궁이 고개를 들어 나를 응시했다. 난 웃으며 그녀를 바라보며 입을 열었다.

"자네가 궁금한 것이라면 자네에게 답해주고, 대비마마께서 궁금해 하시는 것이라면 대비마마께 가서 직접 아뢰겠네. 그러니 말해보게. 자네가 궁금한 것인가? 아니면 대비마마가 궁금해 하시는 것인가?"

상궁이란 이미 들은 것이 있어도 못 들은 척해야 하고, 아는 것이 있어도 입으로 말해서는 안 된다는 것을 이미 알 만큼 아는 지위에 있다는 것을 뜻한다. 강상궁에게서는 과연 어떠한 대답이 나올까?

"소인은…… 중전마마를 가장 가까이에서 모시는 사람으로서 알기를 원하옵니다."

솔직하게 말하는 강상궁의 태도에 나는 활짝 웃었다.

"흠차대인은 나의 어린 시절 동무였네. 이는 전하께서도 아시는 것일세."

"청국 흠차대인과 중전마마께서 동무셨다니요?"

"그는 청국 사람이 아니네. 조선 사람이지. 사정이 있어 청국에서 살았던 것이네. 전하께서도 이를 알고 다시 조선 사람으로 받아주신다 하였으니, 곧 그리될 걸세."

강상궁이 눈동자를 이리저리 굴리더니 고개를 끄덕이며 답했다.

"하오면 주상전하와 중전마마의 적은 아니겠군요."

지나친 강상궁의 걱정에 난 고개를 내저었다.

"적이라니? 아닐세. 허나 굳이 적과 아군으로 편을 갈라야 한다면 아군이겠지."

강상궁에게 동포가 아군이라 설명하는 내 마음 한편이 착잡해져왔다. 강상궁은 내게 오기 전 대비의 사람이었다. 백화당에 갇혀 왕으로서 아무런 권한도 행사하지 못한 아들을 보며 마음 졸였을 대비의 곁을 지켜왔던 사람이었다. 어쩌면 강상궁은 대비의 명을 받아 나를 모시게 된 뒤에도 늘 대비와 환의 적과 아군을 구별하는 데 촉각을 세우고 지냈는지도 모른다.

'충심일까?'

아주 오랫동안 창덕궁은 대왕대비의 손에 있었다. 조선의 조정 또한 마찬가지였다. 어쩌면 지금의 평화는 아주 잠시뿐인 걸 수도 있다. 여전히 나의 적과 아군을 구별해야 하는 상황일지도 몰랐다.

* * *

동포가 떠난 후 3일 뒤. 칠석날이 되었다. 그리고 그날, 하늘에서 세찬 비가 퍼붓기 시작했다.

"쇄루우다!"

어린 나인들이 비를 피해 뛰어다니며 까르륵 웃는 소리가 들려왔다. 난 대조전 복도에 서서 창문 틈으로 비가 내리는 밖을 내다보았다. 어린 나인들이 처마와 처마 사이를 뛰어다니며, 그 사이로 뚝뚝 떨어지는 빗방울을 일부러 맞는 모습이 보였다.

쇄루우(灑淚雨)는 칠월 칠석날 재회한 견우와 직녀가 흘리는 눈물 비라는 뜻이었다. 이때 내리는 쇄루우를 맞으면, 사내는 자신이 마음에 품은 여인을 얻게 되고 여인은 자신이 마음에 품은 사내와 맺어진다는 속설이 있다. 어린 나인들이 비를 맞는 이유는 바로 자신들이 마음에 품은 한 사내와 이뤄지기를 바라는 마음에서일 것이다. 그리고 그 사내는 다름 아닌 국왕 이환이었다.

"소인의 불찰이옵니다. 소인이 나가서 단속하겠사옵니다."

역시나 강상궁이었다. 그녀는 어린 나인들의 앙큼한 속내가 내보이는 행동을 내 눈에 띄게 했다는 사실에 당황한 얼굴이었다. 그러나 나는 웃으며 손으로 제지시켰다.

임금의 춘추가 스물이었다. 반월정을 세우고 전국의 미인들을 도성으로 끌어모았다는 임금은 그 반월정을 없애버렸다. 더 이상 전국에서 미인들을 끌어모으지 않았다. 다시 말해 궁궐 나인들에게는 희소식이나 다름없었다. 그녀들에게 가장 큰 경쟁상대가 되었던 반월정이 어느 날 갑자기 사라져버린 것이다. 여기에 임금에게는 대왕대비가 정해준 김숙의를 제외하고는 후궁이 없다.

또한 왕자 아기씨도…….

청국 황실에서도 황후는 왕자를 생산하지 못하면 그 자리가 위태롭다. 조선이라고 다르진 않았다.

"중전마마?"

강상궁이 창문 틈으로 무언가를 보았는지 생각에 빠져 있는 나를 깨웠다. 나는 허공을 멍하게 바라보던 두 눈에 힘을 주었다. 빗속을 뚫고 대조전 가까이로 가마 한 대가 오고 있었다. 사방이 막혀 있는 가마 안에 누가 타고 있는지 알 수 없었으나, 가마꾼들은 외부인이 아니었다.

"뉘신지 알아보거라."

강상궁이 재빠르게 나인에게 말했다.

"예, 마마님."

난 창문을 통해서 가마가 대조전 앞에 멈추는 것을 가만히 지켜보고 있었다. 얼마 후, 강상궁의 명을 받아 밖으로 나갔던 나인이 돌아와 아뢰었다.

"빈 가마이옵니다. 전하께서 보내셨다 하옵니다."

"전하께서?"

나인의 보고를 받던 강상궁이 되물었다. 나도 고개를 돌려 나인을 돌아보며 물었다.

"전하께서 보내신 가마라니?"

"가마를 호송한 자의 말로는 전하께서 지금 창경궁에 계신 다 하옵니다. 중전마마를 창경궁으로 모셔오라고 하셨다 하옵 니다."

창경궁은 현재 비워진 궁궐이다. 환이 친정을 시작한 이상, 대왕대비는 창경궁으로 물러나야 했다. 그러나 다시 조정을 잡을 기회를 노리는 대왕대비는 창덕궁에 튼 둥지를 쉽사리 버리려 하지 않았다. 대비 역시도 환을 지키겠다며 창덕궁에 눌러 앉았다. 이러다 보니 창경궁에 거주하는 왕실 여인들은 아무도 없었다.

"전하께서는 창경궁 어느 전각에 계신다 하느냐?"

* * *

관덕정(觀德亭).

창경궁 후원 숲 속 안. 야트막한 언덕 위에 자리 잡은 관덕정은 주로 임금의 활 쏘는 장소로 애용되는 정자였다. 그러나 비가 오는 날 활 쏘기 연습이 있을 리가 없었다. 그래서인지 관덕정의 창문들은 모두 굳게 닫혀 있었다. 게다가 관덕정 앞에는 편전 지밀상궁과 내관을 제외하고는 다른 나인들도 보이지 않았다. 왕인 환이 안에 있다고 하기에는 수행하는 인원이 이상하리만치 적었다.

"중전마마. 어서 드시지요."

대조전에서부터 나를 따라온 강상궁이 우산을 들며 길을 안내했다. 강상궁의 안내를 받아 관덕정 안으로 들어서자, 반대편 창문을 열어두고 밖을 내다보던 환이 나를 반갑게 맞이했다.

"관덕정으로 오는 가마를 보았소."

주변에는 강상궁만 서 있었기에 나는 환이 내미는 손을 주저 없이 잡으며 그의 곁으로 바짝 다가섰다. 환은 내 손을 잡고 방석이 깔려 있는 자리로 데려가 함께 앉았다.

"빗물이 묻었군."

그는 살짝 빗물에 젖은 내 머리를 쓸어 넘겨주는 자상함도 보였다. 유독 친절한 그를 보며 나는 이 빗속에 나를 관덕정까지 불러낸 그의 의도가 궁금해졌다.

"전하, 어찌 관덕정으로 신첩을 부르셨사옵니까?"

환은 웃으며 강상궁을 쳐다보았다.

그러자 강상궁이 뒷걸음쳐 관덕정 밖으로 나가더니, 조금 뒤 비단 강보에 쌓인 무언가를 두 손으로 들고 들어왔다. 환은 직접 강상궁이 들고 온 비단 강보를 받아들었다. 그리고 그것을 내 앞에 내려놓고 한 손으로 둘둘 감겨 있는 강보를 풀었다. 그러자 그 안에서 동포가 선물한 당비파가 모습을 드러냈다.

"당비파가 왜 여기에?"

난 놀라 강상궁을 쳐다보았다. 그러나 강상궁은 평소와 다름없이 침착한 표정으로 고개를 숙이고만 서 있었다. 환이 강상궁을 향해 말했다.

"수고했네."

"황공하옵니다. 전하."

강상궁이 인사를 올리며 밖으로 나갔다. 그녀가 밖으로 나가자 환이 당비파를 들어 내 품에 안겨주며 말했다.

"과인이 중전의 비파 연주를 듣고 싶어 부득이하게 관덕정까지 부른 것이오."

난 그제야 환의 계략에 강상궁도 동조했다는 것을 깨달았다. 아니면 강상궁의 계략을 환이 도운 것인지도 몰랐다. 어쨌든 난 당비파를 연주할 수 없었다. 당비파를 다시 강보 위에 내려놓으며 내가 말했다.

"전하, 신첩은 연주할 수 없사옵니다."

"어째서?"

"중전이 비파를 탔다는 소문이라도 돌았다가는 전하께 해가 될 것이옵니다."

"하여 창경궁으로 부른 것이 아니오."

난 관덕정에 도착했을 때, 유독 소수의 지밀나인들만 있었던 사실을 떠올렸다.

"그렇다고 궁궐에 귀가 없겠사옵니까?"

"그 귀들은 오늘 내리는 빗소리에 잠길 것이오."

창경궁에서도 후원 속에 있는 관덕정. 여기에 빗소리까지 더해졌으니, 비파 소리는 관덕정 밖으로 흘러나가기가 어려울 것이다. 환도 이를 알고 나를 여기까지 부른 것이다.

"신첩은…… 신첩은 비파를 연주한 지 오래되어 잘 연주하지 못할 것이옵니다."

"헌데도 틈만 나면 비파에 눈길을 주었단 말이오?"

그가 눈웃음 지으며 말했다. 난 깜짝 놀란 눈으로 환의 두 눈을 응시했다.

"강상궁이 과인에게 그러더군. 중전이 틈만 나면 비파 상자에 눈길을 준다고 말이오. 또한 청국으로 돌아간 이대인 역시, 그대가 청국에서 비가 오는 날마다 종종 비파를 연주했다고 들었소."

"허나 그건 청국이었사옵니다. 여기는 조선국이옵니다. 전하, 조선에서는 사대부가의 여인은 음악을 하지 않습니다. 더욱이 신첩은 중전이옵니다. 중전으로서 어찌……."

그가 내 두 손을 부드럽게 움켜쥐며 말했다.

"과인이 듣고 싶어서 그렇소."

"전하가요?"

"그렇소. 과인은 과인이 알지 못했던 그대의 모습을 하나씩 모두 알기를 원하오. 그리고 지금 과인이 원하는 것은 그대가 과인을 위해 비파를 연주하는 것이오."

"전하……."

나 역시 그의 마음을 알게 되자 더 이상의 변명이 통하지 않음을 알고는 피식 웃음을 터트렸다. 내가 웃는 모습을 보이자 환의 얼굴도 덩달아 밝아졌다.

"과인을 위해 연주해주시겠소?"

나는 그의 손에 잡힌 내 두 손을 빼내며 당비파를 안아 들었다. 그리고 환을 얄밉다는 듯 흘겨보며 중얼거리듯 말했다.

"오늘만이에요. 칠석이니까요."

"그렇다면 앞으로 매년 칠석마다 이런 세찬 비가 내리기를 바라야겠군."

환이 웃으며 문 밖에 선 강상궁을 불렀다. 곧 강상궁이 편전 지밀상궁과 함께 작은 술상을 내와 환의 앞에 내려놓았다. 지밀상궁이 술을 따르겠다는 것을 물린 환은 스스로 잔에 술을 따랐다. 그러면서도 연신 그의 얼굴에서는 미소가 떠나지 않았다. 아마도 그는 지금 이 순간만큼은 나와 단둘이 있고 싶어 하는 것 같았다.

-텡~

예전 기억을 더듬어 비파의 줄을 가볍게 튕기는 내 얼굴에도 미소가 지어졌다. 조선에 온 뒤로 비가 오는 날마다 당비파를 연주하던 순간들을 그리워했었다. 그러면서 다른 한편으로는 다시는 비파를 연주하게 될 날이 오지 못할 것이라고 여기며 슬퍼했었다. 그런데 악기를 전혀 다루어서는 안 되는 중전이 되어서 당비파를 다시 연주할 수 있는 날이 오게 될 줄이야. 그것도 내가 가장 사랑하는 사람의 앞에서.

"혹시라도 많은 기대는 마옵소서."

난 혹시라도 음을 놓치거나 틀릴까 봐 미리 그에게 주의를 주었다. 환은 그런 내가 귀엽다는 듯 쳐다보며 고개를 가로저었다. 나는 그의 앞에서 혹시라도 실수할까 봐 미리 걱정했다. 그러나 그에게는 그런 내 실수조차도 사랑스러워 보이리란 걸 나는 알고 있었다.

연주가 시작되었다.

잔잔한 음색이 세차게 내리는 빗소리 사이로 은은히 흘러 주변의 소리를 모두 흡수해 합주하듯 바꾸어놓았다. 상당히 오랜 시간이 흐른 뒤에 처음으로 하는 연주였음에도 나 스스로 놀랄 정도로 예전과 다르지 않은 음색이었다. 나는 그 이유가 지금 이곳에서 나의 연주를 들어주는 그의 존재 때문이라는 걸 알았다.

부드럽게 끊어지는 비파의 소리가 주변의 음을 천천히 잠식해나갔다. 비파의 목 부분의 좁은 줄들 사이로 오른쪽 손가락을 넣어 고정시킨 손은 어느덧 천천히 비파의 가운데 쪽으로 내려오며 소리가 깊어졌다. 몸통 부분의 넓은 줄들 사이를 빠

르게 오가며 튕기던 내 왼쪽 손가락들은 음의 깊이를 만들어
주었다. 어느새 연주는 그 절정을 향해 가파르게 올라가고 있
었다. 그리고 그 마지막! 빠르게 움직이던 손가락들이 높아지
던 음들을 조용히 가라앉으며 비파 음으로만 만들 수 있는 침
묵의 소리를 끌어내던 바로 그 순간이었다. 탱하는 소리와 함
께 줄이 끊어져버렸다.

"아얏!"

팽팽하게 당겨져 있던 비파의 줄이 끊어지며 내 오른쪽 손
가락에 상처를 내고 말았다.

"중전?"

당황한 환이 들고 있던 술잔을 내려놓고 내 옆으로 달려왔
다. 그는 붉은 핏방울이 맺힌 내 손가락을 보더니, 자신의 손으
로 감싸며 지혈을 했다. 나는 실수한 것이 부끄러워 아픔도 잊
은 채 환에게 말했다.

"신첩은 괜찮사옵니다. 이런 상처는 처음 비파를 배울 때부
터 종종 나던 상처이옵니다."

"아니오. 의관을 부르리다."

"정말 괜찮사옵니다."

"괜히 중전에게 비파를 연주해달라 청했나보군."

미안해하는 환을 보며, 난 그를 안심시키려 더욱 밝게 웃었
을 때였다.

"전하! 큰일 났사옵니다!"

관덕정 밖을 지키고 서 있던 지밀내관의 외침이었다. 환은

여전히 다친 내 손을 움켜잡고는 밖을 향해 소리를 냈다.

"무슨 일이냐?"

아주 찰나의 순간, 칠석에 내리던 세찬 빗소리 외에는 아무 것도 들리지 않던 짧은 순간이었다. 난 그 순간 청국에서 내 비파 음에 맞추어 피리를 연주하던 동포의 모습이 떠올랐다. 나를 보고 있지는 않았지만, 술에 취해 입가에 살짝 미소를 머 금고 두 눈을 감은 채 연주하던 동포의 모습을 말이다.

'동포는 곧 조선으로 올 거야.'

그를 총애하는 황제가 그를 쉽사리 보내줄 것 같지 않지만 말이다. 내가 조선인으로서 다시 조선국에 돌아와 중전이 되 어 살아가는 것처럼, 그도 조선국에서 조선인으로 당당히 살 게 될 것이다. 난 그렇게 되리라 믿어 의심치 않았다. 그래서 지금 우리의 이별은 아주 짧은 이별이었다. 아주 짧은…….

관덕정 밖, 지밀내관의 외침이 이어졌다.

"청국 사신과 도승지께서 도적들에게 피습을 당하셨다 하 옵니다!"

이 시기 조선에서는 전국 각지에서 크고 작은 민란이 끊이 질 않았다. 관리들의 부정부패는 조정에서 독자적인 세력을 펼치고 있는 안동 김씨 가문과 만나며 더욱더 심해졌다. 이 때 문에 뇌물을 주거나 받지 않은 자는 관직에 나아갈 수 없었으 며, 관리 셋 중의 셋 모두가 뇌물 및 부정부패에 연관되어 있 는 상황이었다. 탐관오리들에게 수탈받던 농민들은 자신의 고 향을 떠나 민란에 가담했다. 그러나 이 역시도 결국에는 관군에 의해 토벌되었다. 이때 살아남아 흩어진 민란의 주동자들은 전국 각지에서 도적의 우두머리가 되었다. 이들은 전국 각지를 연결하는 길목에서 도성으로 향하는 돈 많은 상인이나 양반들로부터 각종 재화들을 약탈하며 살아가고 있었다.

*　*　*

"이 옥이 절벽 아래에서 발견된 유일한 것이라 하였느냐?"

"예. 소인이 듣기로는 이대인의 유품인 것으로 추정되는 유일한 물건이라 하옵니다."

강상궁의 설명에 나는 힘없이 평안옥이 담긴 상자를 응시했다. 동포는 개경 자남산 부근을 지나다가 습격을 받았다고 했다.

자남산을 지나며 수행원들과 조선에서 보낸 호위 병사들이 잠깐 휴식을 취하는 동안이었다. 그때 동포가 사라졌고, 사라진 동포를 찾으러 문현 오라버니가 나섰다고 했다. 문현 오라버니가 동포를 발견했을 때, 그는 수십 명의 도적들에게 둘러싸여 공격을 받고 있었다. 문현 오라버니가 도우려고 나섰지만, 이미 동포는 칼에 맞아 절벽으로 떨어지고 있었다고 했다.

"중전마마……."

내 아랫입술이 심하게 떨리는 것을 본 강상궁이 걱정스레 나를 불렀다. 그러나 나의 온 신경은 상자 안에 담겨 있는 평안옥을 향해 있었다. 정확히는 옥에 물결치듯 그려져 있는 붉

257

은 핏물자국에.

'대체 누구의 피일까?'

상상하기 싫었지만, 당연히 동포의 얼굴이 제일 먼저 떠올랐다. 나에게서 이 옥을 돌려받은 동포가 함부로 지니고 다녔을 리가 없었다. 청국에 돌아갈 때까지 소중히 다뤘을 것이고, 후에 조선으로 돌아와서 다시 내게 자랑스레 내보였을 물건이었다. 그리고 이 옥 덕분에 무사히 올 수 있었다고 말했을 것이다. 그런데 그래야 할 평안옥이 지금 내 눈 앞에 있었다. 새로운 주인을 잃어버린 채 말이다. 나는 머릿속을 빠르게 잠식해나가는 무서운 상상 속에서 벗어나려고 발버둥 쳤다. 그러면 그럴수록 아랫입술에서 시작된 떨림은 턱까지 이어져 내려갔다.

"중전마마?"

동포 생각에 정신이 팔려 있던 나는 강상궁의 목소리에 화들짝 놀라며 고개를 들었다.

"괜찮으시옵니까?"

"나는……."

동포가 이렇게 죽을 리 없었다. 그가 청국 황제의 호위무관이 될 수 있었던 것은 무술 실력이 청국에서도 손꼽힐 정도로 뛰어나기 때문이었다. 선량하고 힘없는 백성들만 강탈하는 오합지졸 도적들에게 이처럼 쉽게 무너질 리가 없었다. 혹여 그들이 갑자기 뒤에서 공격했다 하더라도 목숨을 잃는 일 따위는 일어나서는 안 되는 것이었다.

"도승지는? 도승지 영감은 어찌 되었다더냐?"

"청국 사신께서는 절벽 아래로 떨어지셨으나, 다행히 도승지 영감께서는 절벽 아래로 떨어지지는 않으셨다 하옵니다. 허나 상흔이 너무 깊어 쉬이 낫기가 어렵다 들었사옵니다."

다시 말해 문현 오라버니는 쉽게 낫기 어려울 뿐, 생명에는 지장이 없다는 말이었다.

그렇다면 왜 동포만 홀로 절벽 아래에 떨어진 것일까? 뒤늦게 자신을 찾으려고 나타난 문현 오라버니를 도와주려다 발을 헛딛기라도 한 것일까?

"강상궁은 그만 나가게."

"예. 중전마마……."

강상궁이 나간 후 나는 홀로 대조전에 남아 있었다. 피 묻은 평안옥이 여전히 내 앞에 놓여 있었다. 그러나 나는 그것을 만져보지도 못한 채 긴긴 망설임의 시간을 흘려보내고 있었다.

"중전마마. 주상전하께서 지금 대조전으로 오고 계시다 하옵니다."

문 밖에서 들리는 강상궁의 목소리에 난 밤이 왔음을 알았다.

"알았네."

내 허락에 문이 열리며 강상궁과 대조전 나인들이 줄줄이 들어왔다. 그녀들은 평소와 다름없이 침전을 청소하고 이부자리를 깔았으며, 내가 옷을 갈아입는 것을 도와주었다. 그사이 평안옥을 넣어둔 상자는 강상궁이 한쪽으로 조심스레 치웠다. 나는 나인들의 도움으로 옷을 갈아입는 도중에도 평안옥에서 눈을 뗄 수가 없었다. 그러나 그 옥을 다시 가져오라고 말하지는 않았다. 동포를 생각하면서도 슬퍼할 수 없었기 때문이다.

대조전에는 많은 나인들이 있었다. 그리고 난 아직 그녀들을 모두 신뢰하지 않았다. 청국 사신의 실종 소식에 내가 유난히 크게 반응했다는 사실이 바깥에 알려진다면, 이는 날카로운 비수가 되어 내게로 돌아올 것이다. 그렇기에 나는 그 어떤 상황에서도 침착하게 행동해야 했다.

무엇보다 동포는 죽지 않았다. 그러나 그가 상흔을 입고 절벽 아래로 떨어졌다는 소식은 모든 이들이 그가 이미 죽었다고 판단하게 만드는 데 충분했다. 특히 그가 떨어진 개경 자남산은 유독 가파른 절벽이 많은 산이었다. 또한 산 아래로는 물살이 센 대동강이 굽이굽이 뒤틀려 흐르는 아주 위험천만한 곳이었다. 오랜 수색 끝에도 동포가 발견되지 않은 것은 대동강에 빠져 익사했을 가능성까지 던져주는 것이었다.

"주상전하 드시옵니다."

나는 일어서서 환을 맞이했다. 그의 뒤로 나타난 대전 지밀나인들을 확인하고는 일부러 환을 향해 더 밝게 웃었다.

"전하."

무거운 얼굴로 들어섰던 환은 평소보다도 밝은 내 얼굴을 보더니, 자신의 주변에 선 나인들을 돌아보며 말했다.

"모두 물러가거라."

그의 명에 따라 나인들이 일사분란하게 침전 밖으로 사라졌다. 우리 두 사람만 남게 되자 평소처럼 나는 그가 옷을 갈아

입는 것을 도왔다. 원래는 지밀나인들이 하는 일이었지만, 첫
합궁 날 이후로 자연스레 내가 도맡아하는 일이기도 했다. 그
는 자신의 옷고름을 단정히 매어주는 내 손길을 따라 천천히
눈동자를 움직이며 말했다.

"곧 이번 일로 청국에서 사신이 올 것이오."

"무슨 일로 청국 사신이 오는 것이지요?"

"우리가 이대인을 찾지 못하였으니 직접 찾아 나서려는 것
같소."

지금은 두 나라가 우호적인 관계였지만 과거에 두 번의 호
란으로 얽힌 적국이었다. 당연히 일반 백성들은 또다시 청국
이 공격해올까 두려워하는 마음을 가지고 있었다. 이런 상황
에서 사라진 동포를 찾겠다며 청국 병사들이 개경을 들쑤시고
다닌다면, 민심만 흉흉해질 것은 불 보듯 뻔한 일이었다.

"그것이 다일까요?"

난 환의 얼굴을 물끄러미 올려다보며 물었다. 그러자 환이
내 턱 끝을 한 손으로 살며시 들어올렸다. 눈이 부실 듯 아름
답게만 보이던 그의 눈동자가 빛을 잃은 채 나를 가만히 응시
하고 있었다.

"두렵소?"

난 고개를 저었다. 그가 두려움을 느끼지 않는다면, 나 역시
두려움을 느낄 이유가 없다.

"동포는 반드시 살아 돌아올 거예요. 모든 일은 잘 마무리될
거고요."

환은 미소로 답을 대신한 후 내 손을 잡고 이부자리 위에 앉았다. 곧 대조전의 불이 꺼지고 잔잔한 어둠이 내려앉았다. 그러나 나는 쉽사리 잠들 수 없었다. 동포 생각 때문이었다. 내 상상 속에서 동포는 절벽에서 떨어지고 대동강 물속에 빠졌다. 이 끔찍한 상상은 내가 지쳐 잠들 때까지 계속될 것만 같았다.

결국 나는 눈을 질끈 감았다 뜨기를 반복하다가, 옆에 누운 환의 얼굴을 쳐다보았다. 밤이 만든 푸른 빛 속에서 그의 두 눈이 감겨 있는 것이 보였다. 나는 굳게 다문 입술 사이로 한숨을 숨겨 내쉬고는 그에게서 등을 돌리고 누웠다.

"이대인을 걱정하는 것이오?"

분명 조금 전 그가 눈을 감은 것을 보고 등을 돌린 것인데도, 내가 등을 돌리자마자 그의 입이 열렸다. 그 역시 아직 잠들지 못하고 있었던 것이 틀림없었다.

"네……."

불을 끄고 나서야 나온 내 진심에 환이 긴 한숨으로 응한다. 그의 한숨은 동포가 죽었을지도 모른다는 내 불안감을 증폭시켰다. 결국 내 두 눈에서 소리 없는 눈물이 흘렀다.

"하나?"

우는 소리를 들키지 않으려고 이불을 얼굴까지 덮었다. 그러자 그가 무언가 낌새를 알아차렸는지 나를 불렀다. 나는 꺽꺽 죄어오는 목구멍에서 간신히 소리를 냈다.

"밤이 깊었어요. 쉬세요, 전하."

그리고 이불을 다시 얼굴까지 덮으려는데 그가 등 뒤에서 두 팔로 나를 끌어안았다. 등 뒤에서 나를 끌어안은 그가 자상한 목소리로 내 귓가에 대고 말했다.

"동포는 죽지 않았소. 분명 어딘가에 살아 있을 것이오."

모두가 그를 죽었다고 여기고 있을 때였다. 나 역시도 동포가 살아 있을 것이라는 확신을 잃어버리려 했다. 그런데 다름 아닌 그가 아니라고 말해주는 것은 내게 그 무엇으로도 표현할 수 없는 가장 큰 위로가 되어 다가왔다. 나는 더 이상 눈물을 흘리지 않으려 꾹꾹 참으며 그의 품 안에서 고개를 끄덕였다.

* * *

며칠 후 홍재룡 대감이 나를 찾아왔다.

"흠차대인의 습격 소식을 듣고 청국 황제가 어찌 나올지 전혀 모르는 상황이옵니다."

"이번 사신으로 오는 이가 누구인지 밝혀지지 않았답니까?"

나는 실종된 동포를 찾겠다는 평계로 조선을 방문하는 사신에 대해 홍재룡 대감에게 물었다. 그러나 그도 아는 것이 없다는 듯 고개를 저었다.

"일단은 청국 사신이 의주를 지나야 알 수 있을 것 같습니다. 다만 신이 걱정되는 것이 하나 있사옵니다."

"무엇이지요?"

"전하께서 즉위하시고 10여 년에 가까운 세월 동안, 청국에서 온 사신들은 모두 대왕대비마마와 안동 김씨들에게 유리한 자들이었습니다. 친분이나 유대가 깊은 자들이었지요. 그러나 이번 청국 사신은 달랐사옵니다."

홍재룡 대감의 말대로 동포가 사신으로 온 것은 아주 특별한 경우였다. 물론 동포에게는 황제의 특별한 명령이 있었기에 사신으로 조선에 온 것이었다. 바로 나를 찾기 위해서였다.

"헌데 이번 일로 청국 조정에서도 분명 조선에 대해 잘 아는 자를 사신으로 보내려 할 것이옵니다. 그렇다면 이번 사신은 대왕대비마마와 친분 있는 사신일 가능성이 높사옵니다."

"지금 그 말씀은…… 전하께는 불리하다는 뜻인가요?"

"예. 전하께 책임 추궁도 할 것으로 보입니다. 무엇보다 지금 궐 밖 백성들은 또다시 청국과 전쟁이라도 날까 두려워하고 있사옵니다. 이런 상황에서 민심마저 흉흉해진다면 모든 것은 전하께 불리해질 것이옵니다."

"그러나 상황은 예전과 많이 다르지 않습니까? 예전에는 전하의 병색을 핑계로 조정에 등청하는 것을 막아왔다지만, 이제 전하의 옥체가 강건하다는 것을 모르는 대신들은 없습니다. 백성들도 마찬가지이고요. 이런 상황에서 대왕대비마마께서도 전하를 조정 밖으로 밀어낼 순 없을 겁니다."

홍재룡 대감의 걱정을 기우로 바꾸려는 내게 대감은 단호하게 말했다.

"허나 전하께서 아직 백성을 다스리기에 자질이 부족하다는 이유를 들어 대왕대비마마께서 다시 수렴청정을 하려고 하실지도 모르지요."

"전하께서는 성년이십니다. 이제 와서 다시 수렴청정을 하겠다고 하면 받아들일 백성들은 없을 것입니다."

"하오나 그들은 최악의 경우 전하를……."

내 말에 홍재룡 대감이 무언가 말하려다가 주저했다. 난 그런 대감을 보며 답답한 얼굴로 다그쳤다.

"말해보세요. 그것을 알고자 대조전으로 대감을 부른 것이 아니겠습니까?"

고심하던 홍재룡 대감이 어렵게 입을 열었다.

"최악의 경우, 대왕대비마마 쪽에서는 전하를 하야(下野, 왕의 지위에서 물러남)로 몰아가려 할지도 모릅니다."

"하야라니요?"

난 믿을 수 없다는 듯 말했다.

"지금껏 왕실에서 하야를 한 임금은 아무도 없습니다. 어찌…… 그런 말도 안 되는 일을 대왕대비마마께서 꾸미시리라 여기시는 것입니까?"

"중전마마. 흥선군에게 듣기로 오래전부터 대왕대비마마는 대통을 이을 적령기의 왕손을 찾고 계셨다 하옵니다. 이는 전하께서 백화당에서만 지내던 시절부터 이뤄진 일이옵니다."

"그럴 수가……."

평안옥에 피가 묻어 돌아왔을 때보다도 더 큰 충격이 나를 때리는 느낌이었다. 나는 떨려오는 손을 감추려 두 손을 꼭 움켜쥐었다.

"전하께서도 이를 알고 계시나요?"

홍재룡 대감은 아무도 없는 주변을 다시금 살피더니 고개를 한 번 끄덕였다. 나는 가슴이 무너지는 기분이었다. 이는 이미 대왕대비마마와 환의 사이가 돌이킬 수 없는 강을 건넜다는 것을 의미했다.

'왕이 된 친손자를 하야시키려 하는 친할머니라니.'

하얗게 얼굴이 질려버린 나를 보며 홍재룡 대감이 다시 입을 열었다.

"중전마마. 흠차대인이 실종된 이후로 수강재로 드나드는 대신들이 들었나이다. 그들 중 일부는 이번에 전하께서 조정을 장악하시면서 따랐던 이들이 상당수 되옵니다. 그들은 모두 이번 일로 전하께서 왕위를 유지하는 것이 어렵다 보는 것이 틀림없사옵니다."

나는 한숨도 편히 내쉬지 못한 채 홍재룡 대감에게 물었다.

"이를 어찌하면 좋을까요?"

"이런 때일수록 중전마마께서는 내명부를 더욱 굳건히 다 잡으셔야 하옵니다. 그것이 바로 중전마마께서 전하께 해드릴 수 있는 가장 큰 일이 아니겠사옵니까?"

홍재룡 대감이 대조전을 떠난 후 난 강상궁을 불렀다.

"강상궁."

"예. 중전마마."

"자네도 알고 있었는가? 지금 수강재에 많은 대신들이 드나들고 있다는 사실을 말일세."

강상궁이 고개를 끄덕이며 대답했다.

"예, 알고 있었사옵니다."

난 그녀의 말이 끝나자마자 한 손으로 상을 세게 내려치며 그녀를 쏘아보았다.

"어찌 내게 말하지 않았는가!"

내 호통에 깜짝 놀란 듯 강상궁이 바닥에 몸을 넙죽 엎드렸다.

"송구하오나 중전마마, 대비마마께서도 어찌하지 못하신 일이옵니다."

"허나 지금의 내명부는 전하께서 중전인 내게 일임하신 곳이네."

이환 역시 자신이 되찾은 조정을 지키려 애를 쓰고 있다. 그런 그가 단지 방관자가 되라고 내게 중전이라는 자리를 준 것일까? 절대 아니다. 지난번 사신연회에서도 그는 신하들에게 내명부를 통솔하는 사람이 나라는 사실을 환기시켰다. 그는 자신의 길을 함께 걸어갈 사람으로 나를 택했다. 그의 뒤를 그저 따라가기만 하는 여인이 아니라, 옆자리에서 그와 나란히 함께 걸어가며 같은 곳을 바라보는 여인으로.

"수강재로 가야겠네."

* * *

수강재로 가기 위해 내가 제일 먼저 향한 곳은 낙선재였다. 왜냐하면 수강재는 석복헌과 함께 낙선재 안에 지어진 건물이

기 때문이다. 이 때문에 낙선재로 들어가는 장락문을 지나야
만 수강재로 들어갈 수 있었다. 장락문에 이르렀을 때 도망치
듯 나오는 신하들의 모습이 보였다. 그들은 나를 보자마자 놀
란 듯 어깨를 움츠리며 바쁘게 자리를 떴다. 아마도 내가 이곳
에 도착한다는 소식이 전해졌을 것이다. 나는 장락문 앞에 서
서 강상궁에게 명을 내렸다.

"앞으로 장락문 앞에 별감을 세우고 궁인들 외에는 모든 외
부인의 출입을 금하게."

"명 받잡겠나이다."

강상궁이 고개를 숙이며 대답했다. 나는 곧바로 이어서 장
락문 안으로 들어섰다. 안쪽에서는 내가 온다는 소식에 나인
들이 수강재로 들였던 술상을 치우느라 바쁘게 움직이고 있었
다. 그들은 나를 보자마자 술상을 바닥에 내려놓고 모두 나를
향해 고개를 숙였다.

"중전마마……."

당황한 나인들이 내려놓은 술상에는 수라상에도 잘 오르
지 않는 찬들이 가득했다. 한눈에 보더라도 이것은 연회상이
었다. 연회상을 받은 이들은 조금 전 장락문 안에서 도망치듯
빠져나간 신하들의 것이 분명했다. 나는 나인들에게 다가가
그녀들을 엄한 눈빛으로 둘러보고, 상에 놓인 술병을 집어 들
었다.

"지금이 어느 때이더냐?"

"예? 그, 그것이……."

나인이 말을 더듬자 내 목소리는 더욱 날카로워졌다.

"어찌 술병이 이곳에서 나온단 말이냐?"

"저희는 그저 대왕대비마마의 명을 받들어⋯⋯."

"지금이 어떤 시국임을 정녕 모른단 말이냐? 편전에서는 하루가 멀다 하고 중신회의가 열리거늘, 너희는 어찌 대낮부터 술상이나 나르고 있는 것이냐?"

내 꾸짖음에 나인들이 바닥에 엎드려 울먹거렸다.

"죽을죄를 지었나이다."

홍재룡 대감이 한 말 그대로였다. 안동 김씨들은 이번 일로 자신들의 세상이 다시 올 것을 예감하고는 잔치를 벌이고 있었다.

"앞으로 낙선재는 물론이고 수강재로 들어가는 모든 술상을 금한다. 또한 중전인 내게 알리지 않고 이런 명을 따른 것에 대해서도 엄히 책임을 물을 것이다."

겁에 질린 나인들이 몸을 떨며 고개를 들지 못했다. 나는 그녀들을 뒤로 한 채 수강재 쪽으로 걸음을 옮겼다. 이런 내 옆으로 강상궁이 다가와 작은 목소리로 속삭였다.

"중전마마. 저 나인들은 낙선재의 나인들로 보이나, 실상 대왕대비마마를 받드는 나인들이옵니다."

난 잠시 걸음을 멈추고 강상궁을 쳐다보았다. 그녀는 혹시 이 일로 대왕대비를 자극하게 만들까 봐 걱정하는 얼굴이었다.

"알고 있네. 허나 내게도 다 생각이 있네."

"어찌하시려는지요?"

"청국에서 오는 사신의 일이 마무리되면 이 일에 대한 책임을 물어 낙선재의 나인들을 모두 내보낼 것이네. 그리고 새로운 나인들로 채워 넣어야지."

내 말에 강상궁이 곰곰이 생각하더니, 놀란 눈을 떴다.

"허면 중전마마께서는……."

그녀가 내 생각을 알아차렸다는 것을 알고 난 미소를 지었다.

"그렇네. 대왕대비마마를 직접적으로 모시는 수강재의 나인들은 건들지 못하여도, 낙선재의 나인들은 다르지. 새로운 아이들은 자네가 믿을 만한 아이들로 채우게나."

강상궁의 얼굴도 한층 밝아졌다.

"수강재를 지나려면 낙선재를 반드시 지나야 하니, 낙선재의 나인들을 통해 대왕대비마마의 동향을 알아내시겠다는 뜻이었군요."

강상궁의 칭찬에 내가 웃으며 고개를 끄덕이던 순간이었다.

"아얏!"

찰싹, 하는 소리와 함께 어린아이의 비명소리가 가까운 곳에서 들려왔다. 소리가 나는 곳으로 고개를 돌렸다. 그러나 굳게 닫혀 있는 그 문은 수강재로 들어가는 통로가 아니었다. 아마도 또 다른 곳으로 이어지는 문인 것 같았다.

"석복헌이옵니다."

강상궁이 내 시선을 읽어내고 재빠르게 대답했다. 석복헌이라면 애리가 지금 있는 곳이다.

평소 애리의 성격이라면 어린 나인을 괴롭히는 일쯤은 다

반사일 것이다. 어린 나인이 억울한 괴롭힘을 받고 있다고 하더라도, 석복헌의 나인이라면 아무리 중전이라도 함부로 나설 수는 없다. 애리의 직속 나인이기 때문이다.

잠시 고민한 나는 다시 수강재 쪽으로 고개를 돌렸다. 조금 전 술상을 나르던 나인들을 꾸짖었다는 소식이 대왕대비에게도 전해졌을 것이다. 그러니 대왕대비가 움직이기 전에 어서 가서 그녀를 만나야 했다.

바로 그때, 애리의 목소리가 들려왔다.

"못난 것. 소리를 죽이지 못하겠느냐? 못난 네년의 목소리가 담 너머 수강재까지 들리게 할 참이더냐?"

"송구하옵니다…… 대반월."

"대반월? 정신을 어디에 두고 헛말을 지껄이는 게야?"

"아얏!"

'송이?'

뒤늦게 비명을 내지르는 어린아이의 목소리가 송이라는 걸 깨달은 나는 다시 석복헌 쪽으로 고개를 돌렸다. 이번에는 발도 함께 움직였다. 빠르게 석복헌 쪽으로 걸어가자, 나를 뒤따르던 중궁전 내관이 먼저 뛰어가 닫혀 있던 석복헌의 문을 열었다.

-끼이익.

문이 열리자마자 석복헌으로 들어섰다. 안쪽에는 사방이 건물로 막힌 정사각형 모양의 작은 마당이 있었다. 한눈에 보더라도 폐쇄적이고 답답해 보였다. 또한 건물에 단청을 입히지 않은 것이 일반 사대부가의 안채를 닮아 있었다. 바로 이곳 작은 마당에 애리가 있었다. 그녀는 자신의 뒤로 두 명의 나인을 대동한 채, 송이의 뺨을 또 한 번 내려치려다가 나를 발견하고는 놀란 표정을 지었다.

"김숙의. 중전마마께 인사 올리지 않고 무엇 하시오?"

강상궁이 내게 인사하는 것을 잊은 듯 보이는 애리를 꾸짖었다. 그제야 애리는 나와 함께 들어온 중궁전 나인들을 쳐다보며 차갑게 대꾸했다.

"중전마마께서 기별도 없이 오셔 당황하였을 뿐이옵니다."

"중전마마?"

그때 어린 송이가 눈물이 글썽한 눈을 들어 나를 바라보았다. 그러나 나를 보고도 전혀 놀라는 얼굴이 아니었다. 애리에게 혼나고 있던 터라 경황이 없어 나를 알아보지 못하는 것일까? 거의 1년 만에 다시 보는 것이기도 했다. 난 송이에게 다가가 부어오른 한쪽 뺨을 쓸어주며 물었다.

"어찌 김숙의에게 꾸중을 들은 것이냐?"

송이는 한숨을 쉬며 애리의 눈치를 살폈다. 애리는 무서운 눈으로 송이를 쳐다보았다. 송이는 고개를 숙이며 힘없이 대답했다.

"그것은 소인이 잘못하여……."

난 송이가 나를 알아보지 못한다는 것을 알고 다시 물었다.

"넌 석복헌의 나인이냐?"

그러자 옆에 있던 애리가 말했다.

"반월정이 폐쇄된 후, 갈 곳 없던 그 아이를 거둔 것은 저이 옵니다. 중전마마."

환이 조정을 되찾은 후, 반월정은 폐쇄되었다. 반월들은 자의에 의해 고향에 돌아가거나 나인이 되어 궐에 남았다. 송이 역시 그때 어머니를 따라 궐 밖으로 나갔거나 혹은 나인이 되었을 것이다. 석복헌에서 애리와 함께 있을 것이라고는 상상조차 하지 못했다. 애리를 돌아보며 내가 말했다.

"정식 궐에 입궐한 나인이 아니라 김숙의가 자비를 베풀어 갈 곳 없는 아이를 거둔 것이라 하니, 이 아이는 내가 대조전으로 데려가겠네."

애리는 그럴 줄 알았다는 듯 송이를 향해 겁을 주듯 쏘아붙였다.

"네가 석복헌을 떠나면 다시는 네 어미를 보지 못할 것이다."

그러고 보니 환도 송이의 모친이 무수리라고 했었다.

"이 아이의 어미도 석복헌에 있는가?"

내 물음에 애리가 코웃음을 치며 대답했다.

"이 아이의 어미는 대왕대비마마를 모시는 수강재의 무수리이옵니다."

'수강재⋯⋯.'

"어미를 보겠다고 궐에 들어온 아이가, 이제 궐에서도 어미를 보지 못하게 되겠사옵니다."

애리가 웃으며 혀를 차는 소리를 내자, 송이의 작은 어깨가 움찔거렸다. 나는 그런 송이를 향해 몸을 숙이고는 작은 송이의 손을 부드럽게 움켜잡았다. 송이의 손이 매우 차가웠다.

"송이야."

내 목소리에 송이의 시선이 내 눈을 향했다. 여전히 퉁퉁 붓고 눈물로 범벅이 된 얼굴로 송이는 나를 알아보지 못하는지 눈만 몇 번 껌뻑였다.

"나를 따라가면 당분간 네 어미를 못 만날 수도 있다. 허나 힘든 일은 없을 것이다. 그래도 나를 따라가겠느냐?"

송이가 잠시 고개를 들더니 옆에 선 애리를 한 번 쳐다보았다. 그리고 다시 내게로 고개를 돌리며 고개를 한 번 끄덕였다. 동시에 송이의 두 눈에서 눈물이 뚝뚝 떨어졌다. 난 송이의 작은 어깨를 감싸 강상궁 쪽으로 보냈다. 강상궁이 송이를 데리고 돌아서서 석복헌을 나서려 하자, 애리가 송이의 뒤에 대고 중얼거리듯 말했다.

"영악한 것."

애리의 입장에서는 송이가 주인인 자신을 배신했다고 여겨 분노했을 것이다. 무엇보다 그녀를 배신하고 선택한 사람이 나였으니 더욱 화가 나지 않을 수 없을 터였다. 배신과 동시에 망신을 당했으니 말이다. 난 짧은 한숨을 내쉬며 애리에게 말했다.

"저 아이를 데려가는 것에 이의는 없을 것이라 여기네."

애리가 퉁명스러운 목소리로 대꾸했다.

"내명부 소속의 나인들은 모두 중전마마의 나인들이 아니옵니까? 중전마마의 뜻대로 하시지요. 허나."

애리가 그녀의 큰 눈에 힘을 주며 강조하듯 내게 말했다.

"중전마마께서 저 아이를 데려가시면 두고두고 후환거리가 되실 것이옵니다."

말을 마친 애리가 짤막한 인사를 내게 올리고는 석복헌 안으로 사라졌다. 그런 애리를 뒤로한 채 석복헌 밖으로 걸어나오는 나를 향해 강상궁이 말했다.

"김숙의의 태도가 무례하옵니다. 전하께서 이 일을 아신다면……."

나는 한 손을 들어 강상궁의 말을 끊었다. 그리고 한숨과 함께 가볍게 웃어보였다.

"투기일세. 그리 여기고 넘어가게나. 이런 자질구레한 일까지 전하께 알린다면, 누가 중전이고 누가 후궁이겠는가."

"소인의 생각이 짧았나이다."

강상궁이 고개를 숙이며 뒤로 물러났다. 그 앞으로 송이가 나를 바라보고 서 있는 것이 보였다. 나는 몸을 굽히고는 송이와 눈을 맞췄다. 그리고 작은 목소리로 송이의 귓가에 속삭였다.

"송이야, 내가 누구인지 알아보겠니?"

송이는 내 주변에 선 중궁전 나인들을 흘깃 쳐다보더니, 내 귓가에 입을 갖다 대고 작은 목소리로 말했다.

"알아요. 대반월."

나는 놀란 얼굴로 송이를 쳐다보았다. 뒤늦게 나를 알아본 것치고는 상당히 침착한 목소리로 들렸기 때문이었다. 주변을 물리고 다시 자그마한 목소리로 물었다.

"언제부터?"

"숙의마마께 들었어요. 새로운 중전마마가 반월이시라고요. 하지만 이 사실을 발설하면 제가 아니 소인이 죽는다고 했어요."

난 씁쓸한 웃음을 지으며 말했다.

"넌 죽지 않아. 네가 왜 죽니? 하지만 앞으로 내 곁에서는 나를 중전마마라 불러야 한다. 알겠니?"

"네……."

송이가 고개를 끄덕이며 대답했고, 난 그런 송이의 머리를 쓰다듬어 주었다. 이때, 멀지 않은 곳에 서 있는 채로 우리의 대화가 끝나기만을 기다리던 강상궁의 곁으로 내관 하나가 급히 다가왔다. 강상궁은 그 내관이 내게 다가오려는 것을 제지했다. 그러자 그가 강상궁에게 무언가 말했고, 강상궁은 놀란 듯 눈을 크게 떴다.

나는 직감적으로 무슨 일이 일어난 것임을 알아차리고 송이의 손을 잡은 채 강상궁에게로 다가갔다. 이미 내관은 어디론가 뛰어가버리고 없었다. 아무리 급한 일이라도 내관이 뛰는 모습을 보는 것은 드문 일이다.

"무슨 일인가?"

멀어지는 내관의 뒷모습을 보며 강상궁에게 물었다. 강상궁도 내 물음을 기다렸다는 듯 다급히 입을 열었다.

"중전마마! 나라에 큰일이 일어난 듯하옵니다!"

"큰일이라니? 조금 전 내관은 누가 보낸 것인가?"

"흥선군께서 보내셨나이다. 그보다도 중전마마!"

강상궁이 숨을 가다듬으며 말했다.

"목멱산(木覓山, 서울 남산) 봉수대에 오늘 봉화가 올랐다 하옵니다."

봉수대는 적의 침입을 알리기 위해 설치한다. 낮에는 연기로, 밤에는 불빛으로 적의 침입을 알린다. 봉수대의 봉화는 총 다섯 개이며, 이 봉화들 중 불이 몇 개 피워졌는지에 따라 상황의 위급성이 달라진다.

"봉화가 올랐다는 말은…… 청국이 쳐들어왔다는 말인가?"

사신이 살해된 일은 큰일임이 분명하다. 과거의 많은 나라들이 사신이 살해당한 일로 전쟁을 일으켰다.

"북쪽이 아니옵니다."

강상궁이 고개를 저었다.

"북쪽이 아니라니? 그럼 남쪽이란 말인가?"

왜국을 떠올린 내 물음에 이번에도 강상궁은 고개를 저으며 대답했다.

"왜적도 아니옵니다. 이양선이옵니다. 이양선이 보령현에 나타나 포격을 하고 있다 하옵니다!"

위기는 언제나 예상치 못한 곳에서 찾아온다.

"중전마마……."

어떤 상황에서도 침착한 모습을 보이던 강상궁이 나를 보며 더 이상 할 말을 잇지 못했다. 그녀의 주변에 서 있던 다른 중궁전 나인들도 마찬가지였다. 아직 젊은 나인들은 겁에 질린 얼굴들이었다. 궁궐에서만 지내는 나인들도 몇 년 전 있었던 청국과 영국의 전쟁에 대해 들어 알고 있었다. 청국은 자신들이 크게 패배한 전쟁에 대해 조선이 알기를 원치 않았다. 그러나 청국의 패배 소식은 아주 빠르게 조선에도 전해졌다.

그 전쟁으로 인해 청국은 향항(香港, 홍콩)을 영국에 빼앗겼을 뿐만 아니라, 여러 굴욕적인 조약들을 맺어야만 했다.

'영국일까?'

청국과 전쟁을 일으킨 나라는 영국이었지만, 여러 서양나라들도 영국을 도왔었다. 그 전쟁 이후 더 많은 서양의 배들이 청국의 항구를 드나들고 있었다. 보령현에 나타났다는 이양선이 포격을 하고 있다면 분명 군함일 것이었다. 상선이 아닌 것이다. 난 수강재로 시선을 돌렸다. 분명 수강재에 있는 대왕대비에게도 이 소식이 전해졌을 것이다. 그런데도 수강재 쪽에서는 고요함과 적막감만이 흐를 뿐이다.

'정녕 하늘이 안동 김씨를 돕는 것일까?'

나도 모르게 아랫입술을 깨물고는 수강재에서 발길을 돌렸다.

피 접 을
떠 나 다

편전에 들렀다가 바로 대조전으로 온 흥선군은 더 자세한
소식을 내게 들려주었다.

"이양선은 불란서 군함이라 하옵니다."

"불란서요?"

흥선군과 나의 대화에 강상궁도 평소답지 않게 귀를 기울이
고 있었다. 나는 강상궁을 향해 짤막한 설명을 주었다.

"조선에서 아주 멀리 있는 나라네. 나도 그 위치는 지도로만
보았지."

강상궁이 고개를 한 번 끄덕이며 고개를 숙이자, 이를 듣던
흥선군이 놀란 얼굴로 내게 물었다.

"중전마마께서는 불란서에 대해 잘 아시옵니까?"

"말했다시피 가본 적은 없으나, 그 나라 말을 쓰고 읽을 줄
은 압니다."

내가 불란서, 즉 불란서 말을 자유자재로 읽고 쓸 줄 알았던 것은 모두 페드로 신부님의 덕이었다. 유친왕의 양녀가 된 뒤에도 유친왕은 페드로 신부님에게 지속적으로 불란서 말을 배울 수 있도록 지원해주었다. 나는 잠시 옛 생각에 빠졌다. 하지만 상황이 상황인 만큼 그리 오랜 시간 추억 속을 헤매진 못했다.

"국서는 왔답니까?"

"예. 조금 전 비변사에 도착한 불란서 국서를 보니 한자로 적혀 있었사옵니다. 아마도 이양선에 불란서 말을 할 줄 아는 청국 사람이 있는 듯하옵니다."

"그들이 요구하는 것이 무엇이랍니까?"

"주상전하를 알현해 자신들의 요구사항을 말하겠다고 쓰여 있었다 하옵니다."

"단순히 주상전하를 알현하고자 포격을 한다니요? 그건 말이 되지 않습니다."

내 추궁에 흥선군이 잠시 망설이더니 말을 이었다.

"그들이 주상전하를 알현하려는 이유 중 하나가 작년에 처형한 이양인 신부에 대한 책임을 묻겠다는 것이라 하옵니다."

작년에 처형된 이양인 신부는 바로 페드로 신부님을 뜻하고 있었다. 그 당시 환은 조정에 아무런 힘이 없었다. 백화당에서만 지내며 별감 행세를 하며 돌아다니던 바로 그때였다. 이양인 신부의 처형은 왕의 명으로 내려졌으나, 실제론 대왕대비의 결정이었다. 그런데 그 일이 환의 책임으로 돌아왔다.

"전하께서는 어찌하시겠답니까?"

"비변사 대신들의 의견을 듣고 계시나, 쉽사리 결정할 수 있는 문제는 아닐 것이옵니다."

"그 사이에도 포격은 계속되지 않겠습니까? 백성들은요?"

"위협이 목적인 포격이라 다행히 백성들의 피해는 크지 않다 하옵니다. 무엇보다 보령현을 관할하는 홍주목사가 백성들을 불란서 군함이 포격 중인 외연도에서 육지로 피신시켰다 하옵니다."

하지만 이것이 끝이 아닐 것이다. 당장은 외연도 한 곳에만 포격을 하고 있지만, 조정에서 답이 늦는다면 육지로 진격해 포격을 시도할 것이다.

"청국 사신이 오는 문제로 조정이 시끄러운데 이양선까지……. 이리 국난이 겹치다니."

속상함에 분통이 터질 지경이었다. 게다가 조정은 이미 양분되어 있었다. 잠시 잠잠해진 것뿐이지, 안동 김씨와 환을 지지하는 신하들로 나뉘어져 있었던 것이다.

한숨을 숨기지 못하는 나를 보며 홍선군이 말했다.

"신은 이만 비변사로 돌아가야 할 듯싶사옵니다."

그는 내게 짤막한 인사를 올리며 자리에서 일어섰다. 홍선군은 종친을 대표하는 수장이었다. 이런 시기에 그가 자리를 오래 비울 수는 없었다. 난 홍선군을 배웅한 뒤 대비를 떠올렸다.

이양선의 소식은 대비에게도 전해졌을 것이다. 나는 분명 이 소식에 크게 걱정하고 있을 대비를 떠올리고는 대비전으로 가기 위해 서둘러 대조전을 나섰다. 대비전으로 가던 길에 나는 편전 쪽으로 급하게 걸어가는 우승지를 보았다. 그런 우승지의 뒤로 두 명의 부승지가 허겁지겁 뒤따르고 있었다. 그런 그들의 움직임을 불안하게 쳐다보는 것은 궁궐의 나인들이었다.

궐 전체가 어수선한 분위기였다. 모두들 처음 겪는 일에 당황하는 기색이 역력했다. 나는 그 어떤 상황에서도 침착한 모습을 잃지 않던 문현 오라버니를 떠올리고 강상궁에게 물었다.

"도승지의 병세는 어떠하다던가?"

강상궁이 대답했다.

"소인이 듣기로는 시기가 시기인지라 무리하게 입궐하시려는 것을 전하께서 반대하셔서 요양 중이라 하시옵니다. 아무래도 많이 호전된 다음에 입궐하시려는 것이 아니겠사옵니까?"

그것은 문현 오라버니를 잘 모르는 강상궁의 추측이었다. 입궐한다고 말하는 것 자체가 이미 많이 나아서 그러는 것처럼 보였을 테니까. 그러나 환은 아는 모양이다. 문현 오라버니라면 설사 다 죽어가는 상태여도 멀쩡한 듯 의관을 정제하고 앉아 글을 읽으며 죽어갈 사람이었다.

이런 생각에 다른 한편으로는 내가 너무 잔인한 사람이라는 생각도 들었다. 그러나 지금 내게는 죽었는지 살았는지 모를 동포의 상태가 가장 중요했다. 적어도 오라버니는 살아서 돌아왔다. 하지만 동포는……

'살아 있어. 분명 어딘가에.'

코끝이 찌릿하고 눈가가 따끔거렸다. 난 금방이라도 터져나오려는 눈물을 애써 삼키며 대비전으로 향했다.

* * *

"중전! 이게 어찌 된 일이오?"

내 예상대로 대비는 이양선의 소식을 듣고 당황한 기색이었다. 대비전 나인들은 그런 대비를 안심시키려 애쓰고 있었다. 난 대비에게 인사를 올리고는 그녀의 곁에 다가가 앉아 손을 잡아주었다.

"너무 걱정하지 마시옵소서. 모두 잘 해결될 것이옵니다."

"잘 해결되기에는 일이 너무 많지 않소? 흠차대인의 실종에 대한 책임을 묻겠다며 청국 사신이 온다는데……. 여기에 이양인 신부가 죽은 일로 불란서까지 주상께 책임을 묻겠다니? 하늘도 무심하시지. 우리 주상께 너무 가혹하오."

눈물을 뚝뚝 흘리는 대비의 곁으로 한 대비전 나인이 다가와 향로에 향을 태우기 시작했다. 향기가 엷어지자, 향을 보충하려는 것 같았다. 내가 나인의 움직임을 주시하는 것을 본 대비가 말했다.

"심신안정에 좋은 향이라며 영온옹주가 보낸 것이오. 옹주는 내 곁에 오래 있었기에 나에 대해 잘 알지. 내가 이럴 것을 알고 날 위해 보낸 것이라오."

"옹주께서……."

그리고 보니 최근 옹주가 입궐했다는 말을 들은 적이 없었다. 동포가 청국으로 떠나기 위해 도성을 떠난 이후 만났던 기억도 전혀 없었다. 나는 그 이유가 환이 부마와 옹주를 이혼시킨 일 때문이라고 여겼다. 환은 동포가 떠나자마자 지난 부마의 행실을 문제 삼으며 옹주와 이혼할 것을 명했다. 왕실의 이혼은 결코 흔한 일이 아닌데, 막 이혼한 공주가 궁궐을 드나드는 모습은 결코 좋은 본보기가 될 수 없을 터였다.

이 때문에 옹주가 근신하는 모습으로 사가에 틀어박혀 나오지 않는 것이라고 생각했었다. 딱히 이상하다고 생각할 일이 아니었다. 하지만 옹주를 그 누구보다도 챙겨주었던 대비가 이렇게 힘들어하고 있었다. 옹주도 모를 리가 없으니 향을 보내왔을 것이다. 그런데 왜 직접 오지 않았을까? 한 번쯤은 직접 와서 대비를 알현하고 문안을 여쭙는다고 해서 이상하게 여길 사람들은 아무도 없을 텐데 말이다.

"옹주를 궁궐로 부르시지요. 곁에 두시면 대비마마께 큰 위로가 될 것이니, 다른 이들도 이를 알고 수긍할 것이옵니다."

"나도 그리하려 하였소. 허나 옹주 스스로 당분간은 근신하고 싶다는 답을 보내왔소. 주상이 억지 이혼을 시킨 것은 아니나, 이혼으로 인해 부마의 가문도 큰 화를 입지 않았소? 옹주 성정에 분명 마음 아파하고 있을 것이오. 그러니 당분간은 옹주가 보고 싶어도, 근신하려는 옹주의 뜻을 존중하려 하오."

이상한 일이었지만 대비의 말을 듣는 순간 연회에서 동포에게 나비향을 선물하던 옹주의 모습이 떠올랐다. 앞으로 나서지는 못한 채, 자신이 선물한 나비향을 유심히 바라보는 동포를 몰래 숨어서 쳐다보던 옹주의 모습이 말이다.

'옹주도 분명 동포의 소식을 들어서 알고 있을 텐데…….'

* * *

멀리서 삼경(오후11시~새벽1시)을 알리는 종소리가 들려왔다. 평소 삼경에는 종을 울리지 않는다. 그러니 삼경에 종소리가 들린다는 것은 지금 상황이 그만큼 심각하다는 뜻이기도 했다.

"전하께서는?"

오랜 침묵을 깬 나의 목소리에 옆에 앉아 있던 강상궁이 밖으로 나인을 보냈다. 어서 알아오라는 뜻이었다. 조금 뒤 강상궁이 내보낸 나인이 돌아와 내게 아뢰었다.

"편전에 계신다 하옵니다."

"주무신다 하시더냐?"

나인이 천천히 고개를 저었다. 차라리 잠에 들었다는 말을 들었다면 오히려 마음이 편해졌을 것이다. 나는 안타까운 마음을 긴 한숨으로 대신하고 다시 물었다.

"다른 대신들도 편전에 계시느냐?"

"조금 전 모두 비변사로 가시어, 지금은 전하께서 홀로 계신다 하옵니다."

환이 홀로 편전에 있다는 말에 나는 대조전을 나섰다. 대조전 밖으로 나오자, 하늘에는 이미 검은 천에 진주알을 박아놓은 듯한 별들이 반짝였다. 지난 날 승화루 위에서 환과 함께 보았던 바로 그 하늘이었다. 모든 조선의 백성들이 평화롭게 잠들어야 하는 이 밤에, 궁궐은 잠들지 못했다. 편전으로 가는 모든 길에 평소보다 더 많은 보초병들의 모습이 보였다.

궁궐은 지금 초비상 사태였다. 북쪽에서 청국이 쳐들어오고 남쪽에서 왜국이 쳐들어왔던 시기가 있었다. 그러나 이제는 동시다발적으로 이양선까지 나타났다. 젊은 조선의 국왕 이환은, 지금 준비할 새도 없이 외교력이라는 시험대 위에 올라 있다.

"알릴까요?"

편전인 중희당에 도착하자 그곳 내관이 내게 물었다. 환에게 내가 온 사실을 소리로 알릴 것을 물어본 것이다. 나는 조용히 문만 열도록 지시했다. 문이 열리고 안으로 들어가자 한 손으로 이마를 짚은 채 앉아 있는 환의 모습이 보였다.

그는 잠깐 잠이 든 것인지, 아니면 너무 깊은 생각에 잠든 것인지 모를 얼굴이었다. 그는 부드럽게 쓸려오는 내 치맛자락 소리도 전혀 듣지 못했는지 여전히 두 눈을 무겁게 감고 있었다.

나는 조용히 다가가 그의 옆에 앉았다. 그리고 이마를 짚고 있는 그의 팔을 살짝 잡았다. 그러자 굳게 닫혀 있던 그의 눈이 거짓말처럼 떠졌다.

"전하."

나는 생글생글 미소를 지으며 환을 바라보았다. 그는 바로 옆에 앉아 있는 나를 발견하고는 살짝 풀린 듯한 눈에 다시금 힘을 주어 나를 똑바로 바라보며 입을 열었다.

"중전."

그도 나를 알아보며 미소로 화답했다. 그 후 주변을 둘러보더니 다시 나를 보며 물었다.

"밤이 늦은 것 같은데……. 어찌 잠들지 않으셨소?"

"전하께서 잠들지 않으셨으니까요."

아무렇지 않은 듯 말했지만, 목소리에 그를 향한 걱정이 묻어나는 것을 숨길 수가 없었다. 그도 이를 알아차린 것일까? 나를 바라보는 미소 띤 그의 얼굴이 왠지 모르게 슬퍼 보였다.

갑자기 환이 뜬금없는 말을 건넸다.

"허면 중전께서도 편전으로 오셨으니, 오늘은 중전과 함께 편전에서 합방을 치릅시다."

궁중 법도에 따르면 왕의 편전에서 잠들 수 있는 여인은 후궁뿐이었다. 중전의 침전은 결코 중궁전을 벗어날 수 없다. 한마디로 그가 장난을 쳤다. 내 걱정을 덜어주려 장난을 친 것 같은데, 이상하게 나는 미소 외에 더 큰 웃음을 짓는 것이 불가능했다. 내 반응이 이렇듯 별반 다르지 않자, 그도 멋쩍은 표정을 지었다.

"이제는 과인의 농에 웃지 않으시오?"

"신첩이 웃길 바라시면 웃을게요."

"중전이 되더니 재미가 없어지셨소. 중전이 되기 전에는 종종 과인의 농에도 발끈하시더니."

환의 토라진 목소리에도 나는 웃으며 답했다.

"신첩이 발끈하길 원하시면 그리하지요."

287

그러자 환은 이번에는 섭섭한 목소리를 냈다.

"임금이자 지아비의 말에, 단 한마디도 지지 않으려 하시는구려."

"말씀드렸다시피 전하께서 그리하길 원하시면……."

그때, 환이 갑자기 두 손으로 내 얼굴을 감싸 쥐었다. 그러더니 환은 감싸 쥔 내 얼굴을 자신의 얼굴 앞으로 천천히 끌어오기 시작했다. 대낮처럼 편전을 환하게 밝힌 불빛 속에서 점점 가까워지는 그의 얼굴을 본 나는 크게 놀랐다.

"전하!"

나는 당혹감에 그의 손에서 벗어나려고 했지만 그의 행동이 더 빨랐다. 급하게 다가온 그의 얼굴의 두 눈이 살짝 감기는 것이 내 시야에 들어온 순간이었다. 그의 입술이 쪽, 하는 소리와 함께 내 입술에 닿았다가 떨어졌다.

그 뒤에야 환은 감싸 쥐었던 내 얼굴을 자유롭게 놓아주었다.

"전하아."

얼굴이 화끈거리며 어디에 눈을 두어야 할지 몰라 부끄러웠다. 그런 나를 보며 환이 시원스러운 웃음을 터트렸다.

"임금으로 그대를 중전으로 맞이하여 가장 좋은 일이 무엇인지 아시오? 과인이 별감이던 시절에는 늘 중전이 먼저 과인의 입술을 훔치었지. 그러나 지금은 임금인 과인이 먼저 훔칠 수 있다는 것이오."

"그때는 전하인 줄 몰랐기에 그랬지요."

"알았다면?"

흐트러진 옷매무새를 매만지며 그을 흘겨보았다. 환은 그런 나를 보며 한참을 웃어대다가, 문 밖에 있는 나인들이 생각났는지 헛기침으로 웃음을 마무리했다.

"이제 임금다운 물음을 중전에게 해볼까? 중전, 무슨 일로 과인을 찾아오셨소?"

여전히 장난스러운 그의 태도에 난 딱딱한 목소리로 말했다.

"걱정과 근심으로 가득 찬 전하의 용안을 뵈옵고, 중전으로서 위안의 말이라도 건네드릴까 찾아왔사옵니다. 하온데 전하께서는 이리 여유 있게 장난이나 치시니, 이 모든 국난도 곧 해결될 듯싶사옵니다."

툴툴거리는 나의 대답에 환은 피식 웃더니, 상에 놓인 상소들을 만지작거렸다. 난 그런 그를 보며 진지한 목소리로 물었다.

"전하, 겁이 나지 않으시옵니까?"

"겁이라니? 과인이 겁이 나 보이오?"

그는 상소를 하나 펼치며 대수롭지 않은 듯 답했다.

"그렇게 보이지 않아 여쭙는 말씀이옵니다. 지난번 백화당에서 위기에 처하셨을 때도, 그곳에 나타난 신첩을 보고 웃음을 보이셨지요. 전하의 목숨이 왔다 갔다 하는 바로 그 절체절명의 순간에도 말이옵니다. 헌데 지금도 웃으시고……."

내 말이 끝나기도 전에 환이 고개를 들어 나와 눈을 맞췄다.

"위기요. 과인의 할바마마 때도 아바마마 때도 전혀 보지도 듣지도 못했던 위기요. 수많은 역사서를 뒤져보고 정조대왕의 일성록을 보았지만, 이러한 국난은 듣지도 보지도 찾지도 못하였소."

그의 목소리는 조금 전과 달리 사뭇 진지해져 있었다.

"허면 과인이 좌절해야 할까? 겁에 질려야 할까? 두려움이라도 느껴야 할까?"

"전하?"

환이 내 두 손을 맞잡았다.

"중전도 보셨을 것이오. 이 일이 일어났다는 소식에 내명부의 모든 궁인들은 오직 중전만을 쳐다보았을 것이오. 중전이 어찌하고 어떠한 명을 내리는지 기다렸을 것이오."

그의 말은 사실이었다. 나는 이양선이 나타나 포격을 한다는 소식을 낙선재에서 처음 들었다. 그 순간 늘 침착하던 강상궁도 당황한 얼굴로 나만 쳐다보았다. 나인들 모두 겁에 질렸다. 심지어 대비마마도 어찌할 줄을 몰라 대비전에서 속만 끓이고 계셨다. 모두들 당황하고 있었던 것이다.

"헌데 중전은 과인을 실망시키지 않더군."

"네?"

"과인이 편전에서 회의만 주관한다 하여 내명부에서 일어나는 일을 전혀 모를 것이라 여기시오? 과인은 다 전해 들었소. 중전이 낙선재에 가서 한 일들도, 흥선군을 불러 밖에서 일어난 일들에 대해 보고를 받은 일도. 또한…… 어마마마를 찾아가 위로한 일들도 말이오."

환은 나를 자랑스럽다는 듯 쳐다보았다.

"과인의 선택은 결단코 틀리지 않았소. 위기가 찾아오면 그 사람의 진면목이 나타나지. 중전은 그 누구보다도 강한 모습으로 한 치의 흔들림 없이 행동했소. 허나, 가장 중요한 한 가지를 빠트렸지만."

나는 가장 중요한 한 가지를 빠트렸다는 그의 말에 당황한 얼굴로 물었다.

"그것이 무엇이옵니까?"

그가 나를 바라보며 대답했다.

"어째서 과인을 가장 늦게 찾아온 것이오? 과인은 오늘 하루 종일 중전이 오기만을 기다렸단 말이오."

하루 종일 나를 기다렸다는 환의 목소리에는 섭섭함이 담겨 있었다. 그것을 느끼면서도 정작 내 입에서는 짧은 웃음이 터졌다. 그리고 당연히, 이런 나의 반응에 환은 얄밉다는 듯 나를 쳐다봤다.

"웃음이 나오시오?"

이대로 조금이라도 더 웃었다가는 그가 정말로 토라질 것이라는 생각이 들었다. 그때였다.

"전하. 형조판서 대감께서 알현을 청하시나이다."

홍재룡 대감이 왔다는 소식이 문 밖에서 들려왔다. 나는 혹시라도 내 얼굴에 남아 있을지 모를 웃음을 모두 거둬들이고 자리에서 일어나려 했다. 지금은 전시나 마찬가지 상황이었다. 홍재룡 대감은 분명 다급한 일로 이 밤에 환을 찾아온 것이다. 그를 위해서 내가 할 일은 지금 이 자리에서 일어서는 것이라고 생각했다. 하지만 일어서려고 놓은 손을 그가 다시

291

잡았다.

"전하?"

내가 놀란 얼굴로 환을 바라보자, 환이 조금 전과 사뭇 달라진 태도로 말했다.

"중전. 혹여 과인이 그대를 대조전에 내버려둔다고 여기지 마시오. 지금 과인에게는 그대가 과인의 가장 가까운 곳에 있다는 사실만으로도 큰 힘이 되고 있소. 이를…… 잊지 마시오."

무엇 때문이었을까? 전혀 새삼스러울 것 없는 그의 고백이 내 가슴을 쿡쿡 찔러왔다. 그리 말하지 않아도 다 알고 있다고 미소를 지으며 대답하기에는 그의 태도가 너무나도 진지하게 느껴졌다. 그는 마치, 내가 그의 관심을 받지 않으면 어디론가 사라지거나 떠날 것처럼 말하고 있었다. 아니, 말하는 것 같았다.

'아니라고 말해주어야 할까.'

하지만 결국 내 입에서는 아무런 대답도 나오지 않았다.

* * *

편전 밖으로 걸어나오던 나는 기다리던 홍재룡 대감을 만났다.

"중전마마."

홍재룡 대감은 당장이라도 편전 안으로 뛰어 들어갈 다급한 기색이었지만, 주변 나인들을 의식한 듯 느린 목소리로 내게 정중히 인사를 올렸다. 적어도 남들이 보기에 우리는 친부녀 사이였다.

"대감. 전하께서 기다리고 계시옵니다."

대전상궁이 환을 기다리게 하지 말라는 듯 홍재룡 대감을 재촉했다. 홍재룡 대감이 고개를 끄덕이며 나를 지나쳐 편전 안으로 들어갔다. 홍재룡 대감 옆으로 젊은 관리 하나가 뒤따르는 것이 보였다. 그는 문서를 하나 들고 있었는데, 얼핏 보기에 종이 재질이 조선에서 흔히 볼 수 있는 것이 아니었다. 그러나 나는 예전에 이러한 모양의 문서를 본 적이 있었다.

바로 청국에서였다. 그 문서는 서양에서 흔히 쓰이는 재질의 종이로 만들어진 것이었다. 나는 직감적으로 그 문서가 이양선에서 보내온 것이라고 생각했다. 편전을 떠나 대조전 쪽으로 발길을 옮겼다. 어둠 속에서 등불을 앞세운 내관을 뒤따라 편전을 향해 걸어가는 삼정승들이 눈에 들어왔다. 그들은 심각한 얼굴로 이야기를 나누며 걸어가고 있었다. 늦은 시각에 삼정승들이 다시 편전으로 향한다면 결코 좋은 소식 때문은 아닐 터였다. 걱정되는 마음에 나는 멀찍이 떨어져서 그들의 대화에 귀를 기울였다.

"지금쯤 전하께서도 이양선에서 보내온 두 번째 국서를 보셨겠지요."

"허허! 그나저나 이양선을 이끌고 있는 자가 처형당한 이양인과 서로 아는 사이라니 일이 골치 아프게 되었소."

"혹 그 때문에 복수심으로 온 것이라면 어찌한단 말입니까?

죽은 이양인을 다시 살려낼 수도 없지 않습니까?"

'아는 사이라고?'

만약 처형당한 이양인이 내가 모르는 사람이었다면 나는 삼정승의 대화가 그리 중요하다고 여기지 않았을 것이다. 그러나 그들이 말하는 처형당한 이양인은 바로 페드로 신부님이었다. 삼정승의 말대로라면 국서를 보내온, 이양선을 이끌고 있는 '불란서인'은 다름 아닌 페드로 신부님과 아는 사이였다.

'누굴까?'

내가 북경에서 보았던 불란서인들은 대부분 가톨릭 신부들이었다. 종교인이 아닌 불란서인들은 대부분 남쪽 항구 지역에 머물렀다. 상업 활동을 위해서였고, 군인들도 마찬가지였다. 자국의 상선 보호를 위해 그들은 항구에 주로 머물렀다. 북경에는 올 일이 없었다.

'두 번째로 보내온 국서를 내가 직접 봐야겠어.'

삼정승이 주고받은 내용을 확인하기 위해서는 내 눈으로 직접 국서의 내용을 봐야 한다는 생각이 들었다. 그러나 아무리 중전이라고 하더라도 국서를 볼 수는 없었다. 분명 국서와 관련된 일은 내명부 밖의 일이 분명하니 말이다.

* * *

깊은 밤, 대조전에서 얼마 떨어지지 않은 허름한 창고 안이었다. 탁자 하나만이 놓인 그곳에 촛불 두 개가 불을 밝히고 있었다. 나는 이곳에서 누군가를 기다리고 있었다.

"이쪽입니다."

문 밖에서 강상궁의 목소리가 들리자, 난 자리에서 일어섰다. 곧 문이 열리며 강상궁과 함께 홍재룡 대감이 조심스레 안으로 들어왔다. 홍재룡 대감은 자리에서 일어선 채로 자신을 기다리고 있던 나를 보고 조금 놀란 표정을 지었다.

"중전마마."

강상궁에게 전해 들어 이미 내가 이곳에서 기다리고 있다는 사실을 알고 있었지만, 그래도 아무도 모르게 둘만 만나는 자리였다. 이런 자리는 그에게도 부담스러운 자리임이 틀림없었다.

"이리 모시게 되어 송구합니다."

"아닙니다. 헌데 무슨 일로 편전에서 나오는 소신을 급히 부르셨는지요?"

나는 말을 돌리지 않고 바로 꺼냈다.

"이양선에서 도착한 두 번째 국서를 직접 보고자 합니다."

홍재룡 대감이 당황한 얼굴로 내게 말했다.

"중전마마. 국서는 왕실 여인이라 하여도 함부로 볼 수 없는 것이옵니다."

"알고 있습니다. 그래서 대감을 이리 모시어 부탁드리는 것입니다. 듣기로는 이번 이양선이 온 이유는 페드로 신부님의 죽음 때문이라고 합니다. 그렇다면 꼭 국서를 포함한 내막을 알아야겠습니다."

"무슨 말씀이신지 알겠사옵니다만……."

홍재룡 대감 역시 천주교인이었다. 그는 내가 페드로 신부님과 함께 압록강을 건너 조선으로 왔다는 사실을 알고 있는 몇 안 되는 사람이기도 했다. 또한 그는 페드로 신부님의 처형에 크게 안타까워했던 사람이기도 할 것이다.

"전하께 국서의 내용을 물으시면 분명 답해주실 것이오니……."

"대감."

나는 낮고 위엄 있는 목소리로 홍재룡 대감의 말을 끊었다.

"나는 축약된 내용을 듣고자 하는 것이 아닙니다. 국서를 직접 보고자 하는 것입니다."

홍재룡 대감이 망설이는 표정으로 긴 한숨을 내셨다.

"잠깐이면 됩니다."

마침내 홍재룡 대감이 결심한 듯 옷 속에서 문서를 꺼내어 내 앞에 내밀었다.

"오늘 다시 비변사로 가져가야 하옵니다. 하오니 시간을 오래 내어드릴 수 없사옵니다."

"고맙습니다, 대감."

인사를 한 나는 곧바로 문서를 받아 촛불 가까이에 가져다 댔다. 그리고 문서를 펼쳐 빠르게 읽어 내려갔다.

[대불란서국(大佛朗西國, 프랑스) 수사 제독 슬서이(瑟西爾, 세실)는 죄 없이 살해된 불란서인(佛朗西人)에 대한 사유를 듣고

자 글을 보냅니다. 살피건대, 올해 귀국에서 살해된 불란서인 페드로는 본국에서 덕망이 높기로 촉망받는 인사이자 나의 오랜 친우로서, 뜻밖에 귀국에서 살해되었습니다. 청국에서 듣기로 귀국에는 한인(漢人), 만주인(滿州人), 일본인(日本人)이 모두 자유롭게 왕래하며, 혹 그들이 문제를 일으키더라도 추방으로 그치거늘, 어찌하여 이분이 귀국에서 참혹한 죽음을 당해야 했는지 알고자 합니다. 그가 귀국에서 살인이나 방화를 저질렀습니까? 남을 해치기라도 했습니까? 이러한 이유가 아닌데도 살해하였다면, 귀국은 우리 불란서 황제를 크게 욕보인 것이므로 그 대가를 응당 치러야 함을 알립니다.

문서를 모두 읽은 내 입에서 나온 말은 내 스스로가 듣기에도 전혀 뜻밖의 말이었다.

"이상해요. 이상합니다."

홍재룡 대감이 나를 쳐다보며 물었다.

"이상하다니요?"

나는 국서에서 눈을 떼지 못하며 중얼거렸다.

"페드로 신부님의 처형은 이례적으로 아주 빠르게 이뤄졌습니다. 헌데 보세요. 국서의 내용에 따르면 조선을 왕래하는 한인이나 만주인, 일본인에 대한 정보가 언급되어 있습니다. 마치 불란서국에서도 조선의 내부 사정에 대해 훤히 알고 있는 것 같이 느껴집니다. 페드로 신부님의 처형에 대한 소식이 불란서국에 전해지고, 불란서국에서도 어떠한 국서를 보내야 할지 판단하는 시간이 분명 필요할 겁니다. 조선에 대한 정보도 수집해야 할 거고요. 그런데 너무 빠릅니다. 불란서국은 절대 조선에서 가까운 거리에 있는 나라가 아니기 때문입니다."

"그렇다면 중전마마의 뜻은……?"

"청국의 도움 없이는 불가능하다고 생각합니다. 이런 판단을 재빨리 내리고 국서를 보내오는 데 분명 청국이 어느 정도 도움을 주었을 것이라고 생각합니다."

"그렇겠지요. 페드로 신부의 처형은 분명 청국을 통해 불란서국에 전해졌을 것이니 말이옵니다."

"그렇다면 이 국서는 누가 쓴 것일까요?"

"예?"

"국서는 한자로 적혀 있습니다. 허나 불란서국은 한자를 쓰는 나라가 아닙니다."

"불란서 말로 쓰인 원본이 있을 것이옵니다. 홍주목사가 전해온 소식에 따르면, 이양선에 청국 사람이 있다고 합니다. 그가 불란서 말을 한자로 옮겨 국서를 작성했겠지요."

나는 고개를 들어 홍재룡 대감을 바라보았다.

"대감. 곧 청국 사신이 옵니다. 이대인의 실종에 대한 책임을 물으려고요. 하필 이 시기에 이양선이 나타나 페드로 신부님의 처형에 대한 책임을 묻는 것이 이상합니다."

"중전마마께서는 청국과 불란서국이 내통하여 비슷한 시기에 우리 조선에 온 것이라 여기시는 것이옵니까?"

'청국과 불란서국이 내통한다?'

홍재룡 대감의 지적에 나는 잠시 말을 잊었다. 대감의 말을 그대로 믿기에는 내가 알고 있는 청국의 상황과 맞지 않았다. 지금 청국 황제는 이양인이라면 질색할 정도로 싫어한다. 내가 청국에서 살던 시절에도 그랬다. 양부인 유친왕은 이양인이 믿는 천주교를 믿었고, 이 사실에 분노한 황제는 그가 죽을 때까지 관계를 단절했다. 그러니 이번 동포의 실종 사건에 분노한 청국 황제가 불란서국과 내통해 조선을 괴롭힌다는 생각은 무리였다.

그렇다면 불란서가 누구의 편인지를 알아야 한다. 문제는 지금 이양선에 타고 있는 통역이 청국 사람이라는 것이다. 불란서 입장에서는 청국 말을 할 줄 아는 불란서 사람이 없어서, 불란서 말을 할 줄 아는 청국 사람을 데려온 것이 분명하다. 그러나 그 통역은 청국 사람이다. 청국 사람을 통해서 불란서국의 입장을 듣는다면 분명 청국에게 이득이 되도록 말을 옮길 것이다. 또한 그렇게 전해 듣는 불란서국의 입장이 진실인지도 분별하기 더욱 어려워질 것이다. 원본을 보거나 혹 그것으로 부족하다면 이 서신의 내용에 적힌 불란서국 제독. 세실(슬서이)을 조선 측에서 누군가 직접 만나야 한다.

"불란서 말로 쓰인 원본을 봐야겠습니다. 그것이 아니라 처음부터 국서가 한자로만 작성되었다면, 불란서 사람을 직접 만나 대화를 해봐야 합니다. 그들이 정녕 원하는 것이 페드로 신부님의 죽음을 밝히기 위한 것인지 아닌지를 알아야 합니다."

"전하께서도 그런 말씀을 언급하셨사옵니다. 그들의 의중을 먼저 아셔야 한다면서, 이양선으로 보낼 역관을 선발하라 비변사에 지시를 내리셨사옵니다."

"역관이요? 허나 불란서 말을 할 줄 아는 역관은 아직 없지 않습니까?"

아직 조선에는 불란서 말을 할 줄 아는 역관이 없다. 있다고 하더라도 천주교와 관련된 자들이다. 대신들은 그들을 절대 신뢰할 수 없다며, 통역으로 쓰는 것을 거부할 것이다. 그들 역시도 페드로 신부님을 처형한 조정을 도와 통역을 해주려 하지도 않을 것이다.

"이양선에 청국 사람이 타고 있다고 하니, 청국 말이 가능한 역관을 보낼 수밖에 없지 않겠사옵니까?"

홍재룡 대감의 말에 나는 고개를 저었다.

"허나 국서를 보내온 이는 불란서국 사람들입니다. 청국 사람의 통역을 거친다면 자칫 주고받는 말이 잘못 전해져 문제가 커질 수도 있습니다."

"중전마마의 뜻은 잘 아옵니다. 허나 조선에는 아직까지 불란서 말을 할 줄 아는 역관이 없지 않사옵니까? 혹 조선 사람중에 불란서 말을 할 줄 아는 사람을 구해온다 한들, 그를 어찌 믿고 이런 대임을 맡기겠나이까?"

나는 조금의 망설임도 없이 대답했다.

"내가 불란서 말을 할 줄 압니다. 내가 보령현으로 가서 이양인들을 직접 만나겠습니다."

홍재룡 대감의 얼굴이 사색이 되었다.

"중전마마! 얼토당토않은 말씀이시옵니다!"

그러나 난 이미 결심을 굳힌 뒤였다.

"정녕 불란서 사람들이 페드로 신부님의 복수를 위해 온 것이라면, 페드로 신부님을 그 누구보다도 잘 아는 내가 가는 것이 옳습니다. 그러니 내가 가야겠습니다."

"중전마마! 전하께서 결코 윤허하지 않으실 것이옵니다."

맞는 말이다. 더욱이 나는 평범한 사대부가의 여인도 아니었다. 이 나라의 중전이다. 평범한 사대부가의 여인이라도 역관 신분을 자처하며 이양인을 만난다는 것 자체가 애초부터 불가능하다. 하물며 중전의 신분으로는 아예 불가능한 일이라는 것도 잘 안다.

"전하께서 모르시게 하면요?"

"중전마마. 전하께서 모르시게 하다니요? 결단코 불가능하옵니다. 보령현까지 말을 급히 몰아도 사나흘은 족히 걸리는 거리이옵니다. 중전마마께서 내명부를 사나흘, 아니 열흘 가까이 비우시는데 이 한양도성 사람들이 중전마마가 사라지신 것을 모를 것이라 여기시옵니까?"

나는 한 손으로 머리를 짚었다. 홍재룡 대감의 말대로 나인들 모르게 또 환이 모르게 궁궐 밖으로 나갈 뾰족한 수가 떠오르지 않았다. 그러나 한시가 급하다. 첫 번째 국서에 이어 두 번째 국서가 하루 동안 연달아 도착했다. 이 말은 실제 보령현에서의 상황이 더욱 긴박하다는 것을 의미할 수도 있었다.

'청국 사신도 곧 도착할 거야. 그 전에 이양선 문제를 어느

정도 해결하지 못하면, 그는 진퇴양난에 빠지겠지.'

중전의 자리 역시 오로지 그를 위해 선택한 자리였다. 그를 위할 수 없는 자리라면 중전의 자리는 내게 무겁고 버거우며 쓸모없는 자리일 뿐이었다.

"대감. 나 혼자 어찌할 수 없는 일이라는 것을 잘 압니다. 허나 이번 일에는 내가 나서야 한다는 생각에는 변함이 없습니다. 그러니 대감께서 저를 도와주세요."

"중전마마. 그것은 절대 아니 되옵니다!"

홍재룡 대감이 고집을 피우며 나서자, 나의 목소리도 높아졌다.

"지금 이 일을 해결할 다른 방도가 있나요?"

"방도의 문제가 아니옵니다. 중전마마께서 직접 보령현으로 가셔서 이양인들을 만나겠다고 결심하신 것 자체가 문제이옵니다!"

나는 긴 한숨을 내셨다.

"전하를 위한 마음에서 나온 결심입니다. 더 나아가서는 이 조선을 위한 일이고요."

"아무리 그렇다 하여도 중전마마께서 이양인들을 만나러 가시다니요?"

"내가 중전이 아니라면요?"

"예?"

"중전의 신분으로 가지 않겠어요. 내가 누구인지 내가 어떤 신분의 사람인지 그들에게 절대로 밝히지 않을 것입니다. 그

러나 나를 도와주세요, 대감. 이 일에 나만한 적임자도 없음을
대감 역시 잘 알고 있지 않습니까?"

"중전마마⋯⋯."

***

어슴푸레 새벽빛이 떠오르고 있었다. 밤새 대신들의 잦은
출입에 지친 편전 나인들이 힘없는 목소리로 나를 맞이했다.
그녀들에게도 지난밤은 매우 긴 밤이었음이 틀림없었다. 조용
히 환이 있는 방문이 열릴 때까지도, 나는 그가 편히 누워 잠
들어 있는 모습을 보고 싶었다. 그러나 문이 열리자, 내가 기대
한 모습은 어디에도 없었다. 팔을 베개 삼아 상에 엎드려 잠이
든 그의 모습이 눈에 들어왔다.

나는 속으로 한숨을 내쉬고는 조용히 그의 곁으로 다가가
앉았다. 이미 오래전 그 빛이 다한 초는 스스로 자신을 모두
태우고 사그라진 뒤였다. 난 불이 사라진 촛대를 상 위에서 치
우려다가, 그의 팔베개 아래에 깔린 지도 한 장을 발견했다. 유
심히 쳐다보니 이양선이 나타난 보령현의 지도라는 걸 알 수
있었다. 난 보령현의 지도를 자세히 살피려 그의 팔베개 아래
에서 지도를 꺼내려 슬쩍 잡아당겼다.

"으음⋯⋯!"

이런 나의 행동이 그만 그를 깨우고 말았다. 몇 번 머리를 뒤
척이던 그가 눈을 떴다. 그는 바로 자신의 눈앞에 보이는 내

손을 보고는 시선을 위로 들었다. 그리고 내 얼굴을 보자마자 몸을 일으켜 세웠다.

"중전."

나는 걱정스러운 얼굴로 입을 열었다.

"전하. 어찌 이부자리에 눕지 않고 이리 잠드셨사옵니까?"

그러자 환이 멋쩍은 듯 웃더니 주변을 둘러본다. 그의 시선이 제일 먼저 닿은 곳은 닫혀 있던 편전 창문이었다. 창문에는 새벽빛이 스며들어 오고 있었다. 아침이 오고 있다는 것을 알게 된 그가 다시 나를 돌아보며 물었다.

"중전께서는 지난밤 편히 잠드셨소?"

나는 바로 대답하지 못했다. 홍재룡 대감을 만난 뒤로 대조전으로 돌아왔던 나는 밤을 꼴딱 새웠다. 막상 보령현으로 직접 가서 이양인을 만나기로 결심했지만, 가장 걱정되는 것이 한 가지 있었다.

'나의 지아비, 환.'

밤을 새워가며 결심한 것을 말하려니 차마 입이 떨어지지 않았다. 난 멀뚱히 앉아 나를 바라보며 입가에 미소를 짓는 그를 가만히 응시하고만 있었다. 그때, 내 얼굴로 그의 한 손이 다가왔다.

그의 손은 내 한쪽 뺨을 부드럽게 어루만졌다.

"아침부터 중전의 얼굴을 보니, 오늘은 중전에게 과인이 가장 먼저인가 보오?"

지난밤, 투정으로 나를 맞았던 그의 모습은 온데간데없었다. 그는 지금 아침에 눈을 뜨자마자 제일 먼저 본 나를 반가워하고 있었다. 이런 그의 얼굴에 내 목소리는 더욱더 힘을 잃어버린다.

"중전?"

그는 자신의 말에 내가 미소로 답을 줄 것이라 여겼나 보다. 그러나 시간이 지나도록 내 미소를 볼 수 없자, 이상하다는 듯 나를 불렀다. 나는 내 뺨에 닿은 그의 손을 잡아 천천히 아래로 내려놓으며 입을 열었다.

"전하. 신첩…… 피접을 떠나고자 하옵니다. 윤허하여 주시옵소서."

내 말이 끝나자 순식간에 그의 얼굴에서 미소가 사라졌다.

"피접이라니?"

당연하다. 갑자기 아무런 예고도 없이 피접을 떠나겠다는 말을 꺼냈으니 말이다. 그러나 난 밤새 준비해온 말들을 줄줄 외듯이 늘어놓기 시작했다.

"전하. 신첩, 근래에 일어난 일들로 몸과 마음이 많이 힘드옵니다. 하여, 모든 일들이 마무리 될 때까지라도 경운궁으로 피접을 떠나고자 하옵니다."

"이대인의 일 때문이오?"

환이 동포의 이야기를 꺼내자 내 시선이 자연히 아래를 향했다.

지금 그에게는 내가 이런 모습을 보이는 가장 큰 이유가 동포 때문이라고 여기는 것 같았다. 동포가 나와 그 누구보다도 가장 가까운 친구였음을 그도 알고 있기 때문이었다. 또한 동포의 소식이 전해진 이후 내가 여러 날을 힘들어했고 그도 그런 내 모습을 보았었다. 혹 환이 그런 내 모습을 남녀 간의 정으로 오해할까 걱정되는 마음도 있었다.

청국에 살던 시절에도 왕부의 하녀들은 이런 동포와 나의 사이를 오해했었다. 게다가 그들은 나와 동포의 어명혼이 결정되자 그 누구보다도 기뻐했었다. 환이 그들이 했던 오해와 같은 오해를 하는 것은 싫었다. 그러나 난 궁궐을 떠나야 했다. 한시라도 바삐 보령현으로 떠나기 위해서는 환의 시선을 피해야 했고, 다른 궁인들이 몰라야 했다. 경운궁은 지금 비워진 궁궐이나 마찬가지였고, 그곳으로 간다면 대왕대비를 비롯한 창덕궁의 많은 시선들로부터 안전하게 피할 수 있었다.

'한시가 급해.'

설사 내 대답으로 인해 그가 오해하는 일이 벌어진다고 하더라도 모든 일을 마무리 짓고 해명할 수 있을 것이다.

'부디 그가 큰 오해를 하지 않기를 바랄 수밖에……'

난 천천히 눈을 들어 환을 바라보며 입을 열었다.

"신첩이…… 이대인의 일 때문에 힘들어 피접을 떠나고자 한다면, 윤허해주시겠사옵니까?"

환의 눈동자가 흔들렸다. 이렇게 가까운 거리에서는 그의 눈동자가 커다랗게 보였다. 이 때문인지 작은 흔들림조차도 내게는 아주 큰 흔들림으로 다가왔다.

"이 같은 시기에 꼭 과인의 곁을 떠나야 하겠소?"

환을 위해서다. 청국 사신이 오기 전까지 이양선의 일을 얼추 마무리 짓지 못한다면, 그는 더 큰 어려움에 처하게 될 것이다. 그것을 지켜만 볼 수 없었다.

"중전."

대답 없는 그가 재차 나를 불렀다. 그러나 나의 입에서는 아무런 말도 나오지 않았다. 그것은 내가 일부러 대답을 거부하기 때문이 아니었다. 흔들리던 그의 눈동자를 보고 나서야 난 그가 오해의 늪으로 빠져들었다는 걸 알아차렸다. 과거 왕부의 사람들이 동포와 나를 보며 느꼈던 것처럼, 그도 오해를 하고 있었다. 그런 그에게 어떤 말을 해줄 수 있을까? 나는 지금 궁궐을 떠나야만 하는데⋯⋯. 환의 입에서 긴 한숨이 흘러나왔다. 또 다시 그의 입이 열린 것은 그 다음이었다.

"이대인을 찾는 문제는 하루 이틀로 끝나진 않을 것이오. 며칠이나 피접을 떠나려는 것이오?"

"보름이옵니다."

마치 기다렸다는 듯이 답이 내 입에서 튀어나오자 환의 눈동자가 잠시 커졌다. 그는 알아차린 것이다. 내가 편전으로 오기 전부터 그의 곁을 떠나기로 결심했다는 것을 말이다. 물론 그를 위해서 떠나는 것이었다. 하지만 지금의 그는 내가 동포에 대한 일로 그를 떠난다고 여기고 있었다. 이처럼 그의 오해가 깊어져 가는 것이 눈앞에 보이자, 내 마음도 아파왔다. 난 그의 시선을 피해 미리 준비한 쓸데없는 변명들을 늘어놓기 시작했다.

"허나 내명부를 오래 비워둘 수는 없는 일이오니, 하루라도 속히 돌아올 수 있도록······."

"그리하시오. 윤허하리다."

그는 내 말이 끝나기도 전에 자리를 박차고 일어섰다.

"전하?"

그리고 나를 홀로 편전에 남겨둔 채 밖으로 나가버렸다.

* * *

어린 송이가 내 머리의 빗질을 도와주더니 조심스레 비녀를 꽂아주었다. 그 모습을 가만히 바라보던 강상궁이 속상한 얼굴로 말했다.

"어찌 소인도 데려가지 않으신단 말이옵니까?"

난 미안한 마음에 웃음만 짓고는 송이에게로 돌아섰다. 그리고 두 손으로 송이의 작은 얼굴을 싹싹 비비듯 쓸며 입을 열었다.

"송이도 데려가지 않는다네."

영문도 모르는 송이는 그저 내가 하는 이런 장난에 배시시 웃음만 흘렸다. 그러다가 강상궁이 자신을 무섭게 쳐다보고 있다는 것을 알아차리고는 내게 물었다.

"중전마마. 어디를 가시는 거예요?"

"경운궁이란다."

"경운궁이요? 그곳은 창덕궁보다 큰가요?"

"크진 않지. 예전에 임금님이 지내실 때는 큰 궐이었지만, 지금은 많은 전각들을 민가에 돌려주어 창덕궁보다는 작은 궁궐이란다."

"그럼 왜 그곳으로 가시는 거예요?"

"그건……."

사실 내 목적은 경운궁이 아니다. 많은 이들의 주목에서 벗어나기 위한 핑계일 뿐이었다. 그리고 내가 주목을 피해야 하는 많은 이들 중에는 강상궁도 있었다. 그녀의 충심은 알고 있지만, 그 충심은 이번 일에 결코 도움이 되지 않을 것임을 알기 때문이었다.

"중전마마. 가마가 도착했사옵니다."

밖에서 나인의 목소리가 들려오자, 난 송이의 손을 잡고 자리에서 일어섰다.

"가자."

대조전 밖으로 나가자 경운궁으로 나를 데려갈 가마가 기다리고 있었다. 나라가 안팎으로 시끄러운 데다가 명목상 피접을 떠나는 것이다 보니, 가마는 일반 사대부가 여인들이 타는 가마보다도 더 작고 초라했다.

"이게 어찌 된 일이더냐?"

강상궁이 초라한 가마를 보더니 가마꾼들을 향해 호통을 쳤다. 그러자 가마꾼들이 쩔쩔매며 말했다.

"피접은 병마(病魔)를 피해 가는 것이니, 화려한 가마를 탈 수 없는 것이 법도인지라."

틀린 말은 아니었기 때문에, 나는 강상궁을 다독이며 말했다.

"그만하게. 틀린 말이 아니지 않는가?"

"아무리 그리하여도 중전마마께서는 병마를 피해 피접을 가시는 것이 아니라……."

"쉿."

"중전마마……."

강상궁은 내가 아프지 않다는 것을 안다. 단지 아프지 않은데 군이 왜 경운궁으로 피접을 떠나려 하는지 그 이유를 모를 뿐이다. 그러나 그녀는 그 이유를 묻지 않는다. 상전인 내가 직접 말해주기 전까지는 궁금해도 묻지 않는 것이다. 가마의 문이 열리고 내가 그 안에 올라타자 송이가 다가와 내 치마폭에 얼굴을 비벼댔다. 난 그런 송이의 머리를 쓰다듬으며 말했다.

"내가 없는 동안 강상궁의 말을 잘 따라야 한다. 알겠느냐?"

송이가 고개를 끄덕이며 물러서자, 이번에는 강상궁이 내게로 다가왔다. 그녀는 송이로 인해 구겨진 내 치맛자락을 세심히 매만져주고는 뒤로 물러서려 했다. 그때, 내가 작은 목소리로 그녀에게 말했다.

"강상궁. 내가 자네를 창덕궁에 두고 가는 이유가 무엇인지 유념해야 할 것이네."

"주상 전하를 말씀하시는 것이옵니까?"

난 고개를 한 번 끄덕이며 말했다.

"전하를 부탁하네. 지금 내가 이런 부탁을 할 수 있는 사람은 자네뿐이니."

"어찌 영영 떠나실 분처럼 말씀하시옵니까?"

'영영 떠난다?'

계획대로라면 난 정확히 보름 안에 모든 일을 마치고 도성으로 돌아올 것이다. 그러나 돌아오지 못하게 될 수도 있다. 언제나 예외는 존재하니 말이다. 혹시 내가 잘못된다면 어찌 될까? 아마도 나는 경운궁에서 급서한 중전이 될 것이다. 그렇게 된다면 앞서 피접을 떠났다는 사실은 내가 아팠었다는 좋은 증거가 될 것이다.

'그리고 환은……'

그를 떠올리자 머릿속이 백지가 되어버리는 것처럼 모든 생각이 멈춰버린다. 내가 죽은 뒤의 그의 모습을 단 한 번도 떠올린 적이 없었다. 우습게도 아직 우리에게는 함께할 시간들이 아주 많이 남아 있다고 여겼었다. 그러한 착각이 오늘과 같은 일을 만들어낸 것일까? 대답 없는 나를 뒤로한 강상궁이 가마에서 물러섰다. 그러자 가마의 문이 닫혔다. 문이 닫힌 것을 확인한 강상궁이 가마꾼들을 향해 명을 내렸다.

"출발하게."

강상궁의 명령에 내가 탄 가마가 위로 들려졌다. 그 뒤 가마는 아주 빠른 속도로 대조전을 벗어나 창덕궁을 빠져나갔다.

* * *

그날 저녁이었다.

경운궁으로 피접 온 나를 홍선군과 그의 부인 민씨가 찾아왔다. 그들은 표면상 문안차 온 것이었다. 그러나 이 방문은 이미 계획된 것이었다. 그들은 사전에 홍재룡 대감을 통해서 나의 모든 계획을 들었다. 그리고 나를 돕기로 결심하고 경운궁으로 피접 온 나를 찾아왔다. 피접 기간 동안은 외부에 얼굴을 드러내지 않고, 대부분의 시간을 천으로 얼굴을 가리고 지낸다. 이 점에 착안하여 민씨는 나인 척 연기를 하기로 했고, 나는 장옷을 뒤집어 쓴 채 민씨가 되어 홍선군과 함께 경운궁을 떠났다.

"걱정되지 않습니까?"

가마를 타고 홍재룡 대감의 집으로 향하면서, 난 홍선군에게 조심스레 물었다.

"무엇이 말이옵니까?"

"혹여 들통이 나면 그대의 부인은 물론이고 그대에게도 화가 미칠 수 있습니다."

그러자 그는 호탕한 웃음을 터트리며 내게 대답했다.

"마마. 신의 부인은 아주 강한 여인이옵니다."

강한 여인. 나는 왠지 홍선군에게서 그런 말을 듣는 그의 부인이 매우 부러워졌다.

'그도 나를 그렇게 생각해주면 좋으련만.'

하지만 창덕궁을 떠나오며 대었던 핑계는 그가 나를 오해하게 만들었다. 그리고 그는 아주 크게 화가 났을 것이다. 피접을 떠난다고 해놓고, 마치 미리 준비해놓았던 티를 내며 하루 만에 궁궐을 떠났다. 그는 내가 그를 버리고 궐을 떠났다고 여길 것이다. 국난으로 잠도 제대로 자지 못하고 밤샘 회의를 주관하는 그를 놔둔 채 말이다.

"또한 중전마마 역시."

"에?"

"신의 부인보다도 더 강한 여인이시옵니다. 아녀자로서 지아비를 위해 이리 행하는 것도 크나큰 용기가 필요하온데, 그것이 나라를 위하는 것이며 더 나아가 백성을 위하는 것이니, 어찌 더 강한 여인이 아니라 말할 수 있겠사옵니까? 후에 주상전하께서도 이 모든 일들을 아시오면 분명 그리 여기실 것이옵니다."

나는 놀라 눈을 힘주어 떴다가 피식 웃고 말았다. 홍선군의 이러한 말 덕분인지 조금 처졌던 어깨에 조금이나마 힘이 실리는 느낌이 들었다.

* * *

"중······. 아니, 마마!"

늦은 밤, 대문 앞에 홍재룡 대감이 나와서 나와 홍선군을 기다리고 있었다. 그의 옆에는 홍재룡 대감의 집에서 아련을 돌보고 있는 진선도 함께였다. 그녀는 가마에서 내리는 나를 부축했다. 난 곧바로 홍재룡 대감의 사랑방으로 홍선군과 함께 들어섰다.

"시간이 촉박합니다. 일이 어찌 되었습니까?"

자리에 앉자마자 내가 꺼낸 말에 홍재룡 대감이 말했다.

"이것은 오늘 전하께서 비변사에 내리신 칙령이옵니다."

홍재룡 대감이 내민 칙령은 임금이 직접 내린 것이었다. 그 내용은 이 칙령을 지닌 자들이 임금이 보낸 칙사임을 증명하는 것이었다. 칙령의 내용을 꼼꼼히 훑어보던 나는 홍선군에게 물었다.

"그는요? 그는 지금 어디에 있습니까?"

그러자 홍선군이 홍재룡 대감과 눈짓을 주고받더니 답을 주저했다. 난 홍선군을 다그쳤다.

"한시가 급한 일이라고 말하지 않았습니까? 내일 새벽 도성문이 열리자마자 보령현으로 떠나야 합니다. 그러니 어서 그를 데려오십시오."

"그것이…… 중전마마. 그는 지금 이곳에 있사옵니다."

"이곳에 있다고요?"

"예. 허나 어찌 된 영문인지 말해주지 않고 단지 불러놓기만 하여……."

홍재룡 대감이 홍선군의 말을 이어받았다.

"중전마마. 소신이 가서 모두 설명하고 준비토록 이르겠사옵니다."

홍재룡 대감은 바로 자리에서 일어서려 했다. 그러나 내가 더 빨랐다. 난 홍재룡 대감보다 앞서 자리에서 일어서며 말했다.

"내가 직접 가지요. 직접 가서 그에게 설명하겠습니다."

나는 두 사람을 안에서 기다리게 하고 나서 밖으로 나왔다.

사랑채는 마루를 끼고 양옆으로 두 개의 방으로 나누어진다. 내가 조금 전 홍재룡 대감과 홍선군을 두고 나온 사랑방 외에, 건너편에 방이 하나 더 있었다. 그리고 그 방에는 지금 촛불이 켜져 있었고, 갓을 쓴 한 사내의 그림자가 아른거리고 있었다. 나는 길게 심호흡을 하고는 천천히 그 방으로 다가갔다. 보통은 문 밖에 선 사람이 소리를 내어 자신이 왔음을 알리지만, 내게는 그럴 여유가 없었다. 난 먼저 허락도 받지 않은 채, 문고리를 잡아 방문을 열었다.

-달그락

쇠로 만들어진 문고리가 서로 부딪히며 소리를 내자, 안에 있던 사내가 흠칫 놀라며 고개를 돌리는 것이 보였다. 그는 문 앞에 서 있는 내 얼굴을 확인하더니 곧 놀란 얼굴로 나를 쳐다보며 입을 열었다.

"중전······ 하나?"

그는 바로 문현 오라버니였다. 문현 오라버니는 곧 내 신분이 중전이라는 것을 떠올렸는지, 벌떡 자리에서 일어섰다. 그리고 시선을 아래로 깔며 공손한 자세로 인사를 올렸다.

"중전마마."

나는 문을 닫고 안으로 들어가서 오라버니와 마주 섰다.

지난번 동포를 배웅하겠다며 떠나던 모습을 마지막으로 한 번도 보지 못했던 얼굴이었다. 오라버니는 살이 많이 빠졌는지 수척한 얼굴을 하고 있었다. 동포를 지키지 못했다는 자책감이 오라버니의 온몸에서 드러나는 것 같아, 난 마음이 아파왔다. 어쩌면 지금 이 조선에서 동포를 잃은 슬픔을 공유할 수 있는 사람은 오직 문현 오라버니 한 사람뿐일지도 모른다는 생각이 들었다. 난 오라버니를 찬찬히 살펴보다가 입을 열었다.

"오늘 오라버니를 이곳에 부른 건 나예요."

오라버니가 고개를 들어 나를 바라보았다.

"오라버니에게 페드로 신부님을 죽음으로 몰고 간 책임에서 벗어날 기회를 주려고 해요."

"예?"

"난 내일 새벽 이양선이 있는 보령현으로 떠날 겁니다. 그리고 그 길에 오라버니가 함께해주기를 원해요. 나와 함께…… 가주겠어요?"

"보령현 외연도에 이양선이 나타났다는 말은 신도 들었사옵니다. 지금 그곳으로 가시려는 것이옵니까?"

"오라버니. 난 지금 중전으로서 오라버니에게 청을 하는 것이 아니에요."

딱딱한 군신관계로 되돌아온 오라버니의 말에 내가 반기를 들었다. 오라버니는 긴 한숨을 내쉰 뒤 다시 입을 열었다.

"전하께서 모르시는 일이라면, 하나야. 오라버니도 그 위험한 곳에 가는 것을 반대한다."

문현 오라버니가 단호하게 대답할 것이라 예상하고 있었다. 그러나 나는 전혀 굴할 생각이 없었다.

"오라버니가 돕지 않는다면, 나 혼자서라도 보령현으로 갈 겁니다. 그러니 선택해주세요. 내가 주는 기회를 잡을 것인지, 말 것인지를."

***

"중전마마시잖아요. 중전마마가 되셨잖아요."

안채에서 진선이 내게 사내의 도포를 입혀주며 이해할 수 없다는 듯 말했다. 난 그저 피식 웃으며 머리에 씌운 망건을 손가락 끝으로 만지작거렸다. 사대부 사내들이나 착용하는 망건을 처음 써보니 느낌이 이상했다. 한편으로 내 앞에서 망건을 풀었던 환의 모습이 떠올랐다. 망건을 벗고 머리를 푼 사내를 본 것은 환이 처음이자 마지막이었다.

그사이 진선은 내가 입은 도포 위에 사내들이 차는 허리띠를 단정히 매어주며 다시 입을 열었다.

"구중궁궐에서 좋은 것만 먹고 좋은 것만 보며 사는 것이 중전마마가 하시는 일이잖아요? 어찌 아녀자라면 모두 기피할 위험한 일에 중전마마께서 직접 나서시나요?"

"진선아."

나는 부드러운 목소리로 진선을 타일렀다.

"삼간택이 있던 날 밤, 네가 내게 물었지. 내가 이 조선에 온 뒤로 누군가에게 삶의 의미이고 이유가 된 적이 있었는지 말이야. 그때 난 깨달았단다. 전하야말로 내가 이 세상에 태어난 이유야. 그리고 내가 이 세상을 살아가는 이유이고."

"중전마마……."

난 진선의 손을 잡으며 말을 이었다.

"난 그분을 위해서라면 내 목숨을 다해서라도 그 무엇이든 하고 싶어. 내가 구중궁궐에서 중전의 지위를 누리며 사는 것이 아니라, 위험한 보령현으로 내려가려는 이유가 바로 그것이야."

"그분도 중전마마와 같은 마음이시겠지요?"

"흠흠."

그때 밖에서 홍재룡 대감이 내는 기척이 들려왔다. 진선은 서둘러 내게 갓을 씌워주고는 갓끈을 매어주며 말했다.

"반드시 무사히 돌아오셔야 해요. 중전마마께서 하루속히 무사히 돌아오시기만을 기도하며 기다리고 있을게요."

"그래. 고맙구나."

문을 열고 밖으로 나가자 홍재룡 대감이 놀란 눈으로 나를 쳐다보았다. 그의 시선에도 사내의 옷을 입고 있는 내 모습이 어색하게 보이는 모양이었다.

"이제 곧 도성 문이 열릴 시각이옵니다."

홍재룡 대감의 말에 난 고개를 들어 하늘을 쳐다보았다. 하늘엔 짙은 회색빛이 억눌려 있는 듯 보였다. 간간이 보이는 구름들 또한 아침 해를 기다리며 묵묵히 제자리를 지키고 있었다.

일반적으로 도성 문은 해가 뜨기 전에 개방한다. 하루라도 속히 보령현에 도착하려면 도성 문이 열리자마자 떠나야 할 것이다.

"도승지는요?"

"흥선군 대감과 함께 마당에서 중전마마를 기다리고 있사옵니다."

"가죠."

"예. 중전마마."

홍재룡 대감의 말대로 마당에는 흥선군과 문현 오라버니가 나를 기다리고 있었다. 그들 역시 남장한 나를 보고 놀라는 기색이었다. 그러나 곧 흥선군은 나를 향해 웃으며 농담을 건넸다.

"역시 중전마마께서는 사내의 옷을 입으셔도 그 품위는 숨길 수가 없으시옵니다."

나는 피식 웃음을 터트렸다. 흥선군의 이런 말장난은 나의 날선 긴장감을 풀어주기 위한 것이란 걸 잘 알아서였다. 그러나 반대로, 웃는 나의 모습을 바라보는 문현 오라버니의 표정은 더욱 어두워졌다. 난 그런 오라버니와 시선을 맞추며, 조금 전 사랑채에서 오라버니와 단둘이 있을 때 주고받은 말을 떠올렸다.

'하나야. 난 대왕대비마마의 사람이다. 왜 나를 선택했느냐?'

'전하를 용서했어요. 그런데 오라버니를 용서하지 못하는 건 너무 가혹한 것 같아서요.'

'나를 동정이라도 하려는 것이냐?'

'오라버니가 밀고하지 않았더라면 페드로 신부님은 잡혀가 처형당하지 않았겠죠. 그리고 그 사실을 내게 숨긴 오라버니

를 어쩌면 쉽게 용서할 수 없을지도 몰라요. 그러나 기회는 주고 싶어요. 동포도…… 그걸 바랄 거예요.'

동포 이야기가 나오자 더 이상 문현 오라버니도 아무 말을 하지 않았다. 그러나 다시금 떠오른 동포의 생각에 울컥하는 마음이 앞섰다. 나는 나도 모르는 사이에 동포가 죽었다고 생각하고 받아들이고 있는 것은 아닐까?

"대감마님."

하인이 말 한 필을 끌고 왔다. 문현 오라버니는 말고삐를 잡으며 말 위로 올라탔다. 순간, 내 눈에 오라버니가 입술을 깨물며 아픔을 참는 듯한 표정을 짓는 것이 보였다. 아마도 동포를 구하려다가 입은 상처가 덜 나은 것 같았다.

"자."

말 위에 올라탄 오라버니가 내게 한 손을 내밀었다. 그러나 나는 고개를 저으며 홍재룡 대감에게로 돌아섰다.

"말 한 필을 더 구해주세요."

"예? 어찌……."

"전 말을 탈 줄 알아요. 청국에서 배웠습니다."

그러나 홍재룡 대감은 내 말을 다른 뜻으로 해석한 것 같았다.

"중전마마. 이 일은 한시가 급한 일이옵니다! 가마를 타고 가실 수 없으니, 말을 타고 가셔야 하긴 하오나……. 단순히 말을 타는 것이 아니라, 달리는 말을 타는 일이옵니다. 달리는 말은 매우 위험하옵니다. 사내들도 달리는 말을 모는 일이 쉽지 않은 일이온데, 어찌 중전마마께서 홀로 말을 타시겠다 하시옵니까?"

"대감. 청국에서 내게 말을 가르치신 분은 팔기군(八旗軍, 청국
주력부대)에서도 기병을 이끌던 대장이셨습니다. 아마 팔기병
만큼 빠르진 못해도 사내들에 비해 뒤쳐지진 않을 겁니다."

"오오……!"

내 말에 흥선군이 감탄을 내뱉었다. 그러나 곧 홍재룡 대감
이 매섭게 돌아보자, 흥선군은 멋쩍은 표정으로 시선을 다른
곳으로 돌렸다. 조금 뒤 하인이 말 한 필을 더 가져왔다. 나는
그 말의 끈을 잡은 채 아주 가뿐히 말 위로 올라탔다. 순간 놀
랜 말이 푸드덕거리며 뒷걸음치자 홍재룡 대감의 얼굴이 사색
이 되었다. 하지만 난 당황하지 않고 말의 머리를 쓰다듬어주
었다.

"자, 착하지."

말은 곧 안정을 되찾은 듯 얌전해졌고, 이를 보던 홍재룡 대
감도 무거운 한숨을 길게 내셨다.

"이제 그만 출발하셔야 하옵니다."

안정적으로 말에 올라탄 나를 보며 흥선군이 말했다. 난 고
개를 한 번 끄덕이고는 말 위에서 고개를 들어 담장 밖을 내다
보았다. 담장 밖으로 해가 조금씩 머리를 보이고 있었다. 그 해
를 등지고 창덕궁 처마들이 눈에 들어왔다.

지금 그가 있는 궁궐의 모습이…….

'반드시 당신 곁으로 돌아올 거예요. 그러니 조금만 기다려
줘요.'

어쩌면…… 그는 오늘 밤 편히 누워 잠들지 못할지도 모른다. 어쩌면…… 그는 자신을 홀로 내버려두고 피접이라는 핑계로 떠나버린 나를 원망하고 있을지 모른다. 그리고 나는 그런 그가 그립다. 채 하루밖에 지나지 않았는데도 그가 미치도록 그리워진다. 그런데도 그런 그를 두고 도성을 떠나려 한다. 도성에서 며칠이나 걸리는 곳으로 가려 한다.

돌아오지 못할 수도 있는 위험을 안고서…….

-끼이이이익.

하인이 굳게 닫혀 있던 대문을 여는 소리에 나는 창덕궁에서 눈을 돌렸다. 그리고 말의 고삐를 세게 잡아당기며 소리쳤다.

"이랴!"

내가 탄 말이 빠르게 대문을 빠져나가고, 그 뒤로 문현 오라버니의 말이 뒤따랐다.

해 무 *海霧*

보령현에 도착한 것은 그로부터 닷새 후의 일이었다.

조정에서 보내는 관리가 도착했다는 소식이 전해지자, 보령현이 속한 홍주(홍성의 옛 이름)의 목사(정3품 관리)가 직접 나와 우리를 맞이했다. 그는 우리가 조정에서 보낸 칙사라는 것을 확인하자마자, 조정에 보고하지 못한 일을 털어놓았다.

"이양인들이 식량이 없다는 이유로 외연도를 약탈하고 그곳에 사는 백성들까지 볼모로 잡았나이다."

"볼모로 붙잡힌 백성들의 상태는 어찌 되었소?"

오라버니의 물음에 홍주목사는 고개를 저었다.

"모릅니다."

"외연도에 상주하는 군사가 한 명도 없단 말이오?"

"이양선이 한 척도 아니고 세 척이나 외연도에 정박하고 있는데, 누가 그곳으로 들어가려 하겠습니까? 들어가면 어찌 될 줄 알고요?"

"그럼 지금까지 조정으로 보낸 서한들은 어찌 된 것이오?"

"이양선이 나타난 날, 그들 쪽에서 먼저 사람을 보내어 전해 온 것입니다. 본관은 그 서한을 그대로 도성으로 장계와 함께 올려 보냈을 뿐입니다."

"그 뒤에 외연도에 들어간 이가 없소?"

"말씀드렸다시피 누가 들어가겠습니까? 외연도에 볼모로 잡힌 백성들도 죽었는지 살았는지 모를 판국에……. 그저 그 쪽에서 먼저 육지로 나와주기만을 기다려야지요."

그간 있었던 경위를 들은 문현 오라버니는 할 말을 잃은 듯 한동안 보령현 앞바다만을 응시했다. 외연도는 서해의 가장 끝자락에 위치한 섬이었다. 무엇보다 외연도(外煙島)라는 이름 이 품고 있는 뜻에서 알 수 있듯이, 육지에서 멀리 떨어져 있어 마치 안개에 휩싸인 듯 잘 보이지 않는 섬이기도 했다. 그러니 지금 외연도에 정박한 이양선이 섬의 백성들을 볼모로 잡아 어 떤 짓을 벌이고 있는지 육지에서는 알 턱이 없었다.

"위험해. 그러니 나 혼자 다녀오겠다."

홍주목사가 잠시 자리를 비운 사이, 마치 망망대해와 같은 바다를 내다보며 문현 오라버니가 말했다.

"가셔서 무엇을 어찌하시려고요?"

"어찌 되든 위험한 곳은 분명하다. 이양인들이 어찌 나올지 모르니, 그런 곳으로 널 데려갈 수는 없다."

"여기까지 와서 어리석은 소리 하지 마세요!"

내 외침에 오라버니가 나를 돌아보았다.

"하나야."

"난 내가 왜 이곳에 왔는지 잊지 않았어요. 단지 육지에서 기다리려고 온 것이었다면, 애초부터 이곳까지 올 필요도 없었고요."

"도대체 어찌하려는 것이냐?"

난 안개에 가린 듯한 먼 서해바다를 응시하며 말했다.

"섬으로 들어가겠어요. 그들이 나올 때까지 기다리기에는 시간이 없으니까요."

* * *

보령현에서 뱃길로 꼬박 반나절을 가자 눈앞에 희미한 섬 하나가 모습을 나타냈다.

"저곳입니다요."

사공의 말에도 우리 두 사람은 말없이 섬 쪽을 응시하고만 있었다. 이유가 있었다. 바로 섬 왼편으로 거대한 물체가 보였기 때문이었다. 바로 이양선이었다.

때는 한낮, 그럼에도 해무에 가리어진 외연도는 제 모습을 우리 앞에 완연히 드러내기를 꺼려했다. 그러나 불란서 국적의 이양선 세 척은 달랐다. 해무 속에서도 거대한 위용을 숨기지 않았다. 군함 간판에 줄지어 늘어선 정사각형의 구멍들도 확연히 보였다. 그것들은 분명 포문(대포의 탄알이 나가는 구멍)

325

이었다. 군함 한쪽 면의 포문 숫자만 어림잡아 스무 개가 넘어 보였다. 이 포문들이 동시에 열려 포를 쏘는 상상만으로도 등 골이 오싹해지는 순간이었다.

"나, 나으리! 저쪽에서 배가 옵니다요!"

사공의 말은 사실이었다. 외연도로 향하고 있는 우리들 쪽으로 돛이 없는 작은 배 한 척이 다가오고 있었다. 그 배에는 여러 명의 이양인이 타고 있었다. 그들 중 몇 명은 노를 젓고 있었고, 다른 몇 명은 조총과 비슷한 총을 들고 우리를 겨누고 있었다.

"어, 어찌합니까요?"

총을 본 사공이 겁에 질려 노 젓는 것을 멈추었다. 오라버니는 다가오는 이양인의 배를 바라보다가, 사공에게 말했다.

"자네는 내 뒤에 있게."

오라버니의 말에 사공이 노를 던져두고 우리의 뒤로 가서 섰다. 곧 이양인의 배가 우리가 타고 있는 배에 바짝 붙었다. 그 안에는 모두 푸른 눈의 이양인들만 가득했다. 이양선에 타고 있다는 청국 사람은 보이지 않았다. 그들이 총을 겨누며 우리가 타고 있는 배 위로 올라섰다. 그러자 오라버니가 내 앞으로 나서며, 그들을 향해 청국 말로 소리쳤다.

"우리는 조선국 국왕전하께서 보내신 칙사다. 슬서이 제독을 만나러 찾아왔다. 그에게 안내하라!"

이양인들은 여전히 우리를 향해 경계의 시선을 풀지 않고 있었다. 총을 겨누는 것도 그만두지 않았다. 난 그들이 혹시라

326

도 청국 말을 못 알아듣는 것은 아닌지 걱정되었다. 그때, 그들 중 일부가 서로 말을 주고받았다. 그 말은 불란서 말이었다. 난 그들의 말에 가만히 귀를 기울였다.

"뭐라는 거지?"

"잘은 몰라도 청국 말은 확실해."

"제독님께 데려가자."

곧 그들이 총을 가지고 우리의 곁으로 다가왔다. 불란서 말을 전혀 모르는 문현 오라버니는 바짝 경계하며, 내게로 다가오려는 그들을 향해 허리에 찬 검을 뽑아들려고 했다. 그러자 그들도 잔뜩 긴장한 채, 방아쇠를 당길 듯 손가락으로 바짝 조였다. 난 급히 오라버니를 향해 소리쳤다.

"하지 마요! 저들은 우리를 슬서이 제독에게 데려가겠다고 말했어요!"

내 말에 검 손잡이에 닿았던 오라버니의 손은 더 이상 움직이지 않았다. 그러자 그들 중 한 명이 오라버니의 가슴팍에 총구를 겨눴다. 다른 한 명은 오라버니가 허리에 차고 있던 검을 빼앗아 배 밖으로 던져버렸다.

풍덩, 하는 소리와 함께 오라버니의 검은 외연도 바닷속 깊은 곳으로 사라졌다. 검이 바닷속으로 사라지는 것을 본 오라버니는 망연자실한 표정이었다. 불란서 군인들은 이 틈을 놓치지 않았다. 그들은 오라버니와 나 사이로 끼어들어 총구로 우리 두 사람을 위협해 자신들의 배에 태웠다.

다행히도 불란서 군인들은 우리를 이곳까지 데려온 사공에게는 별다른 관심을 보이지 않았다. 덕분에 그 사공은 우리가 군인들과 함께 군함으로 이동하는 동안 재빨리 노를 저어 육지 방향으로 사라졌다.

***

"답이 많이 늦었소만."

군함에 올라타자 갑판에 나와 있던 한 사내가 다가와 조선 말로 말을 걸었다. 조금은 어눌하게 들리는 조선 말을 쓰는 사내는 변발을 하고 있는 청국 사람이었다. 그러나 옷차림은 여타 불란서 군인들처럼 서양의 군복을 입고 있어 우스꽝스럽게까지 보였다.

"슬서이 제독을 만나러 왔소."

문현 오라버니가 그 우스꽝스럽게 보이는 사내에게 청국 말로 말했다. 그러자 그도 조선 말 대신 청국 말로 답했다.

"제독은 아무나 만나주시는 분이 아니시오."

"우린 국왕전하께서 보내신 칙사의 자격으로 이곳에 온 것이오."

"그건 내 알 바가 아니지! 흐음!"

사내의 무례한 태도에 문현 오라버니의 인상이 일그러졌다. 그의 이러한 태도는 분명 자신을 거치지 않고는 불란서 사람들과 대화하는 것이 불가능하다는 것을 잘 알고 있어서였다.

곧 그가 한 손을 내밀어 손가락을 장난치듯이 까딱까딱 거렸다. 문현 오라버니는 간신히 화를 참아내면서 가져온 칙서를 내밀었다. 그러나 그는 칙서를 받지 않았다. 그가 요구한 것은 칙서가 아닌 금전이었다.

"아무것도 가져오지 않고 슬서이 제독을 만나리라 생각했소? 흠!"

그는 우리에게서 금전적인 것을 기대할 수 없다는 사실에 짜증 섞인 표정을 지었다. 무엇보다 지금 우리의 손에 돈이 될 만한 물건이 들려 있지 않음을 확인하고는, 군인들을 향해 부정확한 발음의 불란서 말로 말했다.

"아무짝에도 쓸모없는 사람들을 데려왔소. 다시 돌려보내시오."

"뭐라는 거야?"

그의 답답한 발음을 제대로 알아듣지 못한 불란서 군인이 성을 냈다. 그러자 청국 사내가 목소리를 가다듬더니 다시 입을 열었다.

"돌려보내시오. 돌려보내!"

이번에도 그의 발음은 정확하지 못했지만, 상황으로 얼추 어림잡아 맞춘 듯 군인들은 우리를 군함 밖으로 내보내려는지 총을 들었다. 그때였다. 난 군인들 앞으로 나섰다. 그리고 정확한 발음의 불란서 말로 그들을 향해 입을 열었다.

"우리는 조선의 국왕전하께서 보내신 칙사입니다. 세실 제독을 만나러 왔습니다. 그는 지금 어디에 있나요?"

내 입에서 나오는 유창한 불란서 말에 놀란 건 비단 그 배에 있는 군인들뿐만이 아니었다. 조금 전 군인들에게 우리가 칙사가 아닌 것처럼 거짓말한 청국 사람도 마찬가지였다.

"아니! 조선 사람이 불란서 사람처럼 말을 하잖아?"

"뭐야, 그럼 이딴 자식을 데려올 필요가 없었잖아. 이런 쓸모도 없는!"

"감히 우리에게 거짓말을 해?"

뒤늦게 청국 사내에게 속았다는 것을 알게 된 그들이 총구를 사내를 향해 겨눴다. 사내가 잔뜩 움츠린 표정으로 뒤로 물러섰을 때였다.

-짝! 짝! 짝!

딱딱 끊어지는 박수소리와 함께 간판에 몰려 있던 군인들이 두 갈래로 갈라섰다. 그리고 그 가운데에서 중년의 군인이 박수를 치며 모습을 나타냈다. 그가 입고 있는 옷차림만 보더라도 간판에 있는 다른 불란서 사람들과는 신분이 달라 보였다. 나는 직감적으로 그가 세실 제독이라는 걸 알아차렸다. 함박웃음을 지은 채 곧장 내게로 걸어온 그는 바로 내 앞에서 걸음을 멈춰섰다. 그리고 내게 한 손을 내밀며 인사했다.

"내가 바로 장 밥티스트 세실이오."

그가 내민 손을 바라보며 한참을 가만히 있었다. 그러자 세실의 표정에서 조금씩 웃음이 사라져갔다. 내가 그가 내민 '손'의 의미를 모른다고 생각할까? 아니면 알면서도 '무시'한다고 여기는 것일까?

나는 그가 내민 '손'의 의미를 안다. 불란서를 비롯한 서양의 국가들에서는 사내나 여인이나 모두 첫인사를 '손'을 맞잡는 것으로 한다는 사실을 페드로 신부님에게 배워서 잘 알고 있었다. 그러나 그것은 조선에서는 먼 나라의 예법일 뿐이다. 여기는 조선이다. 비록 지금 사내의 옷을 입고 남장을 하고 있어도 난 여인이었다. 그렇지만 세실의 눈에는 조선국 국왕이 보낸 대표사절인 '사내'로만 보일 것이다.

결국 잠시 망설이던 내가 세실이 내민 손을 잡았다. 세실의 표정이 다시 환해졌다.

"하나……!"

놀란 오라버니의 입에서 내 이름이 흘러나왔을 때였다. 세실이 오라버니 쪽을 쓱 한 번 눈길을 주더니, 다시 나를 쳐다보았다. 그는 잡은 내 손을 힘 있게 몇 차례 흔들고 나서야 놓아주었다.

"우리 나라에 방문한 적은 있소?"

그가 흥미 있다는 얼굴로 내게 물었다.

난 고개를 저었다.

"불란서에 대해서는 단지 들었을 뿐이에요."

"'듣다'라……. 단지 '듣기'만 한 사람치고는 불란서 말을 상당히 잘하는 것 같소?"

그와 가벼운 농담을 주고받기에 여유가 없다는 걸 깨달은 나는 바로 본론으로 들어갔다.

"한자로 번역된 국서를 보았어요. 그 내용에 따르면 제독님께서는 페드로 신부님을 안다고 하셨어요. 그래서 그분의 죽음에 대한 진실을 알고 싶다고 하셨고요. 사실인가요?"

"그렇소. 페드로는 나의 아주 오랜 친구요. 그가 신부가 되겠다며 수도원으로 들어가기 전부터 알던 사이였으니, 아주 오랜 친구이지."

여기까지 설명한 그가 내 옆에 서 있던 문현 오라버니를 쳐다보며 말을 이었다.

"같이 온 저자는?"

나도 세실 제독을 따라 오라버니를 쳐다보았다.

"불란서 말은 할 줄 모르는 것 같은데."

숨긴다고 숨겨지는 것도 아니라서 난 순순히 답했다.

"네. 맞아요."

"그럼 저쪽과 할 이야기는 없을 것 같군. 따라오시오."

세실이 돌아섰다. 그가 함장실 쪽으로 향하는 것 같았다. 내가 그의 뒤를 따르려 하자, 오라버니도 자연히 내 뒤를 따라오려고 했다. 그러나 군인들이 총으로 오라버니의 길을 막아섰다.

"하나야!"

오라버니가 나를 큰 소리로 불렀다. 난 세실을 뒤따르던 걸음을 멈추고 오라버니를 향해 돌아섰다.

"여기서 기다리고 계세요. 어차피 여기서부터는 저만 할 수 있는 일이니까요."

사실 오라버니에게 선택의 자유 따위는 없었다. 오라버니가 조금이라도 움직였다가는 불란서 군인들이 총을 쏠 기세였으니 말이다. 결국 오라버니는 나와 함께 가지 못했다.

　　　　　　　　＊＊＊

-달칵.

날카로운 쇠 마찰음과 함께 함장실의 문이 닫혔다.

함장실 안에는 두 개의 작은 창문이 있었지만, 외연도 주변에 깔린 짙은 해무로 인해 햇빛은 거의 들어오지 않았다. 이때문인지 세실이 곧바로 촛대에 불을 밝혔다. 추위를 배려해놓은 작은 이동식 난로에도 불을 붙였다. 곧 함장실 안은 적갈색 빛으로 바뀌었다. 이번에는 세실이 함장실 구석에 놓인 벽걸이 장식장으로 다가갔다. 그는 그곳에 놓인 여러 병의 포도주병을 유심히 바라보다가, 그중 하나를 집어 들었다. 이어 두개의 잔을 준비한 그는 각각의 잔에 포도주를 따랐다. 그리고내게로 다가와 잔을 건넸다.

"마시시오."

그가 건넨 포도주를 한 모금 마신 나는 눈을 깜빡였다.

'이 맛은⋯⋯.'

마찬가지로 세실 자신도 포도주를 한 모금 마시면서 묘한눈길로 나를 살펴보기 시작했다. 그는 내가 눈을 깜빡이는 것을 보았는지, 이렇게 물었다.

"이 포도주를 아시오?"

"지금까지 제가 먹어본 포도주는 단 한 종류뿐이었어요. 그래서 한 가지 맛밖에 모르죠."

"그럼 그 한 종류의 포도주가 어떤 포도주였소?"

"부르고뉴의 포도주였죠."

"페드로가 좋아하던."

그가 나의 말을 받았다. 난 놀란 눈을 뜨고 세실을 쳐다보았다.

-탁.

세실은 탁자 위에 포도주잔을 내려놓더니 내게로 가까이 다가왔다. 금방이라도 몸이 닿을 거리만큼 가까워지자, 놀란 나는 뒷걸음쳤다. 그러나 곧 나는 굳게 닫혀 있던 창문에 등을 부딪쳤다.

더 이상 뒤로 물러설 곳은 없었다. 난 긴장한 상태로 내게로 가까이 몸을 숙여오는 세실을 올려다보았다. 그는 재미있다는 표정으로 나를 내려다보며 웅얼대듯 입을 열었다.

"조금 전 그 조선인이 너를 '하나'라고 부르더군. 내가 알고 있는 하나는 꽁꽁 얼어붙은 압록강에서도 살아남았던 맹랑한 어린 계집아이였어. 그런데 지금 내 눈앞에 있는 너는 사내의 옷을 입고 있다. 그렇다면 네가 사내인지 계집인지 확인해볼 방법은 단 한 가지뿐이겠지."

세실이 내 앞으로 몸을 바짝 숙이며 한 손을 뻗었다. 나는 세실의 손이 내 옷에 닿는다고 판단하고 두 손으로 옷깃을 여며 쥐었다. 바로 그때였다. 그가 내 옷으로 뻗었던 손을 위로 들더니, 내가 쓰고 있던 갓을 툭 쳐서 바닥에 떨어뜨렸다. 갓이 떨어지며 드러난 내 얼굴을 본 세실의 입가에 미소가 지어졌다.

"내 이리 아름다운 얼굴을 가진 아가씨로 클 줄 알았다! 하지만 그 머리 모양이 조금 거슬리는구나."

그는 내가 착용한 망건으로 손을 뻗어왔다. 난 그의 손이 닿기도 전에 스스로 망건을 직접 풀었다. 곧 내 머리는 찰랑거리며 길게 흐트러졌다.

"이제 되었나요?"

사납게 눈을 치켜뜨며 말하는 나를 향해 세실이 당황한 표정을 지었다. 그는 변명하듯 중얼거리며 뒤로 물러섰다.

"오랜만에 다시 본 게 반가워서 조금 장난을 친 것뿐이다, 하나야."

"물론 그러시겠죠. 아저씨."

그는 돌아서서 탁자 위에 올려둔 포도주잔을 들어올렸다. 한 모금 맛을 음미하는 그의 표정이 어두웠다. 그가 탁자 옆 의자에 앉으며 투덜거렸다.

"성격은 변한 게 전혀 없구나. 게다가 10년 만에 남자들이나 입는 옷을 입고 나타나서 말이지! 어쨌든 네가 믿을지 모르겠다만, 배에 오르는 너를 보고는 첫눈에 알아봤다."

그러면서 그는 한 손으로 자신의 맞은편 의자를 가리켰다. 난 그곳에 앉으며 말했다.

"혹시 페드로 신부님에 대한 복수로 이곳에 온 건가요?"

"복수?"

세실이 코웃음 쳤다. 난 불안한 눈길로 세실을 쳐다보았다.

"정말 전하를 만나기 위해서 온 건가요? 아저씨는 불란서 군인이니까, 개인 자격으로 온 것은 아니겠죠. 불란서가 보낸 건가요?"

"하나야. 난 페드로같이 좋은 사람을 본 적이 없다. 그는 아주 선한 사람이었지. 그를 처음 알고 지낸 어린 시절부터 난 그가 신부가 될 것이라는 걸 알았어."

그는 잠시 침묵하더니 얼마 후 말을 이었다.

"사실…… 조선의 국왕에게 보낸 국서에 쓴 것처럼 페드로가 죽은 경위가 궁금해서 온 것은 아니다. 나는 아시아에 오래 머물면서 세계 곳곳에서 가톨릭 신부들이 살해당했다는 소식을 접해왔다. 죽음까지 불사한 그들의 신념은 존경하지만, 그들은 분명 자신들이 활동하던 국가의 법을 어긴 것 또한 사실이다."

군법을 반드시 따라야만 하는 군인다운 발언이었다.

"그렇다면 왜 그런 내용의 국서를 보낸 거죠?"

"네 추측대로 정부의 명이다. 아편전쟁 이후 영국은 홍콩과 함께 청국의 다섯 개 항구를 개항시켰다. 또 이미 일본은 네덜란드와 포르투갈이 먼저 들어가 뿌리를 내린 지 오래고. 우리 정부는 새로운 판로를 원해. 게다가 이 조선국은 아직 그 어느 나라에도 개항하지 않았다. 우리 정부에서는 나와 페드로의 우정을 정치논리로 삼아, 조선의 개항의사를 알고 싶어서 나를 보낸 거다. 하지만 나도 이런 식으로 죽은 페드로의 우정을 이용하는 건 마음에 안 든다."

그는 이번에도 포도주잔을 입으로 가져가 그 안에 든 술을 깨끗이 비운 후 말했다.

"난 아시아에 오래 있었다. 내가 본 아시아인들은 자긍심이 강해. 또 이익보다는 자존심을 더 중시하지. 조선국도 마찬가지일 거라 생각한다. 그래서 통역관으로 청국 사람을 데려왔다. 그런데 너도 알다시피 청국 사람은 잔머리를 굴리는 게 보통이 아니더군. 그를 완전히 믿을 순 없었다. 무엇보다 이제 네가 왔으니……."

그가 자리에서 일어나 내 곁으로 다가왔다.

"조선국왕이 너를 직접 보낸 거냐?"

나는 잠시 망설이다가 고개를 한 번 끄덕였다.

"그렇다면 이야기가 더 쉽게 풀리는 걸 기대해도 좋겠군. 불란서 정부를 대표하여 내가 조선국왕에게 전하고 싶은 것은 단 두 가지다."

이제 그는 불란서 사절로서 내 앞에 서 있었다.

"첫째는 앞으로 이양인 신부를 처형하지 말고 적발 시 추방할 것에 대한 약속이다. 둘째는 조선국이 개항 시 우리 불란서의 선점을 인정해주겠다는 약속이다."

나는 잠시 고민하다가 답했다.

"문서 형태의 국서로 주시면 전하께 전해드리겠어요. 하지만 그 판단은 전적으로 전하와 조정 관리들이 토의하여 결정할 거예요. 하지만 반드시 전하께 직접 전해드릴 것을 약속할게요. 그 내용에 대한 확답은 드릴 수 없어요. 조선이 개항을 결정한다고 하더라도, 우선권은 조선에 유리한 조건을 내거는 나라에게 가야 할 테니까요."

"하하하!"

세실이 큰 웃음을 터트렸다.

"조선국왕이 내게 엄청난 사절을 보낸 것은 확실하구나. 네가 어렸을 때, 난 너의 말이라면 꿈쩍도 하지 못했지. 그때 네가 하던 말은 알아듣기 힘든 서툰 발음이었는데도 말이다."

그러나 세실은 내 답변에 대한 확답을 주지 않았다. 어린 시절 이야기를 꺼내면서도 섣불리 물러서는 태도를 보이지 않았다. 난 침묵을 안은 채 그를 가만히 바라보았다. 조금 뒤 그가 졌다는 듯 두 손을 들어올리며 내게 말했다.

"좋다. 우리 정부에서도 확답을 받을 수 있을 거라 기대하고 있지 않은 것 같으니까. 무엇보다 조선은 아직 많은 것이 베일에 싸여 있는 나라이고. 어차피 난 우리 불란서 정부의 의사를 조선국왕에게 전한 선에서 마무리를 짓겠다."

난 고개를 한 번 끄덕인 후 입을 열었다.

"이제 우리 측 조건을 들으실 차례예요."

"말해보거라."

"섬에 정박한 함대의 철수예요."

"그건 며칠 안으로 철수하지."

"내일 안으로 해주세요."

세실이 웃으며 짧게 답했다.

"모레."

"좋아요. 3일 드리겠어요."

"좋다, 3일."

"그리고 여기서 끝이 아니에요."

"응?"

"3일 안에 철수를 약속한다는 문서를 써주세요. 불어로요. 한자로는 내가 직접 번역할 거예요. 물론 불어로 적힌 문서와 한자로 적힌 문서에 모두 동일하게 아저씨의 서명이 들어가야 해요."

세실이 웃으며 문 쪽을 향해 소리쳤다.

"서기!"

그러자 얼마 후 서기를 맡아보는 사람이 안으로 뛰어 들어왔다. 세실은 그를 책상에 앉히고는 내가 요구한 내용 그대로를 적도록 했다. 또 그가 먼저 요구한 두 가지 내용에 대해서도 적었다. 문서가 완성되자 나는 그것을 직접 검토하고 한자로 번역한 문서를 만들었다. 그는 내가 한자로 옮겨 적은 문서를 대충 훑어보더니 웃으며 말했다.

"하나 너니까 믿는 거다."

그리고 불어와 한자로 적힌 문서에 각각 자신의 서명을 남겼다. 그리고 그 문서를 곱게 접어 내게 내밀었다.

"10년 전 페드로가 반대하더라도 너를 양녀로 삼아 불란서로 데려갔어야 하는 건데, 페드로도 심했지. 친구인 내 부탁은 거절하더니 결국 너를 청국 황족의 양녀로 보내고 말이다."

그는 문서를 받아드는 나를 쳐다보더니 다시 돌아서서 포도주잔을 채웠다.

"때때로 페드로가 그립단다. 물론 언젠간 내가 죽으면 그를

다시 만나겠지. 그때 그와 이 포도주를 나눠 마시며 너에 대한
이야기를 나눌 거다."

"저에 대한 무슨 얘기를요?"

그가 포도주를 한 모금 마신 후 대답했다.

"10년 전 겨울, 페드로의 부탁으로 그와 함께 압록강에서
너를 구한 일. 그 일이 조선에 있어서 크나큰 행운이었다고
말이다."

* * *

세실은 약속을 지켰다.

그로부터 3일 뒤, 세실이 이끄는 불란서 군함이 모두 외연도
를 떠났다. 나는 문현 오라버니와 외연도에 남아 세실의 군함
이 떠나는 것을 지켜본 후 육지로 돌아왔다. 육지에서 우리를
기다리던 홍주목사는 기쁜 마음에 잔치를 열겠다며 소란을 피
웠지만, 예정보다 3일이나 지체된 나는 마음이 급해졌다.

"내가 떠난 뒤 도성의 일이 어찌 되었는지 알 수가 없으니,
하루라도 빨리 돌아가요."

나를 대신해 경운궁에 남은 흥선군부인 민씨의 일도 걱정되
었다. 그녀가 들켰다면 벌써 궁이 소란스러워져 연도 알게 되
었을 것이다. 그렇다면 벌써 보령현으로 누군가 나를 데리러
왔을지도 모른다. 다행히 그런 일은 아직 벌어지지 않았다. 하
지만 앞으로 일어나지 않으리란 보장도 없었다. 그렇다면 하

루라도 빨리 도성으로 돌아가는 것이 급선무였다.

이양선의 일이 세실을 만나 쉽게 해결되어 마음은 한결 가벼워졌다. 하지만 여전히 홀로 창덕궁에서 청국 사신과 이양선 일로 골머리를 앓고 있을 환의 모습이 그려지자 더는 쓸데없는 일들로 지체할 수 없었다. 문현 오라버니와 함께 급히 말을 몰아 도성으로 향했다. 짤막짤막하게 쉬며 말을 달리는 강행군이 이어졌다.

그렇게 이틀을 달리자 몸이 점점 피곤해지며 지쳐갔다. 다행인 것은 저녁 무렵 경기도 수원성에 이르렀다는 것이다. 이대로 말을 달려 하룻길만 가면 곧 도성이었다. 수원 성문이 굳게 닫혀 있는 것을 본 오라버니는 내가 지친 모습을 보이는 것을 보며 말했다.

"오늘은 역참에서 쉬자꾸나."

마침 하늘에서 싸락눈이 내리고 있었다. 내 기억이 맞다면 올해 첫 눈이었다. 이제 완연한 겨울이 찾아온 것이다.

"알았어요."

나 역시 도성으로 돌아가기 전 휴식이 필요했다. 오라버니는 나와 함께 수원성 인근에 위치한 역참, 영화관(迎華館)으로 향했다. 그곳에서 오라버니는 관사를 지키는 아전에게 우리가 왕의 사절임을 밝히고 들어섰다. 관사의 노비들이 우리가 묵을 방을 분주히 정리하는 동안, 우리는 빈방에서 음식상을 받았다. 하지만 음식 맛을 통 느낄 수 없었다. 무리하게 달려와 휴식이 필요한 것은 알고 있지만, 환을 생각하자니 도통 음식이 목구멍으로 넘어가려 하지 않았다. 임금의 수라상은 화려하지만 이런 시기에 환이 마음 편히 식사하는 모습을 그리기는 어려웠다.

'이른 새벽에라도 출발해야겠어. 그리되면 오후에는 도성에 도착하겠지.'

도성에 도착하면 바로 창덕궁으로 돌아갈 생각이었다.

"상을 물리게."

국이 식어가도록 수저로 뒤적거리기만 하는 나를 본 오라버니가 노비를 불러 명했다. 노비가 음식상을 내어가려 들어왔을 때, 난 오라버니 또한 음식상에 거의 손을 대지 않은 것을 보았다.

오라버니는 내 시선이 자신의 음식상을 향해 있는 것을 알고 웃으며 말을 돌렸다.

"하나야. 그나저나 슬서이 제독과는 어찌 아는 사이인 게냐? 처음부터 그와 아는 사이이기에 이 길을 나선 것이냐?"

난 고개를 저었다.

"그건 아니에요. 국서에 그분의 이름을 보고 단번에 알아봤던 것은 사실이에요. 하지만 그분이 나를 기억하지 못할 수 있다고도 여겼어요. 그분과 헤어진 지는 벌써 10년도 더 된 일인걸요."

"10년도 더 되었다?"

"네. 동포와 조선을 벗어나 압록강을 건너던 겨울에요. 마침 겨울이라 더 생생하게 생각나요. 얼어버린 압록강에서 우리가 탄 배도 강물과 함께 얼어버렸죠. 모든 것이 얼어붙었던 때예요. 눈발도 거세게 내렸었는데, 나와 동포는 짚을 엮어 만든 얇은 거적을 하나씩 덮고 있었어요. 그런데도 동포는 자신의 것을 벗어 내게 내어주었죠. 우린 그렇게 그곳에서 얼어 죽을 것이라고 생각했어요."

그날의 동포를 생각하자 마음이 미어졌다.

'대체 동포는 어디에 있는 것일까?'

죽었다면 시신이라도 발견되어야 했다.

"그때 페드로 신부님이 왔어요. 마침 북경에 있던 슬서이 제독도 함께 왔어요. 그들은 합심해서 얼어붙은 강물에서 동포와 나를 구해냈고요. 그 일로 한동안 북경에서 서로 알고 지냈어요. 그의 부인은 내게 처음으로 불란서 말을 가르쳐주었고요."

그때 굳게 닫힌 창문이 겨울바람에 심하게 흔들렸다. 난 잠시 말을 멈추고 창문으로 고개를 돌렸다. 창문 앞에 놓아둔 촛대의 불빛도 요란하게 흔들리고 있었다.

"오라버니. 전 지금까지 중전의 자리에 오른 것이 오로지 전하의 뜻이라고만 여겼어요. 헌데 요즘은 종종 그 모든 게 이미 정해져 있었다는 생각이 들 때가 있어요. 분명 조선을 떠날 때는 끔찍할 정도로 힘든 일이 있었죠. 목숨을 잃을 뻔한 위기도 여러 번 겪었고요. 허나 청국에서의 10년이 결코 헛되지 않다는 생각이 든답니다. 외연도에서 슬서이 제독과의 일 때문만이 아니라……."

오라버니가 내 말을 끊으며 사납게 말했다.

"네 부모님이 처형당하시고 도망치듯 청국으로 가야 했던 일들이 헛되지 않다?"

"오라버니?"

고개를 돌려 문현 오라버니의 얼굴을 쳐다보았다. 오라버니의 얼굴은 분노로 일그러지고 있었다.

"하나야, 네 말에는 모순이 있구나. 네가 조선으로 돌아오지 않았더라면 전하께서는 백화당을 벗어날 일이 없으셨겠지. 또한 지금처럼 큰 위기를 겪어 진퇴양난에 빠지시지도 않았을 것이다."

"사람에게는 누구나 위기가 있어요. 그리고 위기 때마다 지금처럼 하나씩 해결해나가면 되는 거예요."

"그래? 10년 전 네 목숨의 위기는 모든 것이 정해져 있기에 해결되었다 치자. 그렇다면 전하의 목숨에 닥친 위기는 어찌 헤쳐나가려는 것이냐?"

"전하의 목숨에 위기가 닥치다니요?"

놀란 얼굴로 묻는 내게 오라버니는 헛웃음을 터트리며 말했다.

"대왕대비마마께서는 이 일을 아주 오래전부터 준비해오셨다. 허나 전하께서 백화당을 나오시지 않았더라면 결코 일어나지 않을 일이었지. 대왕대비마마께서는 정조대왕 연간에 일어난 풍산 홍씨들의 비극이 안동 김씨들에게도 일어날 것을 염려하고 계시다."

"그래서요? 대왕대비마마께서 무슨 일을 준비하고 계신다는 거죠?"

"난 말할 수 없다. 넌 중전이 되었고 난 대왕대비마마의 곁에 있는 누이를 지켜야 하니."

'누이? 애리?'

혹시라도 대왕대비가 그날 밤처럼 전하를 시해할 생각이라면, 안동 김씨가 아닌 문현 오라버니는 알 수 없을 것이다. 그러나 애리는 다르다. 애리는 지금 낙선재에 있다. 바로 대왕대비가 있는 수강재 옆 석복헌에서. 그곳이라면 대왕대비가 무슨 일을 꾸미든 애리, 그녀라면 다 알 수 있을 것이다. 애리는 분명 문현 오라버니에게 모든 것을 말해주었을 것이다.

"분명한 사실은 곧 궐에서 아주 무서운 일이 벌어질 것이라는 거다. 이양선과 청국 사신의 일은 오히려 그들이 벌이려는 일을 감추어주는 데 용이하게 돌아가고 있겠지. 하나 너도 계속 전하의 곁에 머물다가는 화를 면치 못할 것이다."

오라버니의 곁으로 가까이 다가가며 내가 말했다.

"말해주세요. 그 일이 무엇인지, 언제 일어나는지요."

오라버니가 뜸을 들이더니 대답했다.

"그 일이 정확히 언제 일어날지는 모른다."

"그 말은 오늘 아니면 내일이 될 수도 있다는 뜻이잖아요!"

나는 자리를 박차고 일어섰다.

"지금 당장 도성으로 돌아가겠어요!"

오라버니가 나를 붙잡으려 일어섰다. 그러나 나는 재빨리 밖으로 뛰어나가 말 위에 올라탔다.

"하나야!"

나를 뒤따라 나온 오라버니가 소리쳤지만 난 듣지 않았다. 난 갓을 쓰는 것도 잊은 채, 그대로 역참을 빠져나가 도성 방향으로 빠르게 말을 몰기 시작했다.

* * *

-휘이이잉.

귀를 스치는 매서운 바람소리, 그리고 얼굴을 차갑게 만드는 추위. 말이 달리는 소리 외에는 아무것도 들리지 않는다.

'돌아가야 해! 당장!'

"이럇!"

말을 재촉하려 계속해서 채찍질을 하지만 한계다. 휘날리는 눈발 때문에 달님도 구름 속에 가려 한 치 앞을 볼 수 없었다. 말은 이 위험한 길을 도무지 달리려 하지 않는다. 이런 밤길에 말을 달리는 것은 위험하고, 나 역시 이 사실을 알고 있었다.

밤길에는 무조건 말을 달리게 해서는 안 된다. 그것은 위험한 행위이고 죽음을 자초하는 행위다. 사람도 말도 한 치 앞을 분간하기 어려운 어둠 속을 무작정 달려나간다는 것은. 그러나 나의 애달픈 마음은 말의 속도를 줄일 수 없었다. 아니, 그럴 수 없다.

'제발!'

왜 그를 두고 도성을 떠나왔던 것일까? 그는 분명 나를 붙잡

왔는데……. 그가 나와 동포 사이를 오해하게끔 만들면서까지
난 왜 도성을 떠나고 그의 곁을 떠나왔던 것일까.

'환!'

그를 위해 떠나온 길을 후회하지 않는다. 하지만 내가 없는
사이에 그에게 무슨 일이 벌어진다면, 일평생 나 자신을 용서
하지 못할 것 같았다.

"이랏!"

지친 말의 입에서 뭉게구름 같은 입김이 끊임없이 흘러나
온다. 보령현을 떠나온 후 며칠을 쉬지 않고 달려온 말은 이제
지쳤다. 사람은 정신력으로 버틸 수 있지만, 짐승인 말은 그러
지 못한다. 한계가 찾아온 것이다.

-푸르륵, 푸륵.

말이 몇 번 고통스러운 신음소리를 내더니 그대로 다리가
구부러지며 옆으로 쓰러졌다.

"아악!"

놀란 나는 비명을 내지르며 땅으로 떨어졌다. 다행히 몸은
추운 겨울 말라비틀어진 볏짚 위로 떨어지고, 그 위를 굴러 뼈
를 다치지는 않았다. 그러나 군데군데 살이 까였는지, 곳곳이
아려오기 시작했다.

"으……."

간신히 힘든 몸을 일으켜 세우자 긴 머리가 차가운 겨울바
람에 거칠게 휘날리기 시작했다.

말에서 떨어질 때 망건이 풀려 어디론가 사라진 모양이었

다. 그제야 갓도 쓰지 않고 역참을 나왔다는 사실을 기억해냈다. 손을 들어 망건이 있던 이마에 올려놓자, 붉은 핏방울이 맺혀 있는 것이 느껴졌다. 말에서 떨어질 때 머리를 다쳐 피가 흐르는 것 같았다.

그런데 이상하게도 아프지 않았다.

아픈 것은 마음이었다. 정작 말에서 떨어지면서 가장 크게 다친 것은 내 마음이었다. 마음에 커다란 구멍이 생겨, 손으로도 막을 수 없는 피가 콸콸 넘쳐흐르는 기분이었다. 이대로라면 한 걸음도 못 떼고 그대로 저승길로 가버릴 것 같은 심정이었다.

'어서 창덕궁으로 돌아가야 해.'

무슨 정신에서일까? 나는 볏짚 속에서 빠져나와 천천히 앞으로 걸어나가기 시작했다. 약간 비틀거리는 것이 느껴졌지만 상관없었다. 이대로 가만히 쓰러진 채로 시간을 보내는 것은 큰 괴로움이자 고통이었기 때문이었다.

'전하……'

마음속으로 환을 떠올리자, 그와의 마지막 순간이 머릿속을 가득 채운다.

['…… 내명부를 오래 비워둘 수는 없는 일이오니, 하루라도 속히 돌아올 수 있도록…….']

['그리하시오. 윤허하리다.']

바로 눈앞에서 환이 자리에서 일어서 내게 등을 보이고 편전을 나가는 모습이 보인다. 그 일은 벌써 열흘이 다 되어가는

348

일이었다. 그런데 마치 어제 일처럼 떠오른다. 내 가슴을 짓누르는 아픔과 함께.

매서운 추위.

온몸을 쑤셔오는 아픔.

그리고 마음을 짓누르는 고통.

결국 나는 몇 걸음 걷다 그 자리에 털썩 주저앉았다. 정말 아무것도, 아무것도 보이지 않는다. 느낄 수 있는 것은 어둠 속에서도 쉬지 않고 흩날리는 눈발뿐이었다.

난 결국 울음을 터트렸다.

"으흐흑……."

무서웠다. 앞을 내다볼 수 없는 이 어둠이 아니라, 그날과 같은 일이 또다시 벌어질까 봐. 그래서, 그날과 같은 일이 일어나지 않도록 그의 곁을 떠나왔는데……. 지금은 그에게 위기가 일어났을지도 모르는 상황에 처해 있다. 지키고자 하는 사람을 지킬 수 없다. 지켜야만 하는 사람을 지킬 수 없다는 건…….

"전하……."

흐느끼는 내 귓가에 또각또각 말발굽 소리가 천천히 다가오는 것이 들렸다. 고개를 들어 소리가 나는 방향을 가만히 응시했다.

고요한 어둠 속에 잠긴 밤.

매섭게 휘날리기 시작한 눈발을 헤치며 갓을 쓴 사내가 말과 함께 걸어오고 있었다. 그가 오는 방향은 바로 내가 있는 쪽이었다. 말의 고삐를 잡고서도 말을 타지 않고 걸어오는 이유는 아마도 거세지는 눈발 때문인 듯 보였다. 이토록 눈이 많이 내리는 깜깜한 어둠 속을 말을 타고 이동하는 것은 분명 위험한 일이었다.

그의 한 손에는 길을 밝히는 용도의 대나무 제등이 들려 있었다. 그러나 등불은 불어오는 바람에 금방이라도 꺼질 듯 아슬아슬하게 좌우로 이리저리 흔들렸다. 처음에 그는 주변을 살피며 조심스레 걷느라 길에 주저앉아 있는 나를 발견하지 못했다. 아마도 내 주변에 아무런 빛도 없었기 때문이리라. 그 때문에 나를 먼저 발견하고 걸음을 멈춘 것은 그와 함께 있는 말이었다. 말이 먼저 멀찍이 앞에 있는 나의 존재를 알아차리고 걸음을 멈추자, 마침내 그도 나를 발견했다. 나는 놀란 눈을 크게 뜨고 눈앞에 있는 그를 쳐다보았다. 지금 분명 창덕궁에 있어야 할 그가 내 앞에 서 있다. 믿을 수 없는 일이었다. 아니, 믿지 말아야 했다. 말에서 떨어져 크게 다친 내 정신이 혼미해져 헛것이 보인다고 여겨야 했다. 못난 내 마음속 그리움이 이 순간을 꿈이 아니라 현실로 만들려 했다.

난 천천히 그를 향해 입을 열었다.

"전하……."

그리고 그 사내는 이환이었다.

안 개 가
걷 히 다

"전하……."

내 입에서 터져 나온 목소리에 그의 눈이 점점 커지기 시작한다. 그 역시 나를 발견하고도 믿지 못했던 모양이었다.

"중전?"

-툭.

그의 손에 들린 제등이 땅으로 떨어졌다.

"하나!"

그가 내 이름을 외치며 내게로 달려왔다.

곧 내 앞에 무릎을 꿇은 그가 두 손으로 내 얼굴을 감쌌다. 살얼음 같은 차가움만 짙게 퍼져 있던 내 얼굴에 그가 전해주는 따스한 온기가 퍼져나갔다. 스르륵 녹아내릴 것만 같은 안락함이 느껴졌다.

'꿈일까?'

꿈이 아니라면…….

"신첩을 알아보시겠어요? 신첩이……. 그러니까 신첩이 지금 여기에……."

난 침착하게 엉망인 내 상태를 설명하려 했다. 변명이 필요했다. 내가 왜 그의 곁을 떠났으며, 이곳에 있으며, 어찌 남장을 하고 머리가 풀어헤쳐진 채 이곳에 있는지를.

"하나야……!"

그러나 내 말이 끝나기도 전에 그가 나를 와락 끌어안았다. 그의 품이 이토록 따스했다니…… 차가운 눈이 벌이는 장난일까? 분명 알고 있었다고 여겼음에도 새롭게 깨닫는 사실이었다.

"전하…… 신첩은……."

"가만있거라!"

그가 내 이마에 난 상처를 발견하고 손으로 쓰다듬었다. 알싸한 아픔이 내 이마를 스쳤다.

"아앗."

그러자 그의 미간이 좁혀졌다. 그는 나를 품 안에 놓더니, 곧바로 자신의 도포자락 끝을 한 손으로 잡아당겨 쫙 소리가 나도록 찢었다. 그는 그것을 붕대 삼아 다친 내 이마에 감아주기 시작했다.

"많이 아픈 건 아니에요."

이미 아픈 소리를 내버렸으니, 스스로 말하기에도 구차한 변명 같았다. 그러나 환은 대답하지 않았다. 오로지 다친 내 상

처를 소중히 감는 데만 열중할 뿐이었다. 그가 내 상처를 감아
주는 동안 잊고 있던 한 가지 사실을 떠올렸다. 그리고 품 안
에 소중히 지니고 있던 세실 제독이 작성한 문서를 꺼내들었
다. 난 문서를 환의 앞으로 내밀며 자랑스럽게 말했다.

"전하, 보세요. 슬서이 제독이 전하께 보낸 문서예요. 이양
선은 외연도를 떠났어요! 이제 모든 것이 괜찮을 거예요."

기쁜 소식인 만큼 활짝 웃으며 그에게 전하려 했다. 그런데
이 기쁜 소식에도 환의 표정은 좀처럼 나아지지 않았다. 그가
두 눈을 무겁게 질끈 감았다 뜨더니, 내 손에 들려 있는 문서
를 빼앗았다. 나는 그가 바로 문서를 펼치고 확인할 것이라 생
각했다. 그러나 그는 그러지 않았다. 그가 내 손에서 빼앗아간
문서는 심한 눈보라 사이로 멀리 날아가 떨어졌다. 그는 문서
를 쳐다보지도 않았다. 헌신짝처럼 내던진 것이다.

그는 외려 나의 작은 어깨를 강하게 부여잡으며 말했다.

"과인이 어찌 백화당을 나오기로 결심한지 아느냐? 무엇을
지키고자 무엇을 위하고자 왕의 자리를 되찾으려 하였는지 아
느냐? 너로 인한 것이었다. 하나, 너로 인한 것이었단 말이다!"

그가 별감 정윤후라고 불리던 때가 있었다.

그리고 반월이 되어 입궐한 내게 그가 들려준 이야기 속의
왕은 세상일에 무관심한 채, 백화당에서 조용한 생을 연명해
가는 그런 사내였다.

['그럼 지금까지 전하가 무사한 건요?']

['백화당에서 죽은 듯이 살아가고 있기 때문이지. 허나 임금

이 조정과 백성들 앞에 모습을 드러낸다면 결단코 임금을 살려두지 않을 것이오.']

그러나 왕은 결국 조정과 백성들 앞에 나타났다. 나를 금위대장의 첩실로 내주려는 대왕대비의 뜻을 막기 위해서 연경당에 모습을 드러냈으며, 나를 처형시키라는 대왕대비의 명으로부터 나를 살리기 위해 백성들 앞에 나타났다.

그는 오로지 나를 위해서 왕이 되었다.

"네가 과인의 청혼을 받지 않았더라면, 과인이 널 중전으로 삼지 않았을 것 같으냐? 네가 김재청의 여식이라 하여 과인이 널 가까이 두지 않으리라 여겼느냐? 과인은 너를 백화당보다도 더 깊디깊은 곳에 별궁을 세워 널 가둬놓았을 것이다. 결단코 너를 청국으로 가지 못하게 하였을 것이란 말이다!"

잠시 숨을 고르는 듯 그가 말을 멈추었다. 난 눈을 동그랗게 뜨고 그의 얼굴을 바라보았다. 제등의 불빛이 비추는 그의 얼굴은 흩날리는 눈발 사이에서 점점 슬프게 변해갔다.

"헌데도 어찌 과인의 곁을 떠날 생각을 하였느냔 말이다."

그에게 무슨 변명을 해야 할까? 오직 그를 위한다는 생각으로 그의 마음은 생각지 못했다. 나를 향한 그의 마음은 애써 무시한 채, 그의 곁을 떠나버린 것이다. 나로 인해 그가 택한 위험 속에 그를 홀로 버려둔 채 떠나버린 것이다.

마음속 깊은 곳에서부터 아픈 죄책감이 밀려온다. 나는 한 손을 조심히 들어 그의 얼굴에 갖다 대었다. 그러자 불같은 뜨거움이 내 차가운 손을 달궈나간다. 그리고 그 안에 숨어 있던 그의 아픔이 내게로 전해져왔다.

그 아픔은 내가 만든 아픔이었다.

"전하……."

전해진 그의 아픔에 내 눈에서 눈물이 흘렀다. 그러자 환이 내 어깨를 부여잡은 손으로 나를 다시 한 번 강하게 끌어안았다. 그가 전하는 뜨거움이 내 몸을 덮었을 때였다. 그가 내 귓가에 나직이 속삭였다.

"내게 물었었지. 어찌 위험 속에서도 너를 보고 웃었느냐고……. 과인은 아니 나는, 네가 내 곁에 있으면 나 자신에게 처한 위험이 얼마나 큰 것인지 잊어버린다. 그러니 언제까지고 내 곁에서 숨 쉬며 살아다오. 그것이…… 내가 이 세상을 살아가는 이유이니."

그의 고백이 내 마음을 촉촉이 적셔나가기 시작했다.

"환……."

그는 또 한 번 내게 고백했다.

"너는 내게 있어 그런 존재이다. 그런 여인이다, 김하나."

* * *

길을 벗어난 우리가 찾아낸 곳은 사람의 발길이 끊어진 낡은 신당이었다. 낡은 창호문은 곳곳에 구멍이 뚫려 있어 그 사이로 찬바람이 계속해서 스며들었다.

그러나 우리는 추위를 전혀 느낄 수 없었다. 지금 이 순간,

그와 내가 나누는 뜨거운 체온이 낡은 신당 안을 가득 채우고 있었기에……

"전하."

그의 맨 가슴에 기대어 손가락을 만지작거리던 내가 불현듯 그를 불렀다.

"응?"

"사람은 태어나는 날도 시간도 각기 다르지만, 마찬가지로 죽는 날도 같지 않아요. 그래서 혹여…… 전하보다도 신첩이 먼저 죽게 된다면요."

"쉿."

죽는다는 말이 듣기 싫은 것인지 그가 손가락을 입에 가져다 댔다. 그리고 내 한쪽 뺨에 짧게 입을 맞추며, 맨살로 나를 등 뒤에서 바짝 끌어안았다.

"갑자기 그런 말은 어찌."

나는 그의 품에서 고개를 들었다. 낡은 신당 안에는 오래된 그림들이 찢겨져 흉물스럽게 걸려 있었다. 혼자라면 무서웠을 텐데, 다행히도 그가 곁에 있어 무섭지 않았다.

단지……

"오래전 종묘에서요. 전하와 함께 숨었던 그 사당이요. 나중에 알고 보니 공민왕과 왕비의 사당이었어요. 그렇죠?"

그가 고개를 끄덕이며 내 왼쪽 어깨에 자신의 턱을 가만히 갖다 대었다.

"그랬소."

"그 뒤 신첩이 알아보니, 공민왕이 왕비가 죽은 후 많이 힘들어하고 괴로워했다더군요. 정사를 멀리하며 고려가 멸망하는지도 모르는 채요."

환의 생각을 듣고 싶어 내 어깨에 턱을 갖다 댄 그를 향해 고개를 슬쩍 돌렸다. 내 고개가 움직이는 것을 본 그가 이번에도 내 뺨에 짧게 입 맞추며 별 대수롭지 않은 목소리로 말했다.

"과인에게는 그런 큰 괴로움을 느낄 만한 일은 없을 것이오."

"왜요?"

환이 고개를 들더니 나를 돌려세웠다. 그리고 어깨가 환히 드러난 내 몸을 물끄러미 내려다보니 옷으로 덮어주었다. 그리고도 모자랐는지 세심하게 여며주며 말했다.

"혹여나 그대가 과인보다 먼저 죽어가는 모습을 보는 날이 온다면…… 과인은 아마도 심장이 바스라지고 오장육부가 끊어질 듯한 고통에 괴로워하며 먼저 죽게 될 것이오."

"쉿."

이번에는 내가 쉿 소리를 내며 환의 입가에 손가락을 가져다 대었다. 내 옷을 여며주던 환이 고개를 들어 내 두 눈을 쳐다보았다.

"그런 끔찍한 소리는 마세요, 전하."

환이 입가에 장난스러운 미소를 짓는다. 그는 내가 그의 입가에 가져다 댄 손가락을 한 손으로 잡더니, 접혀 있던 나머지 손가락을 펼치며 손바닥에 자신의 입술을 반복적으로 가져다 대었다. 그리고 그 입술은 대담하게도 손을 떠나 팔과 어깨를 거쳐 내 입술에 찾아왔다. 무게를 담은 뜨거운 촉감이 내 입술을 짓눌렀다 떨어지며 엄숙히 말한다.

"중전도 일어나지 않은 일은 다시는 거론치 마시오."

죽음에 대한 이야기가 그를 살짝 화나게 만들었는지 몰랐다. 나는 시선을 들어 그의 두 눈을 향했다. 그의 눈살이 살짝 찌푸려져 내 얼굴을 향하고 있는 것이 보였다. 난 그의 넓은 가슴에 몸을 내맡기듯 기댔다. 그러자 그의 입이 열렸다.

"중전. 과인이 경운궁에 갔다가 얼마나 놀랐는지 아시오?"

"네?"

"중전이 아니고 흥선군부인이 있었소. 흥선군부인은 중전이 보령현으로 갔다는 사실을 내게 고백했소. 그 순간 과인은 심장이 멈추는 줄 알았소."

"죄송해요……."

나의 사과에 그의 얼굴이 서서히 풀어진다. 그는 나를 끌어안고 천천히 바닥에 몸을 뉘였다. 자연스레 내 몸 위로 올라온 그의 숨이 점점 거칠어지기 시작했다. 그는 자신의 이마를 내 이마에 갖다 대었다. 잠시, 거칠어진 숨을 가다듬는 듯 보이던 그가 여전히 나와 이마를 맞댄 채 소리를 토해냈다.

"어찌 이런 왈가닥 같은 여인을 이 나라의 중전으로 맞아들인 것인지……."

"후회하세요?"

그가 고개를 들어 그의 아래에 누운 나를 내려다보았다. 조금 당황한 얼굴이었다. 아마도 자신의 의도를 다르게 해석하고 걱정하는 눈빛을 보이는 내 얼굴을 보아서일 것이다.

"아니오. 그 대신…… 다음에도 이런 일이 일어날 시에는 반드시 모든 진실을 과인에게 털어놓아야 하오."

나는 작은 목소리로 그에게 투정부리듯 말했다.

"그러면 출궁을 허락하지 않으실 거잖아요."

"으이그~"

그가 끝까지 지지 않고 고집을 피우는 나를 보며 한 손으로 코를 살짝 잡아당겼다.

"아얏! 아파요."

전혀 아프지 않았다. 그러나 난 일부러 아프다는 소리를 내며 그를 향해 눈을 흘겼다. 그러나 환의 표정은 변화가 없다. 그 역시도 처음부터 세게 잡아당기지 않았기 때문이었다. 그러니 나의 아프다는 거짓말에 속아 넘어가는 눈치가 아니었다. 혹시라도 그가 화를 낼까, 먼저 선수를 치기로 결심했다.

"전하."

"응?"

"추워요."

살살 녹아드는 나의 애교 섞인 목소리에 환이 큰 웃음을 터트린다. 그러나 그 웃음도 오래 가진 않았다. 그는 나를 두 팔로 바짝 끌어안으며 내 몸을 뜨겁게 만들어줬다.

"중전."

"네."

그의 입술이 다시 내 입술을 찾아들기 전 속삭인다.

"사랑하오."

밤새 차가워진 공기가 멈추지 않고 신당 안으로 밀려 들어
왔다. 환은 나를 끌어안은 채, 등을 문가에 두고 누웠다. 혹시
라도 내 몸에 찬바람이 닿을 것을 염려한 행동인 듯 보였다.
그 덕분인지 환의 품에 안긴 나는 그의 맨살에서 느껴지는 따
뜻함 덕에 평온한 밤을 보낼 수 있었다. 그러나 잠깐씩 눈이
떠지는 것을 막을 순 없었다. 잠에서 깰 때마다 슬쩍 그의 어
깨 너머로 보이는 창호문을 응시했다. 구멍 뚫린 문 사이사이
로 멀리 산들이 내다보였다.

아직 해가 뜨지는 않았지만, 새벽이 오려는지 산등성이마다
희뿌연 물안개가 덮여 있었다. 서서히 다가오는 새벽을 확인
하고 나니, 잠든 동안에는 느끼지 못했던 추위가 느껴지기 시
작했다. 자연스레 환의 품 안으로 더욱 파고들었다.

'따뜻하다, 따뜻해.'

다시 고개를 들어 감긴 그의 두 눈을 바라보았다. 평상시 잠
든 모습과 똑같다. 그는 추위 속에서도 어찌 이토록 따뜻한 온
기를 내며 잠들어 있을 수 있는 것일까?

나는 작은 목소리로 중얼거렸다.

"전하…… 신첩은 궁궐보다 이곳이 더 좋아요. 궁궐 온돌방
은 너무 따스해서 전하의 온기를 느낄 수 없는걸요."

그때 그의 눈이 천천히 떠졌다. 잠시 주변을 살피듯 허공을
향하던 그의 시선이 곧바로 내 얼굴로 내려왔다. 새벽빛을 머
금은 그의 두 눈은 마치 깊은 연못에 떨어진 한 방울의 먹물

같은 눈빛이었다.

"어찌 이런 요부 짓으로 과인의 아침을 깨우시오, 중전?"

그리고 지어지는 그의 눈웃음.

"날이 밝아오려나 봐요. 이제 한양으로 돌아가야겠죠? 왕과 왕비가 도성을 오래 비울 순 없으니까요."

환이 고개를 끄덕이며 몸을 일으켰다. 뒤따라 일어난 나는 서둘러 그의 몸에 옷자락을 걸쳐주며 말을 이었다.

"다시 임금님이 되셔야 해요."

"그대는 중전이 되고?"

"풋."

그가 받아치는 말에 나는 짧게 웃음 지었다. 하지만 도성을 떠올리자 금세 표정이 어두워졌다. 이양선의 일은 이렇듯 얼추 마무리되었다지만, 이제 청국 사신의 문제가 남았다. 어떻게 보면 이양선보다도 더욱 중요한 일이기도 했다.

"청국 사신 일로 전하의 하야 이야기가 나온다고 들었어요."

듣는 귀가 많은 궁궐에서는 쉽사리 꺼내기 힘든 이야기였다. 그러나 둘만 있는 이곳에서는 어렵지 않게 그와 이야기 나눌 수 있다. 그가 고개를 끄덕이며 내 말을 주의 깊게 들었다.

"차라리 하야가 편한 결말일 수도 있지. 이 나라를 위해서라면 말이오."

"정녕…… 하야하실 건가요?"

환이 단호히 고개를 저었다.

"과인이 하야하는 일이 일어난다 하더라도, 이 일로 결코 하

361

야하지는 않을 것이오. 그것은 하야가 아니라, 도피일 뿐이니."

"하아."

나도 모르게 내 입에서 짧은 한숨이 터져 나왔다. 만약, 아주 만약, 그가 하야를 해야만 마무리 지을 수 있는 사태가 되어버린다면? 그와 나의 미래는 어떻게 되는 것일까?

"중전."

그가 나를 끌어안으며 귓가에 나직이 속삭였다.

"할바마마 이후로 왕실은 줄곧 적통승계였소. 허나 지금 왕실에는 원자가 없소. 그것은 과인에게 위기가 될 수도 있지."

임금인 그에게 위기라는데 내 마음이 가벼울 리 없다.

"허나 그대에게서 원자가 태어나면 반대로 과인에게는 기회가 될 것이오. 왕실의 혈통이 강해지기 때문이지. 다시 말해 왕권이 강해진다는 뜻이기도 하고."

"전하……."

"과인의 아바마마께서는 왕권 강화를 위해 노력하시다 결국 이루지 못하고 돌아가셨소. 그 때문에 과인은 아무런 준비도 없이 어린 나이로 즉위해야 하였지. 그렇기에 과인도 원자가 자라 성년을 무사히 치르고 안정적인 왕권을 이어받기를 바라오. 물론 그 아이가, 그대가 낳을 원자이기에 배려하는 것이지만. 훗."

'배려?'

웃으며 그의 말이 끝났음에도 나는 가볍게 들을 수 없었다. 이 상황에서도 '만약'을 생각하지 않을 수 없었다.

362

"전하는 신첩이 원자를 낳을 것이라 여기세요?"

환은 내가 그의 말을 다른 곳에서 요점을 짚었다는 것을 깨닫고는 말을 돌렸다.

"아니오, 과인은 공주도 상관없소."

"이제 와서 거짓말 마세요."

난 그의 몸을 밀어내며 퉁명스럽게 말했다.

"청국 황실을 봐서 알아요. 황손은 많을수록 좋죠. 신첩이 공주만 주구장창 낳는다면요? 다들 후궁을 들여 왕자를 생산하라고 압박하면요? 신첩이 왕자를 하나만 낳아서, 많은 이들이 후궁을 들여 더 많은 왕자를 생산하라고 하면요? 신첩이……."

그가 심각한 얼굴로 말을 늘어놓는 내 어깨 위에 자신의 몸에 두른 옷을 덮어주는가 싶더니, 내 이마에 자신의 이마를 쿵, 박는다.

"아얏! 아파요, 전하."

환이 그런 나를 지긋이 내려다보며 입을 열었다.

"어찌 이리 중얼중얼, 중전의 옷을 벗으니 일개 아녀자들이나 할 법한 말들만 입에 담으시오? 일어나지도 않은 일이오. 벌써부터 투기라니."

"투기라니요!"

흥분해 얼굴이 붉으락푸르락해진 나를 보며 환이 한숨을 내뱉었다.

"중전. 과인은 백화당 시절부터 오늘내일하며 살았소. 하여 일어나지도 않은 일에 대해서 걱정부터 하지 않소. 무엇보다 과인이 보기에 그대가 하는 걱정들은 모두 배부른, 쓸데없는 걱정들이오."

"전 그저⋯⋯!"

환이 내 손을 잡았다.

"과인의 말이 아직 안 끝났소."

환이 다시 입가에 미소를 지으며 말했다.

"허나 그대가 걱정하는 것이 무엇인지 알기에 이 자리에서 분명히 답해주리다. 설사 그대가 원자를 생산하지 못하더라도, 과인은 안동 김씨의 세도를 혁파하고 훌륭한 종친에게 왕위를 물려줄 것이오."

그의 등 뒤로 상앗빛의 해가 떠오르며 구름과 안개 사이로 반짝거린다. 해가 본연의 빛을 잃어버린 것은 오로지 하늘을 덮은 자욱한 운무(雲霧, 구름과 안개) 때문이다. 한 치 앞도 내다볼 수 없게 만드는 새벽녘의 운무.

그것은 마치 도성으로 돌아갈 우리 두 사람 앞에 놓일 미래를 가려놓은 것만 같았다.

* * *

다음 날 저녁, 우리는 도성에 도착했다.

"모화관에 청국 사신이 당도해 있사옵니다."

창덕궁의 뒷문에서 비밀리에 우리를 기다리고 있던 편전 김

내관이 전한 첫 소식이었다. 이 때문에 우리의 계획은 변경되어야만 했다.

아직까지 우리의 귀환 사실이 다른 사람들에게 알려져서는 안 되었다. 특히 환에게는 그가 도성에 없는 사이에 일어난 일들을 자세히 파악할 시간이 필요했다. 우리는 최대한 눈에 띄지 않게 대조전에 딸려 있는 빈 행각으로 향했다. 그곳에서 강상궁이 우리를 기다리고 있었다. 사내들이나 입는 도포 차림의 내 모습을 발견하고는 놀란 눈을 크게 떴다.

"중전마마?"

"강상궁."

나는 멋쩍게 웃으며 넘기려 했지만, 강상궁의 표정은 점점 차갑게 굳어갔다.

"중전을 너무 혼내진 말게. 과인이 놀란 것에 비하겠는가."

그가 쿡쿡 웃으며 놀리듯 말했다. 그는 모화관에 청국 사신이 이미 와 있을 만큼 심각한 상황에서도 나를 보면 웃음부터 나오는 모양이었다. 어쩌다가 나는 이처럼 심각한 상황에서도 그를 웃게 만드는 여인이 되어버렸을까.

"전하, 놀리지 마세요."

여전히 궐 밖에서 그와 단둘이 보낸 추억에서 벗어나지 못한 것일까? 난 입술을 쭉 내밀고 불만스럽게 말했다. 그러자 이 모습을 본 강상궁이 갑자기 우리 앞에 몸을 넙죽 엎드리며 말했다.

"전하! 소인을 죽여주시옵소서!"

"강상궁!"

나는 놀란 얼굴로 강상궁과 환을 번갈아 쳐다보았다. 환이 얼굴에서 웃음을 감추더니 강상궁을 향해 입을 열었다.

"어찌 그런 말을 하는가?"

그러자 강상궁이 고개를 들어 환을 향해 말했다.

"중전마마를 그 누구보다도 가까이에서 모셨사옵니다. 하온데도 중전마마께서 정녕 아프셔서 피접을 떠나신 것인지, 다른 의도를 가지고 피접을 떠나셨는지 눈치채지 못하였나이다. 소인의 크나큰 불찰이옵니다. 소인을……. 죽여주시옵소서!"

강상궁이 다시 머리를 땅에 박으며 소리쳤다. 그제야 환은 풀린 얼굴로 내게 눈치를 주었다. 난 강상궁에게 다가가 그녀를 직접 일으켜 세우며 말했다.

"어찌 그것이 자네의 불찰인가! 내 불찰이지."

"중전마마……."

"앞으로 이런 일은 다신 없을 걸세. 약조하네. 혹여 이와 같은 일이 다시 일어난다 하더라도, 내 꼭 자네에게만큼은 거짓을 말하진 않을 걸세."

강상궁은 금방이라도 눈물을 떨어뜨릴 것 같은 얼굴로 고개를 끄덕였다. 하지만 이것이 다가 아니었다.

"허면……."

"응?"

"조금 전 전하께 입술을 내밀고 말씀하시는 흉측한 몸짓은 더 이상 내보이지 마소서."

역시 강상궁이었다. 나는 어색한 웃음을 지으며 고개를 끄덕였다. 그때, 환이 앞으로 나서며 강상궁에게 물었다.

"어마마마께서는?"

"전하께서 피접 가신 중전마마를 데려오시려 경운궁로 가신 줄만 아시옵니다."

"그 뒤로 수일이 흘렀으니 걱정이 이만저만이 아니시겠군. 내일 아침에 뵈러 가야겠네."

그리고 환은 나를 향해 슬쩍 눈길을 주었다.

"중전도 함께."

나는 웃으며 환의 말을 받으려 했지만, 상황이 좋지 않았다.

대비마마의 일이야 우리가 건강한 모습으로 찾아가 인사를 드리면 끝날 일이다. 그러나 청국 사신의 일은 다르다. 여전히 실종된 동포를 찾지 못했다. 이 상황에서 청국 사신은 분명 동포의 일을 문제 삼을 것이다. 그 전에 청국 황제가 이 일로 얼마나 큰 분노를 하고 있는지에 대해서도 늘어놓을 것이고. 여러모로 일이 어렵게 되었다.

"방법은…… 있으시옵니까?"

조심스럽게 환에게 물었다. 환은 그저 짧게 웃기만 할 뿐 아무런 답이 없다. 아마도 모두 죽었을 거라 여기는 동포가 다시 나타나지 않는 이상 다른 뾰족한 방법은 없어 보였다.

"수강재 쪽은?"

환이 이번에는 대왕대비의 움직임을 물었다. 강상궁이 고개를 숙이며 답했다.

"별다른 움직임은 없으시옵니다. 단, 영흥부원군은 아니시지요."

영흥부원군은 김조근이다. 김유근에 이어 안동 김씨의 영수가 된 인물이기도 하다.

"영흥부원군은 아니라니?"

"영흥부원군께서는 지금 모화관에 가 있사옵니다."

왕의 명도 없이 먼저 모화관에 가서 사신을 만났다는 말에 환의 표정이 딱딱하게 굳는다. 물론 사신이 왔을 때, 환은 도성에 없었다. 그래도 그가 함부로 가서 사신을 만났다는 것은 분명 다른 뜻이 있어서일 것이다.

포섭.

분명 김조근은 대왕대비의 명으로 환보다도 먼저 가서 사신을 만나 그를 포섭하려는 것이다. 어쩌면 이미 성공했을지도 모른다. 이제 환이 다른 신하를 보내거나, 직접 사신을 만난다고 하더라도 사신은 안동 김씨들을 포함한 대왕대비의 사람들 말만 들으려 할지도 모른다.

"전해 듣기로는 영흥부원군께서 상당한 양의 인삼과 은을 청국 사신께 드렸다 하옵니다."

"어려운 시기에 인삼과 은을 구하느라 많은 고생을 하셨겠군."

칭찬인 듯 들리지만 칭찬이 아니었다. 환도 이미 김조근이 사신을 만나 인삼과 은을 바치며 사심을 챙기려 한 것을 알아챘다.

"하여 청국 사신께서 이대인의 실종에 대한 보고를 전하께 직접 받겠다며, 모화관에서 전하를 만나 직접 받겠다고 하옵니다."

환과 나의 눈이 동시에 크게 떠졌다. 종종 청국 사신이 묶는 숙소인 모화관까지 왕이 직접 나가 배웅하는 일은 과거에도 있었다. 하지만 이번 경우는 다르다. 손님을 배웅하는 것이 아니다. 직접 해명하러 오라는 것이다. 분명 이러한 술책은 대왕대비가 만든 것이 분명했다. 왕인 환을 망신 주어 그의 권위를 추락시키려 하는 것이다. 이 일은 나중에 그를 하야시키려는 여론을 형성하는 데 써먹을 요량인 듯 보였다.

잠시 고민에 빠진 환이 돌연 김 내관에게 명을 내렸다.

"국구와 흥선군을 편전으로 들라하라."

"예, 전하."

늦은 시각임에도 홍재룡 대감과 흥선군을 부르라는 환의 명에 김 내관이 재까닥 행각 밖으로 사라졌다. 연도 그를 따라 편전으로 가려는지 행각으로 나갈 기색을 보였다. 난 그런 환을 다급한 목소리로 붙잡았다.

"전하! 잠깐만요."

"무슨 일이오, 중전."

"신첩에게 한 가지 방도가 있사옵니다."

"방도라니?"

"이번 청국 사신의 일을 해결할 수 있는 방도이옵니다. 허나, 실패할 수도 있사옵니다."

나는 그를 바라보며 작은 흔들림도 보이지 않으려 노력했다. 방도라고 말했지만 사실 자신은 없었다. 그러나 이대로 환

이 모화관으로 가게 내버려둘 수도 없었다. 대왕대비 쪽에서
이미 김조근을 내세워 움직였다. 이제 와서 환이 어떤 방법을
강구해 내어놓든 그들보다 늦어질 수밖에 없었다. 무엇보다
그가 이런 위기에 처한 건 나 때문이었다. 청국 사신이 오는
중요한 시기에 그는 나를 찾아 궁궐을 떠났고 도성을 비웠다.

"신첩을 믿어 주시겠사옵니까?"

* * *

"중전마마."

모화관 앞에 도착한 가마에서 내리자, 앞에 서 있던 강상궁
이 불안한 기색으로 나를 쳐다본다.

"아하하하."

안에서 들리는 웃음소리 때문이었다. 이어서 들려오는 청국
말을 듣자 하니, 웃음소리의 주인공은 분명 이번에 사신으로
온 하국주(何國柱)였다. 그렇다면 지금 하국주를 웃게 만든 사
람은 누구일까?

"중전마마 드시옵니다."

모화관을 지키는 내관의 말과 함께 문이 열렸다. 열 사람
도 앉을 만한 커다란 원형 탁자에 두 사람이 마주 앉아 있었
다. 하국주와 김조근이다. 하국주는 입에 긴 담뱃대를 물고 있
었다. 그는 중전인 내가 왔다는 말을 옆에 서 있는 통역관에게
전해 들었음에도 앉은 자세 그대로를 고수하는 무례를 저지르

고 있었다. 하국주는 나를 슬쩍 한 번 쳐다보고는 다시 김조근을 향해 말했다.

"역시 남령초(南靈草, 담배)도 조선 것이 최고요."

통역이 재빠르게 김조근에게 말을 전하는 사이, 김조근 역시 나를 바라보았다. 그러나 그는 일어서지 않았다. 하국주야 그렇다 치더라도 김조근은 조선의 신하다. 그런데도 중전인 나를 보고 일어서지 않는 것이다.

"하대인께서 원하신다면 구해다 드리지요. 얼마나 필요하십니까?"

다시 통역을 통해 말을 전달받은 하국주의 얼굴에 웃음이 번졌다.

"역시, 말이 통하시는구려. 코빼기도 보이지 않는 누구와는 달리."

그는 내가 청국 말을 바로 알아듣지 못했을 것이라고 생각하고는 숨김없이 환을 가리키는 말을 내뱉었다. 물론 통역은 이 뒷말까지 김조근에게 전하지 않았다.

하지만 나는 그가 한 말을 똑똑히 알아들었다.

"하대인."

"으익!"

나는 청국 말로 입을 열었고, 놀란 하국주의 입에서 담뱃대가 떨어져 탁자 위를 굴렀다.

"영흥부원군의 대접은 만족하셨습니까?"

이어서 내 입을 통해 흘러나오는 청국 말에 김조근의 얼굴도 빳빳하게 굳어갔다. 그 역시도 내가 청국 말을 이처럼 제 나라 말을 하듯이 할 것이라고는 전혀 예상치 못한 얼굴이었다.

"아, 그렇소……. 누구시더라?"

하국주는 뒤늦게 내가 누군지 몰랐다는 척 행동했다. 나는 태연한 얼굴로 그들이 앉은 탁자로 다가갔다. 곧바로 가까운 곳에 서 있던 내관이 다가와 의자를 당겨주었지만 나는 앉지 않았다. 난 하국주의 옆에 선 청국 통역관을 지긋이 쳐다보며 조선 말로 말했다.

"조금 전 들었던 말을 전하시게."

통역관은 당황한 얼굴로 서둘러 하국주에게 내가 중전이라는 사실을 전했다. 물론, 하국주는 조금 전 이미 전해 들어서 알고 있었다. 그는 통역관의 말이 끝나자마자, 한 손으로 그의 뺨을 세게 치며 옆으로 밀어버리며 일어섰다. 분위기가 험악해지고 있었다.

"조선의 국왕전하께서 오시는 것으로 알고 있습니다만. 어찌 중전마마께서 오셨는지요?"

하국주는 웃고 있었다. 그러나 이곳에서 웃고 있는 것은 오로지 그 혼자뿐이었다. 김조근도 차가운 기색으로 우리 두 사람을 번갈아 쳐다보며, 조선인 통역관의 통역을 귓속말로 듣고 있었다.

"사신께서 오셨다는 말에 청국 황제께 전해드릴 귀한 보물을 부탁드리고자 왔습니다."

"귀한 선물이요?"

하국주는 약간 흥미 있는 기색으로 나를 쳐다보았다. 나는 강상궁을 돌아보며 '그것'을 가져오라 명령했다. 강상궁이 미리 준비시켜둔 궁녀를 불러들였다. 궁녀는 두 손으로 공손히 반상을 받쳐 들고 안으로 들어왔는데, 상 위에는 붉은 비단에 쌓인 작은 단도가 놓여 있었다.

용무늬가 새겨진 단도. 환이 서소문 형장에서 나를 구해낼 때 사용한 단도이자, 내가 그의 목에 갖다 대어 죽이려 했던 단도였다. 북경에서 내가 가져온 유친왕의 유품이었다.

"하하하!"

화려한 금박을 입힌 듯 보이나, 어찌 보면 금박 외에는 단지 용무늬만 새겨진 평범한 단도의 모습에 하국주가 큰 웃음을 터트렸다. 그러나 웃음의 끝에서 그는 눈썹을 찌푸렸다.

"조선에서는 고작 그런 작은 검 따위가 귀한 보물이라 하나 봅니다."

하국주는 내게 화를 내며 말했다.

"이런 작은 검 따위는 청국에 널리고 널렸소! 조선의 중전 마마께서는 지금 대청국의 황제폐하를 무시하는 것이오!"

하국주의 분노에 내 입가에 미소가 지어졌다. 내 미소를 본 하국주가 당황하며 말했다.

"웃으시는 겁니까?"

"예. 웃었습니다."

나는 당당히 응수하며 말을 이었다.

"제대로 살펴보지도 않으시고 그것이 보물이 아닌지, 어찌 구별하십니까?"

"이까짓 검 따위!"

당장 들어서 바닥에 내던질 듯, 그가 단도를 들어서 대충 살펴볼 때였다. 그의 눈이 점점 커지더니, 단도를 든 그의 손이 떨려오기 시작했다.

"애, 애신각라 민녕(愛新覺羅 旻寧, 청국 도광제의 이름)?"

얼마나 크게 놀랐던지, 그는 그 검을 두 손에서 떨어뜨릴 뻔했다. 다행히도 그는 온몸을 던져 떨어지려는 검을 간신히 잡을 수 있었지만 말이다.

"이것이……! 아니, 이 보물이 어찌 조선 중전마마의 손에 있단 말이오!"

난 조소하며 그에게 답했다.

"내 것이오. 다만 원래 주인에게 돌려드리고 싶었을 뿐."

"후, 후……훔친 것이겠지!"

말까지 더듬거리는 하국주는 이제 나를 향해 손가락질을 했다. 만약에라도 청국 황제의 단도를 훔친 것으로 드러난다면, 이 일은 더 안 좋게 커질 것이다. 뒤늦게 통역에게 우리 두 사람의 대화를 전해 들은 김조근이 자리에서 벌떡 일어섰다. 그역시도 사태가 심각해진다고 느꼈는지 나의 행동을 막으려는 것 같았다. 나는 김조근을 엄한 시선으로 맞서서 쳐다보았다. 물론 그는 절대 기죽지 않았다. 대신 일이 어떻게 돌아가는지 감조차 잡지 못하는 것 같았다. 나는 김조근에게서 시선을 떼고 하국주를 돌아보며 말했다.

"하대인께서는 청국 예법을 모르시오? 아니면 잊으셨소? 황제 폐하의 물건은 바로 황제의 옥체나 다름없지 않소?"

"그, 그건……!"

그사이 하국주 주변에 선 청국 병사들이 동요하기 시작했다. 그들은 잠시 우왕좌왕하는 듯 보였지만, 곧 모두 내 앞에서 무릎을 꿇었다. 그러나 하국주는 달랐다.

"무, 무엄하오! 조선의 왕비가 감히 우리 대청국의 황제폐하를 능멸하려 하다니!"

"하대인!"

난 목소리를 높였다.

"그 단도는 황제폐하께서 즉위년에 자신의 하나뿐인 아우 유친왕에게 내려주신 것."

유친왕의 이름까지 거론되자, 하국주는 이제야 내가 그 단도를 누구에게 훔쳤는지 알았다는 듯 큰 소리로 외쳤다.

"그것은 나도 알고 있는 사실이오! 허나 유친왕께서는 오래전 세상을 떠나셨소! 그러니 그분의 유품은 모두 유친왕의 하나뿐인 양녀 명월공주가 물려받았……."

나를 바라보는 하국주의 시선에 변화가 일었다. 계속해서 통역을 통해 우리의 대화를 지켜보던 김조근도 마찬가지였다. 김조근은 이제 무슨 상황이 벌어졌는지 깨달은 표정이었다. 어쩌면 하국주보다 더 앞서서 말이다.

"그럴 리가……. 명월공주는 죽었소. 실종되었다고 하나 모두가 죽었다고……."

나는 두 눈을 무겁게 감았다 떴다. 그리고 정면에 선 하국주를 향해 입을 열었다.

"내가 바로 유친왕의 하나뿐인 양녀, 명월공주요. 하대인."

"명월공주?"

조선 출신의 명월공주를 모르는 북경의 관리는 없다. 하국주 역시 북경에서 왔으니, 명월공주를 알고 있었다. 단지 그녀가 죽었다고 여기고 있었을 뿐. 그런데 북경에서 죽었다던 명월공주가 조선의 왕비가 되어 그의 앞에 서 있는 모양이었다.

그는 이 혼란스럽고 복잡한 상황을 어떻게 정리를 내릴 것인가?

"하하……. 하하하!"

하국주가 다시 웃음을 터트렸다.

이번 웃음은 먼저 웃음보다는 강하지 않았다. 실없는 웃음에 가까웠지만, 그는 이 웃음으로 현실을 부정하려 스스로 부단히 애를 쓰는 것이 보였다.

"어찌 조선국 왕비가 명월공주가 될 수 있겠소? 농담도 지나치시오."

그는 이 단도가 청국 황제의 것임을 인정했다. 그리고 유친왕에게 주었다는 사실도 인정했다. 그러나 유친왕의 사후 이 단도를 물려받은 명월공주의 존재는 인정하지 않으려 한다.

무엇보다 지금 자신의 바로 앞에 서 있는 내가 명월공주라는 사실을.

'이 단도 외에는 나를 증명할 게 없어.'

단도는 물증이다. 그러나 증인이 없다.

"단도는 내가 가져가리다!"

하국주가 단도를 자신의 품 안에 소중히 챙겨 넣으며 내게서 돌아섰다.

"또한 조선국 왕비께서 벌이신 이 해괴한 자리에 대한 소식도 그대로 황제폐하께 전할 것이오!"

하국주가 단단히 화가 난 듯 내게 외쳤을 때였다. 꽈당! 하는 소리와 함께 굳게 닫혀 있던 문이 열렸다. 그리고 열린 문 밖에서 익숙한 목소리가 내 귓가에 들려왔다.

"하, 하대인······."

내게서 돌아섰던 하국주가 황급히 몸을 돌려 문 쪽을 바라보았다. 그를 부른 목소리가 조선 말이 아닌 청국 말이기 때문이었다.

"그대는······!"

하국주가 그를 알아보고는 놀란 표정을 지었을 때였다. 나의 등 뒤로 나타난 그의 목소리가 이어졌다.

"내가······ 증명하겠소! 그분은······ 명월공주시오. 명월공주가 맞으시오······! 본관이······ 증명하리다!"

"이대인!"

하국주의 외침을 듣는 순간 나는 고개를 돌렸다. 그리고 식은땀을 흘리며 문기둥을 붙잡고 서 있는 사내의 얼굴을 쳐다보았다. 나는 차마 말을 잊지 못하고 두 손으로 입을 가렸다. 가슴이 울컥하며 눈물이 솟아나오려 했다. 그 사내는, 그 사내는 다름 아닌……

"동포야……."

내 입에서 그를 부르는 목소리가 흘러나왔을 때였다. 동포가 한 손으로 자신의 가슴을 부여잡으며 신음을 터트리더니 바닥에 주저앉았다.

"동포야!"

난 서둘러 동포에게 다가가 그를 부축해 일으켜 세웠다. 그는 어딘가 크게 다친 상처가 낫지 않았는지, 간신히 정신만 붙들고 있는 모습이었다. 이런 몸 상태로 동포는 애써 힘겹게 나와 시선을 맞추며 천천히 고개를 끄덕였다.

"하나…… 하나야……."

모두가 죽었다고 여긴 동포였다! 그런 동포의 입에서 흘러나오는 나의 이름에 내 눈가에 이슬이 맺히기 시작했다. 그사이 동포의 곁으로 달려온 하국주도 나의 반대편에서 동포를 부축하려고 했다. 그러나 동포는 하국주의 손을 밀어내며 말했다.

"하대인…… 명월공주시오. 어서, 어서 예를 표하시오."

동포의 말에 내 눈치를 보던 하국주가 결국 자포자기한 얼굴로 자신의 두 무릎을 내 앞에 꿇었다. 그리고 두 손을 모으며 나를 향해 정중히 인사를 올렸다.

"신 하국주. 명월공주를 뵈옵니다."

그리고 그는 자신의 머리가 쿵, 소리가 나도록 바닥에 조아렸다. 그 순간 동포가 힘없이 내 어깨에 머리를 기대며 그대로 정신을 잃고 쓰러졌다.

* * *

정신을 잃은 동포는 곧바로 모화관의 침소로 옮겨졌다. 난 믿을 수가 없었다. 다시 나타난 동포는 오랫동안 어디서 숨어 지내기라도 한 것인지, 조선의 옷을 입고 있었고 머리도 많이 자라 있었다. 이런 동포의 상태를 설명해줄 수 있는 사람이 그의 곁에 있었다.

바로 영온옹주였다.

[처음부터 속이려 했던 것은 아니었어요.]

옹주는 울먹이며 차갑게 굳은 내 얼굴을 보며 글을 적었다. 그러나 난 옹주가 적은 글에는 큰 관심이 없었다. 동포의 맥을 짚고 있는 의관의 말을 기다렸다.

"어떻소, 어찌 되었소?"

의관이 동포에게서 돌아서며 내게 아뢰었다.

"검으로 인해 외상과 내상이 심하오나, 그간 치료를 잘 받아 지금은 나아지고 있으시옵니다."

"허면 어찌 정신을 잃고 쓰러졌단 말이오."

"무리해서는 안 되는 상태이옵니다. 헌데······."

의관이 내 눈치를 살폈다. 다시 내가 입을 열었다.

"어찌해야 되겠소?"

"안정만 잘 취하시면 곧 깨어나실 것이옵니다."

"약이 필요하다면 가서 지어오시오."

"예, 중전마마."

의관이 밖으로 나간 후 나는 동포의 곁으로 다가가 손을 잡았다. 따뜻한 온기가 내 손으로 전해졌고, 동포가 살아 있다는 사실을 다시금 확인하며 안도의 한숨을 내쉬었다.

"으으……."

옹주가 어렵사리 입으로 소리 내어 나를 부르고 있었다. 난 잡았던 동포의 손을 놓고는 옹주를 돌아보았다.

"왜 내게 말하지 않았어요? 다른 사람도 아닌, 내게는 알렸어야죠!"

다그치려고 꺼낸 말이 아닌데 속상함에 목소리가 사나워졌다. 이런 나의 태도에 옹주의 두 눈에서 눈물이 뚝뚝 떨어져 내렸다. 그제야 실수했다고 느낀 나는 옹주의 두 손을 잡으며 낮은 목소리로 다정히 말했다.

"말해줘요. 그간 어떤 일이 있었는지요."

옹주는 눈물을 흘리며 고개를 끄덕이고는 내 손바닥에 무언가를 적었다.

[도승지.]

난 그 글자를 이해하고는 놀란 눈을 크게 떴다.

"김문현?"

"으으."

옹주가 고개를 끄덕였다.

"왜 그가……."

옹주는 손바닥에 적는 글로는 한계를 느꼈는지 종이에 다시 글을 적어 내려갔다.

[연회가 있던 밤이었어요.]

그날은 다름 아닌 옹주가 동포에게 나비향을 선물했던 밤이었다.

[전하께서 이대인과 도승지를 함께 불러 부용정에 오르시는 것을 보았어요. 얼마 후 도승지가 부용정을 나오더군요. 전 그가 밤이 늦어 퇴궐하려는 것이라 여겼어요. 그런데 도승지는 퇴궐하지 않았어요. 후원의 외진 곳에서 영흥부원군을 만나더군요.]

'영흥부원군?'

영흥부원군은 김조근이다. 그날 밤, 대왕대비전 상궁이 불러서 나갔다던 오라버니가 만난 사람은 대왕대비가 아니었다. 김조근이었던 것이다. 옹주의 글은 이어졌다.

[영흥부원군은 도승지에게 이대인을 반드시 죽여야 한다고 말했어요. 이 말을 듣는 즉시 전하와 중전마마께 알려드리려 했지만, 일어나지도 않은 일을 말씀드린다고 해서 믿지 않으실지 모른다고 여겼어요. 또 언제 어디서 이대인을 해하려 하는지도 몰랐고요. 그런데 청국으로 떠나는 이대인을 도승지가 배웅하겠다고 나선다는 말에, 전 몰래 그들을 뒤따랐어요. 그리고 보았지요. 도승지가 이대인을 따로 불러내어, 무방비 상태의 이대인을 검으로 찌르고 절벽 아래로 떨어뜨리는 것을요. 또 도승지는 이대인이 절벽으로 떨어지는 것을 보자, 스스

로 자신의 몸에 검으로 상처를 냈어요.]

"아아······!"

옹주가 내게 거짓말을 할 이유는 전혀 없었다. 적어도 동포가 깨어난다면, 옹주의 말이 사실인지 아닌지 확인할 수 있을 테니까. 그러나 사실이라고 받아들이기에는 너무나도 끔찍한 일이었다. 두 눈을 질끈 감았다.

김조근······. 그렇다면 대왕대비의 명이다. 하지만 아무리 그들의 명이었다고 하더라도 그대로 따른 오라버니를 이해할 수가 없었다. 권력 때문에? 아니면 부귀영화를 위해? 동포가 조선을 버린 배신자라고 생각해서? 아무리 그래도 동포를 죽일 만큼 미워할 이유를 찾기가 어려웠다.

"으······!"

갑자기 누워 있던 동포가 신음을 내뱉었다. 그러자 옹주가 재빨리 동포의 손을 잡아주었다. 놀란 내 시선이 동포의 손을 잡은 옹주를 향하자, 옹주가 슬그머니 잡았던 손을 놓으며 뒤로 물러섰다. 그런 옹주를 보며 내가 물었다.

"그래서 그동안 이대인을 돌봐주신 것이 옹주였어요?"

옹주가 천천히 고개를 끄덕였다.

"그랬군요."

동포가 실종된 이후 옹주는 집 밖으로 전혀 나오질 않았다. 궁궐에 오는 일도 없었다. 그것이 아무도 모르게 동포를 살리기 위한 옹주의 노력이었음을 이제야 나는 알게 되었다.

"동포를 살린 것은 옹주세요."

옹주의 판단은 옳았다. 만약 동포를 죽이려 한 자들이 동포가 살아남았다는 사실을 알았더라면? 그들은 일이 더 커지기전에 확실히 동포를 죽이려 했을 것이다. 결국 오늘날까지 동포가 살아 있는 이유는 옹주가 그를 숨긴 채 아무도 모르게 치료한 덕분이었다.

* * *

"내가 전혀 모를 거라 생각지 마시지요! 이 나라의 옹주께서 직접 그 현장을 보았다는 말을 들었습니다!"

대전 밖까지 울리는 하국주의 목소리가 쩌렁쩌렁했다. 나에게 행했던 무례를 동포의 일로 덮겠다는 듯, 하국주는 동포를해하려 한 자를 엄하게 문초하라며 소란을 피웠다.

"어찌하시겠습니까? 전하께서 어서 용단을 내리시지요!"

협박일까? 아니면 협박이 될까? 아직까지는 단순히 항의 수준이지만, 환이 답을 계속 미룬다면 하국주가 더욱 소란을 피울 것은 분명했다. 나는 대전을 바라보던 눈길을 돌려 강상궁을 향해 물었다.

"도승지는?"

"의금부에 하옥되었다 하옵니다."

환은 이 일을 최대한 조용히 처리하려 했다. 적어도 하국주가 돌아간 뒤에 문현 오라버니를 문초할 생각이었던 듯했다. 그런데 하국주는 범인이 문현 오라버니라는 사실을 어디서 주워들은 모양이었다.

"자네가 보기에…… 이 일이 어찌 마무리될 듯싶은가?"

내 물음에 강상궁이 고개를 들었다. 어느새 내 시선은 구름 한 점 보이지 않는 겨울 하늘을 향해 있었다.

"중전마마?"

답은 이미 나와 있었다. 하국주가 저리 환을 닦달하며 나오는 이유는 청국 사신에게 보내야 하는 서신에 적을 내용 때문이었다. 동포가 돌아왔으니 응당 이에 대한 처리가 조속히 이루어져야 한다. 이 일을 미적미적 처리했다가는 환이 문현 오라버니를 감싼다는 말이 나올지도 모른다. 또 이러한 말이 황제에게 전해진다면 환은 더 큰 어려움에 봉착할 것이고 이런 결과를 안동 김씨들은 가장 바라고 있었다.

'죽음뿐이겠지.'

환이 문현 오라버니를 죽이지 않는다면, 하국주는 오라버니를 청국으로 데려가 황제 앞에 꿇어앉히려 할 것이다. 그때는 더 끔찍하고 잔인한 죽음밖에 없었다.

그날 저녁이었다. 환이 대조전으로 찾아와 대뜸 내게 이렇게 말했다.

"출궁할 채비를 하시오."

"출궁할 채비라니요?"

환은 잠시 뜸을 들인 후 내게 짧막하게 말했다.

"오늘밤 과인과 함께 가야 할 곳이 있소."

* * *

　의금부.

　한밤중에 환이 나를 데려간 곳은 다름 아닌 문현 오라버니가 갇혀 있는 의금부였다. 우리 둘 다 미복 차림이었음에도 불구하고 의금부 병사들은 주저 없이 길을 내주었다. 이윽고 옥사 앞에 이르렀을 때, 나는 안으로 들어가기를 주저했다. 문현 오라버니의 얼굴을 어떻게 보아야 할지 알 수 없어서였다.

　김조근의 사주를 받아 어린 시절 동무이기도 한 동포를 죽이려고 했던 오라버니. 동포는 그런 오라버니를 전적으로 믿고 신뢰했다. 자신을 배웅하러 가겠다는 말에 진심으로 기뻐하기까지 했었다. 오라버니는 그런 동포의 등 뒤에 검을 꽂았고 그를 절벽 아래로 밀어 떨어뜨리기까지 했다.

　"전하."

　옥사 안으로 들어서려는 환을 내가 불러 세웠다.

　"신첩은 안 갈래요."

　"하나."

　"신첩은…… 못 보겠어요. 그를 못 만나겠어요."

　환은 이런 내 심정을 이해하는 것일까?

　나를 옥사 앞에 둔 채 그는 홀로 옥사 안으로 들어가버렸다. 그리고 짧지 않은 시간이 흘렀다. 이유 모를 초조함이 나를 덮고 있었다. 나는 옥사 앞에 걸려 있는 횃불을 오랫동안 응시했다. 어느 순간, 내 눈에서 한 줄기의 눈물이 소리 없이 흘렀다.

'알고 있다.'

환이 미복 차림으로 나와 함께 의금부에 갇힌 문현 오라버니를 만나러 온 이유, 환은 아직 내게 말하지 않았지만 문현 오라버니는 곧 죽음을 맞이할 것이다. 혹시라도 동포를 죽이라고 사주한 사람이 김조근이라는 게 밝혀지더라도 명을 따른 오라버니는 결국 죽어야 한다. 게다가 문현 오라버니 성격에 사주를 받았더라도 그것을 밝힐 사람은 아니었다. 또 밝힌다면 애리까지 위험해진다. 그러니 문현 오라버니는 절대 입을 열지 않을 것이다.

그때, 옥사 안으로 들어갔던 환이 밖으로 걸어나왔다. 나와 눈이 마주친 환의 얼굴은 어두웠다. 난 눈물을 보이고 싶지 않아, 환에게서 고개를 돌렸을 때였다. 환이 내 등 뒤에 대고 넌지시 물어왔다.

"정녕 그를 보지 않을 것이오?"

마지막이다. 마지막이 될 수밖에 없다. 오늘 보지 않으면 영원히 후회하게 될까? 나는 망설임을 접고 옥사 안으로 걸어 들어갔다.

밤이 찾아온 옥사 안은 어두웠다. 게다가 밖에서 느낀 추위보다, 옥사 안에서 느끼는 추위가 더 추웠다. 옥사 안을 밝히고 있는 횃불을 따라 걷던 나는, 옥사 안에 갇혀 있는 유일한 죄인인 문현 오라버니를 어렵지 않게 발견했다. 조금 전 환을 만났기 때문일까? 오라버니는 차가운 바닥에 엎드린 채 큰 절을 올리고 있는 자세였다. 절은 마지막 인사다. 신하가 임금에게 올릴 수 있는 마지막 인사. 환은 차마 이 인사를 끝까지 지켜보지 못하고 옥사를 나왔던 것이다.

조금 뒤, 오라버니가 천천히 고개를 들어올렸다. 오라버니는 환이 사라진 자리에 서 있는 나를 발견하고는 놀란 듯 눈에 힘을 주었다. 난 그런 오라버니와 눈이 마주치자마자, 참았던 눈물을 왈칵 쏟고 말았다.

"흑!"

곧바로 터져 나오는 울음소리를 막으려 손으로 입을 틀어막았지만 소용없었다. 문현 오라버니는 상당히 초췌한 얼굴로 조용히 나를 올려다보고 있었다. 난 결국 오라버니에게서 돌아섰다. 그때였다. 오라버니의 목소리가 나를 불렀다.

"하나야."

나는 다시 오라버니를 향해 돌아서며 어렵게 입을 열었다.

"왜 그런 선택을 했어야 했는지 묻지 않을게요. 왜냐하면 전 오라버니가 어떤 선택을 했더라도 오라버니의 누이니까요……."

나를 바라보는 오라버니의 얼굴에 작은 미소가 피어올랐다.

"고맙구나. 고마워."

난 더 이상 오라버니를 바라볼 수 없어서 옥사 밖으로 뛰쳐나왔다. 밖에서 나를 기다리던 환이 기척에 돌아서 나를 발견했다. 그는 조용히 나를 향해 두 팔을 벌렸다. 난 환에게 달려가 두 팔로 그를 끌어안고 그의 품 안에서 한참 동안 울음을 쏟아냈다.

***

다음 날 아침 조회에서 문현 오라버니의 사형이 결정되었다.

환은 오라버니에게 사약을 내렸다. 사약은 왕이 양반에게 내릴 수 있는 유일한 존엄사였다. 며칠 후, 하국주가 직접 참관한 가운데 문현 오라버니의 형이 집행되었다.

정신을 차리고 깨어났던 동포는 이 소식에 며칠간 아무런 말도 하지 않았고, 애리는 밤새 자신의 처소에서 술판을 벌이며 크게 웃어댔다. 궁궐에서는 애리가 오라버니의 죽음으로 실성했다는 소문까지 돌았다. 난 그런 애리의 행동을 이해할 수 없었다. 이것은 대왕대비도 마찬가지였던 모양이었다. 다음 날 대왕대비는 애리를 석복헌에서 내쫓아 멀리 다른 전각으로 보내버렸다. 그리고 또 얼마의 시간이 흘렀다.

"꼭 지금 가야만 해?"

아직은 추운 겨울이었다. 일을 마친 하국주는 길을 서둘렀고 이번 귀환에는 다 낫지 않은 동포도 함께였다.

"왜? 걱정돼?"

마차 안에 앉은 동포는 능글스럽게 웃었지만, 이 모든 것이 나를 안심시키기 위한 것임을 잘 알았다.

"다 낫지 않았잖아. 또…….″

걱정스러운 내 말투에 동포는 크게 웃었다가, 곧바로 통증이 느껴지는지 살짝 인상을 찌푸렸다.

"걱정 마, 공주님. 내가 지금까지 살아 있는 것만 보더라도,

난 쉽게 안 죽어. 무엇보다……."

동포가 주변을 의식했는지 목소리를 낮추며 내게 말했다.

"하대인만 홀로 보낼 순 없어. 그가 폐하께 까딱 말을 잘못했다가는 또 다른 위기가 조선에 올지도 모르니. 그래서 가야해."

"돌아올 거니?"

"물론. 단지…… 네게 말은 못 했지만, 요새 폐하의 병색이 많이 나빠지셨어. 그래서 널 찾으면 바로 청국으로 데려오라고 하셨지. 널 많이 보고 싶으신가 봐."

"나를?"

난 그 말에 동조할 수 없어 짧게 웃었다. 그러나 동포의 말하는 표정은 진지했다.

"하나야. 폐하께서 날 조선으로 보내시면서 하신 말씀이 있어. 네가 폐하를 처음 뵌 것은 입궐 때였겠지만 폐하는 그때가처음이 아니셨나 봐."

"아니라니? 그럼 그 전에 나를 본 적이 있으시단 말이야?"

"응. 유친왕께서 왕비를 잃으시고 많이 힘들어하시던 때에 말이야. 유친왕이 천주교를 믿으면서 폐하와의 사이가 소원해졌다는 건 너도 잘 알거야. 그런데도 폐하께서는 유친왕을 많이 걱정하셨나 봐. 그래서 몰래 찾아가셨는데, 그때 유친왕이 양녀로 들인 너와 함께 있으며 웃는 모습을 보시고는 안심하셨대. 그리고 네게 고마웠다고 하시던데."

이제 와서 생각해보면 나를 공주로 인정하고 또 총애하는 동포와 혼인시키려 한 것은, 나를 향한 황제의 배려였는지도 모른다. 하지만 동포는…….

"지금 와서 하는 말이지만, 동포야. 넌 폐하를 좋아하지 않잖아."

"내가 폐하를 좋아하지 않는다고? 왜 그렇게 생각하지?"

난 잠시 망설이다가 입을 열었다.

"혁사리."

오랜만에 꺼내는 혁사리 이야기에 동포가 얼굴을 붉히며 짧게 웃었다.

"네가 아직도 그녀의 일을 기억하고 있을 줄은 몰랐어."

"진지하게 묻는 거야. 그녀가 황제의 후궁이 되었는데도 폐하를 미워하지 않아?"

이 말에 동포는 크게 웃음을 터트렸고 주변에 선 청국 병사들의 시선이 모아졌다가 흩어졌다. 동포가 나를 바라보며 입을 열었다.

"하나야, 그건 네 오해야. 그녀는 내 인연이 아니었을 뿐이라고 생각하니까. 또 그녀는 황제의 후궁이 되어 내가 줄 수 없는 것들을 얻었어. 그거면 충분하다고 생각하는데, 난?"

동포는 웃으며 말하고 있었지만 나는 왠지 그 말이 낯설게 들리기만 했다. 혁사리에 대해 이야기하고 있는데도 꼭 혁사리가 아닌 다른 여인에 대해 이야기를 듣는 것만 같았다.

"내가 줄 수 없는 것을 주는 사내에게 가는 것이라면, 내가 막을 수 있는 인연이 아닐 테니까……."

동포의 시선이 묘하게 어그러지며 눈가의 웃음이 사라졌다. 똑바로 나를 바라보고 있는 동포는 무언가 더 할 말이 남아 있는 얼굴이었지만, 그것뿐이었다. 곧 그는 체념한 듯 긴 한숨을 내쉬며 내게서 시선을 거뒀다.

"자, 이제 우린 헤어질 시간."

동포는 가마에 자신의 이마를 기대더니 쉬고 싶다는 듯 두 눈을 감았다. 난 그런 동포를 멀뚱멀뚱 쳐다보다가, 마차에서 물러나왔다.

"출발!"

하국주의 외침에 사신단이 움직이기 시작했다. 난 사신단이 영은문을 떠나 멀리 사라질 때까지, 한참을 그렇게 서 있었다.

"중전마마. 눈이 옵니다."

강상궁의 말에 멀어지는 사신단에서 눈을 떼고 하늘을 쳐다보았다. 그녀의 말대로 눈이 내리고 있었다. 난 한 손을 펴서 하늘에서 떨어지는 눈을 받았다. 문득, 청국에서 동포가 나를 향해 뿌려주던 분홍 꽃잎이 흩날리던 순간이 떠올랐다.

그로부터 1년 후 겨울. 청국에서의 모든 일을 마무리한 동포는 약속대로 조선으로 돌아왔다.

깊 어 가 는
겨 울

다음 해 겨울.

환은 경기 지역을 관할하던 군영 총융청(摠戎廳)을 총위영(總
衛營)이라는 이름으로 고치고 왕의 친위부대로 삼았다. 사실상
총위영은 왕의 개인 사병 역할을 하게 되었다. 또한 이 총위영
의 대장자리를 청국에서 온 동포에게 맡겼다.

―챙, 챙!

눈이 잔뜩 쌓인 창덕궁 후원 위에서 검과 검이 부딪히는 소
리가 요란했다. 한쪽 구석에서 큰 화로를 두고 의자에 나란히
앉은 영온옹주와 나는 검을 겨루는 연과 동포를 바라보며 생
긋 미소 지었다.

"총위대장이 온 후, 전하의 검술 실력이 나날이 느는 것 같
지 않습니까?"

내 말에 옹주는 할 말이 있다는 듯 손가락을 들어보였다.

난 손바닥을 옹주에게 내밀었고, 옹주는 간단명료하게 글을
적었다.

[총위대장의 실력이 월등히 뛰어납니다.]

난 웃으며 옹주의 말을 받았다.

"전하보다요?"

옹주가 고개를 힘껏 끄덕였을 때였다.

"오늘은 여기까지 하지!"

환이 거친 숨을 내쉬며 검을 거두자, 동포도 뒤로 물러서서
검을 거둬들였다. 이를 본 나와 옹주가 동시에 자리에서 일어
섰다. 난 재빨리 환에게 다가가 수건을 건넸다. 한겨울인데도
방금 전까지 검을 휘둘렀던 환의 이마에는 땀이 한가득이었
다. 환이 웃으며 내가 건넨 수건을 받아 땀을 훔치는 사이, 동
포 쪽을 돌아보았다. 동포의 곁에는 옹주가 있었다. 옹주 역시
동포에게 수건을 건넸고, 동포는 잠시 망설이다 정중히 고개
를 숙이며 옹주가 건넨 수건을 받아 땀을 닦았다.

  난 그들을 보며 그에게 속삭였다.

"물어보셨사옵니까?"

환도 그들을 바라보며 대답했다.

"물론."

난 환을 돌아보며 눈을 크게 떴다.

"그랬더니요?"

환이 천천히 고개를 저었다. 난 실망한 표정으로 환에게 말
했다.

"그럼 어명으로라도 밀어붙이시옵소서."

그러자 환이 부드러운 목소리로 나를 타일렀다.

"사람의 마음은 임금이라 하여도 강요할 수 있는 것이 아니 잖소."

난 환의 말에 수긍하며 고개를 끄덕이지 않을 수 없었다. 나역시 어명혼을 피해 조선으로 온 전력이 있었으니 말이다.

* * *

그날 밤이었다. 나는 잠들기 전, 경대(鏡臺, 화장대)앞에 앉아 머리를 매만지고 있었다. 이미 야장의로 갈아입은 환은 이부 자리에 누워 있었다.

"중전마마. 송이이옵니다."

"들어오너라."

"예."

문이 열리며 들어선 송이가 잠시 멈칫했다. 평소와 다르게 환이 이미 준비를 마치고 침전에 있는 것을 보았기 때문이었 다. 환은 당황한 채 멀뚱히 서 있는 송이를 향해 방긋 웃어보였다. 나 역시 송이를 돌아보며 눈웃음 짓자, 송이가 다시 내게로 다가와 다소곳이 앉으며 말했다.

"소인이 많이 늦었사옵니다. 송구하옵니다, 중전마마."

"늦기는, 오늘은 전하가 너무 빨리 오신 거지."

환은 웃는 얼굴로 부정하듯 거울을 통해 나를 바라보며 고개를 저었다. 그리고 곧바로 베개를 베고 누워버렸다. 나는 키득거리며 웃었고, 송이는 빗질을 시작했다. 그때 환이 머리를 들더니 내가 있는 방향으로 돌아누워 손으로 머리를 받치고 말했다.

"송이야."

환의 부름에 송이가 빗질을 멈추고 환을 돌아보았다.

"중전에게 듣자하니, 중전이 반월이었던 것을 김숙의에게 들어 알고 있었다고?"

"예에…… 전하."

송이가 당황한 듯 말끝을 흐렸다. 그러자 환이 기다렸다는 듯 다시 물었다.

"과인에 대해서도 김숙의가 말해주더냐? 별감이 아니라, 임금이라고."

이 말에는 송이가 깜짝 놀란 듯 몸을 부르르 떨었다. 나는 이런 송이의 모습을 보고 거울을 통해 다시 환을 쳐다보았다. 환은 빙긋 웃고 있었지만, 그의 눈은 왠지 모를 예리함으로 반짝이고 있었다.

"전하?"

조심히 환을 불렀다. 환은 그런 나를 슬쩍 바라보고는 다시 송이에게 물었다.

"중궁전에 있어 수강재에 머무는 어미를 자주 못 볼 터인데, 소식은 듣고 지내느냐?"

"예. 간간히 듣사옵니다. 중전마마, 빗질이 끝났사옵니다."

"그래? 전하, 송이에게 더 하실 말씀이 있으시옵니까?"

환은 상체를 일으켜 세우며 고개를 저었다. 송이는 곧바로 연과 내게 인사를 올리고 도망치듯 침전을 떠났다. 그런 송이의 모습에 환이 한숨을 내쉬었을 때였다.

"전하, 송이를 의심하시나요?"

환이 시선을 들어 나를 보며 말했다.

"문현의 마지막 말이 거슬려서 그러오."

"마지막…… 말이라니요?"

"그가 옥사에서 과인에게 말하기를 청국에서 그대의 신분을 알게 된 이들이 많아졌으니, 그대 주변의 사람들을 모두 주의하라고 말했었소."

"하지만 송이를 의심하시다니요. 송이는 전하께서 더 잘 아시는 아이였잖아요."

"그랬었지. 과인도 그렇게 믿었었고."

"이제는 아니라는 말씀이신가요?"

내 물음에 환이 조용히 입을 열어 대답했다.

"대왕대비마마께서 수강재로 옮겨가실 때, 무수리인 송이의 어미도 따라갔소. 보통 전각을 옮긴다 하여, 전각에 딸린 무수리까지 가는 일은 없소."

"그 말씀은……."

이젠 어린 송이까지 의심해야 할까?

그러나 송이는 더 이상 어린아이로만 보긴 어려웠다. 궁궐에서 자라는 아이들은 궐 밖에서 자라는 아이들보다 빨리 자

란다는 말이 있다. 그만큼 빠르게 돌아가는 궁궐의 생리에 적
응하며 일찍 철이 든다는 뜻이었다. 잠시 망설이던 환이 내 말
을 받았다.

"송이에게 좋은 혼처를 찾아주어 출궁시켜야겠소."

어느새 환은 깊은 생각에 잠겨 있었다. 물론 그가 지나친 걱
정을 하고 있다면 오로지 나를 위한 것이라는 걸 잘 알았다.
하지만 그렇다고 아직은 어리다고 생각하는 송이까지도 경계
해야 하는 상황이 나는 납득하기 어려웠다.

* * *

다음 날 아침 대전 내관이 나를 찾아왔다. 내관의 손에는 명
단이 들려 있었다.

"오늘 중으로 선택하시어 알려달라고 하셨사옵니다."

내관이 돌아간 후 강상궁이 명단을 살피며 놀란 듯 말했다.

"고작 무수리 소생의 송이를 출궁시키면서, 전하께서 너무
큰 성총을 내려주시는 것이 아닌가 하옵니다."

"그런가……."

나는 씁쓸하게 웃으며 강상궁에게서 명단을 받아 재차 살
폈다. 아직 첩이 없는 젊은 관리부터 낮은 품계의 관직에 있는
아버지를 둔 소년까지 참 다양한 사람들이 명단에 빼곡히 적
혀 있었다. 환이 직접 나서서 구한 것이 아니었다면, 강상궁 말
대로 고작 무수리 어머니를 둔 송이와는 어울리기 힘든 집안

의 사내들이었다.

"중전마마!"

갑자기 문이 열리며 울고 있는 송이가 뛰어 들어왔다. 송이는 그대로 내 치마폭에 머리를 파묻고 엉엉 소리 내어 울기 시작했다. 강상궁이 그런 송이를 엄하게 꾸짖었다.

"어디서 이 무슨 무례이더냐! 어서 물러서지 못할까?"

강상궁의 꾸짖음에도 송이는 내 치맛자락을 붙들고 울며 말했다.

"싫어요! 전 출궁하기 싫어요!"

"뭣들하고 있느냐? 이 아이를 어서 끌어내거라!"

강상궁이 나인들에게 소리쳤다. 나인들이 다가와 송이의 팔을 붙잡으려고 했고, 난 눈짓으로 나인들을 뒤로 물렸다. 그 후 울고 있는 송이의 얼굴을 들어올렸다.

"송이야."

"중전마마! 저를 버리지 마세요! 소인은 중전마마와 함께 살래요!"

난 울고 있는 송이의 얼굴을 옷고름으로 닦아주며 말했다.

"내가 어찌 널 버린다고 생각지?"

"다들 제가 혼인하려고 출궁한대요! 혼인하면 다시는 중전마마를 뵐 수 없는 거지요?"

"아니야, 그렇지 않아. 네가 출궁해 혼인한다고 하더라도 종종 너를 궐로 부를 거란다."

"하지만 매일처럼 중전마마를 뵐 수 없잖아요? 중전마마의 머리도 빗겨드릴 수 없잖아요."

"어리석구나."

난 우는 송이의 볼을 살짝 잡아당기며 말했다.

"전하께서 직접 고르신 사내에게 가는 거야. 공주나 옹주들이나 얻을 수 있는 성총이지. 그리되면 네 지아비가 될 사내들은 네게 함부로 하지 못할 것이란다."

"그래도 싫어요. 다른 나인들처럼 저도 평생 중전마마를 모시고 싶어요!"

"송이야."

나는 송이를 부드러운 목소리로 달랬다.

"넌 아직 어려서 네게 찾아온 행운을 모르는 거야. 허나 시간이 지나면 알게 되겠지. 그때쯤 넌 네가 얼마나 행복한지, 얼마나 잘 살고 있는지 깨닫게 될 거란다."

송이는 계속 고개를 저었다. 그러나 난 웃음으로 마무리하고 나인들에게 송이를 데려가 안정시켜주라고 명을 내렸다. 송이가 나인들과 나가자 강상궁이 내게 말했다.

"아이의 울음에 너무 심려치 마시옵소서."

"아닐세."

난 환이 보내온 명단을 다시금 살펴보며 말을 이었다.

"노비와 맺어져도 어찌할 수 없는 신분의 아이네, 송이는. 그런 아이를 위해 전하께서 친히 배필감을 고르시고 또 내가 마음 아파할 것을 걱정하셔서 내게도 직접 고를 기회를 주시지 않았는가."

***

며칠 후 송이가 출궁하는 날이 찾아왔다.

"중전마마. 송이가 왔습니다."

"들라 해라."

문이 열리고 송이가 걸어 들어왔다.

송이는 이제 더 이상 나인들이 입는 옷을 입고 있지 않았다. 내가 침방에 일러 새로 짓게 한 새 옷을 입고 있었다. 그런데 송이의 두 눈이 통통 부어 있었다. 조금 전까지 울기라도 했었던 것일까?

"송이야."

난 대조전 안에 아무도 없다는 사실을 상기하며 송이를 향해 두 팔을 벌렸다. 송이가 예전처럼 내게 친근하게 다가와 안기길 바라서였다. 그러나 송이는 그러지 않았다. 다소곳하게 천천히 내게로 걸어 들어와 여타 다른 나인들이 하듯 큰 절을 올리며 자리에 앉으며 눈물을 뚝뚝 흘렸다.

"어찌 울어?"

난 손을 뻗어 송이의 젖은 눈가를 훔쳤지만, 송이는 시선을 바닥에 둔 채 말이 없었다.

"떠나면서까지 내 마음을 이리 아프게 할 거니?"

그러자 송이의 입이 열렸다.

"소, 소인은……."

울다 입을 연 송이의 목소리는 숨넘어갈 듯 힘들게 나오고

400

있었다. 나는 송이의 한 손을 꼭 잡아주며 말했다.

"내가 약조했지? 널 종종 궐로 부르겠다고. 중전인 내가 직접 한 약조다. 그러니……."

그때 송이가 천천히 고개를 들어 나를 바라보았다.

"주, 중전마마……."

"응?"

"소, 소인이……. 마지막으로 중전마마의 머리를 빗겨드려도 될까요?"

출궁하는 송이의 마음을 조금이나마 위로할 수 있는 것이라면 뭐든 해주고 싶은 것이 내 마음이었다. 그런데 송이가 원하는 것은 다름 아닌 자신이 원래 하던 일이었다. 나는 환히 웃으며 말했다.

"물론이지. 원래 네 일이 아니더냐."

상을 치우고 그 자리에 거울이 달린 경대를 놓았다. 그사이 송이는 자리에서 일어나 내 뒤로 다가왔고, 나는 비녀를 빼고 묶여 있던 머리를 풀어 길게 내렸다. 그런데 그 순간 낯선 향이 내 코를 자극했다.

"응?"

거울을 통해 송이를 쳐다보았다. 송이는 작은 주머니에서 빗을 하나 꺼내고 있었다. 내가 맡은 향은 그 빗에서 나는 것이 분명해 보였다.

"향빗이니?"

내가 거울을 통해 자신을 바라보고 있다는 사실을 몰랐는지, 송이가 깜짝 놀라며 고개를 연신 끄덕였다.

"전에는 보지 못하던 것이었는데?"

송이가 그 향빗으로 내 머리를 빗겨주며 말했다.

"다른 향빗과 달리 향이 특이해 귀하게 지니고 있었어요."

송이의 빗질은 오래가지 못했다. 빗질을 하는 내내 울먹거리던 송이는 빗질을 다 끝내지 못한 채 엎드려 큰 소리로 울음을 터트렸다.

"송이야."

나는 달래는 목소리로 송이를 부르며 그 아이를 일으켜 세웠다.

"중전마마. 마마는 좋으신 분이에요. 소인은 죽어도 잊지 못할 거예요……."

"어머? 어디서 그런 말을 배웠어?"

난 두 팔로 우는 송이를 꼭 끌어안아주며 한참 동안을 다독여주었다.

* * *

송이가 출궁한 후 여러 날이 흘렀다. 매일 같이 내 머리를 빗는 일을 맡았던 송이가 떠나고부터 허전함이 그 자리를 메웠다.

"그 빗은?"

강상궁이 내 손에 든 자개로 만든 검은 향빗을 처음 본다는 듯 물었다.

"출궁하던 송이가 두고 간 것이네. 바로 돌려줄까 했지만, 나중에 그 아이를 궐로 불렀을 때 돌려주려고 가지고 있지."

"그 아이가 많이 그리우신 모양이시옵니다."

"그만큼 나를 잘 따르던 아이가 아닌가."

환의 뜻이 아니었다면 나는 일평생 송이를 내 곁에 두려고 했을까? 그랬다면 그것은 내 욕심이었다. 출궁한 송이가 제 짝을 만나 행복해진다면, 다시 만날 때 송이는 우는 얼굴이 아닌 웃는 얼굴로 나타날 테니까. 나 역시 그것을 바라고 있었다.

"전하께서는?"

"총위대장과 함께 편전에 계신 줄 아옵니다."

"그리 가세."

"예, 중전마마."

나는 빗을 한쪽에 놓아두고 자리에서 일어섰다.

* * *

"어찌 거절하지 않았는가?"

"흥선군 대감."

"어찌 거절하지 않았느냐 말일세!"

"대감, 진정하시지요."

흥분한 흥선군과 그 옆에서 말리는 홍재룡 대감. 그리고 그 두 사람 앞에는 총위대장인 동포가 서 있었다. 그들이 지금 있는 곳은 다름 아닌 편전 앞이었다. 흥선군이 동포에게 불 같이

403

화를 내는 것을 편전 나인들 모두가 지켜보고 있었다. 이 말은 다시 말해, 곧 편전 안에 있을 왕에게도 이 상황이 그대로 전해진다는 것을 의미하기도 했다.

조금 전 편전에서 무슨 일이 있었는지 모른다. 그러나 홍선군의 이러한 행동은 간접적으로나마 환에게 자신의 불만이 전해지기를 바라는 마음에서 나온 것이 분명했다.

"소관(小官)은 그저 전하의 뜻을 받을 뿐입니다. 대감."

동포가 어색한 웃음을 지으며 정중히 홍선군에게 대답했다. 그러나 이것은 홍선군의 화를 더 돋우는 꼴이 되고 말았다.

"소관이라 지칭하는 것은 오랑캐들이나 쓰는 말이지. 조선에서는 그리 쓰이지 않네!"

"대, 대감!"

청국을 대놓고 오랑캐라고 표현하는 홍선군의 태도에 홍재룡 대감의 얼굴이 새하얗게 질렸을 때였다. 나는 그들 앞으로 걸어갔다.

"중전마마 납시옵니다."

강상궁의 말에 세 남자가 모두 내 쪽을 돌아보았다. 홍재룡 대감은 당황한 듯 어쩔 줄 몰라 했다. 홍선군은 여전히 화를 가라앉히지 못한 채 잔뜩 붉은 얼굴로 헛기침을 내뱉었다. 이에 반해 동포는 평소와 다름없는 얼굴로 정중히 내게 인사를 올렸다.

"무슨 일이 있는지요?"

내가 묻자, 홍재룡 대감은 입만 벙긋하며 제대로 대답하지 못했다. 그러자 흥선군도 답답한 얼굴로 홍재룡 대감을 살짝 노려보더니 내게 말했다.

"신은 이만 물러가옵니다."

"신도……."

홍재룡 대감도 내 눈치를 살피더니 흥선군과 함께 자리를 떴다. 나는 남겨진 동포를 향해 말했다.

"이야기 좀 할까요, 총위대장 영감?"

동포가 입가에 미소를 짓고는 고개를 끄덕였다. 나는 동포와 함께 사방이 탁 트인 후원을 걸으며 주변을 멀리 떨어뜨려 놓았다.

"편전에 전하와 단둘이 있는 줄 알았는데?"

"맞아. 조금 전에 흥선군과 병판대감이 오시기 전까진."

"안에서 무슨 일이 있었어?"

"무슨 일은 아니었어. 이미 오전 조회에서 벌어진 일이 다시 반복된 것뿐이었지만."

"오전 조회에서 무슨 일이 있었는데?"

동포가 걸음을 멈추고 자연스레 주변을 한 번 살핀 후 말했다.

"전하께서 금위군의 일부를 총위영으로 넘기셨어."

"어떤 일을?"

"궁궐 수비. 그리고 흥선군은 이를 거두시게 하려고 병판대감과 함께 편전에 왔었고."

동포가 짤막하게 대답했다.

난 흥선군이 왜 그렇게 동포에게 화가 났는지 알 것 같았다.

어쨌든 환은 편전까지 찾아온 흥선군 앞에서도 아침 조회에서 결정한 바를 돌이키지 않았던 것이다. 결국 흥선군은 편전 앞에서 동포에게 화를 내어 환에게 불만을 나타냈다.

"흥선군이 널 싫어해?"

"좋아하진 않지."

동포를 총위대장으로 삼은 후 환과 동포는 친형제처럼 가까워졌다. 문현이 떠난 자리를 동포가 대신한 부분도 있지만, 동포의 타고난 살가운 성격이 한몫하기도 했다. 또 동포는 문현에 비해 솔직했고, 조선에 연줄이 있는 관리들이 없었다. 이러한 집안 배경이 없으니, 정치적으로도 의심할 바가 없어 더욱더 환의 환심을 사고 있는 모양이었다.

내게는 그들이 가까운 것이 마냥 좋다. 그러나 지금껏 환의 곁을 지켜온 사람들은 그렇지 않은 것 같았다. 그들 눈에 조선을 배신하고 청국으로 갔다가 이젠 청국을 등지고 돌아온 동포가 어떻게 보일지는 불 보듯 뻔했다.

"어떤 부분이?"

혹시라도 내 걱정을 살까, 동포가 우스갯소리처럼 대답했다.

"날 청국에서 보낸 첩자라고 생각하나 봐."

순간 내 마음이 미어졌다. 오래전 청국으로 도망치듯 떠나야 했던 것은 오로지 나뿐이었다. 양자로 왔던 문현 오라버니도 파양되어 원래 자신의 집으로 돌아가면 그만이었으니까. 동포도 마찬가지였다. 아무런 연고도 없는 우리 집안에 거두어졌으나, 제 살길을 찾아 떠나면 그만이었다. 그러나 동포는 나와 함께 청국으로 가는 길을 택했다.

오로지 나를 위해서…….

설사 그가 첩자가 되어 조선으로 돌아왔다고 하더라도, 그의 인생이 그렇게 바뀐 것은 전부 내 탓이었다. 그러나 그는 청국에서도 당당하게 살았고 그 결과 청국 황제의 신임을 받는 어전시위가 되었다. 그리고 지금, 동포는 당당히 고국에 돌아와 환을 섬기고 있었다.

"섭섭하진 않아?"

"문현도 나를 의심했었어. 홍선군의 의심은 당연한 거야. 그러니 시간이 해결해주겠지."

나는 고개를 끄덕이며 동포의 말을 받았다. 멀찍이 서 있던 강상궁이 나와 동포가 있는 곳으로 걸어오는 것이 보였다.

"무슨 일인가?"

내 물음에 강상궁이 답했다.

"옹주께서 입궐하셨다 하옵니다."

"옹주께서?"

옹주를 부른 일이 없기에 고개를 갸우뚱거리다가 동포를 향해 말했다.

"가자."

"응?"

"너도 가서 함께 옹주를 만나자. 차도 마시고. 그럼 기분도 풀릴 거야."

"난 술이 더 좋은데?"

난 코끝을 찡긋거리며 대낮부터 술은 안 된다고 눈치를 주려
했다. 그런데 순간 속이 메슥거리는 것을 느끼고 한 손을 목 언
저리에 가져다 대었다. 그러자 이를 본 동포가 내게 물었다.

"왜 그래?"

"속이…… 아니야, 차를 마시면 괜찮아지겠지."

* * *

동포와 대조전에 앉아 기다리고 있으니 곧 옹주가 들어왔
다. 그녀는 나와 함께 있는 동포를 발견하고는 방긋 웃으며 얼
굴을 붉혔다. 그때 난 동포의 얼굴을 쳐다보았다. 동포 역시 들
어서는 옹주를 보며 반가워하는 얼굴이긴 했지만, 이것이 남
녀 사이에 오가는 그런 느낌인지는 알 수 없었다.

'전하의 말대로 포기해야 할까?'

[아끼는 아이를 얼마 전 내보내셨다 들었습니다. 상심이 크
시겠군요.]

자리에 앉은 옹주가 위로의 글을 적어 내게 내보였다.

"전하의 뜻이었습니다. 이 일로 상심이 클 수도 있겠지만,
그 아이를 위해서라면 어쩌면 이 선택이 옳은 것일 수도 있겠
지요."

옹주가 내 말에 동조한다는 듯 웃으며 고개를 한 번 끄덕였
을 때였다. 웃고 있던 옹주의 얼굴에서 웃음이 조금씩 사라져
갔다. 더불어 옹주의 안색이 점점 어두워졌다. 곧 옹주는 한

손을 자신의 입가로 가져다 대더니, 깊은 생각에 잠긴 얼굴이 되었다. 동포도 그런 옹주의 얼굴을 보며 의아한 표정으로 입을 열었다.

"옹주님?"

그제야 옹주가 놀란 눈으로 고개를 들어 동포를 잠시 바라보았다가, 곧 어색한 웃음을 지으며 나를 바라보았다. 난 습관처럼 한 손을 옹주에게 내밀었고, 옹주는 한 글자를 적었다.

"향(香)?"

그대로 소리 내어 답하는 나를 보며, 동포는 향을 낼 만한 물건을 찾아 주변을 두리번거렸다. 그러나 내 처소에서 딱히 향을 피우는 물건은 없었다. 인위적으로 향을 피울 때는 환이 대조전으로 건너와 묵는 날뿐이었다. 그때는 환의 지밀내관이 향로를 가져와서 향을 피운다. 그 향은 편전에서 피우는 향과 같은 것으로 잠자리가 바뀌는 환에게 안정감을 주기 위해 동일한 향을 피우는 것이다. 옹주는 내 손바닥에 적은 글로도 나를 이해시키지 못한다고 여겼는지, 이번에는 종이에 글을 적었다.

[대조전에서 평소와는 다른 향이 납니다. 혹 새로 들인 물건 중에 향을 내는 물건이 있는지요?]

"향을 내는 물건이라니요? 향이라고 해야……. 옹주께서 가끔 만들어주시는 나비향 노리개 외에는……."

'잠깐.'

나는 내 앞에 있는 상의 자그마한 서랍에서 송이가 두고 간 향빗을 꺼내 상 위에 올려놓았다. 그것을 본 옹주가 코를 가까이 대어 향을 맡으려다가 깜짝 놀라 상체를 일으켰다.

"옹주?"

옹주가 다시 글을 적었다.

[이 빗은 어디에서 구하셨습니까?]

"조금 전 옹주가 말했던 그 아끼던 아이가 출궁하던 날, 내 머리를 빗겨주다 깜빡 잊고 두고 간 빗입니다. 다시 만날 때 돌려주려 가지고 있는 것입니다."

옹주가 걱정스러운 얼굴로 글을 적었다.

[떠나면서까지 제 소임을 다한 아이라 하시니, 그 아이의 마음은 가상합니다. 허나 그 빗은 치워버리시는 것이 좋을 듯합니다.]

"어째서요?"

[중전마마. 저는 향을 배합하는 일을 오랫동안 해왔습니다. 제가 맡아보니 그 빗에서 나는 향은 결코 좋은 향이 아닙니다. 무엇보다 자개빗에는 향나무를 쓰지 않습니다. 자개에 바르는 옻칠의 냄새는 향나무의 냄새와 뒤섞이면 좋지 않은 향이 나기 때문입니다.]

나는 혹시 향빗에서 나는 진한 향이 옹주가 말하는 그 좋지 못한 향이 아닐까라는 생각이 들었다. 나는 향빗을 비단주머니에 넣고 강상궁을 불러 말했다.

"사람을 시켜 이 빗을 송이에게 전해주게. 또한 송이에게도 이 빗의 향이 좋지 않으니, 다른 빗을 함께 주어 쓰지 말도록 전하게나."

"알겠사옵니다."

강상궁이 고개를 수그리며 두 손을 내 앞으로 내밀었을 때였다. 그녀의 손에 향빗이 든 주머니를 건네려던 나는 또다시 속이 메슥거리는 느낌이 들었다. 그러나 이번에는 조금 전 느꼈던 것보다 더 강한 메슥거림이었다.

"욱. 우욱!"

몸의 오장육부가 다 뒤틀리는 느낌에 헛구역질과 함께 머리까지 쿡쿡 쑤시며 아파오는 통증이 느껴졌다. 나는 한 손에 들고 있던 주머니를 떨어뜨리며 가슴을 짚었다.

"중전마마!"

"하나야!"

강상궁과 동포의 외침에 억지웃음을 지으며 손을 내저었다.

"괜찮아. 속이 좀……. 우욱."

헛구역질이 또 한 번 나왔을 때였다. 옹주가 환한 얼굴로 강상궁을 쳐다보았다. 그제야 강상궁도 놀란 얼굴로 내게 말했다.

"중전마마, 혹시……?"

* * *

-투툭. 투투툭. 투툭.

환은 초조한 기색으로 대조전에 앉아 손가락으로 계속 바닥을 쳐댔다. 온몸에 초조한 기색이 역력했다. 환의 손가락 부딪히는 소리가 대조전 안에 신경질적으로 울려퍼졌다.

"그것이······."

나의 맥을 짚던 의관이 손을 거두자마자 환의 입이 열렸다.

"중전이 회임한 것이 맞느냐?"

"에······ 그게······ 한 번 더 맥을 짚어보는 것이······."

"언제까지 맥을 짚겠다는 것이냐?"

환의 채근에 의관이 그에게로 돌아서 몸을 납작 엎드렸다.

"송구하오나, 전하. 잠시 독대를 청하여도 되는지요."

"독대라니? 과인이 묻는 것은 그것이 아니다. 어서 말하거라, 중전이 회임한 것이냐?"

그러자 의관이 쩔쩔매며 어렵사리 입을 열었다.

"회임이······ 아니옵니다."

의관의 말에 난 놀랐다. 설마 하는 마음이었지만, 막상 아니라는 말이 나오니 착잡한 마음이 들어서였다. 환도 마찬가지였다. 그도 의관의 말에 놀란 얼굴이었지만, 놀란 것보다는 실망하는 기색에 더 가까워 보였다. 나는 그런 환의 얼굴을 빤히 쳐다보며 무슨 말을 해야 할지 망설여졌다. 그때, 나와 눈이 마주친 환이 한숨을 짧게 내쉬고는 내 곁으로 다가왔다. 의관이 뒤로 물러섰고, 그 자리에 앉은 그는 내 손을 다정히 잡아주었다.

"실망하셨지요, 전하?"

"물론이오."

그는 장난처럼 웃으면서 말했지만, 난 결코 농담으로 들리지 않았다.

"죄송해요."

개미가 기어가는 듯한 목소리로 그에게만 들릴 정도로 아주
작게 말했다. 그는 나의 말을 들었는지 못 들었는지, 씁쓸한 미
소만 짓고는 조용히 자리에서 일어섰다. 돌아선 그를 붙잡고
싶었다. 미안하다는 말 외에도 할 말이 많았다. 섭섭한 마음을
안은 채로 그를 보내고 싶지 않았다. 하지만 내가 회임했을지
모른다는 소식에 조정 일도 미뤄두고 달려온 그였다. 그런 그
를 붙잡을 수는 없었다. 환이 나가자 의관도 바쁘게 그의 뒤를
쫓아 나가고, 대조전의 문이 닫혔다. 멀찍이 물러서 있던 강상
궁이 다가와 내게 위로의 말을 건네려던 그때였다.

"무어라! 지금 무엇이라 하였느냐?"

"그, 그것이……."

환의 호통소리와 당황한 의관의 목소리였다. 고개를 들어
닫힌 문 쪽을 쳐다보았다. 조금 전 의관이 환에게 독대를 청하
더니, 대조전의 빈 곁방에서 독대가 이뤄진 모양이었다.

"무슨 일인지 나가보거라, 어서."

강상궁이 다급히 나인을 내보냈다. 도무지 짐작이 가지 않
는 불안함이 나를 덮었을 때였다. 강상궁의 명으로 나갔던 나
인이 빠르게 되돌아왔다.

"어찌 된 것이냐? 무슨 일이 있었던 것이야?"

강상궁의 말에 나인이 고개 숙여 답했다.

"전하께서 의관 나으리와 독대하신 일이라 알 수는 없사오

413

나, 무척 화를 내시고는 곁방에서 나와 의관 나으리와 함께 급히 대조전을 떠나셨사옵니다."

"도대체 무슨 일이람?"

강상궁도 그 연유를 알 수 없다는 얼굴로 고개를 저었다. 그러나 난 짐작할 수 있었다. 조금 전 회임이 아니라는 의관의 말에 크게 실망한 환의 표정에 그 답이 있었다. 환은 상심한 것이다. 이러한 나의 추측은 다음날 확신이 되어 돌아왔다.

"그래서?"

대전 나인의 소식에 나는 귀를 세웠다. 오늘 아침 조회에서 환은 넋 나간 얼굴이었다고 했다. 그러다 이를 지적한 신하를 꾸짖으며, 심기가 불편해진 것을 이유로 조회를 일찍 마치고 대전을 떠났다고 했다. 어제까지만 하더라도 이런 일은 없었다. 모두들 당황한 가운데 시선은 당연히 대조전으로 쏠렸다. 어제 의관의 진맥으로 내가 회임이 아닌 것으로 밝혀진 사실을 모두가 알고 있기 때문이었다.

"계속 편전에 머무신다고는 하지만, 대전 내관께서 안 보이는 것으로 보아서는……."

미복잠행. 그가 궐 밖에 나갔다는 뜻이었다. 대전 나인도 입단속을 엄히 받았는지, 확실히 환이 잠행을 나갔다는 사실을 알면서도 모르는 척 답했다.

"알았다. 전하께서 돌아오시면 지체 말고 내게 전하거라. 알겠느냐?"

"예, 중전마마."

대전나인이 꾸벅 인사를 올리고 돌아가자 강상궁이 넌지시 내게 물었다.

　"대낮부터 잠행이시라니요? 삼사에서 이를 알았다가는 가만있지 않을 것입니다."

　나 역시 그러한 사실을 알기에 두 손으로 얼굴을 감싸 쥐며 고개를 숙였다.

　"아⋯⋯."

　"중전마마?"

　"내 탓일까?"

　"마마⋯⋯."

　자책하지 않으려 했지만, 상황이 점점 나를 깊은 자책의 수렁으로 몰고 들어가는 기분이었다. 도무지 환의 생각을 알 수 없었다. 상심했다면 위로를 나누고 싶었다. 그런 상황에서 조회를 중단하고 잠행을 나간 이유는 무엇일까? 이럴 때 또다시 중전이라는 나의 지위가 싫을 뿐이었다. 내가 중전이 아니었더라면, 회임 문제로 온 궐이 시끄러워지는 사태가 일어나지 않았을 것이다. 또한 잠행을 나간 그의 뒤를 쫓아 나가는 것도 자유로웠을 것이다. 그날 한밤중이 되어서야 환이 편전으로 돌아왔다는 소식을 들은 나는 편전으로 향했다. 그리고 그곳에서 미복 차림으로 나오는 동포를 발견했다.

　"동포야."

　물론 늦은 밤이었다. 하지만 관리가 궐에 출입하고 임금을 만날 때는 반드시 관복 차림이어야 했다. 그러나 동포는 아니었다. 순간 나는 환의 잠행에 동포 역시 동행했다는 것을 깨달았다.

"너도 전하와 함께 궐 밖에 나갔었니?"

동포가 고개를 끄덕이며 순순히 인정했다.

"응. 전하께서 부르셔서……."

"무슨 일로? 어디를 다녀온 건데?"

"그게…… 저, 하나야."

동포가 손으로 이마를 살짝 긁으며 난처해 하는 모습을 보였다. 그런 그에게서 미약하지만 술 냄새가 났다.

"술 마셨어?"

난 편전 쪽을 한 번 쳐다보고는 다시 동포에게로 시선을 돌리며 물었다.

"전하도?"

"어…… 난 약간. 전하께서는 좀 취하신 것 같지만……."

조회도 중단한 채 잠행을 나간 환이 동포와 술을 마시고 돌아왔다는 사실에 화가 났다.

"내 회임 사건으로 궐이 시끄러웠지. 혹시 그것 때문이야?"

"그건 아니야."

동포가 단호히 대답했다. 하지만 그것뿐이었다. 그 이상 동포에게 나오는 대답은 없었다.

"그럼 대체 무엇 때문인데? 무슨 일로 전하께서 조회를 중단하시고 대낮부터 잠행에, 술까지 드신 건데?"

나의 다그침에 동포가 굳은 얼굴로 말했다.

"전하의 술친구가 되어드린 것은 사실이지만, 나라고 해서 전하의 마음속을 모두 알 수는 없어. 하지만 하나야, 이것만은 한 가지 확실해. 전하께서는 그 누구보다도 너를 생각하셔. 나도 마찬가지고."

그러나 흥분한 내게 동포의 말은 가슴 깊이 와 닿지 못했다.

"나를 생각한다는 사람들이 고작 벌인 짓이 술판이야? 기방이라도 다녀온 거니? 넌 총위대장이야. 어떻게 총위대장이자 전하의 동무라는 네게 이럴 수 있어? 이 일을 대신들이 알면 무슨 일이 벌어지는 줄 아니?"

동포는 아무런 대답도 하지 못했다. 그런 그를 두고 편전으로 향했다. 입구에서 나를 본 내관이 내가 왔음을 알렸지만, 문 닫힌 편전 안에서 들려오는 대답은 없었다. 난 스스로 문을 열고 안으로 들어섰다. 안에서는 환이 홀로 술상 앞에 앉아 있었다. 그는 한 손으로 자신의 머리를 지탱한 채, 쓰러지려는 것을 간신히 버티고 있는 듯 보였다. 난 그런 그의 옆으로 다가가 조용히 그를 불렀다.

"전하."

그러자 감긴 그의 두 눈이 천천히 떠졌다. 환은 옆에 앉아 있는 내 얼굴을 보고는 얼굴에 배시시 미소를 지었다.

"중전."

"어찌 이리 술을 드셨어요?"

그는 그저 웃으며 나를 향해 중얼거렸다.

"어여쁜 중전……."

"전하?"

그가 기분이 좋아진 것인지 내 얼굴을 향해 손을 뻗어왔다. 그러나 그의 손이 내 얼굴에 닿기도 전에 그의 두 눈이 먼저 스르르 감겼다. 그리고 그는 그대로 내 가슴에 자신의 얼굴을 기대고 쓰러지며 깊은 잠에 빠져들었다.

"하아……"

깊은 한숨만 나왔다. 정확히 알 수 없는 그의 깊은 고민이 왠지 나로 인한 것이라는 사실을 지울 수가 없었다.

'결국 내 회임 때문인 걸까?'

* * *

다음 날 새벽부터 폭설이 내렸다. 창덕궁의 모든 나인들은 새벽부터 눈을 치우느라 분주한 가운데 의관이 의녀와 함께 대조전을 찾아왔다.

"이것이 무슨 약이라 하였느냐?"

조금 전 의녀가 달였다는 약이 하얀 김을 내며 내 앞에 놓여졌다. 양도 상당했다. 흰 그릇을 가득 채운 짙은 갈색의 액체에 보기만 해도 속이 메슥거리는 느낌이었다.

"회임에 효험을 보이는 약재로 만들어진 탕약이옵니다."

의관은 웃으며 말하고 있었지만 내 눈치를 보고 있었다. 이런 약은 아이를 쉽게 가지지 못하는 여인들이나 먹는다. 그러니 내가 이 약을 먹기 시작한다면, 궐내에서도 나의 회임에 대한 무수한 말들이 쏟아져 나오기 시작할 것이다. 마음 같아서는 약을 당장 치우라고 말하고 싶었다. 하지만 지난밤 보았던 환의 모습이 떠올라, 나는 눈을 딱 감고 약을 마셨다.

"으…… 써."

절로 인상이 찌푸려졌다. 한 모금만 마셨을 뿐인데, 당장이라도 게워내고 싶을 만큼 거부감이 올라왔다. 게다가 그냥 쓴 약도 아니고 생전 먹어본 탕약 중에서 가장 쓴 약 같았다.

"앞으로 하루 세 번씩 드셔야 하옵니다."

"세 번씩이나 말입니까?"

내가 힘겹게 약을 들이키는 것을 본 강상궁이 놀라 의관에게 물었다. 의관은 어색한 웃음을 지으며 강상궁을 향해 고개를 끄덕였다.

"그럼 언제까지 드셔야 합니까?"

강상궁의 말에 의관이 대답했다.

"전하께서 지시한 일이라……. 전하께서 드시라 하시는 동안에는 꾸준히 드셔야 하겠지요."

환이 직접 명을 내렸다는 사실에 나는 마음이 답답해졌다. 그간 추측이라며 부정하려던 생각이 결국 확신이 되어 돌아온 것이다.

"중전마마……."

제법 눈치가 생긴 강상궁도 의관의 말에 내가 상처를 받았을 것이라 여겼는지 걱정하는 눈치였다. 나는 숨을 참으며 다시 한 번 꾹 참고 약을 모두 마셨다. 약을 다 마시자 의녀가 꿀에 절인 매작과를 내밀었다. 난 의녀가 가져온 달달한 매작과를 한입 깨물었지만, 여전히 약의 쓴맛이 입 안을 감돌았다.

"전하께서는?"

강상궁에게 물었으나 대답은 의관에게서 나왔다.

"대조전으로 오는 길에 듣기로는 전하께서 오늘 사냥을 나가신다 하옵니다."

"사냥이라니?"

여전히 밖에는 눈이 내리고 있었다. 지난 새벽에 비해 눈발은 다소 약해졌으나, 여전히 눈이 내리고 있는 가운데 사냥은 위험하다는 생각이 먼저 들었다.

"사냥이라면 오늘 돌아오신다던가?"

"잘은 모르오나 당분간 조정일은 흥선군을 통해 알리라 하셨다 하니, 며칠은 걸리는 듯하옵니다."

며칠이나 걸릴 사냥을 떠난다면 강상궁이 모를 리가 없었다. 난 의관이 나가자마자 강상궁을 가까이 불러 물었다.

"전하께서 사냥이라니? 어찌 내게 말하지 않았는가?"

강상궁이 당황하며 입을 열었다.

"그게…… 전하의 명이 있었사옵니다."

"전하의 명이라니?"

"오늘 아침에 전하께서 어제 잠행하신 일을 중전마마께 고한 대전나인을 크게 꾸짖으셨다 하옵니다. 그 뒤 소인을 부르시어 명하시기를 앞으로 전하의 거둥과 관련하여 그 어떤 말도 대조전으로 들어가지 못하도록 하라 하셨사옵니다."

"어떻게 그럴 수가……."

환은 자신의 거처에 대해 내가 그 어떤 소식도 듣지 못하도록 명을 내렸다. 내게는 사전에 어떤 언질도 주지 않고 말이다. 편전과 대조전이 단절된다. 그가 나와 멀어지려 한다.

'도대체 왜?'

오 해 의

끝

환이 아무 말 없이 사냥을 떠난 지 사흘이 흘렀다. 그동안 환의 행방에 대해 아무런 소식도 들을 수 없었다. 내가 알 수 있었던 사실은 왕이 자리를 비운 사흘간 조정이 매우 시끄러워졌다는 점뿐이었다. 사흘 전 내린 폭설로 많은 백성들이 동사하는 일이 벌어졌다. 추위를 피해, 또는 먹이를 찾아 산에서 내려온 짐승들이 민가를 습격하는 일들도 보고되었다. 차라리 이런 일들은 자잘한 소식에 속했다. 왕의 결제가 필요한 일들이 미뤄지고 흥선군이 대리 결정하는 경우가 생기면서 대신들의 반발이 빗발쳤다. 무엇보다 환을 지지하던 신하들의 불만이 커져만 갔다. 그러나 이 모든 상황을 진정시켜야 하는 왕은 사냥을 떠나 자리에 없었다.

환이 돌아온 것은 그로부터 열흘이나 지난 뒤였다.

"중전마마. 탕약이옵니다."

환이 돌아왔다는 소식을 막 접했을 즈음, 오늘의 두 번째 탕약이 도착했다. 평소와 다름없이 의녀가 내미는 탕약을 습관처럼 받아 마시려던 나는 그릇을 바닥에 내려놓았다.

"물리거라."

"예?"

"약을 먹지 않겠다."

"하오나 중전마마. 이 약은 마마의 회임을 위해 특별히 전하의 명으로 올리는 약인지라……."

"먹지 않겠다 하지 않았느냐."

그제야 의녀가 당황하며 약그릇을 도로 가지고 나갔다. 의녀가 나간 후 얼마 지나지 않아, 의관이 다시 탕약을 가지고 대조전을 찾았다. 의관은 다짜고짜 엎드리며 내게 간곡히 청했다.

"약을 드셔야 하옵니다, 중전마마!"

"먹지 않겠네."

"꾸준히 드셔야 효험이 있는 약이옵니다."

"허나 효험이 없으면?"

"예?"

의관이 고개를 들어 나를 바라보았다.

"먹어도 효험이 없으면, 자네가 그 책임을 질 것인가?"

"하오나 중전마마. 중전마마께 올리는 이 약은 전하께서 올리게 하신 것이옵니다. 마마께서 드시지 아니하시면 저희 의관들이 전하께 큰 벌을 받사옵니다."

"사냥을 떠나시느라 궐을 비우시는 전하께서 어찌 아시겠는가?"

"아니옵니다. 아시옵니다. 오늘 전하께서 사냥 갈 채비를 하시며, 저를 불러 그간 중전마마께 꼬박꼬박 탕약을 올렸는지를 물으셨사옵니다."

의관은 환이 나를 신경 쓰고 있다는 사실을 말하려다 그만 내가 알아서는 안 되는 사실까지 털어놓고 말았다.

"사냥 갈 채비라니? 오늘 아침에 돌아오신 전하께서 또 사냥을 떠날 채비를 하신다니!"

옆에 서 있는 강상궁을 쳐다보았다. 그녀는 입을 꾹 다문 채 난처한 얼굴로 고개를 푹 숙일 뿐이었다. 그런 강상궁을 보니 더욱 화가 치밀어 올랐다. 대조전의 상궁이라면서 결국 그는 환의 말을 따르고 있었던 것이다.

"약을 치우게. 어서!"

"중전마마!"

"치우라 하지 않는가?"

의관이 쩔쩔매며 당황하던 바로 그때였다.

"주상전하 납시옵니다!"

문 밖 대조전 내관의 외침에 고개를 들고 내다보았다. 사냥복인 융복 차림의 환이 대조전 안으로 들어오고 있었다. 대조전의 모든 나인들이 일어서서 고개를 숙였고, 나도 자리에서 일어섰다. 내관이 재빨리 자리에서 일어서며 환의 곁으로 다가갔다.

"전하……."

짧은 한마디였지만, 의녀가 들고 있는 탕약이 지금의 모든 상황을 말해주고 있었다. 아니, 어쩌면 환은 대조전에 도착하자마자 약을 먹지 않겠다는 나의 말을 이미 들었는지도 몰랐다.

그가 융복을 입고 있기 때문일까? 오늘따라 유독 나를 바라보는 그의 표정이 하얀 눈처럼 차갑게만 느껴졌다. 열흘, 딱 열흘 만에 마주한 얼굴인데…….

"전하, 인사 올리……."

내 입에서 형식적인 인사가 흘러나오던 순간이었다. 환이 내 말을 끊으며 말했다.

"어찌 약을 드시지 않으시오, 중전."

명령조로 들리는 환의 낮고 지엄한 목소리에 주변의 분위기가 함께 가라앉았다. 강상궁이 재빨리 의녀에게서 약그릇을 받았고, 강상궁을 제외한 모든 사람들이 밖으로 나갔다.

나는 그를 똑바로 바라보며 입을 열었다.

"또 사냥을 나가신다고요. 전하께서 조정을 비우신 열흘간 조정에 무슨 일이 일어났는지 아시옵니까?"

"과인이 물었소. 어찌 약을 드시지 않으시오."

"전하!"

"강상궁."

환이 나를 향한 시선을 돌리지 않은 채 강상궁을 불렀다.

"예, 전하."

"중전께 약을 올리게."

"예."

강상궁이 약그릇을 든 쟁반을 가지고 내 앞으로 다가왔다. 그러나 나는 약그릇을 거들떠도 보지 않으며 환에게 말했다.

"전하. 전하께서는 지금 조정 일에 신경을 쓰셔야지, 신첩이 약 먹는 것에 신경 쓰실 때가 아니옵니다!"

"중전!"

환이 갑자기 큰소리를 치며 내 앞으로 성큼 다가왔다. 난 그 대로 단단히 돌이 되어 환을 응시했다. 환은 지금껏 단 한 번 도 내게 이렇게 소리친 적이 없었다. 그러나 지금은 내게 소리친 것뿐만 아니라 얼굴 전체가 화로 덮여 있었다.

"마지막으로 한 번 더 말하겠소. 약을 드시오, 중전."

"시……싫습니다."

그러자 환이 자신의 화를 참지 못하고 아랫입술을 깨물었다. 그리고 마침내, 그는 내가 가장 듣길 원치 않는 말을 꺼냈다.

"그대가 원자를 생산하지 못하여 과인이 조정에서 받는 압박이 무엇인지 아시오?"

나도 알고 있었다. 수원성에서 재회한 그가 내게 들려주었던 말.

['그대에게서 원자가 태어나면 반대로 과인에게는 기회가 될 것이오. 왕실의 혈통이 강해지기 때문이지. 다시 말해 왕권이 강해진다는 뜻이기도 하고.']

"그게 무슨 말씀이세요, 전하?"

하지만 그가 내게 말했었다. 일어나지도 않은 일에 대해서 걱정하지 말라고.

"과인이 말한 그대로요."

['그대가 원자를 생산하지 못하더라도, 과인은 안동 김씨의 세도를 혁파하고 훌륭한 종친에게 왕위를 물려줄 것이오.']

잊으셨어요? 전하, 잊으셨어요?

"원자를 생산치 못하는 것이 신첩의 탓이라고 여기세요?"

지금 나를 바라보는 그의 두 눈에서는 과거 신당에서 내게 다정히 약조했던 그의 모습은 그 어디에도 존재하지 않았다.

임금이었다. 왕이 왕비인 내게 말하고 있을 뿐이었다.

"그렇소."

환이 강상궁의 손에 들린 약그릇을 빼앗듯 들어 내 앞에 내밀었다.

"그러니 약을 드시오. 중전."

나는 떨려오는 손을 내밀어 그가 내민 약그릇을 조심스럽게 받아들었다. 어느새 차갑게 식어버린 약그릇의 온도 때문인지 약그릇을 잡는 순간, 왈칵 울음이 쏟아져 나올 것만 같았다.

그러나 그의 앞에서 눈물을 보이고 싶지 않았다. 눈물을 보이게 되면, 그가 내게 약조한 신당에서의 일도 마치 꿈이었던 것처럼 사그라들까 봐. 적어도 지금 내 앞에 서 있는 것은 임금으로서의 이환이었다. 임금으로서 해야만 하는 말을 내게 한 것뿐이라고 생각하면 되니까.

난 차갑게 식어버린 약을 단번에 꿀꺽꿀꺽 마셨다. 그리고 깨끗이 비워낸 약그릇을 그의 앞에 다시 내밀어 보이며 말했다.

"이제 되었나요? 이제 신첩과 합방이라도 하시겠습니까?"

약그릇이 깨끗이 비워진 것을 본 환이 내게서 시선을 거두었다. 그에게 내민 약그릇은 강상궁이 재빨리 나서서 받아들었다. 그것을 본 환이 내게 돌아서며 차갑게 말했다.

"약을 먹는 것 역시 중전의 소임이오. 그러니 앞으로도 그 소임을 다 하시오."

말을 마친 환이 내게서 돌아섰다. 순간 나는 더 이상 울음을 참지 못하고 그의 등 뒤에서 울음을 터트리고 말았다.

"흐흑……!"

내 울음소리를 들은 그가 잠시 나가길 주저했다. 그러나 아주 잠시였다. 결국 그는 나를 내버려둔 채 대조전을 떠났다.

* * *

의관의 말은 사실인 듯했다. 환은 또다시 사냥을 떠났다. 이번에는 총위대장인 동포도 함께 간다고 했다. 총위대장이 가니, 당연히 총위군도 따라갈 것이다. 비단 여기서 끝나는 것은 아닌 모양이었다. 한성부 관노들 100여 명도 동원된다고 했다. 이에 대한 대신들의 반대 상소가 빗발치면서 곧바로 떠나려던 사냥이 하루 지연되었다. 그러나 그 사이에도 약은 꾸준히 제때 맞추어 대조전에 올라왔다.

"결국 떠나신다던가?"

유일하게 왕의 명을 받지 않는 의관이 탕약을 올리며 그의 소식을 술술 불었다. 빗발치는 상소에도 기어코 환은 한성부 관노들을 동원한 사냥을 떠난다고 했다. 이번에는 열흘이 아니라 스무날도 더 걸릴 것 같다는 말도 덧붙였다.

나는 약그릇을 들었다가 도로 내려놓고는 자리에서 일어섰다. 내가 그를 막을 수 없다면, 동포는 분명 그를 막아줄 것이라는 마지막 희망 때문이었다. 난 창덕궁 후원에 모여 사냥을 떠날 준비를 하는 총위영 병사들 사이에서 동포를 쉽게 발견했다. 그것은 동포가 환과 함께 서 있기 때문이었다. 그들은 병사들과 떨어져 후원의 한쪽에서 심각한 얼굴로 대화를 나누고 있었다. 그들이 서 있는 곳에는 커다란 나무 탁자가 놓여 있었는데, 지도로 보이는 종이들이 몇 장 펼쳐져 있는 것이 눈에 들어왔다. 나는 나인들을 물리고 조용히 그들의 곁으로 다가갔다. 그들 가까이에 있는 커다란 나무가 나를 쉽게 가려주어, 그들이 나누는 대화를 조금 엿들을 수 있었다.

"경기도에서는 더 이상 구할 수 없어. 이제 남은 것은 강원도야. 강원도로 가야겠네."

"하오나 전하, 강원도는 길이 험하옵니다. 또 이 한겨울에 자칫 길을 잘못 들었다가는 한양과의 연락이 끊어져 조정에 큰 분란이 일어날지도 모르옵니다. 하오니 강원도로 가는 길은 신에게 맡겨주십시오."

"그렇다면 한 번만 더 경기도를 가지. 그곳에서도 더 이상 발견치 못한다면, 그때는 과인도 강원도로 갈 것이니."

환이 굳은 얼굴로 동포의 어깨를 한 번 두드렸을 때였다. 멀리서 흥선군이 빠른 걸음으로 환에게 다가왔다.

"주상전하!"

그러자 동포가 재빨리 펼쳐진 지도들을 거둬들이기 시작했다. 동포는 흥선군이 환의 앞에 도달하기 전에 지도를 모두 접어 자신의 옷 속으로 넣어 감추었다.

"무슨 일이오?"

"전하! 더 이상의 사냥은 아니 되옵니다!"

"사냥은 자고로 겨울에 떠나야 하는 것이오."

"하오나 궐을 너무 오래 비우시옵니다! 게다가 총위영 병사들과 한성부 관노들까지 동원하시다니요? 지금 궐 밖에서는 백성들이 추위에 얼어 죽고 먹을거리가 없어 굶어죽는다 하옵니다. 이런 때에 전하께서 사냥을 떠나시다니요? 절대 아니 될 일이옵니다!"

백성들이 추위에 고통 받는다는 소식에 환의 마음이 살짝 흔들린 듯 보였던 그때였다. 나는 환의 맞은편에 서 있는 동포에게 다가가기 위해 나무의 뒤편에서 천천히 걸어나왔다. 이윽고 그가 나를 보았다.

"전하, 그만두시옵소서. 이 소식이 빠르게 퍼지면 민심이 등을 돌릴 것이옵니다! 무엇보다 이를 바라는 자들이 누구인지 잘 아시지 않사옵니까?"

나 역시 환의 사냥을 반대한다. 흥선군처럼 진심으로 그를 위하는 마음에서였다. 그렇기에 나 역시 그가 마음을 돌리길 바라며 간절한 눈길로 그를 응시했다. 그러나 무표정한 얼굴로 나를 바라보던 환이 총위영 병사가 가져온 말 위에 빠르게 올라탔다. 마지막으로 그에게 가졌던 기대감이 무너지며 실망하고 말았다. 환은 나의 실망한 얼굴을 알아차리지 못했다. 이미 내게서 시선을 돌렸기 때문이었다.

"전하!"

대꾸 없는 환을 계속해서 부르던 홍선군이 이번에는 동포를 쳐다보았다. 평소 사이가 좋지 않은 동포였지만, 이번만큼은 환을 말릴 사람이 그밖에 없다는 마지막 기대를 안고서…….

그러나 동포 역시 홍선군을 실망시켰다.

홍선군의 눈길을 외면한 채 동포가 말 위에 올라탔다. 환은 주저 없이 궐 밖을 향해 말을 몰았다. 그 뒤를 동포가 쫓았고 대기 중이던 수십 명의 총위영 병사들도 함께 사라졌다. 두 사람이 떠나고 망연자실한 표정의 홍선군을 본 나는 힘없이 대조전으로 돌아왔다. 대조전에서 나를 기다리고 있는 것은 식은 약그릇이었다. 약그릇을 본 나는 장식용으로 놓여 있던 화분 안에 모두 부어버렸다.

* * *

환이 사냥을 떠난 후 며칠이 흘렀다. 약은 매일 같이 하루 세 번, 어김없이 대조전으로 왔다. 하지만 나는 그 약을 마시지 않았다. 환이 두 번째 사냥을 떠난 이후로 내게 바쳐진 모든 약들을 화분에 부었다. 이것은 나의 침묵 시위였다. 나는 아무도 모르게 약을 버리면서까지 마시기를 거부하고 있었다.

"중전마마, 기침하실 시간이옵니다."

"벌써 시간이 그리 되었느냐?"

나는 이불 위에서 햇살이 쏟아져 들어오는 것을 알고는 눈을 찡그렸다. 몸이 천근만근 무거웠고 몸이 점점 움츠러들어 일어나고 싶지 않았다. 아무래도 온갖 좋은 약재만 써서 만들었을 탕약에는 회임에만 특효가 있었던 것은 아닌 모양이었다. 겨울철에 쇠약해지는 체력을 보강하기 위해서라도 탕제는 먹었어야 했던 걸까?

"중전마마. 내의원에서 보내온 탕약이옵니다."

옷을 갈아입고 늦은 아침을 든 내게 어김없이 탕약이 바쳐졌다. 난 도착한 탕약을 보는 순간 말로 표현할 수 없는 화가 치밀어 올랐다. 약을 보면 내게 강제로 약을 먹으라고 다그치던 환의 모습이 떠오르기 때문인지도 몰랐다.

"먹겠네. 먹겠으니, 물러가 있게."

강상궁과 나인들이 잠시 자리를 비운 사이 나는 약을 화분에 모두 부어버렸다. 금세 돌아온 강상궁은 깨끗이 비워진 약 그릇을 보며 의심스러운 눈길로 잠시 나를 보았지만 그뿐이었다. 그녀는 대조전 안에서 사라진 탕약이 내가 마셨다는 것 외에 다른 추측은 못 하는 것 같았다.

"안색이 많이 좋지 않으시옵니다. 의관을 불러 진맥케 하올까요?"

강상궁이 내 얼굴을 보며 말했지만, 난 듣는 둥 마는 둥 대답하지 않았다. 이런 내 태도는 그녀가 나보다도 환의 말을 더 따른다는 사실을 안 다음부터 생긴 나쁜 버릇이었다. 강상궁도 이를 알고 조용히 물러섰을 때였다.

"강상궁."

"예? 예, 중전마마."

"눈은 그쳤는가?"

"예. 오늘 아침에는 잠시 그치고 햇빛도 비치는 것이, 오늘은 하루 종일 눈은 오지 않을 듯하옵니다."

"그럼 후원에 가세."

"후원에요?"

"며칠 동안 방 안에만 있어 갑갑하네. 바람을 좀 쐬야겠네."

강상궁은 일어서는 내 안색을 보며 걱정스러운 표정을 짓고는 조용히 내 뒤를 따라 후원으로 향했다. 며칠 동안 내린 눈으로 후원은 설국(雪國)이 되어 있었다. 흰색을 제외하고 그 어떤 색도 찾아보기 힘든 그곳을 묵묵히 걷던 나는 반대편에서 노란색이 아른거리는 것을 보고는 두 눈에 힘을 주었다. 분명 그리 멀지 않은 곳에 있는데도 초점이 잘 잡히지 않는 것이 이상했다. 아마도 햇빛을 받아 눈이 부셔서 그런 것이라 여길 때였다.

"중전마마."

애리였다. 내가 본 노란색은 다름 아닌 애리가 입고 있던 옷의 색깔이었다. 내 앞에 바짝 다가온 애리의 얼굴을 알아보고는 그녀의 인사를 받았다.

"김숙의."

433

"하루에 여러 차례 탕약이 대조전으로 들어간다 들었사옵니다. 하여 중전마마께서 몸이 편찮으신 것인지 염려했지요. 헌데 그 말이 사실이었나 보옵니다."

"무슨 말인가?"

애리가 웃으며 말했다.

"중전마마의 안색이 마치 중독된 사람처럼 보이니 드리는 말씀이옵니다. 중전마마께서도 아시다시피 제가 의술에 일가견이 있지 않사옵니까."

나는 헛웃음 지으며 그녀의 말을 받았다.

"김숙의가 보기에 내가 중독된 듯 보인다는 것인가?"

"중독이요?"

애리가 짧게 웃으며 말을 이었다.

"중독이라니요? 제가 보기에 중전마마는 생이 얼마 남지 않으신 듯 보이시옵니다만."

옆에서 가만히 듣고 있던 강상궁이 나서서 애리를 꾸짖었다.

"김숙의! 말이 지나치시오. 어디 감히 중전마마 앞에서 그 입을 함부로 놀린단 말이오."

그러나 애리는 강상궁에게 눈길조차 주지 않은 채 내게 말했다.

"내의원 의관들도 모두 사내들이라, 다 무지렁이들인가 보옵니다. 척하면 척, 여인인 제가 보아도 알 수 있는 것을 아직도 모른다면 말이옵니다."

애리가 소리 내어 웃으며 자리를 떠났다. 그녀가 떠난 후 후원의 적막감은 깊어졌다. 마치 모든 소리를 잃어버린 곳에서 나는 애리가 한 말이 계속해서 신경이 쓰였다.

'중독……'

가만히 한 곳에 서 있자니 머리가 점점 어지러워지는 것 같았지만, 난 한 번 빠져든 생각 속에서 헤어 나올 수가 없었다.

'중독된 사람의 얼굴 같다고?'

내가 먹고 마시는 모든 것은 기미상궁을 거친다. 그러니 소량의 독이라도 먹기도 전에 발견이 될 것이다. 하지만 왜 이렇게 애리가 한 말이 신경 쓰이는 것일까?

"눈이 그쳤으나 많이 춥사옵니다. 이만 대조전으로 돌아가시지요, 중전마마."

강상궁의 말에 나는 고개를 끄덕였다.

"돌아가세."

강상궁이 있는 방향으로 돌아서던 나는 갑자기 찾아온 머리가 깨어질 듯한 통증과 함께 그대로 주저앉으며 정신을 잃었다.

* * *

머리가 아프다. 얼굴은 불에 데인 듯 화끈거리며 심지어 따갑기까지 하다. 여기에 목은 누군가 두 손으로 죄어오는 듯 숨을 제대로 쉴 수가 없을 정도로 괴롭다. 몸의 다른 곳도 마찬가지다. 천근만근 무겁기만 한 몸은 거인이 비틀어 짜는 듯한 아픔이 뒤덮고 있었다.

"아아……!"

목이 졸리는 듯한 괴로움에 신음소리도 제대로 내뱉을 수가 없었다. 이불을 쥐어 잡으며 눈물만 뚝뚝 흘리는 동안에도 세상은 빙그르르 돌고 있었다.

"아파……. 아파…… 흐흑!"

끊어지는 신음이 반복되어 이어지는 동안 나는 손에 잡히는 무엇이든 붙잡았다. 빙그르르 도는 세상에서 균형을 잡기 위한 발악과도 같은 것이었다. 그러다가 정신을 잃고 깨기를 반복했다. 낮과 밤이 어찌 바뀌고 시간이 어찌 흘러가는지도 알 수 없는 순간이 흘러갔다.

강상궁이 나를 부축하고 나인들이 나를 붙잡았다. 아니, 붙잡는 느낌이 있었다. 그들의 도움으로 간신히 약을 먹고 침을 맞았지만, 고통은 쉽게 수그러들지 않았다. 그렇게 몇 번을 더 반복해 정신을 잃었던 것일까? 정신은 깨었지만 눈을 뜨기가 무서워졌다. 또다시 세상이 어지럽게 도는 모습을 보는 것이 두려워졌다. 다행인 것은 내 몸을 부셔버릴 듯 짓누르던 통증이 거의 사라졌다는 사실이었다. 하지만 다시 찾아올까 두려워 두 눈을 꼭 감은 채 가만히 누워 있었다. 그때, 환의 목소리가 내 귓가에 들려왔다.

"분명 약을 먹는 것을 잘 지켜보라 이르지 않았느냐."

그는 누가 들을까 아주 낮은 목소리로 읊조리듯 말하고 있었지만, 목소리만으로도 상당히 화가 나 있다는 것을 알 수 있었다.

436

"예예, 전하의 말씀대로 하루에 세 번. 꼬박꼬박 중전마마께 약을 올렸사옵니다."

"헌데 중전이 어찌 저리 되었느냐!"

환과 대화하는 사람은 의관이다. 내게 하루도 거르지 않고 세 번씩 의녀를 통해 약을 보내온 바로 그 의관이었다.

"그것이 도대체 어찌 된 일인지는……."

"중전이 약을 먹는 것을 지켜보았느냐?"

"요 며칠간은 중전마마께서 약을 잘 드시어, 강상궁께 부탁드려 전하였을 뿐……."

그러자 의관의 옆에서 강상궁의 목소리도 들려왔다.

"죽여주시옵소서. 전하! 소인이 보기에…… 늘 깨끗이 비워진 약그릇이 있어, 중전마마께서 잘 복용하고 계신 줄로만 알았나이다."

환이 기가 막힌 듯 헛웃음소리를 냈다.

"허면 중전이 약 복용하는 것을 본 이가 아무도 없단 말이냐?"

죽여달라는 말 외에는 돌아오는 말은 없었다. 침묵 속에서 환은 결국 화를 이기지 못하고 자리를 뜨는 것 같았다. 환의 걸음이 멀어지는 소리에 나는 천천히 눈을 떴다. 다행히 세상은 더 이상 빙그르르 돌진 않았다. 대신 멀쩡히 보이는 대조전 천장을 바라보던 내 눈에서 한 줄기의 눈물이 흘렀다.

'무언가 잘못되었다.'

그것이 어디서부터인지는 몰라도.

"중전마마?"

다행히 멀지 않은 곳에서 날 살피던 강상궁이 내가 눈을 뜬 것을 처음으로 발견했다. 그녀는 곧장 환에게 알리려는 듯 나인을 부르려 했다. 난 그런 강상궁을 말리며 말했다.

"아직은…… 전하께 알리지 말게."

"하오나 중전마마. 전하께서 중전마마께서 쓰러지셨다는 소식에 총위대장과 함께 밤새 말을 달려 창덕궁으로 돌아오셨사옵니다. 그 뒤에도 쉬지 않으시고 중전마마의 곁을 밤새 지키셨사온데……."

강상궁이 내민 손을 힘겹게 붙잡으며 내가 말했다.

"그래…… 아셔야지. 하지만 그 전에 자네에게 부탁이 있네……."

"부탁이라니요?"

난 어렵게 숨과 말을 동시에 내쉬며 말했다.

"총위대장…… 이동포 영감을 불러주게."

* * *

동포가 대조전에 들었을 때, 나는 나인들의 도움을 받아 보료 위에 앉아 있었다. 여전히 편히 숨을 내쉬는 것이 불편했지만, 그 외에 다른 통증이 덜한 것은 그나마 다행인 사실이었다.

강상궁이 동포에게 신신당부하며 주변을 물린 후, 난 손짓을 해서 동포를 가까이로 불렀다.

"하나야!"

동포도 걱정스러운 얼굴로 막 깨어난 내 상태를 살폈다. 난 가까이 다가와 앉은 동포의 팔을 최대한 힘주어 붙잡으며 물었다.

"말해줘……."

"말해달라니?"

"사냥…… 아니, 내가 먹은 약들에 대해서."

동포의 눈동자가 살짝 흔들렸다. 그러나 곧 그는 고개를 저으며 말했다.

"무슨 말을 하는 거야?"

"난…… 알아야 해. 전하는 결코 내게 말하지 않을 거야. 그러니…… 내가 먼저 알아야 해."

"하나야……."

"네가 진정 나의 친구라면…… 말해줘. 내가 모르는 곳에서……. 벌어지는 모든 일들을."

동포가 잠시 망설이더니 내 눈을 똑바로 바라보며 입을 열었다.

"넌 지금 맹독에 중독되었어. 정확히 해약이 없는 독에."

애리의 말 때문인지 어느 정도 예상했던 일이었지만, 해약이 없는 독일 것이라고는 전혀 생각하지 못한 일이었다. 난 애써 터져 나오려는 눈물을 참으며 입을 열었다.

"언제부터야? 왜 난 내가 중독된 사실을 몰랐던 거지?"

"그건 우리도 마찬가지야. 네가 중독되었다는 사실을 안 건……."

난 열흘도 더 전에 있었던 일을 떠올렸다.

"회임인 줄 알고 진맥했을 때구나. 그렇지?"

그날 의관과 독대한 환은 큰소리를 내고는 대조전을 떠났다. 그날부터 환의 행동은 이상했다. 조회를 중단하고 미복 차림으로 잠행에 나갔다. 그 뒤에는 폭설에도 연이어 사냥을 떠나기까지 했다.

"맞아. 그때야. 내의원 의관이 그때 널 진맥하고는 네가 맹독에 중독된 사실을 알아냈어. 그리고 그 사실을 바로 전하게 고했고. 해약이 없는 독약이라는 사실을 알게 된 전하는 너를 중독시킨 범인을 찾아내기 위해 나와 미복으로 출궁하셨어."

사실 이 상황에서 날 중독시키라고 지시를 내린 범인이라면 단 한 사람만 떠올랐다. 여전히 수강재에서 조용히 지내는 것처럼 연기 중인 대왕대비다. 하지만 환이 이 일로 출궁을 했다면 이야기는 달라진다. 범인을 만나려면 출궁하는 것이 아니라, 수강재를 찾아가 대왕대비를 만나야 했었으니까.

"그래서…… 범인이 누군데?"

"송이."

상상조차 하지 못했던 범인의 이름이 나오자 난 놀란 표정을 감추지 못했다.

"그 아이가 네게 독을 묻힌 빗으로 네 머리를 빗겼다고 실토하더군. 워낙 맹독이라 피부에 닿기만 해도 며칠을 넘기지 못하고 죽는대. 그래서……."

"그럴 리가 없어! 송이를 만나야겠어. 당장 송이를 불러줘, 송이를……!"

"그 아이는 죽었어, 하나야."

나는 또 한 번 놀라지 않을 수 없었다.

"송이가…… 죽었다고?"

"그래. 그 사실을 전하와 내게 고했을 때 이미 그 아이는 죽어가고 있었어. 아주 고통스럽고도 끔찍하게……. 어떻게 보면 역겨울 정도로 잔인한 죽음이었지. 붉게 달아오른 얼굴의 피부는 구멍이 생기며 녹아내리고 있었어. 이미 일부는 썩어 검게 물들어 있었고……."

"그만, 그만해!"

나는 울음을 터트리며 두 손으로 내 얼굴을 쓰다듬었다. 흥분으로 약간 달아오르긴 했어도, 늘 만져지던 내 얼굴이었다. 동포가 내 생각을 읽었는지, 서둘러 거울을 가져와 내 얼굴 앞에 내밀며 말했다.

"넌 괜찮아, 하나야. 네게 그런 일은 절대 일어나지 않을 거니까."

거울 속의 내 얼굴을 바라보며 안도함과 동시에 눈물을 계속 흘렸다. 그리고 그제야 환이 동포와 잠행했던 그날 밤 술에 취했던 그의 모습이 떠올랐다.

['어여쁜 중전…….']

환은 그날, 죽어가던 송이를 직접 보았다. 그리고 송이를 죽게 만든 독과 똑같은 독에 중독된 사람이 다름 아닌 나라는 사실을 알게 되었을 것이다.

"송이의 모친은 수강재의 무수리였어……. 결국 대왕대비와 관련된 거지?"

"아마도 그렇겠지. 전하도 그렇게 생각하셔."

"해약이 없는 약이기에 대왕대비를 찾아가 달라고 할 수 없는 거고?"

"그래……."

동포가 한숨과 함께 긴대답을 내게 주었을 때였다.

"그럼 전하께서 사냥을 가신 이유가 무엇이지?"

"그건 네가 먹고 있는 약과 관련이 있어서야."

"그 말은…… 회임약이 아니었구나."

"맞아. 그 약은 네가 중독된 독이 발현되는 걸 최대한 막게 도와주는 거야. 그리고 그 약의 재료는 '복령(茯苓)'이야."

"복령?"

"죽은 소나무 뿌리에서만 나는 아주 귀한 약재야. 산속 깊은 곳에서 죽은 소나무를 찾아 일일이 땅을 파헤쳐서 찾아내야 해. 이 때문인지 한겨울에는 땅이 얼고 눈으로 뒤덮여 사실상 구하는 게 힘들어. 약방에도 드문 귀한 약재인데 네가 중독되었다는 사실을 알기도 전에 누군가 손을 써서 전국팔도에 있는 복령을 모두 사들였어."

그 누군가는 두말할 필요도 없었다. 바로 대왕대비의 사주를 받은 자들이 그랬을 것이다.

"내의원에 있는 복령도 거의 바닥을 드러낸 지 오래야. 그래서 전하는 사냥을 핑계로 복령을 찾고 계셔."

나는 두 눈을 질끈 감았다. 며칠째 폭설이 계속되고 있었다.

창덕궁도 매일 같이 새벽부터 나인들이 눈을 쓸었기에, 눈 속에 파묻히는 것은 겨우 모면할 수 있었다. 그러나 깊은 산속은 아닐 것이다. 그곳의 눈은 적어도 무릎까지 쌓였을 것이다. 환은 그런 눈을 맨손으로 헤치고 단단히 얼어버린 땅을 파헤쳐 약재를 찾고 있었던 것이다. 동포가 한쪽에 놓여 있던 탕약을 들어 내게 내밀며 말했다.

"이 탕약은 그렇게 해서 전하께서 직접 찾아내신 복령으로 만들어진 거야."

나는 눈물을 삼키며 동포에게서 약그릇을 받았다. 약그릇 안에 담긴 탕약 위로 내 눈에서 흐르는 눈물이 뚝뚝 떨어져 내렸다. 환은 내게 처음으로 화를 냈다. 내가 속상해하고 가슴 아파할 말들을 내뱉으며, 내가 강제로 약을 먹도록 만들었다. 신당에서 그가 내게 한 약조가 거짓이라고 믿으며 내가 슬퍼하고 있을 때, 그는 혹시라도 내가 잘못될까봐 두려워하면서도 그것을 드러내지 못했다. 내가 겁에 질리고 두려움에 떨며 죽어가게 될까 봐…….

"청국에서는? 청국에서도 구할 수 없는 거야?"

"몇 번이고 청국에 사람을 보냈어. 하지만 청국에서 가져온 복령은 모두 국경을 넘자마자 흔적도 없이 사라졌지."

"사라졌다고?"

"듣기로는 북쪽 지역의 관리들은 죄다 안동 김씨와 연관이 된 자들이래. 그러니 이미 그쪽에도 대왕대비마마의 지령이 내려졌겠지."

"네가 직접 갈 순 없었던 거야?"

"나도 처음에는 그러려고 했어. 하지만 내가 맡은 총위영의 역할이 너무 커. 내가 자리를 비운다면, 수도 경비는 물론이고 궁궐 경비까지 위태로워져. 게다가 내가 사라지면 안동 김씨들은 지금 내가 가진 자리를 빼앗을 거래. 그건 전하와 널 동시에 위험에 빠트리게 할 테니 난 그럴 수 없었어. 하지만 그것도 이제 소용없을지 모르지."

"무슨 말이야?"

"복령을 가진 자들이 우리 쪽에 접촉을 해오고 있어. 상인을 빙자하고 있지만, 분명 대왕대비마마와 안동 김씨들이겠지. 그리고 아주 절묘하게 영흥부원군의 상소가 올라왔어."

"상소?"

"내용은 그리 중요한 건 아니야. 결국은 널 이용해서 전하가 가진 권력을 빼앗아오려는 것이니까. 청국에서도 권력싸움 같은 건 흔히 있는 일이잖아."

동포는 더 이상 신경 쓰지 말라는 듯 가볍게 말을 넘기려 했다. 하지만 요점은 확실히 짚었다. 대왕대비는 복령이라는 약재가 없으면 버티지 못하는 나를 두고 환을 다시 백화당의 허울뿐인 왕으로 돌려놓으려 하는 것이다.

* * *

며칠 새 내 상태가 많이 호전되자, 환은 또다시 사냥을 떠날 준비를 했다. 이번에도 그의 사냥을 막는 홍선군에게 환은 중전의 갑작스러운 병환으로 중단된 사냥을 끝마쳐야 한다는 말도 안 되는 핑계를 댔다.

꿀꺽, 꿀꺽, 꿀꺽.

여전히 목 넘김이 좋지 않은 상당히 쓴 약이다. 그러나 날 살리는 약이고, 이 약은 그가 많은 희생을 치러가며 구해오는 약이다. 이제 이 약을 바라보는 나의 시선도 달라질 수밖에 없었다.

"자, 되었죠. 전하?"

난 깨끗이 비운 약그릇을 당당히 내밀며 활짝 웃어보였다. 환은 이런 나를 보며 어색한 웃음으로 만족감을 나타냈다. 그리고 그것뿐이었다. 환은 지금 내가 동포에게 모든 사실을 들어 알고 있다는 사실을 모른다. 그저 다시 밝아진 내 모습은 오로지 그의 관심을 받게 된 내가 기뻐하는 것으로만 여기는 것 같다.

"앞으로도 약 잘 먹고 지낼게요. 전하께서 신첩이 약을 먹지 않을까 우려하신다면, 의관이 보는 앞에서 먹을게요. 그럼 되겠지요?"

혹시라도 환이 자신이 없는 사이에 내가 어떻게라도 될까, 마음 졸이며 떠나는 모습을 보고 싶지 않았다. 그랬기에 평소보다도 더 활짝 웃으며 말을 건넸다. 환은 이런 내 얼굴에 속아 넘어간 것인지 말없이 한 손으로 내 머리를 토닥이더니 자리에서 일어섰다. 이미 융복으로 갈아입은 환은 이대로 대조

445

전을 나가 말을 타고 궐을 떠날 것이다. 그런 그를 마중 나가고 싶은 마음이 굴뚝같았지만 애써 참았다. 그의 사냥이 단순한 사냥이 아니기 때문이었다. 그의 사냥은 오로지 나를 위해 모든 이들의 비난을 감수하며 나서는 길이었다.

"중전마마. 전하께서 병사들을 이끄시고 궐을 떠나셨다 하옵니다."

강상궁에게서 전해들은 환의 소식에 난 자리에서 일어섰다.

"어디로 가시옵니까?"

"대비전에."

내가 온다는 소식을 미리 접한 대비마마는 평소와 다름없이 반갑게 맞았다. 그녀 역시도 내 진짜 몸 상태에 대해서는 전혀 모르고 있었다.

"의관에게 전해 듣기로는 중전이 회임으로 인해 마음을 너무 쓰다가 기력이 다해 쓰러졌다 하오. 원자는 때가 되면 생길 것이오. 그러니 너무 마음 쓰지 마시오. 병들겠소."

안타까움이 섞인 꾸중에 나는 미소로 답한 후 입을 열었다.

"대비마마. 오늘 신첩이 대비마마를 찾아 뵌 것은 청을 드리기 위함이옵니다."

"청이라니?"

"그간 신첩이 부덕하여 원자를 낳지 못하고 병까지 앓아 대비마마를 걱정 끼쳐 드려 송구할 따름이옵니다. 하여 후궁에게서라도 원자를 보아야겠다고 생각하였사옵니다."

"후궁에게서 원자를 보다니? 중전. 주상이 알면 절대 허락

446

지 않으실 것이오."

"알고 있사옵니다. 하여 대비마마께 이리 청을 드리는 것이
아니옵니까?"

"중전. 중전은 아직 젊소. 그런 말은 마시오. 내 못 들은 것으
로 하리다."

"대비마마."

난 대비마마의 손을 잡고 다시 한 번 간곡히 말했다.

"지난번 신첩의 회임사건 이후로 전하께서는 사냥을 자주 떠
나고 계시지요. 이 일로 조정이 시끄러운 것 역시 대비마마께서
도 잘 아실 것이옵니다. 허나 전하께서 후궁에게서라도 원자를
보시면 사냥보다도 궐에 마음 붙이실 일이 생기시겠지요."

"중전……."

혹시라도 대비가 감춰진 나의 마음속을 알아챌까 싶어 나는
계속해서 활짝 웃음을 지었다. 그러나 웃는 얼굴 뒤에는 오로
지 나만 볼 수 있는 또 다른 내 얼굴이 숨겨져 있었다. 그리고
숨겨진 내 또 다른 얼굴은 지금 나만 들을 수 있는 소리로 울
음을 토해내고 있다.

"대비마마께서 좋은 규수를 간택해 주시옵소서. 전하께 말
씀드리는 것은 신첩이…… 직접 하겠사옵니다."

* * *

가루눈이다. 한치 앞도 분간하기 힘들 정도로 며칠째 가루

눈이 내리고 있었다. 이 날, 사냥을 떠난 환이 창덕궁에 막 도착했다는 소식이 들려왔다. 난 서둘러 편전 앞까지 마중을 나갔다.

"저기, 저기 오시옵니다!"

강상궁의 반가운 외침에 나는 고개를 들었다. 눈으로 인해 새하얗게 변해버린 세상에서 붉은 융복을 입은 환의 모습은 단연 눈에 띄었다. 그는 눈처럼 새하얀 말 위에서 가뿐히 뛰어내리더니, 자신의 뒤를 따라 말 위에서 내린 동포와 심각한 표정으로 이야기를 주고받으며 편전 쪽으로 걸어오기 시작했다. 난 환에게로 다가가 그를 불렀다.

"전하!"

"중전?"

환은 나를 보자마자 대뜸 내 안색을 살폈다. 그가 궁궐을 비운 동안 가장 염려했던 것이 무엇이었는지 두 눈에 드러나는 순간이었다. 나는 애써 활짝 웃으며 그의 두 손을 잡았다. 그런데 손이 매우 차가웠다. 난 환의 손을 내 입가로 가져가 따뜻한 입김으로 호, 하고 불어주었다. 그제야 환의 입가에 작은 미소가 지어졌다.

"사냥에서 많이 잡으셨사옵니까?"

"사냥? 아, 사냥……."

환이 당황하며 말끝을 흐렸다. 그의 옆에 선 동포가 의아한 얼굴로 나를 쳐다본다. 그것도 그럴 것이 난 동포에게 모든 사실을 들어 알고 있었다. 환은 사냥을 떠났던 것이 아니었다. 나

448

를 위해 한겨울, 깊은 산속에 소복이 쌓인 눈을 맨손으로 치우며 복령이라는 약재를 구하러 다녔다. 난 동포에게 내가 모든 사실을 알게 되었다는 것을 환에게 알리지 말라고 당부했다. 동포가 충실히 내 당부를 따랐는지, 환은 사냥 이야기를 꺼내는 나를 보며 아직도 내가 그가 사냥을 떠난 진짜 이유를 모른다고 여기는 것 같았다.

"중전이 이리도 기대하고 있을 줄 알았더라면 호랑이라도 잡아오는 것인데."

그의 말에 난 그를 잡고 있던 손에 힘을 주었다. 그가 의아한 얼굴로 나를 바라보자, 나는 배시시 웃음을 지었다.

"신첩은 이미 호랑이를 잡았는걸요. 그것도 이 나라에 하나뿐인 호랑이를 말이옵니다."

내가 한 말 뜻을 뒤늦게 알아차린 환의 입가에 잔잔한 미소가 번져나갔다.

그날 밤, 대조전.

내 옷고름을 푸는 환의 손길이 퍽이나 조심스러웠다. 마치 그는 자신의 손에 들린 귀한 백자 항아리를 대하듯이 나를 대하고 있었다. 그의 눈에 나는 아픈 환자일 것이다. 그러나 오늘 밤만큼은 그에게 해약이 없는 독에 중독되어 하루하루를 연명해 나가는 여인으로 보이고 싶지 않았다. 그러기에 나는 애써 모르는 척, 웃음으로 환을 대했다.

"오늘따라 전하답지 않으시옵니다."

환의 얼굴이 슬쩍 붉어지더니 내 옷고름을 잡았던 손을 슬그머니 놓는다. 더불어 그의 마음 안에 가득 차 있던 긴장감이 깊은 한숨이 되어 흘러나온다. 그 한숨은 우리 두 사람 가까이에 놓여 있는 촛불을 흔들었다. 나는 아쉬움이 섞인 볼멘소리를 냈다.

"에이~"

"에이?"

난 눈썹을 찌푸리며 앙증맞은 목소리로 말했다.

"그간 신첩이 그 쓰디쓴 회임 약을 어찌 참고 먹었는지 아십니까?"

환은 어리둥절한 눈빛으로 내 표정을 읽으려 했다. 그렇게 한참 동안 내 얼굴을 뚫어져라 바라보던 환이 내게 되물었다.

"혹 그 일로 과인에게 칭찬을 해달라는 것이오?"

내가 바란 대답은 아니다. 그러나 나는 이것을 내가 바란 대답으로 바꾸는 방법을 아주 잘 알고 있었다.

"예, 칭찬해주시어요."

방긋 웃으며 난 두 손으로 그의 목을 끌어안고는 짧게 입을 맞췄다. 나의 이런 대범한 행동에 놀란 환의 얼굴이 살짝 붉어졌다. 더불어 우리 두 사람을 무겁게 감싸고 있던 공기도 조금은 누그러지는 느낌이었다.

"흠흠, 아직 불도 끄지 않았소, 중전."

그러면서 환이 촛불 위로 손을 가져간다. 바로 그 순간이었다. 난 그의 목을 휘감은 채로 그의 품 안으로 깊게 파고들었다. 그러자 환의 허리가 뒤로 젖혀지며, 그대로 나를 안은 환이

미끄러지듯 이불 위에 등을 대고 넘어졌다.

"중전?"

얼떨결에 나를 자신의 몸 위에 태운 꼴이 되어버린 환이 당황한 목소리로 나를 부른다. 난 그의 얼굴을 가만히 내려다보며 단호한 목소리로 말했다.

"오늘 밤은 불을 끄지 마세요, 전하."

나는 밝은 불빛 아래에서 보이는 그의 얼굴을 아주 가까운 거리에서 내려다보았다. 그러다 문득 나도 모르게 한 손으로 그의 이마부터 쓸어내리기 시작했다.

그의 이마.

그의 두 눈.

우뚝 솟은 그의 코와 다부진 입술까지.

차례로 쓸어내리며 나는 마음속으로 다짐하고 또 다짐했다.

'잊지 말자.'

나를 바라보는 그의 얼굴.

나를 바라보며 짓고 있는 그의 미소.

나의 입술이 또 한 번 그의 입술 위로 천천히 닿았다 떨어졌다.

"하아⋯⋯."

동시에 그의 입술에서 긴장 섞인 한숨소리가 터져 나왔다.

'내 입술이 그의 입술에 닿았을 때 느끼는 이 촉감까지도⋯⋯.'

환은 이제 나를 바라보며 웃지 않고 있었다. 그의 얼굴에서 미소가 사라진 이유를 알 순 없었지만, 난 묻지 않았다. 그렇게 우리 두 사람은 한참을 말없이 서로를 응시했다.

'저승에 가서도 잊지 말자. 다시 그를 만나는 순간이 오기까지…… 절대로.'

환을 내려다보던 내 두 눈에 서서히 눈물이 차오르려 하고 있었다. 난 환이 알지 못하게 그에게서 얼굴을 돌려버렸다. 순간 그가 허리를 살짝 일으켜 세우더니, 두 팔로 나를 부둥켜안아 돌려세워 이불 위에 눕혔다. 곧이어 대조전의 불이 꺼졌다. 그러나 난 다시 불을 켜달라는 말을 그에게 할 수 없었다.

* * *

다음 날 아침이었다.

대조전에서 기상한 환은 아침 조회에 나갈 준비를 하고 있었다. 보통 이 일은 내가 돕는 일이었다. 그러나 오늘만큼은 내가 돕는 것을 그가 허락하지 않았다. 나에게 허락된 일은 나인들이 준비를 돕는 동안 가만히 옆에 앉아 편히 지켜보기만 하는 것이었다. 곤룡포를 입고 익선관까지 쓴 환은 나를 돌아보며 활짝 웃었다. 그가 나를 보고 미소 지을 때마다, 내 가슴은 몇 번씩이나 산산조각 나고 있었다. 그러나 나는 그의 앞에서만큼은 속마음을 단단히 감추고 방긋 웃으며 그의 웃음에 응답할 뿐이었다. 그렇게 아침 조회 시간이 다다르자 내 마음도 조급해졌다.

'이제는 말해야 해.'

하지만 간만에 왕이 참석하는 아침 조회였다. 환은 오늘 아침 조회에는 참석하겠지만, 곧 또다시 사냥을 떠날 것이다. 동포가 알려준 바에 따르면 내의원에 남아 있는 복령의 수가 얼마 되지 않았다. 기껏해야 열흘 치라고 했다. 이번 사냥에서 환은 복령을 하나도 구하지 못했다. 그는 동포에게 며칠 내로 다시 복령을 찾으러 거짓 사냥을 떠나야 할 것 같다고 말했다 한다.

내게 필요한 복령의 수는 하루 세 개.

아침, 정도, 그리고 저녁. 이렇게 하루 세 번씩 나는 꼬박꼬박 복령을 복용해야 한다. 그래야 생을 연명할 수 있고, 고통스러운 통증도 겪지 않을 것이다.

"중전마마."

환의 아침 준비를 도우며 분주히 움직이는 나인들 사이로 대비전 나인이 슬그머니 들어와 내 곁으로 다가왔다. 환이 대비전 나인을 못 알아볼 리가 없었다. 그 역시, 대비전 나인이 내게 다가가는 것을 흘깃 쳐다보고 있었다.

"대비전에서 보내셨나이다."

대비전 나인이 곱게 접은 종이를 내게 건네며 몸을 엎드렸다. 난 종이를 펼쳐, 그 안에 적힌 내용을 확인하고는 다시 종이를 접었다.

"알았다. 물러가거라."

대비전 나인이 물러가자마자 환이 궁금한 얼굴로 내게 물었다.

453

"무슨 일이오?"

난 우선 주변의 나인들을 모두 밖으로 내보냈다. 단둘만 남게 되자, 환이 내 앞으로 다가와 마주 앉았다. 난 그를 향해 최대한 밝게 웃으며 들고 있던 종이를 내밀었다.

"이것이 무엇이오?"

환이 내 손에서 종이를 받아들어 펼치며 고개를 갸웃거렸다.

"여기 적힌 세 명의 관리들은 모두 당하관이라 과인이 잘 알지 못하는 이들인데……."

이제 그 순간이 왔다. 더 이상은 미룰 수 없다. 난 그에게 말해야 한다.

"그들은……."

순간 숨이 턱! 하고 막혀버리는 듯한 느낌에 목에서 소리가 나오지 않았다.

"중전?"

내 가까운 곳에 앉은 환은 흐릿하게 변해버린 내 안색을 재빨리 집어낸 듯 걱정스레 날 부른다. 이처럼 그는 내 건강 상태에 예민하다. 혹시라도 내가 해약이 없는 독약에 중독되어 목숨이 위급하다는 사실을 알게 될까 봐 나 홀로 전전긍긍하며 말이다.

이런 그에게…… 내가 지금 하려는 말은 아주 잔인한 말이 될 것이다. 나를 향한 그의 사랑에 대한 크나큰 배신이 될지도 모른다. 그러나 나는 이 일을 오랫동안 치밀하게 준비해왔다.

"그들은…… 대비마마께서 친히 전하의 간택후궁으로 선발한 세 규수의 부친들이옵니다. 세 명을 모두 후궁으로 들여도 되옵고, 관례대로 한 명만 들여 후궁으로 삼으셔도 되옵니다. 오늘 결정하시오면, 수일 내로 입궐하여 전하를 모실 수 있도록 모든 준비를 마쳤사옵니다."

나를 바라보는 그의 표정이 순식간에 굳어져버렸다. 난 여전히 그를 바라보며 웃고 있지만 그는 웃지 않는다. 단 한 번도 웃어본 적이 없는 사람의 얼굴을 하고서 나를 향해 차갑게 입을 연다.

"과인은 후궁이 필요 없소."

"허나 원자는 필요하시지요. 필요하시다고 신첩에게 말씀하셨지요."

"그때의 일을 마음에 두고 과인에게 화를 내는 것이오? 과인이 미워 거짓놀음을 벌이는 것이오?"

나는 고개를 돌려 그의 시선을 피한 채, 준비해온 말들을 넋 빠진 목소리로 읊어 내려갔다.

"전하의 후궁을 간택하는 일은 내명부의 소관이옵니다. 대비마마와 충분히 상의를 거친 후에 선발하였고요. 무엇보다 삼간택에 오른 규수들에게는 모두 통보하였사오니, 이제 와서 무를 수도 없는 일이옵니다. 또한 전하……."

난 다시 고개를 돌려 환과 시선을 맞췄다.

"그녀들 중 누군가가…… 전하가 원하시는 원자를 생산하겠지요."

내 말이 끝나기가 무섭게 환이 화가 난 얼굴로 들고 있던 종

455

이를 뭉개버렸다. 그는 그 종이를 내 앞으로 내던지며 자리에서 벌떡 일어섰다.

"아침 조회에는 가지 않겠소! 사냥을 나갈 것이오!"

그는 상처 받았다. 상처 받았기에 나를 화나게 하려는 말을 내뱉고 있는 것이다. 그러나 여기에서 물러설 순 없다. 내가 중독된 사실이 거짓이 아니라면, 지금 내가 말한 이 일들도 거짓이 될 순 없다.

"그리하시면 전하께서 돌아오시는 날에 맞추어 규수를 입궐시키도록 하겠사옵니다."

그가 화로 거칠어진 숨을 가다듬으며 나를 노려본다.

"어찌 그대가 과인에게……!"

난 차마 그의 얼굴을 바라보지 못하고 두 눈을 감아버렸다. 잠시 후, 대조전의 문이 쾅 하는 소리와 함께 열리더니 나인들의 비명소리가 들렸다. 곧이어 환의 발소리가 귓가에서 멀어져갔다.

* * *

사박사박. 동포가 눈 위를 걸을 때마다 그의 발밑 눈이 부서지는 소리가 났다. 하지만 그와 나란히 걷는 내 걸음에서는 이같은 소리가 전혀 나지 않는다. 눈 위를 걸을 때마다 부서지는 소리가 나지 않을 정도로 내 몸이 가벼워진 것일까?

"왜 그런 거야? 왜 그랬어?"

동포가 걸음을 멈추고 나를 다그쳤다. 나는 그가 걸으며 내는 발소리에 집중하다가 그의 걸음이 멈추며 더 이상 소리가 들려오지 않자 고개를 들었다. 동포는 나를 이해할 수 없다는 얼굴로 쳐다보고 있었다.

"뭐가?"

모르는 척 대꾸하는 나를 보며 동포가 마치 이환을 대신하듯 항변한다.

"정말 모르고 묻는 거야? 전하께서 얼마나 화가 나셨는지 알아? 대체 무슨 생각인 거야? 도무지 네 생각을 모르겠어. 짐작도 하지 못하겠다고!"

동포의 다그침이 마치 환이 나를 다그치는 것만 같다. 아니, 환이 내게 묻고 싶은 말들을 동포가 대신 묻고 있는 것 같았다. 그래서인지 내 입은 쉽사리 답을 하기를 주저한다. 만약…… 그가 내게 이러한 물음을 던졌더라면, 난 무엇이라고 답했을까?

난 침묵으로 답을 대신한 후 동포에게서 돌아섰다. 그리고 다시 한 발자국씩 눈 위로 걸음을 내딛었다. 점점 빨라지기 시작하는 내 걸음. 그러나 여전히 아무런 소리가 들리지 않는다. 왜 눈을 밟는 내 발소리를 듣고 싶어 하는지 스스로도 잘 모르겠다. 하지만 그 소리를 들어야 한다. 난 반드시 지금 들어야 했다. 결국 난 눈이 아주 소복이 쌓여 있는 땅 위로 발을 내려놓았다.

그제야 내가 듣고 싶었던 사박사박 하는 눈이 부서지는 소리가 들려왔다. 안도감. 그 소리에 깊은 안도감이 내 몸을 따스하게 덮었다. 난 걸음을 멈추고 동포를 향해 돌아섰다. 동포는 여전히 처음 걸음을 멈춘 자리에 서서 나를 응시하고 있었다. 난 그런 동포를 향해 입을 열었다.

"난 어차피 죽을 거야, 동포야."

동시에 내 눈에서 조용히 눈물이 흐르기 시작했다. 그의 앞에서는 차마 내보이지 못하고 웃음으로 가렸던 그 눈물이, 오랜 친구인 동포 앞에서는 주저 없이 흐르고 있었다.

"내가 죽었을 때, 다른 여인이 전하의 곁에서 위로를 드린다면…… 전하는 조금이나마 슬픔을 빨리 이겨내시지 않을까?"

거짓이다. 그 누구보다도 환의 기억 속에서 내가 잊히는 것이 두렵다. 그런데도 그가 빨리 나를 잊기 바란다는 거짓을 늘어놓다니. 하지만 진실도 존재한다. 나의 죽음을 목도하고 큰 슬픔에 잠기게 될 그의 모습이다. 내가 죽어가는 것을 보며, 내가 죽는 것을 바라보며 고통 받을 그의 모습이다.

그래서 나는 나 자신을 속이고 있다. 나를 잃는 고통에서 그가 하루라도 빨리 벗어날 수 있도록 나를 대신할 다른 여인을 보내는 것이라고.

* * *

며칠 후, 한 명의 규수가 후궁으로 간택되어 창덕궁으로 입궐했다. 그녀는 대왕대비에게 인사를 올린 후 곧장 대비전을 찾아왔다. 나와 나란히 앉아서 그녀의 큰절을 받은 대비는 바로 붓을 들어 직접 종이에 글을 적었다.

[경빈 慶嬪]

"내가 직접 주상께 받아 지은 빈호다."

올해 15세의 소녀는 다소곳이 앉아 종이에 적힌 글을 보며 얼굴을 붉혔다. 난 그녀의 얼굴을 살폈다. 최종적으로 대비가 직접 택한 그녀는 한눈에 보더라도 아름다운 외모와 총명한 두 눈을 가지고 있었다. 총명한 그 눈빛은 대비가 적은 빈호에 담긴 '경(慶)'의 뜻을 알아듣고 얼굴을 붉힌 것이 분명하다. 난 그녀의 추측에 확신을 주기 위해 대비를 거들어야 했다.

"자네에게 기대하고 있는 게 많네. 무엇보다 원자를 낳아…… 전하를 기쁘시게 해드리게."

모든 조선의 왕비들이 거쳐 왔던 일이다. 나라고 해서 예외가 될 순 없었다.

"예, 왕비마마."

그날 저녁이었다.

"오늘도 베개가 하나뿐이옵니까?"

눈치 없는 어린 나인이 내 이부자리를 깔다가 강상궁에게 묻는다. 가만히 앉아 책을 읽고 있던 내 눈이 나인을 향하자, 강상궁이 재빨리 나인을 째려보았다. 그제야 나인이 당황한 얼굴로 내 눈치를 살폈다. 난 묵묵히 책장을 넘기며 대수롭지 않다는 듯 말했다.

"오늘은 전하와 경빈의 첫 합방일이 아니더냐. 당연히 전하께서 대조전에 걸음하실 일이 없겠지."

그러나 오늘뿐이 아니었다. 아침 조회가 있던 날 이후로 환은 단 한 번도 대조전에 오지 않았다. 어쩌면 그것은 그의 시위였는지도 모른다. 내가 벌인 이 일을 스스로 철회하기를 기다린 것 같았다. 어쩌면 동포를 보내 자신이 화가 난 것을 전한 것도 그러한 뜻이 있어서일 것이다.

하지만 난 후궁 간택을 철회하지 않았다. 도리어 대비를 재촉하여 최종 규수를 선발하고 후궁 첩지를 내려 입궐시켰다. 모든 일이 일사천리로 진행되었다. 사흘을 넘기지 않은 것이다.

-탁.

나는 결국 보고 있던 책을 덮었다. 애초부터 글자가 제대로 들어오지도 않던 책이었다. 오늘 밤, 나를 향한 나인들의 시선이 부담스러워 억지로 끼고 뒤적거리던 책이었기에, 덮어버리는 순간 마음이 한결 편해졌다. 난 자리에서 일어섰다.

"오늘은 잠이 올 것 같지 않네. 산책이나 조금 하면 잠이 오려는지……."

"눈이 그쳤으나 아직은 날이 상당히 춥사옵니다."

강상궁이 만류했다. 그러나 나도 오늘따라 고집을 피우고 있었다.

"누빔 옷을 여러 겹 껴입고 나가겠네."

"곧 저녁 약이 내의원에 올 것이옵니다. 약을 드시고 나가시지요."

짐작건대 강상궁을 제외한 대조전의 상궁과 나인들은 내가

460

중독된 사실을 모른다. 그들에게 내의원에서 하루 세 번 대조
전에 보내는 약은 단순한 회임 약으로 비춰질 것이다. 그런데
그들에게 왕이 새로운 후궁과 합방하는 날, 회임 약을 먹어야
만 하는 중전은 어떤 모습으로 비칠까?

"약이 오면 대조전으로 돌아오면 되지 않겠는가?"

나는 강상궁을 다그쳤다. 곧바로 내 위엄에 눌린 강상궁이
고개를 숙이며 뒤로 물러섰다. 그사이 나인들이 재빨리 내게
다가와 겉옷을 입혀주었다. 옷을 갈아입은 나는 대조전을 나
섰다.

딸랑딸랑. 길잡이로 앞장선 나인의 손에 들린 등에서 딸랑
딸랑 종소리가 났다.

등에 매달아 놓은 종은 밤에 궁궐을 걷는 이의 신분이 높다
는 것을 알리는 것이다. 멀리서도 들릴 이 종소리는 과연 어디
까지 울려 퍼질 수 있을까? 경빈의 처소에 들었을 환의 귓가에
도 닿을 수 있을 만큼 울리는 것일까?

하지만 그가 들었다고 달라지는 것은 없다. 대왕대비의 소
리이거나 대비의 소리일 수도 있으니까. 그러니 그가 듣는다
고 해서 달라질 것은 아무것도 없다. 내 걸음이 멈춘 곳은 옛
반월정이 있던 자리였다. 이제는 그 누구도 머물지 않는 이곳
역시 반월정 이전에 가졌던 이름을 되찾았다.

삼삼와(三三窩).

환의 부친인 효명세자가 살아생전 보관했던 청국의 서적들
이 보관되던 서고로 되돌아왔다. 밤이 찾아온 이 서고 주변에

있는 이는 아무도 없었다. 난 이곳에서 오래전 환이 내게 들려주었던 이야기들을 떠올렸다. 그땐, 난 궁녀보다도 천한 취급을 받는다는 반월의 신분이었다. 그런 내가 이 나라의 국모인 중전의 자리에 오르리라고는 상상조차 할 수 없었다. 내 시선이 옛 반월정인 삼삼와와 연결된 승화루 지붕을 향했다.

["어떤 별감이 당직을 지붕 위에서 하나요?"]

["내가 어찌 당직을 지붕 위에서 하는지 가르쳐주리다."]

옛 추억에 빠진 내 뒤로 강상궁이 다가와 아뢰었다.

"대조전에 약이 도착했다 하옵니다. 이만 대조전으로 돌아가시지요."

그러나 나는 쉽사리 승화루 지붕 위에서 눈을 뗄 수 없었다. 중전의 자리를 감히 꿈도 꿔보지 못했던 그 시기의 내가 가장 바라던 것.

["……일평생 내 곁에서 함께할 수 있겠소?"]

["나를 부인으로라도 삼으시게요?"]

["내 부인이 될 용의는 있소?"]

["있다면요."]

'내 바람은 아주 작은 것이었구나.'

별감 정윤후라는 사내의 아내가 되는 것. 이제 중전의 자리에 올라 되새기기에는 매우 유치하게 들릴 수 있는 바람에 나는 씁쓸한 웃음을 지었다.

"그래…… 약을 먹어야지. 하루라도 더 살기 위해서가 아니라……. 이 약을 구해온 이의 수고를 알기에."

"그게 무슨 말이오?"

낯익은 목소리에 난 크게 놀라며 돌아섰다.

그곳에는 환이 서 있었다.

"전하?"

"그게 무슨 말이오. 조금 전 그대가 한 말이 무슨 말이냔 말이오."

경빈의 처소에 들었다는 그가 이곳에 나타났다는 사실도 놀라운데, 그는 조금 전 내가 혼잣말처럼 내뱉은 말을 알아차린 것일까? 난 환의 곁으로 다가가 물었다.

"어찌 여기에 계세요?"

그러나 환은 자신이 이곳에 있는 일은 별로 중요치 않다는 얼굴이었다. 그는 내 얼굴을 뚫어져라 쳐다보더니, 두 팔로 나의 어깨를 아플 정도로 세게 붙들었다. 그러자 그의 뒤로 서 있던 강상궁을 비롯한 나인들이 빠르게 흩어지며 사라졌다.

"알고 있었소? 모든 사실을 알면서…… 과인에게 후궁을 들이라 한 것이오?"

'들켰구나.'

환은 이미 확신을 갖고 내게 묻고 있었다. 돌이키기에는 너무 늦어버린 것 같았다. 난 포기하는 심정으로 긴 한숨을 내쉬었다.

"전하. 사람은 누구나 죽어요. 죽음의 때도 사람은 알지 못해요. 하늘만 알지요."

"알고…… 있었던 것이오?"

"네. 알고 있었어요. 하지만 그것은 중요하지 않아요."

"중요하지 않다니?"

"전하. 신첩은 어린 시절 굴곡이 많았기에 죽음의 위험도 여러 번 겪었지요. 그 이후로 죽음이 두렵다고 느낀 적은 없어요. 하지만 신첩이 곧 죽게 된다는 사실을 알았을 때, 가장 두려웠던 것이 무엇인지 아시나요? 신첩이 떠난 후 홀로 남으실 전하의 모습을 그리는 것이 가장 두려웠어요. 전하…… 더 이상 복령을 찾아 거짓사냥을 떠나지 마세요. 신첩 때문에 조정 일을 등한시하지 마세요. 신첩을…… 차라리 죽게 해주세요."

무서운 얼굴로 나를 바라보던 그가 나를 강하게 끌어안았다.

"지금 그대는 내게…… 그대를 위해 다시 찾은 권리를 그대를 잃으면서까지 지키라 말하는 것이오? 과인은 그렇게는 못하오!"

나는 환의 품 안에서 두 팔로 환의 등을 쓸어내리며 다독이듯 말했다.

"할 수 있어요. 하셔야만 해요. 이 나라의 임금이시니까요."

그러자 환이 나를 품에서 떼어놓으며 내 얼굴을 바라보며 구슬프게 말했다.

"하나. 난 이 나라의 임금이기 전에 그대의 지아비라오."

나는 눈물을 흘리며 어렵사리 말했다.

"알아요. 알지만 그럴 순 없어요. 저로 인해 당신이 스스로 파멸하는 걸 볼 수 없다고요……."

환은 다시 나를 자신의 품 안으로 끌어안았다. 그러나 끝내 내가 듣고 싶었던 답은 나오지 않았다.

* * *

'출신이 불분명한 자를 요직에 앉히는 것은 옳지 못하다.'

오랫동안 병석에 누워 거동도 제대로 하지 못하는 김인수의 상소였다. 배후에 누가 있는지를 떠나, 그 상소가 가리키는 이가 총위대장 동포라는 사실을 모르는 이가 없었다. 사실 이러한 건의나 상소는 동포가 처음 총위대장에 임명된 때부터 있어왔다. 심지어 홍선군도 동포를 탐탁지 않게 생각했었으니 말이다. 하지만 이번에 김인수가 직접 올린 상소는 기존과는 무언가 분위기가 달랐다. 환은 김인수의 상소를 즉각 받아들여 동포를 총위대장에서 해임했다. 그리고 그 자리에 영흥부원군 김조근을 앉혔다. 사실상 자신의 사병과 궁궐의 경비를 맡는 자리를 자신의 목숨을 해하려 한 김조근에게 내준 것이다.

"내의원이 소장하고 있는 복령의 양이 늘었다는 소식이 들었어. 네게서 총위대장의 자리를 빼앗아 영흥부원군에게 주었기 때문이야?"

동포는 침묵으로 답을 대신했다. 그랬다. 환은 결국 대왕대비 일파와 거래를 한 것이다. 그는 지난번 사냥에서 복령을 단한 개도 구하지 못했다. 내게 복용할 수 있는 남은 복령의 양은 이제 3일 치. 환에게는 선택의 여지가 없었다.

"홍선군은?"

"홍선군을 비롯해 전하를 지지하는 신하들이 위축된 지는 이미 오래되었어."

"그래도 아직 홍재룡 대감이 있으시니⋯⋯."

"하나야. 오늘 홍재룡 대감은 병을 핑계로 병조판서 직에서 사직하셨어."

"홍재룡 대감이 아프셔? 그럴 리가, 얼마 전 뵈었을 때만 하더라도 정정하셨어."

지금으로서 홍재룡 대감은 그에게 가장 큰 힘이 되어줄 사람이었다. 그가 병으로 사직했다는 사실이 믿기지 않았던 나는 얼마 전까지만 하더라도 건강했던 그의 모습을 떠올리다 순간 기운 빠진 목소리로 말을 이었다.

"그렇구나⋯⋯. 전부 나 때문이구나."

"하나야."

자책하는 나를 동포가 위로하려 했지만 소용없었다. 내가 가장 염려하던 일이 벌어지고 있었다. 그런데도 나는 아무것도 할 수가 없다. 환을 지지하던 자들의 수가 줄어들고 그의 숨이 죄어오는 것을 보면서도 아무것도 도울 수 없었다. 환은 지금 이러한 상황을 제대로 알고나 있는 것일까? 오로지 나의 상태를 호전시키기에만 급급해 주변이 이토록 위험하게 돌아가고 있다는 사실을 망각하고 있는 것은 아닐까?

"오래전 페드로 신부님이 내게 하셨던 말이 있어. 자신은 단 한 사람을 위해 희생할 수 있는 용기를 갖기 위해 평생을 살아오셨다고. 이제 나는 그 말이 무슨 뜻인지 알 것 같아."

나는 이 날 이후 약을 복용하는 것을 끊었다.

* * *

얼굴이 활활 타오르는 불에 달궈진 듯 매우 뜨거워 고통스럽다.

"어찌 중전이 약을 먹지 않는 것을 몰랐단 말이냐!"

대조전 나인들을 향한 환의 호령은 여기서 그치지 않았다.

"모두 끌어내라!"

대조전 나인들이 살려달라며 울부짖었다. 누워서 눈도 제대로 뜨지 못하고 있던 나는 힘주어 눈을 뜨려 애를 썼다. 간신히 눈을 뜨자, 눈 주위가 울퉁불퉁한 돌로 짓이기듯 아파왔다. 난 이불을 두 손으로 쥐어뜯으며 통증을 참으려 앙다문 잇새 사이로 자그마한 소리를 냈다.

"전하……."

내 목소리를 들은 환이 의관에게 소리쳤다.

"중전? 약은 어디에 있느냐? 약을 어서 가져오너라!"

"여기 있사옵니다!"

의관이 약을 가져왔는지 환이 내 상체를 부축해 일으켜 세웠다. 그가 내게 약을 먹이려는 것 같았다. 그러나 나는 다시 입을 굳게 다물어버렸다.

"어서…… 제발 약을 드시오, 중전! 약을 먹어야 살 수 있단 말이오."

나는 눈을 질끈 감은 채 고개를 저었다.

"중전!"

환이 화를 내며 내게 소리쳤다. 나는 있는 힘껏 그를 밀어내고는 몸을 웅크린 채 이불을 머리끝까지 덮었다. 내가 아파하는 모습이 그를 힘들게 한다면, 난 이런 모습을 조금이라도 그에게 보이고 싶지 않았다. 그러나 환은 내가 덮은 이불을 다시 걷어내며 말했다.

"과인은 송이 그 아이가 어찌 괴로워하며 죽어가는지 두 눈으로 똑똑히 보았소. 절대, 그대가…… 그 아이처럼 내 눈앞에서 죽어가는 걸 보지 않을 것이오!"

그가 무언가 결심한 듯 나를 한 팔로 끌어안았다.

"저, 전하!"

갑자기 의관이 당황하며 환을 불렀다. 나는 여전히 눈을 감고 있었기에 그가 무슨 행동을 하려는지 전혀 알지 못했다. 그러나 조금 뒤, 나는 환이 무엇을 하려는지 알게 되었다. 그가 약을 자신의 입에 머금은 채로 내 입술에 강제로 입을 맞춘 것이다. 맞닿은 그의 입술에서 약의 쓴 향이 전해졌다. 나는 그가 주려는 약을 먹지 않으려 아랫입술이 피가 나올 정도로 깨물며 버텼다. 결국 환이 먹이려던 약은 내 입술을 통과하지 못하고 뺨을 타고 흘러내렸다.

그가 안타까움과 괴로움이 뒤섞인 한숨을 연거푸 내쉬었다.

"정녕 과인을 미치게 할 셈이요?"

그는 다시 나를 이불 위에 조심스레 내려놓고는 의관을 다그쳤다.

"어떻게든 해보거라! 약을 먹어야 살 것이 아니냐?"

"이처럼 의식이 돌아오신 후에도 계속 약을 거부하고 드시지 않겠다고 버티시면 저희도 다른 방도가 없사옵니다."

의식을 잃었던 상황에서도 나는 내 의지만으로 약을 먹지 않았던 것 같다. 그때, 동포의 목소리가 들려왔다.

"침으로 사람의 기를 눌러 몸의 힘을 쓰지 못하게 하는 방법을 청국에서 본 일이 있소. 그리하면 의식은 있으나 몸에 힘을 쓸 수 없으니, 수월하게 약을 드시게 할 수 있지 않겠소?"

의관이 동포에게 대답했다.

"그런 방법이 있는 것은 압니다. 허나, 의식이 있는 사람의 기를 침으로 누르는 것은 매우 위험한 일입니다. 자칫 목숨을 잃게 될 수도 있습니다. 그런 방법을 어찌 중전마마께……."

환의 손이 내 손에 닿았다. 그는 통증을 참으려고 잔뜩 오므린 내 손을 움켜잡으며 의관에게 말했다.

"허나 다른 방도가 없다면…… 중전은 지금 약을 먹어야 산다. 그러니 그 침술을 시행하라."

"예, 전하."

의관의 침술은 바로 효과가 나타났다. 얼마 지나지 않아서 몸의 힘이 어디론가 사라져버렸다. 고통을 참으려 이불을 움켜잡고 있던 내 손도 힘없이 축 늘어졌다. 아픔을 참으려 질끈 감았던 눈으로 마치 잠이 든 것처럼 풀어지자, 이를 환이 보았는지 의관에게 물었다.

"통증도 더 이상 느끼지 않는 것이냐?"

"그것은 아니온 줄 아뢰옵니다. 단지 몸의 기를 눌러 전혀 움직이지 못하시게 되었을 뿐이옵니다."

침이 내게 준 것은 아무것도 없었다. 오히려 통증을 이겨낼 힘마저 앗아가 버렸다. 참아내던 아픔을 아무런 방비 없이 그대로 받아들이니, 통증이 더 심해진 것 같았다. 이러한 사실을 깨닫게 된 환의 목소리가 조급해졌다.

"어서, 어서 중전에게 약을 먹이거라!"

환의 명에 내의녀들이 내게로 다가와 다시 입 안으로 약을 흘려 넣었다. 나는 아무런 힘을 쓸 수도 없는 상황에서 그녀들이 억지로 떠먹이는 약을 그대로 먹어야 했다. 내가 약을 먹는 동안 환과 의관의 대화가 이어졌다.

"앞으로도 이리 침을 놓아야 약을 먹일 수 있는 것이냐?"

"그것은 불가하옵니다. 침으로 사람의 기를 다스리는 것은 매우 위험한 일이옵니다. 계속해서 기를 누르는 침술을 행한다면, 중전마마께서는 기가 다해 숨이 끊어지실 것이옵니다."

"아……."

그가 괴로워하는 숨소리를 냈다. 동포가 내뱉는 한숨 소리도 들렸다. 이윽고 내의녀들이 약을 모두 내게 먹이자 환이 말했다.

"동포만 남고 모두 물러가라."

"예, 전하."

대조전을 가득 채우던 사람들이 빠져나가는 동안 환이 내 이마에 송골송골 맺힌 땀을 닦아주며 내게 물었다.

"아프오?"

대답하고 싶지만 내게는 대답할 수 있는 힘이 없다. 눈꺼풀을 들어올릴 힘도 없는 내 눈에서 한 줄기의 눈물이 주룩 흘렀다.

"하아……."

또다시 그의 입에서 무거운 한숨이 흐른다.

그는 지금 이곳에서 내가 느끼는 아픔과 고통을 유일하게 나누려는 사람이었다. 이처럼 그를 괴롭게 하는 것은 내게도 힘든 일이다. 그러나 내게는 다른 선택의 여지가 없었다. 나로 인해 그는 자신은 물론 자신의 주변이 무너지는 것을 전혀 알아차리지 못하고 있었으니까.

"이동포."

마침내 그가 결심한 듯 동포에게 말했다.

"그때 과인이 말한 것을 기억하느냐."

"기억하옵니다."

"그 일을…… 오늘 실행할 것이다."

"어명, 받잡겠나이다."

두 사람의 대화를 가만히 듣고 있는 내 안에 이유 모를 긴장감이 흘러들었다.

* * *

어둠이었다.

깊은 밤이 찾아왔는데도 대조전에는 그 어떤 빛도 머물지 않았다. 바로 이 어둠 속에 그와 나, 단 두 사람만이 존재하고 있다. 내 옆에 나란히 누워 있는 환은 내 손을 잡은 채로 아무런 미동이 없었다. 그러나 그는 잠든 것이 아니다. 힘없이 두 눈을 감은 채 누워 있는 나로서는 그가 나를 바라보며 옆으로 누워 있는지, 천장을 바라보고 누워 있는지 알 길이 없었다. 단지, 그가 지금 내 옆에 누워 있다는 사실만 인지할 뿐이었다.

"전하."

어둠을 깨고 문 밖에서 들려오는 동포의 낮고 묵직한 목소리.

"가마가 도착했습니다."

'가마라니?'

가마가 도착했다는 동포의 말에 환의 입에서 깊은 한숨이 흘러나온다.

환은 몸을 뒤척이며 일으켜 세우는가 싶더니, 가만히 누워 있는 내 귓가로 몸을 납작 숙여왔다.

"그 누구도 더 이상 과인으로 인해 희생하게 하지는 않을 것이오. 무엇보다 그대가…… 과인을 위해 희생을 선택하도록 놔두지 않겠소."

나는 덜컥 겁이 났다.

'무슨 생각이신 거예요, 전하?'

그가 나를 번쩍 안아들었다. 나는 축 늘어진 목각인형처럼 그의 품에 안겨 밖으로 옮겨졌다.

'어디로 가는 거예요? 저를 어디로 보내시려는 거예요?'

입 밖으로 나오지 못하는 말들이 머릿속에서만 맴돌았다. 그는 지금 나를 가마에 태워 어디론가 보내려 한다. 그곳이 어디인지는 알 수 없다. 분명한 사실은 그는 나와 떨어지려 한다. 자신의 곁에서 멀리 보내려는 것이다. 멀리…….

'청국?'

내 뺨에 차가운 무언가가 닿았다. 동시에 실눈이지만 감고 있던 눈이 거짓말처럼 슬쩍 떠졌다. 나는 힘겹게 눈동자를 굴려 주변을 살폈다. 눈이 내리는 모습이 제일 먼저 눈에 들어왔다. 환의 얼굴도 보였다. 환은 나를 안은 채로 대조전 밖으로 완전히 나왔다.

"옹주께서는 이미 홍재룡 대감의 사가에서 중전마마를 기다리고 계신다 하옵니다."

환의 곁으로 다가선 동포의 말이었다. 동포의 옆으로는 장옷을 입고 외출 행색을 하고 있는 강상궁도 나타났다.

"북경까지 가져갈 복령은 충분히 챙겼사옵니다."

'북경?'

환은 나를 청국으로 보내려는 것이다!

"너무 염려치 마시옵소서. 청국에는 중전마마를 위한 복령을 구하기 쉬울 것이옵니다."

"그렇겠지."

환은 나를 조심스레 가마 안에 앉혔다. 그제야 나는 환과 얼굴을 마주할 수 있었다. 환은 나와 눈이 마주치자 놀란 얼굴로 두 손을 내 뺨에 가져다 대었다. 그러자 그의 손길을 기다렸다는 듯이 내 눈에서는 눈물이 흘러내렸다.

"중전……."

'저를 보내지 마세요, 전하. 저를 청국으로 보내지 마세요!'

입을 열어 전하지 못하는 내 마음이 그의 마음에 닿은 걸까?

"미안하오. 이렇게밖에 그대를 지켜줄 수 없는 과인을……
용서하시오."

그는 내 얼굴에 흐르는 눈물을 닦아주었다. 그러나 눈물을 닦
아낸 그 자리는 또 다른 물줄기가 금세 채웠다. 뜨겁게 흘러내리
는 눈물은 도무지 그칠 기미가 보이지 않았다. 환은 이런 내 얼
굴을 더 이상 못 보겠다는 듯 나를 두고 가마에서 돌아섰다.

'안 돼요! 전하!'

생이별이었다. 그는 지금 나와 이별을 하려고 한다. 그가 택한
마지막 방법은 바로 나를 청국으로 보내 살리려는 것이다. 그러
나 나는 청국으로 가면 영영 돌아오지 못할 것이다. 살아날 순
있어도 조선으로 돌아올 수 있다는 기약을 하지 못한다. 복령을
구할 수 있는 청국을 떠나기도 쉽지 않을 것이고, 임금인 환이
조선을 버리고 나를 보러 청국에 오는 것도 불가능하다.

"으…… 으으."

입을 달싹거리며 어떻게든 소리를 내려 하는 사이, 가마의
문이 내려지며 그와 나 사이에 장벽이 세워졌다. 말 못 하는
고통이 이렇게나 큰 것이었을까? 가마가 들리는 순간, 나는 목
구멍을 짓이기는 아픔을 참으며 겨우 소리를 냈다.

"저, 전하……."

하지만 환은 끝내 이 소리를 듣지 못했다.

* * *

지난밤부터 내린 눈이 아침이 되어서야 겨우 그치며 따사로운 햇살이 그 모습을 드러냈다.

햇살은 아직 눈 속에 파묻혀 있는 중희당을 환히 비추었다.

"전하!"

중희당으로 뛰어 들어온 이는 흥선군이었다.

"지금 내금위가 입궐하는 신하들을 막아서고 있사옵니다!"

그러나 이처럼 다급한 상황을 보고 받는 중인데도 환의 눈은 공허하기만 했다. 마치 하얀 백지 위에 물을 잔뜩 머금은 먹물 한 방울이 떨어진 것 같은 흐릿한 눈을 하고서 시선을 바닥에 둔 채 아무런 말도 없었다.

"전하, 지금이라도 서두르셔야 하옵니다! 아직 총위영에는 전하를 따르는 병사들이 많이 있사옵니다. 그들을 창덕궁으로 불러들여야 하옵니다. 허락하여 주시옵소서!"

"이번에는 총위군을 궁궐에 끌어들여 삼간택이 있었던 밤처럼 반역이라도 일으키겠다는 것이오, 흥선군?"

대왕대비였다!

갑작스러운 대왕대비의 등장에 당황한 흥선군이 환의 눈치를 살폈다. 그러나 환은 들어서는 대왕대비를 쓱 한 번 쳐다보고는 여전히 앉은 자세에서 전혀 미동하지 않았다. 대왕대비는 그런 환의 앞으로 다가와 섰다.

"중전이 간밤에 쥐도 새도 모르게 궐에서 사라졌으니, 궁궐의 경비를 강화한 것뿐이오. 어디로 간 것이야 불 보듯 뻔한 것이지만."

대왕대비가 손에 들고 있던 교서를 환의 앞에 떨어뜨렸다. 긴 원형의 대가 달린 교서는 한 눈에 보더라도 일상적인 내용을 적어 내는 교서와 크게 달라보였다. 그만큼 중요한 내용을 담고 있는 교서임이 틀림없었다. 그러나 환은 여전히 자신의 앞에 떨어진 교서에 큰 관심을 보이지 않았다. 그때, 대왕대비가 환에게 말했다.

"양위교서요."

조금의 움직임조차 보이지 않던 환의 두 눈동자가 살짝 흔들렸다.

"이 할미는 주상이 한 여인을 위하여 가진 것들을 모두 내려 놓는 모습에 크나큰 감동을 받았소. 하여 그 여인을 따라갈 수 있도록 해주려는 것이오."

환의 눈길이 말없이 교서의 내용을 향했다. 내용은 이러했다. 그가 전계군의 삼남 덕완군에게 양위를 하겠다고 쓰여 있었다. 교서를 살펴보는 환의 눈길에 기겁한 흥선군이 소리쳤다.

"양위는 절대 아니 되옵니다! 아니 되옵니다, 전하!"

그러자 대왕대비가 환에게 말했다.

"허튼 수작은 마시오, 주상. 주상의 사병으로 만든 총위영의 대장은 물론이고 금위대도 다시 나의 사람들로 채워졌소. 주상이 내게 구걸한 복령과 바꾼 것들이지."

환이 천천히 고개를 들어 대왕대비를 바라보며 말했다.

"소손에게 바라시는 것이 양위뿐이옵니까?"

대왕대비의 입가에 무섭도록 차가운 미소가 그려졌다.

"그렇소. 그것뿐이오."

환은 양위교서를 들어 올렸다. 이번에도 흥선군은 환을 설득하려 애를 썼다.

"전하! 중전마마께서도 결단코 이를 바라지 않으실 것이옵니다!"

환의 얼굴에 망설이는 빛이 어렸다. 이를 본 대왕대비는 자신의 얼굴에서 미소를 싹 거두더니 차가운 목소리로 환에게 말했다.

"주상. 시간이 많지 않소."

그러나 환은 계속 답을 하지 못했다. 흥선군의 말은 사실이었다. 하나가 자신의 목숨을 걸면서까지 약을 먹지 않았던 이유, 그것은 임금으로서 환의 자리 때문이었다. 물론 그에게는 왕의 자리보다는 하나의 목숨이 더 소중했다. 하나는 이런 그의 마음을 이해하면서도 고집스럽게 그를 지켜주려 했다. 그가 가진, 그가 간신히 되찾아온 왕의 자리를 지켜주고 더욱 강해지기를 원했다.

"흥선군을 끌어내라."

환이 계속 망설이는 사이 대왕대비는 더욱 그를 압박해왔다. 편전 안으로 별감들이 들어와 반항하는 흥선군을 끌고 밖으로 나가자, 대왕대비도 편전을 떠났다.

완전히 홀로된 환이 옥새를 들었을 때였다.

"정녕 양위로 모든 일이 풀릴 것이라 여기시옵니까?"

애리였다. 편전의 문이 열리며 애리가 주안상을 들고 안으로 들어왔다. 술병과 술잔이 각각 하나씩 놓인 단출한 주안상이었다. 애리는 환의 앞에 다가와 주안상을 내려놓고는 큰절을 올린 후 자리에 앉았다.

"어찌 그런 말을 하는 것이냐?"

"중전마마께서는 이곳 조선뿐만 아니라 청국에서도 고귀한 신분이라 들었사옵니다. 그런 중전마마께서 청국으로 가신다면 필시 전하께는 득이 되고 대왕대비마마께는 해가 될진대, 대왕대비마마께서 순순히 중전마마를 청국으로 보내게 하시겠사옵니까? 그것도 전하와 함께 말이옵니다."

애리가 살포시 고개를 들어 환의 얼굴을 똑바로 쳐다보았다.

"이미 도성의 사대문에는 대왕대비마마께서 보내신 자들이 중전마마를 저승으로 보내기 위해 기다리고 있사옵니다."

"무슨 말이냐?"

"대왕대비마마께서 중전마마가 살아서는 결코 사대문을 넘지 못하도록 검 쓰는 자들을 보내셨사옵니다."

애리의 말에 크게 놀란 환이 자리를 박차고 일어섰다. 그는 당장이라도 하나를 구하러 쫓아갈 기세였다.

"지금 가셔도 늦사옵니다. 하오나 제게는 중전마마를 살릴 묘책이 있지요."

환의 걸음이 멈췄다.

"어떤 묘책으로 중전을 살릴 수 있다는 말이냐?"

애리는 방금 전까지 환이 앉아 있던 빈자리를 바라보며 미소를 지었다. 그녀는 여전히 환이 그 자리에 앉아 있는 듯 그곳을 가만히 응시하며 말했다.

"우선은 중전마마께서 사대문을 넘지 못하도록 도성의 사대문을 모두 닫으면 되는 것이지요. 이는 전하의 어명이면 되는 일이지만, 지금 그 누가 대왕대비마마를 앞에 두고 전하의 명을 따르려 하겠사옵니까. 불가하겠지요. 허나 도성의 사대문을 닫는 방법이 오직 전하의 어명만으로 가능한 것도 아니지요."

애리가 술병에 담긴 술을 술잔에 천천히 따르기 시작했다. 마침내 술이 술잔에 가득 차오르자, 애리가 조심스럽게 술잔을 들어 뒤로 돌아섰다.

"독주이옵니다."

"독주?"

"마시는 순간 취하듯이 잠들 듯이 아주 편안히 숨이 끊어지실 것이옵니다."

환은 애리가 말한 묘책이 무엇인지 깨달았다. 왕의 죽음.

그것도 왕이 급서하는 경우에 해당한다. 왕이 급서하게 되면 도성의 사대문은 모두 빠르게 닫히게 된다. 왕의 갑작스러운 죽음이 널리 퍼져나가는 것을 막기 위한 조치다. 이후 사대문은 새로운 국왕이 정해진 후에야 다시 개방된다.

"과인에게 목숨을 끊으라고 하는 것이냐?"

애리는 그 어느 때보다도 활짝 웃으며 고개를 끄덕였다.

"이것이 중전마마를 살릴 수 있는 하나뿐인 방도이옵고 또한 소녀가 중전마마를 살릴 수 있는 시간을 벌 수 있는 방도가 될 것이옵니다."

"중전을 살릴 수 있는 시간이라니?"

"중전마마께서 중독된 독의 해약이 바로 소녀에게 있기 때문이옵니다."

"해약이 네게 있다? 그럴 리가 없다. 내의원 의관들도 해약을 만들어내지 못했다. 하여 해약이 없는 독이라 했다. 그런 독의 해약을 어찌 네가 가지고 있느냐?"

"소녀가 만든 독약인데, 어찌 해약이 없겠사옵니까?"

애리가 의술은 물론 독에도 정통한 사실은 이미 환도 알고 있었다. 그러나 풍문으로만 들어 그녀의 실력이 얼마나 좋은지는 전혀 모르고 있었다. 그런데 지금 애리는 하나를 중독시킨 독이 바로 자신이 만든 것이라 말하고 있다. 자신이 만들었기 때문에 해약도 자신에게 있다 말하고 있었다. 그것이 사실이라면 하나는 더는 복령으로 삶을 연명하지 않아도 된다.

"왕을 잃은 왕비에게 무슨 힘이 있겠사옵니까? 전하께서 승하하시면 대왕대비마마께서도 굳이 중전마마를 해할 연유가 없어지실 것이옵니다."

애리가 환에게 술잔을 내밀었다.

"어찌하시겠사옵니까?"

환이 애리의 손에서 술잔을 받아들었다. 일순간 애리의 얼굴이 딱딱하게 굳었다. 애리 역시 환이 이렇게 순순히 독주를 받아들 것이라 생각지 못했던 것이다.

"정녕 중전마마를 위하여 목숨을 끊으실 것이옵니까?"

잔을 받아든 환은 말이 없었다. 그리고 망설임도 없었다. 환은 단번에 술잔을 들이켰다.

"전하!"

애리의 비명과도 같은 소리와 함께 그의 손에 들려 있던 술잔이 바닥으로 떨어져 뒹굴었다. 곧이어 환은 취한 듯 비틀거리며 바닥에 털썩 주저앉았다. 그러나 얼마 앉아 있지도 못한 채 심각한 어지럼증과 함께 그대로 쓰러졌다.

"전하! 전하!"

쓰러져 있는 환의 눈앞으로 보이는 천장이 점점 뿌옇게 흐릿해져 갔다.

"반드시 중전을…… 살려……."

환은 더 이상 말을 잊지 못했다. 그는 자신의 의지와 상관없이 무겁게 감기는 두 눈을 막을 수 없었다. 환은 자신의 의식이 깊이를 알 수 없는 나락으로 떨어지는 것을 느껴야만 했다.

그때였다.

['왕이 아니라고요?']

갑자기 들려온 하나의 목소리에 환이 눈을 떴다. 그는 더 이상 눈을 뜨고 있는 것이 어렵지 않았다. 그리고 그의 옆에는 반월이었던 시절의 하나가 누워 있었다. 궁중연회의 밤. 중희당에서 보냈던 하나와의 첫날밤, 바로 그때의 모습이었다. 하나는 환을 바라보며 환히 미소 지으며 말했다.

'바보. 왜 이런 선택을 했어요?'

환은 하나를 보며 대답했다.

"하나. 나는 그대가 바라는 것이라면, 그리고 그것이 그대를 위하는 것이라면 임금의 자리는 필요 없소."

'알아요.'

반월인 하나가 환의 품으로 파고들었다. 환은 다시 멀어지기 시작하는 의식 속에서 마지막까지 하나를 떠올렸다.

'그대가 나의 죽음에 많이 슬퍼하지 않았으면 좋겠는데……'

반 월 의
나 라

　몸을 짓누르던 느낌은 모두 사라졌다. 더 이상의 아픔도 느껴지지 않는다. 마치 오랜 잠에서 깨어난 듯 개운함마저 느껴졌다. 높은 궁궐의 담을 가뿐하게 넘은 새들의 지저귀는 소리가 유독 크게 들려왔다.

　'아침일까?'

　천천히 뜨는 눈 사이로 익숙한 얼굴이 아른거리며 형체가 분명하게 드러났다. 애리였다. 그녀와 눈이 마주친 나는 깜짝 놀라며 눈을 크게 떴다.

　"김숙의?"

　애리는 무심하게 나를 내려다보더니 고개를 돌려 강상궁을 불렀다.

　"깨어나신 모양이네."

　"중전마마!"

강상궁이 달려와 나를 일으켜 세우는 동안 애리는 묵묵히 자신의 주변을 정리했다. 약을 달인 흔적들이었다. 빈 약그릇도 있었다. 오래전 좌포청에서 크게 다친 나를 위해 문현 오라버니댁을 찾아온 애리가 당시 지녔던 물건들과 크게 다르지 않았다.

　'그녀가 내게 약을 먹였어?'

　"내게 무슨 약을 먹인 것이냐?"

　애리는 내게 시선도 주지 않은 채 대꾸했다.

　"설마, 진짜 독이라도 드시게 하였을까 걱정되시옵니까?"

　"중전마마. 소인이 해명하겠사옵니다. 김숙의가 이곳 형조판서 대감의 사가까지 찾아온 것은 중전마마의 독을 치료코자 온 것이옵니다."

　"독? 형판대감의 사저?"

　그러고 보니 이곳은 궁궐이 아니다. 대조전이 아니었다. 이곳이 낯이 익었던 것은 중전이 되기 전 머물렀던 기억 때문이었다. 애리가 강상궁에게 말했다.

　"나머지는 내가 설명할 것이니, 자네는 가서 중전마마께서 깨어나신 사실을 알리도록 하게."

　평소 같으면 애리에게 이를 갈았을 강상궁이다. 그런데도 그녀는 순순히 고개를 끄덕이더니 자리에서 일어서 사라졌다. 이제 나와 단둘이 남은 애리는 모든 주변 정리를 끝내고는 내게 다가와 손을 내밀었다. 맥을 짚겠다는 뜻이었다. 나는 잠시 망설이며 손을 내밀기를 주저했다. 그러자 애리가 인상을 쓰며 내게 말했다.

"해약도 없다는 독을 치료해주었는데, 설마 해치기라도 할까봐 그러시옵니까?"

"독을 치료했다니? 네가 내 독을 치료했단 말이냐?"

애리가 눈을 살짝 치켜뜨며 답했다.

"그러하옵니다."

"해약이 없는 독이다. 어찌 독을 치료했다고 말하는 것이냐?"

"소인이 만든 독을 어찌 소인이 모르겠사옵니까? 대왕대비 마마께서 해약이 없는 독약을 찾으신다 하여 내어드렸으나, 이 독은 사실 독이 독이 되고 독이 해약이 되는 독이기에 같은 독을 다시 쓰게 되면 해약이 되어 몸이 낫는 독입니다."

"독이 독이 되고 독이 해약이 된다……."

나는 두 손으로 내 얼굴을 천천히 쓸었다. 열이 나거나 어지럽지 않았다. 통증도 전혀 느껴지지 않았다. 독이 완전히 치료된 것인지는 알 수 없었다. 그러나 몸이 전보다 나아진 느낌은 분명히 있었다.

"진맥하게 하여 주시지요. 혹시라도 독이 남아 있으면 아니되지요. 아니 그렇습니까?"

난 망설이던 손을 애리에게 건네주었다. 애리는 내가 내민 손을 잡고는 무심한 얼굴로 한곳을 가만히 응시하며 맥을 짚었다. 잠시 후, 그녀의 턱이 살짝 들렸다. 애리는 입을 굳게 다문 채로 짧은 숨을 강하게 내쉬더니, 잡고 있던 내 손을 천천히 놓았다. 애리의 입이 열렸다.

"복령은 귀한 약재로, 본디 그 쓰임이 다양하고 많사옵니다. 이 독에도 분명 효능을 보이는 약재였사옵니다. 허나 중전마마께는…… 독의 발진을 억누르는 데만 효능을 보인 것은 아닌 듯하옵니다. 전하도 참……."

애리의 말끝에서 나온 말에 난 환을 떠올렸다.

"전하? 전하도 내가 나은 사실을 아시는가?"

"전하요?"

애리는 내 얼굴을 훑어보더니 자신이 가져온 물건들을 챙겨 들며 자리에서 일어섰다.

"전하에 대한 소식은 다른 이에게 들으시지요. 3일 전, 궐에서 무슨 일이 있었는지 말이옵니다."

"3일 전이라니? 내가 3일이나 정신을 잃고 있었던 말인가?"

애리는 대답하지 않았다. 그녀는 이대로 나를 두고 궐로 돌아갈 생각인 듯 보였다. 난 문을 열고 나가려던 그녀를 붙잡았다.

"나를 왜 도운 거지? 내가 죽도록 내버려 두었어도 네게는 아무런 상관이 없었을 텐데."

애리가 한숨과 함께 입을 열었다.

"소인은 전하를 사랑했사옵니다. 소인이 가진 모든 걸 다 바쳐, 단 소인의 목숨만 제외하고 말이지요. 그래서 깨달았사옵니다. 소인의 목숨만은 그에게 내어줄 수 없다는 것을 깨달았을 때, 소인이 사랑한 것은 어쩌면 전하가 아니라 전하가 가진, 소인에게는 없는 고귀한 핏줄일지도 모른다고 말이지요."

거짓 변명처럼 들리는 말이었다. 그러나 기생 출신의 첩에게서 태어나 빼어난 미모로 대왕대비의 눈에 들어 대반월의 자리에까지 올랐던 그녀였다. 관직에 나갈 기회가 없던 문현 오라버니까지 궐로 불러들여 환에게 붙여주고 관직까지 얻게 해준 그녀였다. 그녀가 자신과 오라버니에게 주고 싶었던 그 것. 누리고 싶어 했던 그것. 그리고 그녀가 가지고 싶어 했던 사내, 이환. 이 모든 것은 그녀의 꿈이었을까, 허상이었을까?

* * *

애리가 나가자, 곧바로 동포가 모습을 보였다. 강상궁과 옹주가 함께 들어왔다. 동포의 옷차림을 보니 조금 전 눈에 들어오지 않던 강상궁의 옷차림까지 다시 보게 되었다. 옹주도 마찬가지였다. 그들은 모두 하얀 옷을 입고 있었다. 동포는 몸이 다 나은 나를 보더니 다급히 말했다.

"하나야. 오늘 3일 만에 도성 문이 열렸어. 지금이라도 서둘러 도성을 빠져나가 청국으로 가자."

"그게 무슨 말이야?"

나는 곧바로 옹주를 쳐다보았다. 옹주는 소리 없는 눈물을 터트리며 내게서 고개를 돌렸다. 강상궁도 이런 옹주를 보더니 옷깃으로 눈가를 훔쳤다. 강상궁이 내 앞에서 우는 모습을 보이는 것은 처음 보는 일이었다. 난 다시 동포를 향해 말했다.

"난 다 나았어. 이제 궐로 돌아갈 거야. 청국에는 안 가. 그리고 전하는? 내가 나은 사실을 아셔?"

"하나야……."

동포가 무언가 내게 말을 하려던 그 순간이었다. 문이 열리며 홍재룡 대감이 안으로 들어왔다 그 역시 흰 관복을 입고 있었다. 관리에게 흰 관복은 단벌이다. 국상 중에만 입는 용도로 사용된다는 것을 아는 내 눈이 동그래졌다.

"중전마마! 정신을 차리셨사옵니까?"

그는 울고 있는 옹주와 강상궁을 보더니 한숨을 내쉬며 내 곁으로 다가와 앉았다.

"오늘 입궐해보니 조금이라도 빨리 움직이는 것이 좋을 듯하옵니다. 마차가 준비되었사오니, 더 늦기 전에 도성을 빠져나가시지요."

"도성을 빠져나가다니요? 난 다 나았어요."

그러자 홍재룡 대감이 동포를 보며 물었다.

"아직 모르시는 것인가?"

"지금…… 말씀드리려 했습니다만."

난 이 상황을 이해하지 못하고 홍재룡 대감에게 물었다.

"혹시 궁궐에는 내가 죽은 것으로 알려졌나요? 그래서 내가 살아났는데도 청국으로 가야 하는 건가요?"

갑자기 눈물을 흘리던 옹주가 일어서 밖으로 뛰쳐나갔다. 강상궁이 옹주의 뒤를 따라 나가면서 일순간 방 안에는 침묵이 흘렀다. 마침내 홍재룡 대감이 결심한 듯 내 얼굴을 똑바로 바라보며 말했다.

"주상전하께서…… 3일 전 중희당에서 승하하셨사옵니다."

눈앞이 캄캄해지며 숨이 잘 쉬어지지 않는다. 홍재룡 대감은 절망에 찬 눈빛으로 나를 바라보며 말을 이어나갔다.

"새로 즉위하신 덕완군께서 오늘 강화에서 도성에 입성하신다 하옵니다. 이 일로 오늘 하루 동안 도성 문이 모두 열렸고 지금이 바로 중전마마께서 도성을 빠져나갈 적기이옵니다."

"누가…… 죽었다고요?"

"중전마마……."

난 큰 목소리로 홍재룡 대감을 다그쳤다. 그러자 동포가 내 팔을 잡았다.

"우리도 받아들이는 데 힘들었어. 하지만 오늘 전하의 입관에 참여한 홍재룡 대감께서 직접 전하의 얼굴을 보셨대. 전하는…… 분명 승하하셨어, 하나야."

"거짓말, 거짓말이야!"

동포가 잡은 팔을 뿌리치며 자리에서 일어섰다. 동포가 나를 따라 일어서며 밖으로 나가려는 내 길을 막아섰다.

"어디를 가려는 거야?"

"창덕궁으로 가야겠어! 가서 전하를 내 두 눈으로 똑똑히 볼 거야!"

"네가 지금 창덕궁으로 가면 대왕대비마마가 무슨 짓을 할지 몰라! 네가 청국으로 가는 걸 끝까지 막을 거라고!"

"그럼 전하는!"

울기 위해 준비를 했던 것도 아닌데, 전하를 말하는 순간 내 눈에서 왈칵 눈물이 쏟아졌다.

"하나야."

"넌 전하가 위험한 걸 알면서도 어떻게 전하를 두고 궐을 나왔어?"

"나도 전하가 이렇게 승하하실지 몰랐어! 당장 언제 죽게 될지 모를 네가 가장 큰 걱정이었다고!"

동포의 말들은 모두 변명으로만 들렸다.

"비켜!"

난 동포를 세게 밀친 채 문을 박차고 밖으로 나왔다. 곧바로 차가운 눈바람이 내 몸을 덮치듯 스쳤다. 3일간 아무것도 먹지 못한 채 정신을 잃고 있던 나는 두 다리의 힘이 풀리며 그대로 주저앉았다.

"하나야!"

다행히 동포가 내가 넘어지지 않도록 뒤에서 재빨리 끌어안아 다치지는 않았다. 난 동포의 품 안에서 하늘에서 내리는 눈을 쳐다보았다. 온 세상을 새하얗게 덮어버리는 눈. 멀리 보이는 행인들도 모두 흰옷을 입고 있었다. 그들의 걸음은 오직 한 곳을 향해 바쁘게 움직이고 있었다. 창덕궁. 그리고 희미하지만 멀지 않은 곳에서 들려오는 사람들의 곡소리.

"네가 슬퍼할 시간을 주고 싶어. 하지만 시간이 없어."

"……."

"그러니 하나야, 하나야?"

뚝. 뚝뚝.

하얗게 눈으로 덮인 땅 위에 떨어지는 붉은 핏방울을 발견한 동포가 서둘러 내 몸을 돌려세웠다. 내 입가에서 붉은 피가 조금씩 흘러내리고 있었다.

"너……!"

나는 혀를 깨문 입을 간신히 열어 동포에게 말했다.

"놔줘. 지금 날 놔주지 않으면……. 이 자리에서 죽어버릴 테니까."

* * *

창덕궁 중희당.

"주, 중전마마다!"

궁궐로 돌아온 나를 본 나인들은 마치 죽었다 살아난 사람을 보듯이 기겁하며 물러섰다.

3일 전 환이 죽은 뒤로 중전인 내가 궁궐에서 사라졌으니, 그들은 모두 내가 환이 죽은 충격에서 헤어나지 못하고 궁궐 어딘가에서 조용히 목숨을 끊었다고 생각한 것 같았다. 이제는 빈전(殯殿, 빈소)이 되어버린 중희당 안으로 들어서자, 온통 흰 천으로 둘러쳐진 어색한 중희당의 모습이 내 눈에 들어왔다.

"중전마마?"

강화에서 새 국왕이 될 덕완군이 도착하기 전까지, 왕실 최고어른으로서 상주가 된 흥선군이 나를 보고는 고개를 들었다. 나는 흥선군을 지나쳐 그대로 찬궁(欑宮, 왕의 관이 놓인 거대한 상자)으로 다가갔다. 찬궁의 앞으로는 평소 환을 모시던 두 명의 지밀내관이 서서 찬궁을 지키고 있었다. 나는 한가운데에 놓인 거대한 찬궁 바로 앞에 섰다. 사각의 찬궁은 나무문으로 굳게 닫혀 있는 집 모양을 하고 있었다. 말 그대로 빈전이 되어버린 중희당 안의 또 하나의 작은 전각이었다.

'이 안에…… 환이 있다고?'

찬궁에 손을 얹자 거칠고 차가운 재질이 손에 느껴졌다. 천천히 찬궁을 쓸던 내 손이 닫혀 있는 찬궁의 나무문 손잡이에 닿았다. 내가 그것을 잡아당기려는 움직임을 보이자 내관들이 다가와 제지시키려 했다. 나는 내관들을 뿌리치며 소리쳤다.

"국장에도 법이 있거늘, 어찌 벌써부터 찬궁에 모셨단 말이냐? 열어라! 정녕 전하께서 승하하셨는지 내 두 눈으로 똑똑히 보아야겠으니!"

왕의 입관은 승하 후 5일 뒤에 이뤄진다. 그 기간 동안은 다시 살아날 수 있다고 여기고 그대로 두었다가, 살아나지 않으면 입관하여 찬궁 안에 재궁(齋宮, 관)을 모시는 것이다. 흥선군이 내관들을 뒤로 물린 후 내게로 다가와 작은 목소리로 속삭였다.

"대왕대비마마의 뜻이었사옵니다. 아마도 전하의 옥체를 다른 이들이 알아서는 안 되는 무언가로부터 감추기 위해 입관을 서두르신 것이겠지요."

'독살!'

독살된 시신은 살갗이 빠르게 변색된다. 흥선군의 말은 대왕대비가 서둘러 입관을 해버렸다는 뜻이다. 흥선군의 목소리에서 증오가 묻어나왔다. 대왕대비를 향한 깊은 의심과 분노로 가득했다. 하지만 결국 흥선군도 환의 죽음을 받아들였다는 뜻이었다. 그러나 나는 아직 환의 죽음을 받아들일 수가 없었다.

"전하의 용안을 보아야겠어요. 흥선군."

울먹거리는 나의 목소리에 망설이던 흥선군이 고개를 한 번 끄덕이고는 뒤로 물러섰다. 그는 작은 목소리로 지밀내관에게 별감을 불러 찬궁을 열 것을 지시한 후 밖으로 나갔다.

흥선군이 나간 후 두 명의 별감이 들어오더니 찬궁의 지붕을 조심스럽게 들어 옆으로 내려놓았다. 찬궁을 둘러싸고 있던 나무문들도 하나씩 치워졌다. 그제야 찬궁 안에 모셔진 커다란 검은색 재궁이 나타났다. 재궁 앞에서는 별감들도 행동을 잠시 주저했다. 그러나 곧 그들은 아직 못질하지 않은 관의 뚜껑을 조심스럽게 들어 옆으로 슬쩍 돌려놓았다. 내가 환의 얼굴만 확인할 수 있도록 한 것이다.

조치를 취한 별감들이 모두 밖으로 나갔다.

나는 열려 있는 재궁으로 천천히 다가갔다. 그 안에 담긴 시신은 붉은 비단으로 덮여 있었다.

한 손으로 천천히 붉은 비단을 거둔 나는 곧 크게 놀라고 말았다. 관 안에 시신이 없었다. 시신이 있어야 할 자리에는 평상시 환이 쓰던 벼루와 같은 물건들만 어지럽게 널려 있었다. 나는 재궁에서 몇 발자국 뒷걸음치다가 등 뒤에 닿는 누군가의 몸에 화들짝 놀라며 고개를 돌렸다. 조금 전 재궁의 뚜껑을 열고 나간 별감인 듯했다.

난 그의 팔에 매달려 더듬거리며 입을 열었다.

"저, 전하가…… 전하가 없다……."

그러자 별감이 턱을 들어 갓 아래에 감춰진 자신의 얼굴을 내게 내보이며 방긋 웃었다. 그는 별감이 아니었다. 환이었다! 그가 별감의 차림을 하고 바로 내 등 뒤에 서 있었던 것이다.

"전하……!"

"쉿!"

그가 한 손가락을 자신의 입으로 가져가며 쉿 소리를 냈다. 난 두 팔로 그를 세게 끌어안았다. 그의 몸에서 전해지는 따스한 체온이 나의 두 팔 안에 가득 찼다. 그는 죽지 않았다! 그는 살아 있는 사람에게서만 느낄 수 있는 따스한 체온을 가지고 있었다! 환은 자신을 끌어안고 있는 내 머리를 한 손으로 부드럽게 쓸었다. 그의 손을 통해 내 몸에는 끊임없이 그의 체온이 전해졌다. 그는 손짓을 통해 자신이 분명 살아 있음을 내게 전하고 있었다.

그의 품 안에서 내가 고개를 들었다.

"어떻게 된 거예요? 죽지 않았는데 어찌 죽은 것이 되었나요?"

"이 모든 것은 과인을 위한 김숙의의 술책이었소."

그가 이야기를 시작했다.

494

* * *

　환이 중희당에서 갑작스럽게 급서한 지 3일째. 홍재룡 대감의 사가에서 하나를 치료한 애리는 곧바로 창덕궁으로 돌아왔다. 이어 빈전이 되어버린 중희당을 찾은 그녀는 그곳을 지키고 있는 내관들을 향해 말했다.

　"전하께 마지막 인사를 드리고 싶네."

　내관들은 쉽게 물러가주었지만 홍선군은 달랐다. 홍선군의 두 눈에 애리는 대왕대비의 사람이었다. 무엇보다 환이 승하한 그날, 애리가 중희당에 들었다는 사실을 이미 알고 있었던 홍선군은 애리를 향해 두 눈을 부릅뜨며 쳐다보았다. 그녀가 빈전에 들었다는 사실조차 마음에 들지 않아 하는 눈길이었다.

　"김숙의. 후궁이라면 상복을 입고 처소에서 곡을 하고 있을 것이지, 어찌 요사스러운 몸짓으로 빈전을 드나드는 것이오."

　애리 역시 전혀 굴하지 않고 홍선군에게 당당히 맞섰다.

　"소인은 반월 때부터 전하를 모셨습니다. 마지막 인사를 드릴 자격은 충분히 있다고 사료되옵니다."

　홍선군은 불만스러운 눈초리로 애리를 한참이나 노려보더니, 그녀에게서 고개를 돌려 밖으로 나갔다. 홍선군이 사라지자 애리는 곧바로 찬궁으로 다가갔다. 그녀는 찬궁을 둘러싼 여러 나무문들 중 하나를 열고 안으로 들어갔다. 그 안에 놓인 재궁 앞에서 애리는 주저 없이 재궁의 뚜껑을 밀었다. 아무래도 상당히 무게 있는 뚜껑이 여인의 손힘만으로는 쉽게 밀리

495

지 않았다.

애리가 몇 번의 힘을 더 주고 나서야, 재궁의 뚜껑은 일부 옆으로 밀려나면서 그 안을 들여다보기가 수월해졌다. 애리는 찬궁의 네 모서리에 각각 놓인 촛불 중 하나를 들어 재궁 안을 비추었다. 재궁 안에는 이불처럼 붉은 비단을 머리부터 발끝까지 덮은 환이 누워 있었다. 애리는 붉은 비단을 치웠다. 곧바로 잠자는 듯이 누워 있는 환의 얼굴이 보였다.

한참 동안 환의 얼굴을 가만히 바라보기만 하던 애리가 침통에서 침을 꺼내 얼굴 혈 자리에 놓자, 얼마 지나지 않아 환의 두 눈이 천천히 떠졌다. 재궁 안에서 힘없이 이리저리 움직이던 환의 눈동자가 촛불을 들고 있는 애리 앞에서 멈췄다. 애리는 그가 자신을 알아보았음을 알고는 입을 열었다.

"3일간 아무것도 못 드시고 내리 잠만 주무셨사오니, 기력을 되찾는 데 시간이 필요하실 것이옵니다. 그러니 지금은 소녀가 하는 말만 들으시옵소서."

"……."

환과 눈을 맞댄 애리가 입가에 엷은 미소를 지으며 말했다.

"전하를 대왕대비마마로부터 도와드리고자 이 앙큼한 계집이 가짜 독을 내세워 꾀를 부렸사옵니다. 전하! 전하께서 승하하시자마자 안동 김씨들은 기다렸다는 듯이 강화의 덕완군을 데려다 새 임금을 삼겠다며 목소리를 높였사옵니다. 지금 전하께서 다시 살아나신 군왕이 되신다면, 안동 김씨들은 겁에 질려 전하의 발아래에 엎드릴 수밖에 없겠지요. 이를 기회로 다시 조정을 되찾아 사태를 바로 잡겠사옵니까? 아니면……."

애리의 말을 가만히 듣고 있던 환이 빙그레 미소를 지어 보였다. 이를 본 애리가 헛웃음을 터트렸다.

"전하께서는 이미 마음을 정하셨군요."

애리는 자신을 보며 웃고 있는 환을 물끄러미 바라보다가, 한 손으로 그의 볼을 꼬집었다. 환이 놀란 눈으로 애리를 바라보며 쉰 소리로 입을 열었다.

"무슨 짓이냐?"

애리가 피식 웃으며 답했다.

"못 먹는 감 찔러나 본다지 않사옵니까. 단 한 번쯤은……전하를 소녀의 마음 내키는 대로 해보고 싶었사옵니다."

* * *

한 달 후 압록강.

"내레 한겨울 요론 좋은 날씨는 살면서 처음 봤시다."

뱃사공의 말을 듣던 옹주가 픽, 하고 웃음을 터트렸다. 잠시 옹주 쪽을 돌아본 동포가 다시 뱃사공에게 말했다.

"그래서? 오늘 강을 건널 순 있겠소?"

"모각지가 포도청인데 별수 있가누? 거 앙캐 같은 소린 말고 엽전이나 두둑이 주시라우."

동포가 짧은 한숨을 내쉬며 뱃사공에게 엽전이 든 주머니를 건넸다. 주머니를 허공으로 던졌다 잡으며 무게를 잰 뱃사공의 표정이 밝아졌다. 뱃사공이 제일 먼저 강상궁에게 손을 내밀었다. 그러나 강상궁은 뱃사공이 내미는 손을 도도하게 뿌리친 채, 스스로 배 위에 올라탔다. 다음으로 배에 가볍게 올라탄 동포가 옹주를 향해 손을 내밀었다. 이번에 옹주는 동포가 내민 손을 거절하지 않았다.

그들과 함께 선 환의 시선이 눈에 짓눌린 억새밭 위에 홀로 서 있는 내 쪽으로 향했다.

이제 강을 건너야 할 시간이었다. 한겨울 압록강의 물이 살짝 녹는 이런 모습은 뱃사공도 살면서 처음 본다고 말했다. 이 시기에 강을 건너지 못한다면 강물이 녹는 그 다음 해까지 조선에 발이 묶일지도 몰랐다. 하지만 난 쉽사리 압록강으로 걸음을 옮길 수가 없었다. 시선을 돌려 한양이 있는 남쪽을 바라보았다.

"부인."

내 곁으로 다가온 환이 한 팔로 나를 끌어당기며 자신의 옆자리를 내주었다. 나는 고개를 들어 환의 얼굴을 한 번 쳐다보았다가, 다시 남쪽을 바라보며 말했다.

"그들은 절 두려워했어요. 그래서 없애고 싶어 했겠죠. 그것이 대왕대비마마의 꿈에서 시작된 것인지, 아니면 내가 청국에서 지닌 신분 때문인지는 몰라도요. 어쩌면 둘 다였을지도 모르죠. 하지만……."

난 환의 품을 빠져나와 그와 마주 섰다.

"그들의 눈에는 제가 패배하고 도망친 자로 보이겠지요?"

대왕대비의 꿈이 현실이 되었는지 아닌지는 이제 알 수 없다. 그러나 결국 그들은 조정을 장악했고 여전히 건재했다. 그리고 난 도망치듯 조선을 떠나고 있었다. 이는 내가 바랐던 운명이 아니다. 그러나 이룩하지 못한 운명에 대한 부담감은 어디서부터 시작되어 어디로 흘러가고 있을까? 환이 고개를 저으며 내 두 손을 잡았다.

"지금 그대의 눈앞에 있는 이가 누구요?"

"예?"

"지금 그대의 손을 잡고 서 있는 이가 누구냔 말이오?"

"그 사람은……."

'전하시잖아요.'

답을 알고 있음에도 묻는 이의 의도를 알지 못해 섣부른 답을 내뱉지 못하던 바로 그때였다. 환이 대답해주었다.

"그대가 자유를 준 사내요."

환이 두 팔로 나를 따뜻하게 끌어안았다. 그러자 내게는 더 이상 주변에 짙게 깔린 살얼음 추위가 느껴지지 않았다. 미약하지만 분명 빛을 내고 있는 한겨울의 햇살이 전해주는 온기만이 느껴졌다.

"그대를 만나기 전부터 임금인 내게는 꿈이 있었소. 살아서는 결코 이룰 수 없다고 여겼던 꿈. 그런데 부인, 그대가 내 꿈을 이루어주었소. 그대는 내게 자유라는 꿈을 이루게 하여주고, 내가 새로운 삶을 가질 수 있게 해주었소."

그의 눈동자가 나를 응시했다.

"그대야말로 내 삶을 구한 단 한 사람이오."

추위에 감각조차 느껴지지 않는 내 코를 환이 두 손가락 사이로 살짝 집듯이 잡으며 말했다.

"그러니 굳이 그들과 싸움을 했다 여긴다면, 그들에게서 나를 얻어 승리한 셈 치시오."

환의 말을 듣고 나니 그동안 나를 무겁게 짓누르던 보이지 않던 것들이 모두 사라졌다. 난 두 손으로 얼굴을 가리며 한참을 웃었다.

"서두르셔야 합니다!"

배 위에 올라탄 동포가 우리를 향해 소리쳤다.

환은 내 코를 잡았던 손으로 내 손을 꼭 잡았다. 바로 그 순간이었다.

"우욱! 욱!"

갑작스러운 나의 헛구역질에 놀란 환의 얼굴이 하얗게 질렸다. 지난번 내가 중독으로 헛구역질을 했던 사실을 떠올린 것이다. 배 위에서 우리를 바라보던 동포와 옹주도 마찬가지였다. 당장이라도 배에서 내려 나를 쫓아올 것 같은 그들을 향해 나는 한 손을 내저었다. 그리고 환의 팔을 붙잡았다.

"중독 때문이 아니에요, 전하. 아이에요, 아이!"

"아이?"

난 그를 바라보며 활짝 웃었다.

"해약을 복용할 때, 제 맥을 짚었던 애리가 알려주었어요. 아무래도…… 그날 밤 같아요."

환이 마지막 사냥에서 돌아온 그날이다. 그날 나는 호랑이를 잡았다고 생각했는데, 정작 그 호랑이는 다른 호랑이였던 모양이다. 환도 그날 밤이 떠올랐는지 살짝 붉어진 얼굴로 헛기침을 한다. 난 그런 그의 허리를 두 팔로 감으며 애교 섞인 목소리로 중얼거렸다.

"하지만 전하, 청국에 가셔도 사냥은 안 돼요. 알았지요?"

* * *

3년 후 1852년, 북경 자금성.

태후의 부름을 받고 입궁한 나는 함께 입궁한 단단이와 함께 후원 사이에 난 길을 걸어 후궁으로 향하고 있었다.

"공주님, 매화예요!"

단단이의 말대로 눈 속에 파묻힌 후원에 붉은 꽃망울을 터트린 매화가 있었다. 난 곧장 태후에게로 가야 한다는 사실도 잊은 채, 매화나무 앞으로 걸어갔다.

['설중매(雪中梅, 눈 속에 핀 매화)로구나. 네가 이곳에 도착한 것을 천주님께서 매우 반가워하시나 보다.']

오래전 페드로 신부님이 내게 했던 말을 떠올리며 입가에 미소가 그려졌다.

"왜 왕부 정원의 나무에는 매화가 피지 않는 걸까요?"

"그 매화는 아직 시기가 오지 않아서야."

"그럼 이 자금성 후원의 매화는요?"

"시기가 된 거지."

"치, 그거나 이거나."

단단이가 투덜대는 사이 저 멀리 태후가 수십 명의 시종들과 함께 나타난 것이 보였다. 난 재빨리 후원 안에서 빠져나와 태후에게로 가서 인사를 올렸다.

"태후마마."

태후가 오른손을 내밀며 고개를 끄덕여 내 인사를 받았다. 난 재빨리 그녀의 손을 부축했다.

"오늘 명월공주의 재간둥이들은 함께 입궁하지 않은 모양이지?"

"저만 부르신 줄 알고 그리하였습니다. 지금이라도 왕부에 사람을 보내어 데려올까요?"

태후가 코끝을 살짝 찡그리며 고개를 저었다.

"추운 날 그 어린것들이 감기라도 걸리면 어쩌려고."

태후가 걸음을 옮기기 시작했다. 난 그녀의 손을 잡은 채 나란히 후원을 걷기 시작했다.

"황상(皇上, 황제)이 즉위한 지도 벌써 두 해가 되었다. 올해야 상이 모두 끝나고 간택으로 두 아이를 뽑았지. 한데 말이다, 그 아이들을 뽑은 후 며칠째 꿈자리가 뒤숭숭하지 않겠느냐."

"태후마마의 꿈자리가요?"

"그래."

"그 꿈을 제게도 들려주실 수 있으신지요?"

그러자 태후가 웃으며 얇고 긴 장신구를 낀 손톱으로 내 뺨을 살짝 두드렸다.

"붕어하신 선황께서 총애한 명월공주에게 들려주지 못할 이유가 없지."

태후가 잠시 걸음을 멈추고 후원을 바라보며 꿈을 풀어놓았다.

"아주 예쁜 달이었다. 너무 예뻐서, 손안에 갖고 싶을 정도로 예쁜 달이었지. 그런데 그 달이 점점 커지더니 한 치 앞도 보이지 않게 빛나지 않겠느냐? 꿈이었지만 순간 너무 놀라 잠에서 깨었다."

"달……."

태후는 주변에 수많은 시종들을 흘깃 쳐다보았다. 그러자 시종들이 모두 태후에게서 등을 돌리며 돌아섰다. 그제야 태후는 내 귓가에 나만 들을 수 있는 아주 작은 목소리로 속삭였다.

"달은 예로부터 여인을 상징하지 않느냐? 혹여 내가 직접 뽑은 그 아이들로 인하여 나와 이 나라에 해가 될까 염려가 된다. 무엇보다…… 내가 뽑은 두 아이 중에 마음에 걸리는 아이가 하나 있어."

"걸리는 아이라 하심은?"

"외모가 지나치게 아름다운 아이지. 마치 눈 속에 홀로 핀 매화처럼, 자신의 아름다움을 스스로도 잘 알고 있는지 아주 기세등등하게 보이더구나. 그 아이가 마음에 걸려."

"책봉은 하셨습니까?"

"오늘이다. 허나 꿈이 마음에 걸려 이제라도 성 밖으로 내칠까 한다."

태후의 꿈에 나온 것이 '달'이기 때문일까? 나도 한때는 누군가에게 위협이 될 것이라 여겨졌던 달이었다. 그러나 그 달은 누군가에게 위협이 되었을지는 몰라도 반대로 누군가에게는 삶을 바꿔주는 달이 되었다.

난 웃으며 태후에게 말했다.

"그러한 꿈을 꾸시는 것은 태후마마께서 늘 이 나라와 폐하를 위하여 염려하는 마음이 깊으시기 때문입니다. 한 나무 가지에 아름다운 꽃이 있다면, 꽃잎이 떨어져 볼썽사나운 꽃도 있는 법이지요. 처음부터 아름다운 꽃을 선택하신 것 역시, 폐하를 위한 태후마마의 뜻이 담긴 것이 아니겠습니까? 그러니 너무 염려치 마십시오. 아름다운 꽃도 아름답지 못한 꽃도 종국에는 모두 폐하를 위하여 필 테니까요."

태후가 활짝 웃으며 말했다.

"오늘도 공주가 내 근심을 덜어주는구나."

그녀는 웃으며 궁녀를 불러 책봉서를 각각 두 여인에게 보내라고 전했다. 궁녀가 가버린 후, 태후가 자신을 부축하고 있던 내 손을 거두며 말했다.

"다음번 입궁 시에는 내가 잊더라도 공주의 두 재간둥이들은 반드시 데려오도록 하게."

"예, 태후마마."

태후가 웃으며 시종들과 함께 자리를 떠난 후 나는 단단이와 함께 왔던 길을 되돌아 나왔다. 끝이 보이지 않을 정도로 크고 복잡한 후원이라 모두 벗어나기까지 상당한 시간이 걸렸다.

한참을 걸어 후원을 모두 빠져나왔을 때였다.

"잠시만요!"

궁녀 하나가 우리에게로 급히 다가온 것이다.

"무슨 일이냐?"

단단이 나를 대신해서 궁녀에게 물었다. 궁녀는 멀찍이 떨어진 어딘가를 잠시 응시하더니 단단이에게 말했다.

"소인이 모시는 귀인께서 잠시 명월공주를 뵙길 청하셨습니다."

"귀인?"

이 자금성에서 내가 아는 황실 여인들을 떠올린 단단이가 의문 가득한 얼굴로 나를 쳐다보았다. 그것은 나도 마찬가지였다. 내가 아는 황실 여인들 중에서 귀인은 없었기 때문이었다. 그때, 나는 멀지 않은 곳에 서 있는 한 여인을 발견했다. 갓 소녀티를 벗은 듯 보이는 여인이었다. 그녀는 지금까지 내가 보았던 황궁의 여인들과 다른 분위기가 풍겼다. 일반적으로 황궁의 여인들은 외부인을 처음 만나는 자리에서 저마다 얼굴을 가리거나 몸을 사리며 시선을 피했다. 그러나 그녀는 달랐다. 당당히 서서 나를 똑바로 응시하고 있었던 것이다. 나는 호기심을 느끼며 그녀에게로 걸음을 옮겼다. 그녀 역시 내가 자신에게로 다가오는 것을 보고는 내게로 걸어왔다. 그리고 마침내 우리 두 사람이 가까운 곳에서 마주 서게 되었을 때였다. 그녀가 먼저 고개를 숙이며 공손히 내게 인사를 올렸다.

"명월공주님."

"나를 아시나요?"

"예. 오늘 후원에서 태후마마와 나누신 이야기에 대해서도 전부 알고 있습니다."

오늘 처음 본 여인이 들어서도 안 되고 혹여 들었다 하더라도 결코 기억해서는 안 되는 이야기에 대해 꺼내려 하고 있었다. 자금성에서 이는 매우 위험한 행동이었다. 나는 그녀를 바짝 경계하며 차갑게 대꾸했다.

"그 이야기가 당신과 무슨 상관이지요?"

그러자 그녀가 대답했다.

"제가 바로 공주께서 언급하셨던 아름다운 꽃이기 때문입니다."

그제야 난 그녀가 태후가 마음에 걸려 한다는 후궁이라는 사실을 깨달았다. 그녀의 말이 이어졌다.

"최근 들어 태후마마께서 저를 후궁으로 뽑으시고 못미더워하신다는 사실을 잘 알고 있습니다. 이 때문에 저는 언제 쫓겨날까 염려하였지요. 헌데 공주께서 태후마마의 마음을 돌리신 덕에, 오늘 정식 후궁 첩지를 받게 되었습니다. 고맙습니다. 이 은혜는 절대 잊지 않겠습니다."

나는 경계를 풀며 그녀에게 답했다.

"당신을 도와주려 한 말은 아니었어요. 하지만 그 말이 사실이 되길 바라요."

그녀는 다시 한 번 공손히 내게 고개를 숙였다.

난 그런 그녀를 그대로 두고 돌아서려다가 잠시 멈칫하며 그녀를 향해 물었다.

"이름이 무엇이죠?"

그녀의 입이 열렸다.

"제 이름은…… 옥란(玉蘭, 서태후의 이름)이라 합니다."

* * *

왕부에 도착해 마차에서 내리며 나는 단단이에게 말했다.

"곧 옹주님이 아이를 낳을 거야. 걱정되어 강상궁을 동포의 집으로 보내긴 했지만, 그것과는 별개로 선물을 준비해야겠지? 어떤 게 좋을까?"

곰곰이 생각하던 단단이가 손뼉을 쳤다.

"액부(額駙, 공주의 남편)님의 서재에 있는 그 기이한 물건들 중 하나를 보내면 되지 않을까요?"

"그건 그의 취미생활이야. 무엇보다 그것들은 하나같이 북경에서도 아주 구하기 힘든 서양에서 구해온 것들이라고."

"헤헤, 이미 그건 액부님의 취미생활을 넘어선 것 같던데요."

단단이가 어색한 웃음을 지으며 말끝을 흐렸다.

"취미생활을 넘어서다니?"

"전 몰라요! 전 아~무것도 몰라요!"

"단단!"

단단이가 모르쇠로 고개를 내젓자 난 단단이를 다그쳤다.

단단이는 재빨리 왕부 안으로 도망쳤고, 난 그런 단단이를 뒤따라 왕부 안으로 들어섰다.

"여기, 여기두 나온다!"

"하랑이 이름도! 하랑이!"

두 아이가 재잘거리는 소리가 서재 밖으로 흘러나오고 있었다. 난 살금살금 문이 활짝 열려 있는 서재 안으로 들어갔다. 서재 안쪽은 서양에서 온 다양한 모양과 크기의 시계들로 가득 차 있었다. 그 가운데 놓인 책상 앞에 두 아이와 함께 그가 머리를 맞대고 무언가를 열심히 만지작거리고 있었다. 난 천천히 그의 뒤로 다가가 두 팔로 그의 목을 와락 끌어안으며 아이들의 이름을 불렀다.

"하환! 하랑!"

"엄마다!"

"어머니!"

아이들은 곧바로 책상에서 발을 떼고 내게로 달려왔다. 나는 달려드는 하환과 하랑을 피해 끌어안고 있던 그의 목을 풀어주었다. 그사이 그가 무언가를 급히 감추는 것이 내 눈에 들어왔다. 나는 그의 맞은편 책상에 앉으며 물었다.

"뭐하고 있었어요?"

"글쎄……."

이번에는 단단이와 마찬가지로 환이 묘한 웃음을 지으며 말끝을 흐린다. 나는 재빨리 그가 숨기려던 것을 빼앗아 들었다.

"이건?"

손바닥만 한 크기의 금칠한 배 위에 고급스러운 문양이 새겨진 동그란 시계였다. 언뜻 보기에 청국의 화폐인 금의 모양과 유사하여 요즘 북경에서 없어서 못 판다는 인기 제품이었다. 얼마나 유명했던지 태후궁에서 처음 보고 나도 알게 되었다. 소문에는 서양에서 들어온 물건이라고 하지만, 북경에 사는 서양 사람들도 서로 앞다투어 사려고 한다 하니, 서양에서 들어온 물건은 아닌 것 같았다.

"설마…… 당신이 만든 거였어요, 이거?"

환이 장난스러운 미소를 지으며 고개를 끄덕인다. 난 놀란 얼굴로 다시 한 번 시계를 살펴보았다. 그런데 자세히 보니, 태후궁에서 보았던 시계와는 약간 모양이 다르다. 외관은 분명 똑같은데 배 모양의 한 가운데에 직사각형으로 구멍이 크게 나 있었다. 게다가 그와 내가 좋아하는 '나비향'까지 은은하게 풍겨온다.

환이 내게 말했다.

"지금 그대가 들고 있는 시계는 조금 특별한 거라오."

"특별하다고요?"

이때 하환이가 내게 소리쳤다.

"하환이 이름이 거기 있어!"

하랑이도 지지 않고 한 손을 번쩍 들며 소리쳤다.

"하랑이두! 하랑이 이름도 있어요!"

아이들의 말에 시계 안을 살펴보았지만, 아무것도 적혀 있지 않은 하얀 종이 뒤로 복잡한 태엽 구조만 얼핏 비춰 보였을 뿐, 아이들의 이름으로 보이는 글자는 전혀 보이지 않는다.

환이 내게 말했다.

"태엽을 한번 돌려보시오."

난 배 뒤에 달려 있는 작은 용두(태엽을 감는 꼭지)를 돌렸다. 잠시 후 태엽이 움직이는 소리와 함께 얇은 한지 막이 가리고 있던 곳이 천천히 돌아가면서 새로운 글자들이 줄줄이 나타나기 시작했다. 나는 하나씩 나타나기 시작한 그 글자들을 소리 내어 읽기 시작했다.

[환]

"환은……."

[하나]

"하나를……."

[사랑]

"사랑한다."

태엽이 멈추고 글자도 멈추자 아이들이 신이 난 듯 말했다.

"하환이 이름이 있어!"

"하랑이두!"

환은 그런 아이들 사이에서 조용히 미소를 짓다가, 짧은 헛기침 소리를 내며 내 시선을 피해 슬그머니 고개를 돌렸다. 난 그런 환을 뚫어져라 바라보며 두 아이에게 말했다.

"하환, 하랑, 지금 단단이가 어디에 있을까?"

"응?"

"단단이?"

갑자기 단단이를 찾는 나를 이해하지 못했는지 아이들이 멀뚱멀뚱 나와 환을 번갈아 쳐다보던 바로 그때였다. 밖에서 단단이가 뛰어 들어오더니, 하환이와 하랑이의 손을 잡으며 말했다.

"아직 두 분이 어리셔서 그래요!"

그리고 어리둥절한 시선으로 나를 바라보는 아이들을 데리고 서재 밖으로 사라졌다. 나는 뒷짐 진 자세로 시선을 이리저리 돌리며 슬쩍 앉아 있는 환에게로 가까이 다가갔다. 환이 가깝게 다가온 나를 보려 고개를 들어 올렸을 때였다. 나는 그의 무릎 위에 앉으며 뒷짐을 지고 있던 팔로 그의 목을 휘감았다.

"자, 이제 말해봐요."

서로의 숨이 닿을 정도로 가까운 거리에서 그의 시선은 벌어진 내 입술을 향한 채 태연스럽게 묻는다.

"무엇을 말이오?"

"하환이와 하랑이. 다음 아이의 이름은 어떻게 지을 거죠?"

난 당황하는 그를 보며 내 입술을 그의 입술 가까이로 가져다 대었을 때였다. 그는 내 기대를 누르며 말했다.

"그 이름이라면 벌써 지어 놓았소."

"벌써 지어 놓았다고요? 뭐라고 지었는데요?"

동그란 눈으로 그의 두 눈을 바라보는 나를 보며 환이 미소를 지은 입술을 내 귓가로 가져가 작은 목소리로 속삭인다. 그 순간이었다. 멈췄다고 생각했던 태엽이 탁! 하는 소리와 함께 감춰져 있던 마지막 한 글자를 드러냈다.

[영원]

동시에 환이 귓가에 속삭인 목소리는 내 마음을 잔잔히 울렸다.

"영원히."

환은 하나를 사랑한다.

영원히……

〈完〉

몽중인 夢中人

　구름으로 가득 찬 곳이었다. 난 그 구름 속에서 구름을 밟고 서 있었다. 내 앞에는 구름 사이로 난 커다란 우물 같은 곳이 있었다. 그 안을 통해 나는 지상세계를 내려다볼 수 있었다. 지상은 내가 있는 천상과는 전혀 다른 곳이었다. 낮과 밤이 존재했고 달과 별이 아름답게 빛났다. 해의 따스함과 바람의 시원함도 느낄 수 있었다. 난 그런 지상을 아주 오랫동안 동경해 왔다.

　그러던 어느 날이었다.

　구름 밑 지상에는 밤이 찾아와 있었다. 달과 별이 내 시야에 가득 차 반짝이고 있었다. 지상은 평화로웠고 조용했다. 그 고요함이 전해주는 음색에 취한 나는 문득 천상에서 단 한 번도 느낀 적이 없던 바람을 느꼈다. 바람은 상쾌한 향을 실어 내 코끝을 자극했다. 향의 근원을 찾아 자연스레 고개를 든 그곳에 한 사내가 서 있었다. 흰 도포를 입고 검은 갓을 쓴 그는 나의 맞은편에 서서 지상을 지긋이 내려다보고 있었다.

나는 그날 처음으로 지상을 내려다보고 있던 사내에게서 눈을 떼지 못했다.

* * *

안개 같은 구름 속에 잠겨 있는 천상의 공간.

지상의 인간들은 이곳을 저승 또는 황천이라고 부르며, 자신들이 죽으면 이곳으로 온다고 믿는다. 그러나 실상은 다르다. 이곳은 죽은 자들이 오는 곳이 아니라, 곧 지상에 태어날 인간의 영혼들이 머무는 중천(中天)이기 때문이다. 영원히 늙지 않는 젊은이의 모습으로 중천에서 머무는 영혼들은 각기 정해진 때가 되면 지상으로 내려간다. 이때 이들은 자신이 지상에서 어떠한 신분으로 태어나 살아가게 되는지 듣게 된다. 물론 태어나는 순간 중천에서의 기억이 모두 지워지지만 말이다.

"그래서? 가슴이 콩콩콩콩 뛰었어?"

동무 서연의 물음에 난 고개를 저으며 얼굴을 붉혔다.

"아니, 쿵쾅쿵쾅 뛰었어."

"와아…… 그럼 어서 가서 말해."

"말하라고? 뭘?"

"뭐기는? 네 이름."

중천에서 남녀가 서로의 이름을 주고받는다는 것은 지상에서 다시 만나 부부의 연을 맺겠다고 약조하는 것이다. 이런 경우 중매를 관장하는 신선 월하노인의 배려로 지상에도 부부로 맺어진다.

"그 사내도 내게 이름을 알려줄까?"

"그건 가서 그 사내에게 물어보면 되잖아."

그를 찾는 것은 어렵지 않았다. 서연이 알려준 활터로 가자 정확히 그가 그곳에 있었다. 조금 전까지 활시위를 당기던 그는 내가 나타나자마자 활을 접었다. 그리고는 활을 챙겨들고 나를 지나쳐 어디론가 걸어가기 시작했다. 나는 잠시 망설이다가 황급히 그를 따라갔다.

그의 발걸음이 닿은 곳은 냇가였다. 그는 그곳에서 머리에 쓰고 있던 갓을 벗고 땀에 젖은 얼굴을 씻어냈다. 물방울이 모여 그의 새하얀 얼굴에 닿아 떨어질 때마다, 나는 그의 얼굴에 닿는 물방울마저도 부러워했다. 나는 콩닥거리며 뛰기 시작한 가슴을 안고 그에게 천천히 다가갔다. 그러자 이번에도 그는 활터에서처럼 내가 다가오자마자 갓을 쓰고 돌아섰다. 그리고 바쁜 걸음으로 냇가에 놓인 돌다리를 건너가기 시작했다.

냇가에 놓인 돌다리는 듬성듬성 놓여 있었다. 오로지 그를 쫓아 등만 보고 돌다리를 건너던 나는 그만 비틀거리며 물이 흐르는 쪽으로 미끄러지고 말았다.

"어머나!"

그대로 물속으로 곤두박질친다고 생각했는데 그러지 않았다. 커다란 손이 내 한 손을 잡았고, 다른 손이 내 허리를 잡아 돌다리 위로 다시 끌어올렸다. 그리고 날 위기에서 구해준 이는 다름 아닌 그였다. 나를 두고 멀찌감치 걸어가 버렸다고 생각했던 바로 그였다.

뛰고 있다는 사실을 잊고 있던 가슴이 세차게 뛰는 것이 느껴졌다. 난 그를 똑바로 쳐다보지도 못한 채 고개 숙여 감사의 인사를 전하려 입을 열었다.

"고, 고맙······."

"잡으시오."

그는 내 인사에 관심도 없다는 듯 자신의 한 손을 내게 내어주었다. 나는 그의 손을 잡은 채 냇가를 무사히 건널 수 있었다. 나의 두 발이 땅에 착지하는 것을 본 그는 잡았던 내 손을 놓고 무정히 돌아서려 했다. 그러나 난 이 기회를 놓치지 않았다. 그가 놓으려는 손을 두 손을 뻗어 세게 붙든 것이다. 나를 바라보는 시선에는 그 어떠한 미동조차 보이지 않을 것 같은 그의 두 눈에 살짝 힘이 실렸다.

"활터에서부터 당신을 계속 쫓아왔어요. 왜냐하면······."

부끄러움에 목소리가 점점 작아진다. 그리고 시선도 어느새 그의 얼굴을 피해 점점 아래를 향한다. 그러나 끈기 있는 용기는 내 입에 소리라는 선물을 주었다.

"당신에게 내 이름을 알려주고 싶어요."

중천의 고백이다. 내 이름을 듣고 난 후에 그가 자신의 이름을 알려준다면······.

"내 이름은······."

"그만."

"에?"

난 눈을 들어 그를 바라보았다. 지상에만 존재한다고 느낀 겨울의 서늘함을 담은 그의 차가운 눈빛이 나를 똑바로 내려다보고 있었다.

"그대의 이름, 듣고 싶지 않소."

그는 이 말을 끝으로 내 손을 놓고 자리를 떠났다.

* * *

"왜 이렇게 열이 높지? 하나야? 정신이 들어?"

서연이 걱정하며 안절부절 못하는 사이에도 내 머릿속은 오로지 그와의 마지막 만남으로 가득 찼다.

'그대의 이름, 듣고 싶지 않소.'

'어째서 내 이름을 들어주지도 않는 거죠. 답은 주지 않아도 들어줄 수는 있었잖아요.'

"하아…… 하아!"

숨을 쉬기가 힘들다. 중천에 머무는 인간의 영혼은 아플 수가 없다. 병은 오로지 지상에 육체를 가진 인간들만 걸리는 것. 내가 걸릴 리가 없다. 그렇다면 난 왜 이렇게 아픈 것일까?

"하나야! 정신 차려!"

서연의 목소리가 멀어지는가 싶더니 난 그대로 정신을 잃었다.

＊＊＊

　고요함 속에 내 숨은 안정을 되찾았다. 그러나 천근만근으로 무거운 몸은 나를 계속해서 짓누른다. 제일 아프게 짓누르는 곳은 가슴이다. 숨을 쉬지 못하는 고통보다 더 큰 고통을 주어 내 숨을 끊어놓으려는 것만 같다.

　-끼익.

　'문이 열리는 소리?'

　"나으리!"

　서연이 누군가를 부르며 급히 맞는다.

　'나으리?'

　서연이 나으리라고 부르는 사람이 누구일까? 수백 년을 중천에서 함께 보낸 서연이 아는 사람들 중에 나으리라고 불리는 사람을 단 한 번도 본 적이 없었다. 나는 두 눈에 힘을 주어 눈을 떠보려 했다. 억지로나마 잠시 뜨여진 눈꺼풀 사이로 누군가와 마주 서 있는 서연의 모습이 보였다. 그리고 그 누군가는…… 그였다!

　매정하리만치 나를 두고 냇가를 떠났던 바로 그였다. 이 믿을 수 없는 상황에 눈을 더욱 크게 뜨려 노력했지만, 그럴수록 두 눈은 엄청난 무게에 짓눌린 것처럼 한 치 앞도 보이지 않는 어둠 속으로 나를 가둬두었다.

　그리고 나는 이어서 들려오는 그의 목소리에 크게 놀라지 않을 수 없었다.

"하나는?"

'내 이름을 알고 있었어?'

"열은 아직 남아 있어요. 월하노인께서는 내일쯤이면 괜찮아진다고 하셨어요."

서연의 설명에 그의 입에서 안도의 한숨이 길게 나온다. 그리고 이어지는 서연의 말은 놀라움을 넘어서 나를 당혹스럽게까지 만들었다.

"하나는 기억이 지워진 채로도 또다시 당신을 사랑하고 말았어요. 그런데도 왜 하나를 밀어내세요?"

"……."

잠시 침묵하던 그가 서연에게 말했다.

"너였느냐. 하나를 활터로 보낸 것이?"

"네. 하지만 어제 다시 본 나으리를 보고 마음을 빼앗긴 것은 하나였어요. 분명 실을 끊을 때 약조하셨잖아요. 하나와의 추억이 있는 그곳에는 절대 가지 않으시겠다고요. 헌데 어찌 그곳에 가셨어요? 나으리도 아직 하나를 잊지 못하셔서 그런 것이잖아요."

"내일이다. 그래서 마지막으로 그곳에 가보고 싶었던 것이다. 설마…… 하나가 나를 보았을 것이라고는 예상치 못했다."

"내일이라니요? 허면 내일이 나으리께서 지상으로 가시는 날이란 말씀이십니까?"

"그렇다."

그의 말에 서연이 훌쩍이며 말했다.

"정녕 하나를 지상에서도 만나지 않으실 건가요? 하나가 나으리를 모른 채 평생을 다른 사내의 여인이 되어 살아간다 해도요?"

"난 이미 월하노인의 앞에서 하나와 나의 실을 끊을 때 결심했다."

"나으리!"

"언제나 하나를 위하는 네 마음을 알고 있다. 허나 나는 결심했고, 그 결심을 결단코 바꾸지 않을 것이다."

그리고 그의 긴 침묵이 이어졌다. 들려오는 것은 서연의 훌쩍이는 소리뿐이었다. 그는 침묵의 시간 동안 침대에 누워 있는 내게 다가오지도 그렇다고 밖으로 나가지도 않았다. 그렇게 오랜 시간 내 주변에 머물던 그는 서연의 훌쩍임이 잦아들 때쯤 자리를 떠났다. 거짓말처럼 그가 떠난 후 감겨 있던 내 눈이 떠졌다.

"하, 하나야? 정신이 들었니?"

나는 천천히 눈을 굴려 서연을 바라보았다.

"네가 어떻게 그를 아는 거야? 또 그는 어떻게 내 이름을 아는 거야?"

"그건……."

서연은 내 곁으로 다가와 앉았다. 그녀는 다음날 아침이 찾아올 때까지, 내가 잃어버린 기억 속의 이야기들을 들려주었다. 내가 아직 이름을 기억하지 못하고 있는 그 사내. 그 사내와 나는 이미 수백 년 전에 이곳 중천에서 만나 서로의 이름을 주고받은 사이였다. 많은 이들이 부러워하는 사랑을 했던 우리는 지상세계에서의 삶도 함께하기를 기약했다. 그러나 얼마 후 그는 자신의 지상세계에서 주어진 비극적인 운명에 대해 알게 된다. 또한 지상에서 부부로 만나게 될 내가 그의 운명에 휘말려 비극적인 삶을 함께한다는 것도 알게 되었다고 한다. 그는 자신의 비극적인 운명과 엮인 내 운명을 끊어내기로 결심했다. 그는 월하노인을 찾아가 부부로 맺어진 우리의 붉은 실을 가위로 잘라 끊었다고 했다. 그때의 충격으로 난 그와 사랑했던 기억들을 모두 잊어버리고 말았다.

* * *

"이환. 한 나라의 왕으로 태어났으나, 정쟁에 휘말려 독살로 짧은 생을 마친다."

나와의 실을 끊어버린 그가 담담히 자신의 운명을 듣는다. 그의 운명을 들려준 사자(使者)가 뒤로 한걸음 물러서자, 그는 안개로 가득 찬 길 위에 발을 성큼 내딛는다. 그는 안개의 길 끝에서 지상세계와 만나 다시 태어날 것이다.

그런데 그 안개 속으로 주저 없이 걸어 들어갈 것 같던 그가 잠시 걸음을 멈춘다. 그리고 고개를 돌려 멀찍이 서 있는 나를 바라보았다. 그러나 아주 잠시였다. 나와 시선이 마주친 그는 그대로 고개를 돌려 안개 속으로 다시 걸음을 옮겼다. 가슴을 쥐어 파는 고통이 나를 찾아왔다. 그를 이대로 홀로 보낼 수 없다는 생각이 들었다. 나는 나도 모르게 그가 사라진 안개 속으로 걸어가기 시작했다. 그러자 서연이 뛰어와 나를 붙들었다.

"어디 가는 거야?"

나는 서연을 돌아보며 소리쳤다.

"그의 비극적인 운명을 알면서 이대로 보낼 순 없어!"

비록 그와 함께 사랑했던 기억은 내게 없다고 해도.

"하나야, 그게 세상의 순리야. 중천의 순리이고 지상의 순리인거야."

"순리?"

"그래. 세상의 이치와 순리가 옳게 돌아가기 위한, 다수의 개인이 짊어져야 하는 고통인 거지. 또한 중천에서 살다 지상으로 내려가는 인간이 감내하며 살아가야 하는 것이고."

"난…… 받아들일 수 없어! 모두 행복해지기 위해 지상으로 가는 거잖아? 왜 누군가는 지상에서 불행하게 살다 죽어야 하고, 누군가는 행복하게 살다 죽어야 하는 거지?"

내 말에 서연이 슬프게 웃었다.

"넌 예전부터 그랬어. 지상의 아름다운 단면만 보고 그곳을 동경하며 꿈꾸었지. 나로서도 그것을 잘 알았어. 그래서 네게 지상세계의 비극적인 면을 보여줄 수도, 알려줄 수도 없었대. 그래서 자신의 삶이 비극적이라는 것을 안 순간 넌 자신의 운명에서 끊어낸 거야. 그 덕에 너는 지상에 가서도 네가 바라고 꿈꾸던 삶을 살게 되겠지. 그래서 언젠간 지상에서의 삶을 마치는 날, 넌 자신의 삶을 돌아보며 행복했었다고 말하고 죽게 될 거야. 그것은 엄청난 행운이지. 나으리가 네게 준."

그러나 나는 서연의 말을 받아들일 수 없었다. 누군가의 희생으로 내가 바라던 행복을 가질 수 있다니……. 그것도 그 누군가는 내 잊혀진 기억 속에서 나의 연인이었던 사람이었다.

＊＊＊

"분명 후회할 텐데?"

월하노인은 끊어진 붉은 실을 내 앞에 내밀며 히죽히죽 웃었다. 그러나 난 고민하지 않았다. 끊어진 두 실을 본 순간, 날 위해 오랜 기간 망설이며 고통스러운 얼굴로 실을 끊었을 그의 모습이 떠올랐기 때문이었다.

난 내 두 손으로 끊어진 두 사람의 실을 다시 묶었다. 그리고 잊었던 나의 기억을 되찾았다.

'내 이름을 당신에게 알려주고 싶어요. 내 이름은…….'

'이환이오.'

'네?'

'내 이름은 이환이오.'

먼저 사랑에 빠진 것은 나라고 생각했다. 잊혀진 내 기억 속에서 나는 아주 오랫동안 그를 바라만 보고 있었고 겨우 용기를 내어 마음을 고백했다. 그러나 그는 그 이전부터, 내가 그의 존재를 알지 못하고 그가 내 주변에 머물고 있다는 사실을 모를 때부터 나를 사랑하고 있었다. 그리고 마침내 내가 그의 존재를 인지하고 사랑에 빠진 채 그에게 다가왔을 때, 그는 주저 없이 자신의 마음을 내게 고백한 것이다.

"실이 좀 복잡하게 꼬였네."

월하노인이 투덜거리며 내가 묶은 실을 유심히 쳐다보았다.

"헌데 말이야. 다들 왜 이리 성질들이 급한지…… 쯧쯧. 어차피 내려가면 다 만나게 되어 있거늘, 그걸 중천에서부터 끊었다 다시 엮었다…… 그러니 지상에 가서 부부가 되어서도 매일 치고 박고 싸우는 거라고. 어이, 그렇게 큭큭대며 웃지만 말고 이 늙은이 말 잘 새겨들어! 다 피가 되고 살이 되는 말이야!"

***

"김하나."

사자가 내 앞에 섰다. 지상으로 내려가는 내게 운명을 전해주려는 것이다.

"아니, 됐어요."

"됐다고?"

사자가 당황한 얼굴로 나를 쳐다보았다.

"네. 됐어요. 전 듣지 않을 거예요."

"그래도 알고 가면 나중에 죽은 뒤에 덜 억울하지 않겠어?"

"아니요, 전 억울하지 않을 거예요. 그러니 알려주지 않으셔도 되요."

"이잉……."

사자가 어이없다는 표정을 지었을 때였다. 난 섭섭해하는 사자를 향해 물었다.

"그럼 한 가지만 물을게요. 답해주세요."

"뭐냐?"

"지상에 가서도 그를 만날 수 있나요?"

사자가 피식 웃으며 고개를 한 번 끄덕였다. 내 얼굴에 미소가 번져가는 것을 본 사자가 장난스럽게 말을 걸었다.

"그와 함께하면 네 운명도 힘들 거다. 엄청나게 고난이 많을 거야. 그래도 후회하지 않는 거냐?"

"부부의 실도 끊었다 이었다를 반복하는데요, 뭘. 그러니 인간에게 정해진 운명 따윈 없어요. 인간의 운명은 포기하지 않으면 바꿀 수 있어요. 그리고 반드시 바뀔 거예요. 난, 그와 내 운명을 바꾸려고 지상으로 가는 거고요."

난 멀리서 날 바라보고 있는 서연을 향해 웃으며 손을 흔들었다. 그러자 서연도 나를 보며 웃으며 소리쳤다.

"나도 곧 갈게! 기다려…….   ……!"

서연이 외치는 마지막 말이 잘 들리지 않았다. 그러나 곧 내 주변은 안개로 가득 찼고, 난 그 사이로 난 길을 향해 힘차게 달려나갔다.

* * *

"공주님이에요!"

산파의 외침에 나는 잃었던 정신을 되찾으려 머리를 흔들었다. 잠시 기절했던 것 같았다.

"그는⋯⋯."

어눌하게 닫혀 있던 입을 어렵사리 움직여 환을 찾았다. 그러자 문이 열리는 소리와 함께 환이 안으로 뛰어 들어왔다.

"부인!"

그는 산파의 품에 안겨 있던 아이를 흘끗 보고는 바로 내 곁으로 다가와 손을 잡았다.

"정신이 드시오?"

땀으로 젖은 내 이마를 쓸며 환이 걱정스럽게 물었다. 산파가 포대기에 싼 아이를 환에게 안겨주며 말했다.

"걱정 마세요. 두 공주님 모두 건강하시니까요."

환은 갓 태어난 아기를 끌어안고 활짝 웃었다. 나는 환의 품에 안겨 있는 아기의 얼굴을 보았다. 아기의 검은 눈동자가 빛을 피해 조금씩 움직이고 있었다. 환이 다시 나를 돌아보며 말했다.

"산통 중에 잠시 혼절했다는 말에 어찌나 걱정했는지⋯⋯."

"그런데요, 그 사이에 꿈을 꾼 것 같아요."

"꿈?"

나는 환의 얼굴을 쳐다보며 꿈을 설명하려고 했지만, 생각하면 할수록 꿈의 내용들이 옅어지며 빠르게 사라져갔다. 나는 나중에 생각하기로 하고 다시 아기를 쳐다보며 말했다.

"실망하진 않으셨죠?"

"실망이라니?"

"아들일 줄 알고 이미 이름을 '영원'이라고 지어놓으셨잖아요. 헌데 딸이니……."

"딱 봐도 그대를 닮은 딸이라 너무나 좋소."

나는 기분이 좋으면서도 내심 드러내지 않으려 콧방귀를 뀌었다.

"어쨌든 이름은 다시 지어야겠네요."

"생각해둔 이름이 있었소?"

나는 고개를 저었다. 애초부터 환이 셋째의 이름을 영원이라고 짓겠다고 했기 때문에, 당연히 아들이 태어날 것이라고 믿어왔었다.

"서연은 어때요?"

"서연?"

환이 웃으며 자신의 한 손가락을 아이의 손으로 가져갔다. 그의 손끝이 닿자 아이가 냉큼 손바닥을 펼쳐 그의 손가락을 움켜잡았다. 동시에 환과 내 얼굴에 놀라움이 가득 찼다.

"아이도 서연이라는 이름을 마음에 들어 하는 것 같은데?"

"다행이네."

"다행?"

"첫째와 둘째 이름은 모두 당신이 지었잖아요. 그 덕에 아이들은 언제나 당신 편만 드는 거 같고. 그러니 이제 나도 내 편이 하나쯤은 있어야죠."

나도 손가락을 서연이의 반대편 손에 가져다 대었다. 그러

자 서연은 이번에도 기다렸다는 듯이 내 손가락을 힘껏 움켜
잡았다. 난 미소를 지으며 아기의 귀에 대고 아주 작은 목소리
로 속삭였다.

"다시 만나서 반가워, 서연아."